「犯罪规划局」

超探

时雪唯 著

中国友谊出版公司

目 录

第一章
获 罪

2029年4月7日，今天注定是值得一生铭记的日子——这是我早上一睁眼第一个冒出来的念头。

我叫许谧，28岁，现在身在一间狭小的单人牢房，是一名死刑犯，已经在这里住了两个月之久。我用两个月的时间为自己的命运抗争，但最后以失败告终。

今天是我生命终止的日子——行刑日，我被判处了死刑，罪名是谋杀了我最爱的男人、我的丈夫卓实。

但问题的关键在于我是被冤枉的，我是这个世界上唯一知道并且坚信真相的人，我并没有谋杀卓实。那个男人是我的丈夫，相恋10年、结婚才1年的爱人。我爱他，我们俩是这个世界上彼此唯一的亲人、唯一的依靠，11年的情感积累，彼此坚定不移地相信两人会相守到老、到死，我怎么可能杀他？

就在前天，我被宣判之后，我大叫、狂暴、歇斯底里，而后变得冷静、漠然，被迫接受一切。我将会带着不甘、疑问和愤恨离开人世。我只是一个28岁的女人，尽管做了近10年的私家侦探，聪明、干练、勇敢，但仍旧是个弱小的个体，无力改变现实。

我像是一潭死水，沉寂地等待着最后的时刻。

牢房的栅栏门外传来了脚步声，听声音有两个人。我惊讶于时间还没到，就有人要来提前带我去往刑室。当那两人站定在栅栏门前时，我了然一笑，来人是郁丞星和一个狱警。

狱警提着一把椅子，放在栅栏门前，然后退后几米。郁丞星坐下，把公文包放在腿上。

郁丞星，跟我同龄，是个没什么名气的律师，得知我的案子后主动来帮忙，分文不取。我想他原本的目的是借由我的案子让他一炮而红，遗憾的是，尽管我们拼尽全力，仍旧败诉。

郁丞星仍旧冷着一张脸，看我的眼神里有难以名状的波澜。他坐在门口，淡淡地问："准备好了吗？"

我心想，一个人的出生和死亡大概是最难以准备和选择的，我当然没有准备好迎接死亡，可那又能怎样？我轻轻点头，嘴角牵起一丝苦涩的笑："郁律师，感谢你来送我。"

我没有父母、亲人、朋友，从前我只有卓实，卓实死后，我的同盟也只有郁丞星这个律师。如果有谁愿意来送我最后一程，大概也只有他了。

郁丞星苦笑地耸肩："抱歉，我来并不是送你，我是来告诉你，败诉之后你托我办的事情，我恐怕无能为力。"

我面如死灰的脸瞬间燃烧起来，有一团火似乎要从我的头顶喷薄而出。我愤怒地低吼："为什么？难道你也不肯相信我？"

郁丞星略带哀伤地说："我只是律师，我的职业要求我相信你，但到底真相如何，我不知道。我只是个律师，我的委托人如果死了，我没有必要再去追查真相。你应该委托一个侦探在你死后继续调查卓实之死，而不是一个律师。"

我平静下来，苦涩再次泛滥淹没全身。我想说我倒是想去找一个侦探，可我唯一能够找到的人就只有我的律师。

"好吧，我的确没有资格对你提出请求，我甚至拿不出一分钱作为委托任何人调查真相的报酬。"我抬眼再看电子钟，无奈地说，"反正再有半小时，我就要告别这个世界，真相到底如何，能否被公之于众，我都无法知晓了。"

"不见得，"郁丞星从公文包里掏出一份文件，从栅栏缝隙中递进来，"我还给你带来了一线生机，只要你愿意，我马上就可以带你离开这里。卓实之死的真相，你有机会自己调查清楚。"

我不敢相信自己的耳朵，反应了几秒后，猛地冲到门前，又放慢动作小心翼翼地接过郁丞星手里的文件，低头阅读。

"只要你在这份文件上签字，即代表许谧已经被执行死刑，但你却还活着，只不过你这个人已经成为我们公司的财产，终生为公司服务。很遗憾，这份契约一旦签订，就是终生的。所以现在你当然有权选择放弃。"

"你们公司？"我不可思议地抬头瞪着郁丞星，"你的公司不就是律师事务所？可这上面写的是……"

"犯罪规划局。是的，我也是犯罪规划局的工作人员之一，所以才能为你争取这样一个——生机。相信我，这个机会十分难得，并不是什么人都值得公司耗费重金、精力和人脉运作的，之所以你能获得这个机会，那是因为你是个侦探。"

"我从来没有听说过什么犯罪规划局，这到底是家什么公司？"我警惕地问。

"顾名思义，研究罪案。公司正在进行一项实验，需要一个实验者，我觉得你正合适。我认为你的侦探思维可以增加实验成功的概率，于是向公司高层举荐了你。"郁丞星的语气里带着点期许，虽然他极力掩饰，想要表现得我是否接受他都无所谓，但我看得出，郁丞星非常希望我签署这份协议。

到底是什么样的实验，到底需要自己付出什么，我不知道，协议上没有写，只说必须完全服从公司的指示。换句话说，许谧已死，往后的我就是一部机器，是公司财产，没有权利说"不"，如果这部机器罢工，那么公司也有权利销毁机器。

如果签署了协议，等待我的是未知；如果不签，不到半小时后，等待我的是已知的死亡。这种时候，恐怕任何一个人都会毫不犹豫地选择未知吧。有什么比死亡还要可怕呢？顷刻间，我想到了一个词——生不如死，还有一个——求生不得，求死不能。

死其实并不可怕，我觉得冤死、耻辱地死去才是最可怕的事。如果我真的以谋杀卓实的罪名死去，那么我死后，再没有人会去追查卓实的案子，杀害卓实的凶手还能安稳地活着，这才是最最可怕的事。所以，什么"生不如死"，什么"实验"，什么"求生不得，求死不能"，全都见鬼去吧。什么也没有活着重要，只要活着，就有希望！

"笔。"我把手伸出了栅栏门，想要握住一支小小的笔，就像是握住救命稻草。

2029年3月5日。

在警局的审讯室，我不安地坐在桌子的这一边等待会见自己的律师郁丞星。我的双手、双脚上都是沉重的锁链，稍稍一动弹身体，就能听到那恼人又耻辱的金属摩擦碰撞的声音。

那是我与郁丞星的第一次见面。

郁丞星坐在我的面前，不苟言笑，看我的眼神里有难以名状的哀伤。

"怎么？事态对我不利？"我抱着希望问，希望他看我的眼神仅仅是出于礼貌性的同情。

"是的。你的邻居、商场导购小姐和卓实的外遇对象作为人证；你家门外的监控显示案发前后无人进出，你手上的勒痕、凶器领带上你的皮屑作为物证，这些全都对你非常不利。简单来说，人证可以证明你有杀人动机，物证可以证明除了你，没人能够杀害卓实。而且卓实也不可能是自杀，一个人没法用一条领带把自己勒死；案发现场的勘查和尸检也排除上吊的可能，所以自杀也可以排除。所有的一切都对你非常不利。"

我是个私家侦探，早就预料到事态对自己不利，否则警察不会以谋杀罪逮捕我。但我没想到除了双手上的勒痕之外，还会有那么多的人证证明我的杀人动机。原本我就是想以根本没有杀人动机作为辩护的策略，因为我跟卓实就是一对恩爱的夫妻，可现在看来必须另寻出路了。

"我们得想办法证明这些人在做伪证，邻居、导购小姐，还有那个什么所谓的外遇对象，这些全都是阴谋！一定有什么人在幕后操控他们说谎！"我深呼吸后尽量冷静地说，"卓实不可能有外遇，我的丈夫我最了解，哼，你别忘了，我是个侦探！"

郁丞星低垂眼帘，同情地凝视我："很遗憾，我初步调查显示这些人并没有说谎。首先，你的邻居——独居男人樊英杰，他声称在案发当晚听到你家里有玻璃制品摔碎的声音以及其他重物击打的声音，案发现场客厅里花瓶的碎片、墙面的破损、椅子倒地等可以证明这一点。现场显示你跟卓实当晚在客厅起了争执。"

"撒谎，我们俩当晚根本没有任何争执，现场是凶手伪造的。"我冷哼一声。

"樊英杰曾在案发当晚11点45分时，也就是听到噪声后的5分钟后去敲你的门，当时开门的正是死者卓实。卓实告诉樊英杰你们夫妻俩闹了一点小矛盾。走廊的监控虽然是无声的，但是却清楚拍到了卓实的脸。"郁丞星说着，从公文包里掏出平板电脑，打开监控截图给我看。

我仔细端详截图将近10秒，的确，画面里站在自家门口的两人正是我家的邻居樊英杰和卓实，时间显示正是23点45分。也就是说，22点30分，当我和卓实相拥睡去之后，卓实又醒来，跟凶手在房间里起了争执。可为什么樊英杰来敲门时，卓实没有对他说家里还有别人呢？而且，我怎么会睡得那么死，一点声音都没听到？的确，我的睡眠一向规律，而且睡眠质量很好，但这并不代表我一睡去就会像死人一样。发出那么大的声响，邻居都能听到，我怎么可能听不到？最重要的是，有人用我的双手去勒领带，在我的手上留下痕迹，我怎么可能感受不到？

"警方有没有做过相关的化验？我是说，我一定是被下了药，才会睡得那么沉。"话一出口，我马上懊丧地敲了一下桌子。我自己最清楚，警方根本没有给我抽血化验任何东西，打从一开始，他们就把我当作唯一的嫌疑人。

郁丞星收回平板，继续说："下药的事情已经无从考证。"

"这都要怪我，错过了最佳的辩解时间。"我自责地攥紧拳头，又砸了一下桌面。我所谓的最佳辩解时间就是指卓实遇害后第二天早上至第三天早上将近24个小时，这段时间我一直在昏迷。

"这不能怪你，任何女人，哪怕是见多识广的侦探，在毫无准备的情况下目睹爱人的尸体，遭受这样的打击，都会因为伤心过度而昏厥的。"郁丞星安慰我，叹了口气继续说，"卓实的外遇对象叫冯依依，在卓实之前工作的气象研究预测公司楼下开了一家小咖啡馆，卓实每天中午都会光顾那家咖啡馆。冯依依说两人正是从那时开始婚外恋。卓实曾经无数次跟她承诺会跟你离婚，跟她结婚。最后一次，也就是案发前两天，卓实告诉冯依依，他已经向你提出离婚，只不过你不同意，不是逃避这个话题，就是恐吓说宁可鱼死网破也不离婚。"

"简直好笑，卓实当然没有跟我提出离婚，马上临近我们结婚一周年纪念日，我们还在商量该怎么庆祝。这个冯依依绝对有问题，必须深入调查。"我故作坚强，实际上我知道自己已经堕入一张精心编织的大网，我根本无法挣脱。

郁丞星点头，继续讲："还有男装店的导购小姐，她证明你在购买领带时一直饱受电话骚扰，后来接听了电话，语气很不友好，她听到你讲到'外遇'和'诅咒'这两个词，你还说你跟爱人永远不会分开，除非有一方先离世。警方后来调查过给你打电话的人，正是冯依依。冯依依也承认，她给你打电话就是为了向你宣战、激怒你，加速你跟卓实离婚。你在电话里暗示她，你绝对不会离婚，想要分开你和卓实，除非有一个人死。警方认为这就是后来你跟卓实在家里发生争执、打斗的原因，最后你勒死了卓实，凶器领带就是你送给他的周年纪念日礼物，足以说明你憎恨卓实的背叛。"

"我的确是说了那样的话，可我根本不知道给我打电话的就是什么冯依依。这个冯依依绝对有问题！郁律师，你要相信我，从冯依依身上着手调查，一定会有所收获。"

郁丞星微微点头，诚恳地说："虽然目前的证据全都指向你是凶手，但案子还是有很多疑点。相信我，我会尽全力帮助你。"

2029年2月16日，今天注定是值得一生铭记的日子。

今天是我与卓实结婚一周年纪念日。下午3点，我离开我的侦探事务所，去商场专柜精心挑选送给丈夫卓实的一周年礼物。我记得之前卓实无意中提起过喜欢这个品牌的领带，他新买的西装适合配一条红蓝色的格子领带。

我认真挑选，导购小姐殷勤地询问和建议，我也配合回答说是送给丈夫的结婚一周年纪念日的礼物，搭配西装的颜色风格，等等。导购小姐一脸艳羡地表达羡慕之情，说我浑身都散发着幸福的光芒。

挑选期间我的手机铃响，看了来电信息，虽然是陌生的号码，但我知道对方是谁。我不自觉地露出厌恶的神色，并不接听。导购小姐露出好奇和尴尬的笑容。

我认得那个号码，来电的是个女人。她昨天曾经打来电话，想要雇用一位女性私家侦探调查丈夫的外遇，说找遍了全市，女性私家侦探只有我一个。我礼貌地拒绝了，因为我的职业范畴并不包括调查外遇，我只负责调查刑事案件。从个人角度，我也不愿意接触外遇事件。我与丈夫卓实从少年时期相恋，相恋10年，结婚1年，彼此信任，生活美满，因此我自动自觉地屏蔽周遭那些亵渎爱情婚姻的丑恶信息，我认为那是永远跟我扯不上关系的外太空的事。

今天，这个自称姓冯的女士仍旧不死心地打来电话，而且在我屏蔽了她的手机号码之后，她又用其他号码拨打，大有我不答应接下这案子，她就要用遍全世界电话号码轰炸的架势。

在手机持续振动3分钟后，我的耐心耗尽，我冲导购小姐做了一个稍等的手势，走到无人的角落接听。

"冯女士，无论你再打多少电话都是没用的，我是个有原则的人，原则之所以称为原则，就是因为它无法被撼动……我再最后说一遍，我的业务范畴不包括调查外遇……不，我并没有瞧不起你的意思，被背叛并不是你的错……抱歉，我不接受你的诅咒……是的，我认为外遇这种事跟我永远不沾边，我和爱人永远不会分开，没错，除非有一方先离世……是的，我就是这么自信，所以我没办法站在你的角度……好的，祝你婚姻幸福，再见。"

挂断电话，我深呼吸，勉强保持笑容回到货架前，继续挑选领带。从镜子前一闪而过的时候我看到了自己难看的脸色和假笑。今天是我结婚一周年纪念日，却接到这么扫兴的电话，还莫名其妙遭受了一个女人对自己婚姻的诅咒，的确败兴。

提着领带的礼盒，我来到了丈夫卓实工作的写字楼，一路来到26层。刚一出电梯，我的脚步便僵在电梯门口。卓实任职的气象研究预测公司的招牌不见了，取而代之的是一家婚姻咨询公司。可问题是卓实从未提过他的公司搬家或破产的消息啊。我记得上一次来这里是在半个月前，再之前是两个月前，两次都是跟卓实约定好来接他下班。卓实来到这家公司也不过4个月的时间。我尴尬地笑笑，我早就知道卓实在工作方面对自己有所隐瞒。

半年前自从卓实从某家上市公司离职之后，一直找不到合适的工作，在朋友的帮助下好不容易才进入到一家气象研究预测公司做分析员。前两次我来公司找卓实的时候就注意到了卓实与其他同事的疏离，与工作环境格格不入，那两次跟卓实有交流的只有卓实邻桌的一个叫郭翔的中年男人。想来性格内向的卓实一定是受不了这样的工作环境，已经偷偷离职，而且这家公司也已经搬到别处。失业对一个男人来说绝对是没面子的事，所以我决定装作不知道，回家等待卓实，度过我期待已久的两人的第一个结婚周年纪念日。工作的事，如果卓实不提，我也暂时不说。

5点，我回到家，在厨房里忙活；6点，我做好了烛光晚餐；6点10分，卓实捧着一大捧红玫瑰回家；8点5分，我们丢下餐桌上的狼藉，相拥去客厅，窝在沙发里看爱情电影；9点10分，我们缠绵着前往卧室，一路上留下了我们的外套、内衣；10点半，像以往一样，我们相拥入眠。

清晨6点半，我醒来，原本想要习惯性地去亲吻身边的卓实，却目睹了让我震惊、心碎的画面——卓实死了，就死在我的旁边，他是被勒毙的，脖子上还缠着那条我送给他的红蓝格子领带。

就在我心痛到无以复加、不知所措的时候，敲门声响起，我不受控制地打开房门，门口站着的是我们的邻居——独居男人樊英杰。

樊英杰看起来本想跟我打招呼，好像还想问问我和卓实有没有和好，听他的意思好像是他认为昨晚我跟卓实有过争吵，却见我一脸愕然，脸上还挂着泪，便询问出了什么事。

他的话让我从恍惚中醒悟，意识到刚刚的一切不是梦，是真切的事实。我爱的男人，我的卓实真的死了，就在我们俩结婚一周年的纪念日当晚。我一下子瘫软在地，剧烈喘息着，指了指身后，抽噎到一个字都说不出。

樊英杰狐疑地进屋，十几秒后仓皇跑出房间，在我对面拨打报警电话。

我记得我当时的视线越加模糊，天旋地转，不到5秒钟便失去了意识。失去意识的最后一刻，我看到樊英杰原本还警惕地与我保持距离，看到我体力不支后向我走过来，想要扶住我，但他的手却僵在半空，始终没有触碰到我。我在樊英杰关切的脸色中看到了明显的漠然和不屑，后来想想，应该是从那时开始，他就已经把我当作了凶手。

那之后，所有人，也许也包括我的律师郁丞星，他们全都认定我是杀死卓实的凶手，只有我自己最清楚，万分确定，我不是凶手。我没有人格分裂，没有健忘症，没有狂躁症，没有精神病，也不做梦，正常得不能再正常。我清楚地记得，我绝对没有杀死卓实。

第二章
实 验

郁丞星果然说到做到，在我签署了协议后不到10分钟，他再次跟狱警和检察官一起到来。在检察官的首肯下，狱警掏出钥匙打开牢房的门。

检察官是个40多岁的冷面女人，她冷冷地对我说："走吧，记住，许谧已经死了，以后你就好自为之吧。"

郁丞星对我使了个眼色，然后转身。我跟在他身后走出监狱，但却闻不到自由的空气。对我而言，我仍旧在服刑，只不过不是在监狱里，而是在一个秘密的公司，被当成实验的小白鼠，成为公司的财产。

监狱门口停着一辆黑色商务车，郁丞星和我坐在后排，他在手机上按了几下之后，打开了身边一个白色的小箱子，里面是注射针剂。

"抱歉，我必须让你睡一觉，总部的地址对于你这个级别的——员工是绝对保密的。"郁丞星一边说一边示意我撸起袖子。

我很感谢郁丞星刚刚迟疑过后的那个"员工"，这算是对于"公司财产"这个词更加有人情味的称呼。

针刺入血管，痛感过后我便什么都不记得了。仿佛就是下一秒的事情，我被郁丞星推醒。

这是一间约莫150平方米的起居室，墙壁和家具都是白色调，十分清冷，房子的大小和方位都跟我以前的家非常近似，除了装修和家具不同之外，还有一个明显的区别，那就是这间房子没有窗，只有通风系统。

"总部位于地下，我们特别按照你家的原比例给你建造了这样的空间，"郁丞星指了指客房的方位落落大方地说，"实验期间，我将会24小时跟你在一起。"

我环顾房间，熟悉感之后就是哀痛，近乎相同的房子，但卓实已经不在，我却不得不跟一个陌生男人24小时共处一室。我隐忍地点头，对于公司的安排，我只能无条件服从。

"现在可以告诉我，到底是什么样的实验了吧？"我问郁丞星。

郁丞星熟络地给自己冲泡了一杯咖啡，像是在自家一样自在放松，一边喝咖啡一边说："实验的部分明天一早实验开始前会告诉你，我现在必须阐明一件事，从现在开始除非有特殊许可，否则你不可以踏出这个房间一步，当然，你也没法踏出。"

果然，这里就是我的另一个监牢，我被限制了自由。

"不出这个房间，那么实验怎么进行？"我问。

郁丞星指了指原本应该是书房的房间，房门已经换成了厚重的金属门，看起来像是特制的，他说："实验室就设在那里。"

我不懂，为什么要给我设置这么一个让我时刻回忆从前的房子，让我一直沉浸在对卓实的怀念中对实验有什么好处？为什么要把实验室也设在这里？就是为了避免我出门吗？为什么我不被允许踏出这个空间？这个所谓的犯罪规划局到底有什么见不得光的秘密？

当然，这些问题我没有问郁丞星，我知道就算问了也是白问，我得不到准确的答案，只会让他们对我更加警惕而已。在这个想法之后，我突然冒出了另一个念头——逃！是的，我想要逃离这里，获得真正的自由，只有重获自由才能调查卓实之死，找出那个不共戴天的仇敌。但我也清楚，想要逃离这里并不比越狱简单，必须经过长时间的观察和筹谋，否则，就算我逃出了这个房间，也逃不出深埋于地下的犯罪规划局，更何况我对于外面的情形、环境根本一无所知。

但不管怎样，首先我得搞定这个24小时监视我的郁丞星。搞定他的办法我也想到了，灵感就源于他看我的眼神。女人的直觉都是敏锐的，更何况我是个女侦探，我看得出他对我似乎有特殊的情感。爱美之心人皆有之，男人喜欢美女是再正常不过的事，更何况这对男女还得24小时朝夕相处，我觉得让他爱上我并不难。只不过，我觉得这样做有些对不起卓实。

我的这个想法只持续了不到一个小时。

百无聊赖，我只能坐在沙发上摆弄茶几上的平板电脑玩简单的单机游戏，郁丞星则是回到他的房间，紧闭房门。一个小时后，门铃意外地响起，居然会有访客。

郁丞星出来，已经换上了舒服的家居服，他像是早就知道会有人来访一样，打开房门。房门一开，一个女人便冲到郁丞星的怀中，紧接着，两人居然当着我的面缠绵拥吻。

我尴尬地躲闪目光。一分钟后，郁丞星和那个女人手拉手来到我面前。

"许谧，给你介绍一下……"郁丞星说话的感觉完全变了，以前对我是毫无生气的冷静，而自从见到了这个女人，他就像是变了一个人，生动活泼，但他的话被那个女人打断了。

"丞星，现在再叫她许谧已经不合适了。虽然这样很无情，但是按照规定，咱们得称呼她的代号。杜总的吩咐，咱们必须执行。"女人的声音柔得像是丝绸，她抬头仰视郁丞星的眼变成了两汪清潭，倒映着天空的星辉。

这种眼神我再熟悉不过，过去11年，我就是用这样的眼神去看我的卓实。

郁丞星挠挠头，冲女人宠溺地微笑："是的，许谧已经不存在了，应该称呼她为1015。"

女人转而冲向我，像多年未见的好友，亲切友好地说："1015，自我介绍一下，我叫张莫执，是丞星的未婚妻，自然也是他的同事。你参与的实验，我也是工作人员之一，以后就请多多关照啦。"

我对张莫执点头，打消了色诱郁丞星以达到出逃目的的计划。我不愿意介入这两人的感情，就像我不愿意去调查外遇一样，在感情上，我是个完美主义者。

接下来的时间里，郁丞星和张莫执旁若无人，当我不存在一样腻在一起。他们在厨房忙活着晚餐，一边说笑一边时不时拥抱、亲吻。他们的样子让我想到了我跟卓实从前的美好，10年间的点点滴滴涌上心头。不知道过了多久，张莫执的眼神无意间瞥见我，惊讶地怔了一下，用手肘捅了郁丞星一下。郁丞星也望向我，他环绕张莫执腰肢的手松开垂下。

他们一定是看到我哭了，终于想到房间里还有我这么一个大活人，一个刚刚失去爱人不久的可怜女人。

我抹了把眼泪，起身走向自己的房间。

第二天一大早，早餐过后，郁丞星用他的视网膜和指纹打开了实验室的门，带领我进入。

房间有20多平方米，中心摆着一张能够固定四肢和头部的实验床。我知道，待会儿我就要躺在那张床上，如待宰羔羊一般，让他们在我的身体上做实验。

床的对面是一面大大的镜子，那一定是单面镜，实验者会通过这面单面镜观察我的情况。也许在镜面的那一边有几十个人都坐在电脑或者什么仪器前监控着实验的各种数据。对了，郁丞星的女友张莫执应该也在镜子的那边。

我坐在床沿，恐惧让我全身战栗，说话的声音都有些发抖："现在可以告诉我到底是什么实验了吧？"

"当然，实验之前，我必须告知你实验的内容和注意事项，"郁丞星躲闪我的眼神，但我还是在他一闪而过的目光中捕捉到了像是同情的东西，"现在请你躺好，实验会在10分钟后正式开始。"

郁丞星示意我自己躺好。我躺好之后，那些禁锢身体以及头部的装置便自己启动。瞬间，我便无法动弹。我只能向下转动眼球，用充满疑问和惊惧的目光凝视郁丞星。

"放心，并不是什么危险性的实验，对你的身体不会有严重影响，唯一的风险只是随着实验次数的增加，可能会有潜在的对大脑产生危害的风险而已。"郁丞星的手轻轻碰触了一下我的手，他似乎想要用这种方式给我勇气和安慰。

我当然知道实验会存在风险性，否则的话也不必花大价钱和精力运作，用死刑犯来充当实验品。郁丞星的确很会安慰人，说什么"可能、潜在、风险"，其实不过是让我减少恐惧而已。可想而知，这样的实验多进行几次，我的大脑会受到一定的损伤。损伤日积月累，我便无法再担任实验品，也许连生活自理的能力都会丧失。我避免了一瞬间的死刑，换来的却是一点一点失去意识的慢性死亡。

"这项实验的名称叫作记忆入侵。顾名思义，你的意识将会入侵到某个人的记忆之中。待会儿实验开始之后，你将会戴上这顶头盔，也就是意识传输器，将你的意识与被入侵者的记忆连接，使你成为记忆入侵者。放心，这个过程你几乎感觉不到疼痛，只是瞬间的事。"郁丞星站在我身边，又一次躲闪我的目光，专心看向手里的平板电脑，一边操作一边耐心解释。

记忆入侵，这没有让我太过吃惊，以前我也看过类似的科幻小说和电影，但我没想到现实中真的会有这种技术存在。如果只是入侵到别人的记忆中，那么除了对大脑造成的损伤之外，最糟糕的结果就是永远迷失在别人的记忆之中吧？

"被入侵记忆的人是谁？"我问。我猜想，该不会是某个变态杀人狂吧？要我入侵他的记忆只是为了研究犯罪心理？

"这一次实验的被入侵对象名叫沈晴，是个26岁的上班族。"郁丞星抬眼瞥了我一眼，似乎是在观察我的状态，继续说，"你想问为什么要入侵沈晴的记忆对吧？事实上，沈晴已经死了，是个受害者。我们这项实验的基础也是建立在被入侵者已经脑死亡，而且是刚刚死亡的基础上。换句话说，这个实验只能在死人的大脑中进行，如果是活人，做完这个实验也会死亡。实验对被入侵大脑的损坏是无可挽回的。"

"我懂了，你之前提过之所以公司愿意花费金钱运作，选择我来作为实验品，是因为我是个侦探。你们是要入侵沈晴的记忆，查出害死她的凶手，对吧？"我总算松了一口气，这样也算是做回我的本职工作了。如果真的只是这样，那么情况不算太糟糕。

郁丞星颇为欣赏地对我微笑："没错，目的正是如此。在这之后，你还将入侵更多受害者的记忆，作为从记忆中探寻凶手和真相的侦探。但有一个原则，你必须严格遵守，那就是在入侵记忆的过程中，你只是一个旁观者、分析者，你不能参与和改变原本的记忆走向，否则死者的记忆存在将失去真实性，实验将会彻底失败，我们的实验样本也等于浪费了。这将会是重大的实验事故，公司的损失不可估量。你可以想象一下后果，作为举荐你成为实验者的我将会失业，面临一大笔经济赔偿，而你，公司可能会……"

"自然不会再把我送回监狱执行死刑，公司会直接把我像一台报废的机器一样销毁，对吧？"我自嘲地说。

郁丞星没有回答，只是叹了口气。

"你们公司跟警方有合作？我是说，调查凶手该不会是死者家属委托你们的吧？你们进行这样的实验，会获得多少利润？"我抬眼看墙上的时钟，距离实验正式开始还有5分多钟，我抓紧时间询问尽可能多的实验信息。

郁丞星耸肩，迟疑了一下说："这个问题你没有权限知道，我只能告诉你，我们公司并不以此作为营利的业务。科学研究并不都是以经济利益作为目标的，还有社会责任。"

我觉得郁丞星的话是在美化他所任职的公司。换句话说，他这话就是在向单面镜那边的人拍马屁，或者是在对镜子那边的女友表现自己的职业精神。"好吧，那么就说说我有权限知道的信息吧。沈晴的死亡情况，具体包括时间、地点和方式。"

"我理解，作为调查刑事案件的侦探，你想要知道这些基本信息是很自然的事。但很遗憾，这些信息我们没法给你，因为警方并没有给我们提供这些信息。事实上警方没有对我们提供任何有关死者的信息，只有刚刚宣告死亡的沈晴的大脑。按照合作契约，我们只能依靠仅有的大脑进行实验分析，最终为警方提供可供参考的嫌疑人信息。"

"开什么玩笑？我连人是怎么死的都不知道，怎么查嫌疑人？"我瞪着前面的单面镜，表达自己的不满。

"通过常规手段调查案件是警方的任务，我们这里本就是非常规手段的调查，你必须在条件有限的基础上做到信息采集的最大化，在这个基础上分析推理。只有警方通过锁定和调查你提供的嫌疑人，最终确认他就是案件凶手之后，实验才算成功。所以抱怨是没有用的，你只能接受。"郁丞星郑重地说。

我沉默，的确，如果抱怨有用的话，我也不会身在这里，我能做的只有接受。

"郁律师，"我还是习惯这么称呼郁丞星，即使我现在知道郁丞星除了律师，更加重要的身份是犯罪规划局的一位科学家，"如果卓实的尸体能第一时间被发现，是不是你们也可以把他作为被入侵者，从他的记忆中寻找到凶手？"

郁丞星苦笑，认真地看着我说："理论上是可以的，如果卓实能够像沈晴一样，在活着的时候就被解救，在医院离世，并且我们的人也时刻守在医院，能够在医生宣告死亡后第一时间处理死者大脑的话。虽然目前我们的实验只限定于刚刚死亡后的大脑，但也许随着我们的努力，科技创新再创新，我们也可以用技术手段暂时性地重新激活死亡一定时间的大脑，进而达到入侵记忆的目的。"

想到卓实，我的心情再一次陷入低谷，刚刚的紧张、恐惧似乎全都变成了对卓实怀念的悲伤。眼下的情形，我真的不知道该如何找出杀害卓实的真凶，寄希望于郁丞星口中的技术创新？那都是没影的事。逃走，然后凭借自己的力量找到真凶是我唯一能够为卓实报仇的方式，但到底如何逃离这地下囚笼，我一点头绪都没有。

"还有最重要的一点，实验开始后你必须马上想办法确认你所入侵记忆的准确日期和时间，记忆必须跟时间联系起来才有调查意义。而且实验时间也是有限的，每次实验时间不会超过4个小时，4小时的时限一到，实验自动终止。希望你能在有限的时间里尽量提取更多的信息。"

时间到了，郁丞星示意我放松心情，闭上眼睛，我很快就会进入到沈晴的记忆之中。

我很顺从地闭上眼睛，准备着。那时的我完全信了郁丞星的话，认定了我所参与的实验就是这么一回事儿，甚至还有些庆幸，原来所谓的实验也算是做了好事，一点都不可怕；我还是个侦探，只不过是换了一个地方施展我的才能而已。

不知道过了多久，我恢复了意识。恢复意识的我才知道我刚刚失去了意识，果然，就像郁丞星说的，我没有任何痛感，就好像是手术前被麻醉，醒来时手术已经做完一样。

醒来后我观察周遭环境，我身处一间局促潮湿的小屋之中，半开放式的洗手间，简易的厨房，卧床和电脑桌全都集中在一个不到20平方米的空间里。但桌面的相框和粉色系的床单显示，这是一间女孩居住的房子，不用说，这一定就是沈晴的家。我要调查的死者是个生活窘迫的独居女孩。

我四下打量房间，本来还小心翼翼地躲避着脚下的杂物，但马上便发现我根本不用有任何躲避，我在这个空间里像个幽灵，我的身体可以跟任何物体重合。这种感觉很不好，就好像我是真的死了，灵魂游离在人间一般。

突然，我听到一个女人说话的声音，声音从房间的一扇小木门后传来。

"小轲，你放心，姐姐一定会赚够钱给你治病的，你一定要坚持住。"

"姐，我会加油的。你也不要太辛苦，不要那么拼命加班，晚上一个女孩子走夜路是很危险的。"一个稚嫩男孩的声音传来。

我惊讶，原来沈晴并不是独居，她还有一个弟弟，而且听声音也就十几岁，很虚弱，像是长期卧病在床。

我走到电脑桌前，看到了不少有关广告的专业书籍，键盘旁还有一个印着某广告公司Logo的小笔记本，凌乱的纸上都是一些写写画画的东西，像是广告创意。

看来沈晴就职的公司应该是一家广告公司。沈晴为了赚钱给弟弟治病，经常加班，经常一个人走夜路回家。那么她的死会不会跟她一个女孩子走夜路有关呢？

有关死者沈晴的基础信息我全然不知，都得靠我在沈晴的记忆中自己观察探索，这一点可要比我在现实中调查要费时、费力。

看到沈晴开着的电脑，我这才想起郁丞星的嘱咐，我必须确认日期和时间。好在电脑的屏保正是一个电子时钟，下面还有日期。我把日期和时间铭记于心。我所在的这个记忆时空比真实的时间早了整整一个月。我回想，现实中的这个时候，我还被囚禁在监狱里。

里间的小木门开了，一个年轻女孩走出来。我努力往里面看，只看到一堵墙，并没有看到沈晴的弟弟。我想要穿墙过去看看里间的情况，但令我惊讶不已的是，我竟然没法进入那个空间，就好像有一道厚厚的透明玻璃门挡在门槛处。怎么回事？那个空间，包括沈晴的弟弟，不都是沈晴的记忆吗？为什么我没法进入？"幽灵"也有被限制的无法入侵的领地？

我回头看沈晴，她是个相貌出众的年轻女孩，不施粉黛，身材瘦削，还穿着前些年流行的服装。看得出，弟弟的病和生活的重担压得她失去了这个年龄女孩子应该有的热情和追求。

沈晴的脸上布满哀伤和倔强。她默默地洗漱，准备出门上班。她在房间里忙活着，根本无视我这个"幽灵"。我则是紧紧跟随，目不转睛地观察着她的全部细微表情和动作，尽可能地搜集信息。

眼看沈晴已经快要收拾妥当，我又试着想要进入里间，但还是无法穿越那道门。无奈，我只好跟着沈晴出门。

沈晴下楼，她的家住在偏僻老楼房的阁楼，想要走到地铁站还要步行十几分钟。在经过老楼房下面的窄巷子时，她3次抬头去看侧面那栋楼的阁楼窗户，眼神里带着些恐惧和嫌恶。

我也抬头看那个方向的几扇窗户，很快便锁定了其中一扇，因为只有那扇窗前立着一个人影。我落后于沈晴的脚步，驻足尽力去看，那是一个男人，长发，脖子上还有文身，赤裸上身。虽然看不清他的表情和眼神，我的直觉却告诉我，他一直在冷眼看着楼下经过的沈晴。

我把这个文身男人纳入怀疑范围，他是嫌疑人之一。

地铁上，沈晴缩在角落里，戴着耳机摆弄手机。我凑过去看，原来她是在利用聊天软件跟一个名叫"落魄王子"的人文字聊天。

沈晴说："亲爱的，我正在上班路上，今天我也要加油，为了我们的明天加油。"

落魄王子说："亲爱的，我相信你的实力，努力为我们创造更美好的明天吧。相信我们很快就可以在一起了。"

沈晴问："很快？你已经定下过来的日子了吗？"

落魄王子说："亲爱的，我这边顺利的话，再有一周就OK，到时候就去找你。"

沈晴说："这么快？你不是说还要一个月吗？"

落魄王子说："怎么？你不是一直盼望着我快点过去，结束这种远距离的恋爱吗？你不是一直很想见我吗？放心，我不会让你失望的。"

沈晴说："我知道你不会让我失望，只不过我有些紧张，有点怕怕的。"

落魄王子发了一个大笑的表情，说："小傻瓜，没什么可紧张的，我们网恋也有4个月了，有4个月的感情基础，一周后的见面一定会一见如故，我们会很合适的，相信我！"

沈晴的嘴角抽动一下，似乎有些不情愿地输入一句话作为结束："我相信。到站了，午休再聊。"

我跟着沈晴下了地铁，走在熙熙攘攘的人群中，尽力去观察沈晴的面容。看得出来，这个谈了4个月网恋的女孩并没有为一周后与恋人在现实中的会面而兴奋愉悦，而是忧心忡忡。她并不喜欢这个落魄王子吗？还是说担心对方会对她失望？难道她隐瞒了她窘迫的背景，隐瞒了她还有一个拖油瓶般的重病弟弟？

会不会是因为落魄王子与沈晴见面后对其失望，两人之间产生矛盾，从而导致落魄王子激情杀人呢？看沈晴对落魄王子的态度，好像并不单纯，这两人之间的关系必须深入挖掘下去。不管怎样，落魄王子是我的二号嫌疑人。

出了地铁站，我一路追随沈晴。她走到高耸入云的写字楼门前的咖啡亭前排队，时不时看看前面还有几个人，时不时看看手机上的时间。

我也跟着往前看，这么一看不要紧，居然被我看到了一个熟人——郭翔！

郭翔，一个跟我只有两面之缘的男人，他曾经是卓实在气象研究预测公司的同事，也是唯一愿意跟内向、不善交际的卓实交流的同事。我怎么也没想到，我会在沈晴的记忆中遇到一个跟卓实有关的人。

郭翔买了一个汉堡和一杯咖啡，急匆匆地过马路，想要去对面的写字楼。看来，他就职的气象研究预测公司搬到了这里，他仍是个普普通通的上班族。就在我愣在原地，为自己遇见他惊讶没有反应过来的时候，郭翔已经消失在人群之中。

我懊恼地跺脚，懊恼之后又苦笑。我有什么好懊恼的？难道我还能追上郭翔，问他有关卓实的事情吗？这是在沈晴的记忆中啊，我只是个"幽灵"而已，没法脱离沈晴，没法与任何人对话。

沈晴买完了她的早餐，一边喝咖啡一边进了写字楼的电梯。电梯里很拥挤，我的身体不得已与沈晴重合。我低头望着近在咫尺的咖啡，一股浓郁的咖啡香扑面而来。

叮的一声，电梯门在35层打开，沈晴走出了电梯，而我还在为刚刚的咖啡香愣神。我居然还能闻到咖啡香，不过这也没什么好奇怪的，嗅觉跟视觉、听觉一样，是我在这个空间里保留的能力。

作为一个初来乍到的侦探，我的确是不称职的，我竟然在愣神的片刻把沈晴给跟丢了！电梯门关上，我在电梯门的镜面上看到了惊愕无措的自己的倒影！

怎么可能？我竟然脱离了沈晴的回忆，我竟然在镜面中看到了自己！

我没有时间思考太多，下意识就往电梯门走去，我以为我能够像个幽灵一样穿过那道金属门，回到35层，继续追随沈晴。

"小心！"一个男人的声音从我身后传来。

与此同时，我感受到了额头撞在门上的痛感。

"小姐，没事吧？刚刚忘记下电梯了？"那个说话的男人冲我微笑。没过两秒钟，电梯门又打开，我的面前是数字36。

我瞪大眼望着身边的男人，男人用手挡住电梯门，用眼神示意我快出电梯。

我浑浑噩噩地迈步，站在了写字楼的36层。我原地不动，一时间不知道该去往何处，周围路过的人向我投来好奇的目光。

第三章

虚 拟

突然，我头痛欲裂，强烈的疼痛让我禁不住叫出声来。再次睁眼，我的眼前是白晃晃的灯光。

郁丞星的声音传来，带着些许责备："首次实验中断。"

我的目光转向左侧的郁丞星，故作镇定地问："为什么中断？"

郁丞星起身，俯视着与我四目相对，表情凝重："监控数据出了点问题，实验中断。"

几分钟后，禁锢我身体的装置自动缩回，我恢复自由，身体有些僵硬虚弱。

"1015，你先回去休息吧，我跟公司高层开完会后会去找你谈谈。"郁丞星打开身后的房门，跟我一起退出。他指了指我的卧室的方向，然后自顾自地从大门离开。

郁丞星离开后，我也走到大门处，怔怔地盯着设计复杂的门锁。我知道我没法通过这道门，打开这道门同样需要郁丞星的视网膜和指纹，并且是同时需要。也就是说，如果只有我一个人，根本无法离开这间牢笼。

我回到卧室，躺在床上，揉着还有些抽痛的太阳穴，回想我刚刚那趟虚拟空间之旅。没错，实验一定是出了问题，否则我不可能脱离沈晴的记忆，并且还在镜面中看到自己，又被那个空间里的人看到。可到底出了什么问题呢？我想不到。那个时候的我根本一丁点都没有怀疑实验的实质，没有怀疑我正置身于一个骗局之中，我这样一个人，有什么好骗的呢？

抱着这样的疑问，我根本无法入睡。其实我从来就没有午休的习惯，白天很难睡着。两个小时后，郁丞星回来。我听到开门声，马上起身迎过去。

"到底实验出了什么问题？"我一边走向郁丞星一边问。

郁丞星用审视的目光注视我。我迎着他的目光，并不胆怯，我准备以不变应万变，等待他先给出解释。

"就像我之前说的，你不可以去改变沈晴的记忆，一旦你在她的记忆中做了什么，她的记忆就失去了真实性，意味着实验失去了意义，公司将损失惨重。"郁丞星义正词严。

我装作无辜，更不打算告诉郁丞星我在沈晴的记忆里看到了郭翔："我没有做什么啊？"

郁丞星看透一切似的走近我，直视我的眼睛："实验数据能直接显示在我的电脑上，你没有什么能够瞒过我。说吧，你到底做了什么不该做的事情。"

我与郁丞星对视许久，最后做出败下阵来的样子："好吧，我承认，的确是发生了一些让我意外的事。我在电梯里闻到了咖啡的香味，一时间愣神，忘记跟着沈晴下电梯，被困在电梯里。更让我惊讶的是，周遭的人突然能够看见我了，还跟我说话。"

郁丞星叹了口气："这部分内容是你的想象，而你的想象占据了沈晴的记忆，你将永远无法知道你在电梯里的这段时间沈晴到底发生了什么。入侵一段记忆的机会只有一次，无法重来。也就是说，关于沈晴的一段记忆，被你的失误抹去了，而且是永久地抹去了。但愿失去的这段记忆跟她的死没有什么大的关联，否则的话，实验失败。"

"我懂了，下一次我一定不会溜号。"我想博得郁丞星的信任。

郁丞星眯眼盯了我几秒，松了一口气："但愿。明天早上进行第二次实验，但愿明天的实验不会再出这样的问题，否则我很难跟上面交代。这一次的实验幸好我及时叫停终止，也对上面做了一番解释，替你掩饰了失误。但下一次恐怕我们就不会这么好运了。接下来是录制实验报告时间，你必须把你在沈晴记忆中的收获详细讲述，包括记忆起始的具体时间，然后提出你的意见。我会把你讲述的视频资料作为报告上交。"

我记得刚刚我在沈晴家苏醒之后看过电脑上的日期，连同日期在内，我把我在沈晴记忆中的经历详细讲了一遍。当然，我没说遇到郭翔的事。最后，我对郁丞星总结，我已经有了两个嫌疑人。郁丞星对我搜集到的信息还算比较满意。

"郁律师，实验中你只能监测到我的大脑的各种数据？你是通过数据来断定实验出了问题？"我对郁丞星实验时手里的那个平板电脑上的内容感兴趣，我想知道他，还有单面镜后面的人，到底对我在虚拟记忆空间里的一举一动能有怎样的监控和了解，"你们不能把沈晴的记忆影像化吗？"

"如果能够影像化，也就不需要你的存在了，不是吗？我们只能观测到你脑电波的数据，但数据直接显示你的工作状态，我可以通过数据得知你到底是在沈晴的记忆里尽职尽责还是脱离了她的记忆玩忽职守、为所欲为，也就是说，数据关系着你的命运。我之前也说了，如果再有今天这样的事发生，公司不会被我再次蒙混过去，会给我和你一定的惩罚。也就是说，数据不光关系到你的命运，也关系到我的前途和收入。"郁丞星玩味地说。

我当然明白郁丞星的意思，我是他推荐给公司的实验品，所以我们俩便成了一条船上的人，利益共同体。

"对了，我没法进入沈晴家的里间，只能在外面听到她跟她弟弟的对话，这是怎么回事？"我问郁丞星。

郁丞星蹙眉，思索片刻回答："每个人都有不愿回忆或正在被渐渐遗忘的事，沈晴的某些记忆有屏障，导致你无法直观，这也是有可能的。这一点你不必太过在意，尽可能去观察吧，最重要的是查出凶手。其实这种情况我们早就预料到了，正是因为有些记忆处于隐蔽状态，所以我们才需要一个侦探，不是吗？你必须通过已知线索建立你的推理，还原全部真相。"

郁丞星的这种说法我不能完全接受，但我又没有别的解释。也许沈晴关于弟弟的记忆太过痛苦，所以她的潜意识在与弟弟有关的记忆上设置了屏障，也许人的大脑和记忆就是如此复杂，还有太多无法解释的现象和问题。我现在纠结于这个问题的确没什么意义。

午餐是郁丞星和张莫执做的，这两人仍旧无视我的存在，在厨房和餐厅里说笑调情。但他们俩做的吃的还是很不错的。

午餐过后，我仍旧待在自己的房间里，一边回想从前的生活、跟卓实的点点滴滴，一边思考我该如何逃离这里。

我想要去洗手间，刚刚打开卧房的门，张莫执的声音从门缝里钻了进来："我觉得还是那个脖子上有文身的男人更像凶手。"

我僵在原地，瞬间意识到一个重要问题，郁丞星对我说了谎。我只是跟郁丞星提到阁楼的嫌疑人身上有文身，却没有明确地说文身在脖子上。如果张莫执是在跟郁丞星讨论沈晴的案子，要么她就是从警方那里得知嫌疑人之一是那个文身男人，也就是说警方的信息是跟他们公司共享的，要么就是郁丞星以及所有实验人员可以通过实验观看影像化的沈晴的记忆，他们也看到了那个男人的文身在脖子上。

会是哪一种可能呢？我冷静下来思考，到底哪一种欺骗更加有必要。顺着这个思路思考，我没有得出可能性更高的猜测。但是单论张莫执的那句"我觉得还是那个脖子上有文身的男人更像凶手"，我更倾向于第二种猜测，张莫执的意思好像是她直观地观看了我在记忆空间中所见的景象，所以才有了"更像"这种说辞。

他们真的能够看到我在记忆空间里看到的一切吗？他们能够看到我的一举一动吗？如果他们真的能够把沈晴的记忆影像化，就像郁丞星说的，那么还需要我做什么？我决定以明天的实验作为我的实验，来确定这一点。

第二天一大早，早餐过后我又一次进入了实验室，躺在实验床上。有了之前第一次的经验，这一次我的状态不错，更加从容。

实验前，郁丞星走到我身边，低头俯视我。我知道，他是在提醒我，或者说警告我不能再犯之前的错误。我用力眨眼，让他放心。

不知道过了多久，但根据昨天的经验，应该也就是两分钟左右的时间吧，我的意识从现实穿越到了沈晴的记忆空间。

我身在写字楼的35层——优画广告公司。通过公司工作间大大的电子钟我确认了此时的时间，正是上次实验的第二天。我站在工作间的大厅中扫视周围，很快就找到了正在电脑前专注工作的沈晴。我走到她身边，去看她的电脑屏幕。沈晴在给一个企业做VI设计，她一边修改自己的设计一边看会议记录。看起来，是会议上沈晴的领导对她的设计不太满意，提出诸多意见，要修改的地方很多。

沈晴一边忙一边时不时看看手机，估计是担心错过落魄王子的消息。但落魄王子一直没有信息。

"晚上留下加班。"沈晴的手机上突然弹出一条信息，发信的人网名叫"至高无上的主公"。

沈晴白了手机一眼，马上把这条信息删掉。

午休前，一个男人走到工作间的中央，拍手示意大家看向他。

"各位，最近手头的案子不少，在上午的会议中我也说了，很多设计都不尽如人意，连我这关都过不了，更别提让客户满意了。怎么样？今晚哪些人愿意留下加班精益求精？"说话的男人大腹便便，头发稀少，是个油腻的中年男人。看他的名牌，他是公司的设计总监，叫麦德逊。

沈晴谦逊地举手，看似很诚恳地说："我留下来加班，我这次的设计问题最多。"

麦德逊冲沈晴意味深长地微笑："很好。"

除了沈晴，还有一个戴眼镜的木讷实习生，看起来就是菜鸟的稚嫩男孩愿意留下加班，其他人并不表态。看着大家对加班的抵触，我突然意识到一个问题，这个加班是自愿的，而且很可能是无偿的。那么问题来了，如果加班是无偿的，沈晴为什么要留下加班，为什么不回家照顾重病的弟弟？之前听她弟弟话中的意思，沈晴加班是为了赚钱给他治病啊。

麦德逊转身往回走的时候眼神扫过沈晴，一边嘴角微微上扬，留下一抹猥琐的笑意。

沈晴躲闪麦德逊的目光和笑意，好像麦德逊的笑意是一根针刺入她的眼睛一样。目光转回自己桌面的时候，她又白了一眼手机。

我几乎可以确定，麦德逊就是网上那个至高无上的主公。麦德逊跟沈晴之间的关系绝对不只是上司和下属。貌似第三号嫌疑人也出现了。

午休时间，沈晴叫了外卖，一个人在茶水间吃，一边吃一边跟落魄王子视频聊天。我就坐在沈晴的身边，跟她一起面对着手机屏幕那边帅气逼人的落魄王子。

我原本以为沈晴会跟网络上的男友发牢骚，会提及找她麻烦的上司麦德逊，甚至还有阁楼上那个一直窥伺她的文身男人，但沈晴并没有。她跟落魄王子的对话全都围绕着一周后两人的相聚。沈晴还是老样子，对落魄王子的到来有些措手不及，说自己还没有准备好，一直在委婉地提出拖延见面。落魄王子当然也察觉到了沈晴的拒绝，但他不接受什么没准备好的说辞，最后两人不欢而散。

视频关闭之前，我突然觉得手机屏幕上的落魄王子不对劲儿，他说话时的面部肌肉稍显僵硬，喜悦和愤怒的时候更甚。这个人莫不是整过容？不，不像是整容，更像是……

虚拟人！这个落魄王子根本就是个虚拟人，是个不存在的人。当然，虚拟的只是影像，背后操纵这个虚拟人的是个活生生的人。这就好像是很多年前网聊刚开始兴起的时候一样，有一句夸张调侃的话：你不知道网络那边坐在电脑前跟你网聊的是不是一条狗？

我记得前几年就曾爆出过虚拟人电信诈骗的案例，那时候有不法分子研究出了虚拟人插件，可以在视频通信软件中把自己伪装成任何样貌、年龄的人。比如，A坐在影像通信设备的这一边，打开安装了虚拟人插件的通信软件，然后便可以正常动作、说话，而网络那边的B看到的实时影像便是一个虚拟人在做A的动作、说A的话，只不过相貌、声音完全改变。由此而来的网络诈骗和虚假绑架案一时间大量爆发。虚拟人插件可以轻而易举虚拟出各种样貌、声音，可比多年前的伪装面具和变声器成本更低，更加变化多端。但魔高一尺道高一丈，随着视频通信软件的功能及时升级，这场虚拟人风波如昙花一现，很快便销声匿迹。

据说当时有3个青少年利用这个软件假装绑架了某个暴发户富二代，通过视频软件展示给受害人父母看他们折磨富二代的直播。就在暴发户富一代父母悲愤交织，筹钱准备交付赎金的时候，软件公司在后台及时强制更新补丁，结果直播中被折磨的富二代瞬间变成了一个他们根本不认识的陌生男孩。于是这对暴发户富一代父母便收起了眼泪和赎金，冷眼看着3个陌生戏精男孩把苦肉计一直演到警方破门而入。

虚拟人的电信诈骗风波过去后，几乎所有网络通信软件都有了自动识别拦截虚拟人的功能。刚刚沈晴视频网聊的软件也有这样的功能，但是这个落魄王子却技高一筹，破解了软件常规的识别拦截。可想而知，若是这样升级后的虚拟人再掀波澜，发现和补救再怎么及时都会有一个延迟，也就意味着又会有一些人蒙受经济损失。

因为落魄王子以虚拟人的身份出现，他真正的身份掩藏在网络之后，所以我认为他的嫌疑暂排第一。而且我觉得他很有可能是个技艺高超的黑客，他发现了视频通信软件的漏洞，却没有把这个漏洞再卖给软件公司，也没有再像几年前那帮黑客一样利用这个漏洞去骗取钱财，而是单单把这个漏洞用在了沈晴身上。沈晴不过是个生活窘迫的年轻女孩，她有什么可骗的？

等一下，这个虚拟人落魄王子正好可以被我利用，用来当作证实郁丞星他们能否观看沈晴影像化的记忆测试，因为我相信，如果是郁丞星他们那样专业的人看到了落魄王子的影像，不可能看不出那是个虚拟人。而我，只需要装作没看出来，装作不知情即可。

午休后的时间仿佛瞬间快进，天色瞬间黯淡，我再看时钟，居然已经到了傍晚6点半。人的记忆也是详略得当的，对于深刻的记忆就会更加详细，对于生活中的琐碎和千篇一律就会忽略。这样很好，至少对我来说是好事一桩，否则每次实验4个小时，我若是也在记忆里跟实验对象一起度过4小时，那么要想搜集足够的信息去推理破案，不知道要多少次实验才够。恐怕一个案子都没破，我的大脑就报废了。

下班后沈晴留下来加班。等到晚上7点多，办公区只剩下她跟那个实习生，办公室里也只剩下麦德逊之后，沈晴起身离开座位，直奔走廊的洗手间。

35层的洗手间入口只有一个，沈晴前脚刚进去，麦德逊便也出了办公区往这边走来。我的直觉告诉我，这两人恐怕要在洗手间里秘密会面。

沈晴进入了女洗手间，麦德逊却在洗手间入口徘徊。10秒钟之后，女洗手间传来沈晴很大的咳嗽声。麦德逊听到这声音马上闪身进了女洗手间，我紧随其后。

然而，我又一次被一道无形的门隔绝在了洗手间门外。我试了好几次，就是无法往前迈出一步，洗手间明明没有门，可我就是进不去。

麦德逊的声音从洗手间里传来，他的声音令人作呕，说的话更是让我不寒而栗。他说："小晴，终于只有我们两个人啦，快，快点！"

沈晴和麦德逊在里面会做什么？答案可想而知。也许这就是沈晴的记忆把我隔离在外的原因。就像郁丞星说的，每个人都有不愿提及和想要逃避的记忆，在洗手间里跟猥琐男上司苟合就是沈晴想要逃避的耻辱记忆，所以沈晴便把我这个入侵者隔离在外。

沈晴跟她的上司麦德逊有染，这会不会就是她没有做好准备跟落魄王子相聚的理由？沈晴自然不可能真的喜欢油腻的中年男人麦德逊，看她对麦德逊的反感，她恐怕是有什么小辫子攥在麦德逊手中，不得已才委身于那么一个色狼。到底是什么小辫子，会跟她的死有关吗？或者沈晴是为了钱出卖自己的色相？

反正脱离了沈晴，我决定再做一个实验，哪怕这个实验会违背之前郁丞星的提醒和警告。我打算在这个记忆空间里自由行动，就像上一次错过了35层，到了36层一样。既然我在现实的世界里注定是个被囚禁的实验品，那么在这个虚拟的世界里，我想给自己寻得一些自由自主的空间，顺便以此作为实验，看看郁丞星他们到底能不能够知晓我在这个空间里的所作所为。

这样想着，我再次乘坐电梯，上了36楼。

36楼只有一家公司，是一家律师事务所。玻璃大门没有上锁，办公区还亮着灯，看样子也有人留下来加班。

我有些肆无忌惮，反正是在虚拟的世界里，按照郁丞星的话来说，这不过是我的想象，在自己的想象中如果都要小心谨慎，那还有什么意思？我大步走进事务所的工作间，随便挑了一张办公桌坐下，随意翻动桌面上的文件夹。

脚步声让我警觉起来，我抬头，看到一个瘦高的男人微笑着向我走来，他身后是一间办公室，门敞开着。

"怎么是你？"男人在我身边驻足。

我定睛一看，竟然是熟人，他不就是上一次在电梯里跟我说话，为我挡住电梯门的那个男人？

男人西装革履，身形瘦削高挑，相貌俊美，一看就是个精英，尤其是他的笑容很有亲和力。

男人先认出了我："你应该是在35层工作吧？"

我起身，不经思考地说谎："是的，你好，我叫汤佳敏，是楼下广告公司的设计师。你是……？"我之所以脱口而出"汤佳敏"这个名字，那是因为楼下的广告公司真的有个女实习生名叫汤佳敏，她就坐在沈晴的旁边，衣服上别着名牌，是个相貌清秀，长得有几分像我的女孩。

男人伸出手，礼貌大方："你好，我叫靳楠，是这家律所的合伙人之一。"

"你是律师？"没想到除了郁丞星，我还能认识一个律师。

靳楠点头后又用疑问的眼神望着我："所以，你来这里是……"

"哦，我只是没有灵感，所以到处走走，一边想设计一边游荡，不知不觉就走到这里来了。不好意思，打扰你了。"我都钦佩自己说谎的能力。

"没关系，正好，我正要冲咖啡，你要不要来一杯？说不定会给你灵感。"靳楠指了指他们律所的茶水间。

看着靳楠的背影，我突然想到了卓实，鼻子发酸。我不能沉迷在自己的想象中跟另一个男人展开一段朦胧的感情，我也不允许这样，我对自己居然会有这样的想象感到懊恼自责，对卓实充满愧疚。所以我选择不告而别，趁靳楠进入茶水间，我近乎逃离一般快步离开律所。

幸好我及时回来，我刚一来到35层便看到沈晴从办公区出来。她面色难看，比我更像个逃兵，匆忙进入电梯。我就像是个刚刚开了小差的员工，现在赶紧进入工作状态，跟了进去。

现在是晚上8点，沈晴乘地铁回家，返程途中，她一直捧着手机，像是在等落魄王子的回信，可她等到的却是至高无上的主公的信息。

"小晴，看得出，你想要结束我们的这段关系，我劝你最好不要动歪脑筋，有些事由不得你。你最好能恢复到之前的状态，否则会发生什么，我可不敢保证。我这个人，最恨背叛者。"

这是赤裸裸的恐吓。沈晴的眼泪在眼眶里打转，她还是强忍住了，颤抖的手在屏幕上按下3个字"我知道"。

原来，我一直对沈晴这个女孩没有什么私人感情，我觉得可怜她不如可怜自己，毕竟自己的命运也极其糟糕。但现在想想，不管怎么说我还活着，可沈晴已经死了，在她生命的最后时刻，她还在饱受着麦德逊的恐吓，她信任的网络男友落魄王子实际上又是个目的不明的骗子，她还有一个重病的弟弟。哦，对了，还有那个文身男人，像猎豹一样窥伺着沈晴这个猎物。我很同情沈晴，甚至想要出言安慰，更恨不得提醒她注意安全。但我知道，在沈晴的记忆中，我不过是个虚幻的幽灵，我们不在一个频段，说什么、做什么都改变不了现实。

将近9点，沈晴出了地铁站，走进那条回家必经的幽暗小巷时已经是9点10分。沈晴脚步加快，时不时警惕地抬头望向那扇窗，一丁点声音都会让她吓出一个激灵。

很快，沈晴的脚步放缓，她猛地回头。我也跟着回头，我看见了隐匿在黑暗中的一个人形轮廓。但我根本看不清那是怎样一个人，我甚至连近在咫尺的沈晴都看不清。因为巷子里实在是太黑了，没有路灯，只能凭借一侧楼房零星亮灯的窗子勉强照亮。

随着那个黑影幽灵一般地飘过来，沈晴的呼吸也越加急促。我回头去看沈晴，这女孩已经惊愕到僵在原地不会动弹。

我忍不住冲她大叫："快跑啊！"

我的意思是她家距离这里不过50米，只要她现在全力奔跑，不见得一定会被这个人抓住。但女人就是这样，恐惧袭来的时候，的确有可能变成这么一个任人宰割的雕塑。

沈晴还是没动弹，那个黑影却迅速移动，向我和沈晴靠过来。不知道是不是沈晴的恐惧传染了我，我也莫名地起了一身鸡皮疙瘩。我明知道我只是一个看客，这个黑影没法把我怎样，可就像身临其境地看恐怖电影一样，我还是害怕。

渐渐地，我看清了，黑影的轮廓逐渐清晰，他梳着一头披肩长发，而且身形明显是个男人。无疑，他就是早上从窗子窥伺沈晴的那个文身男人。更加可怕的是，随着文身男人越加清晰，我看到他正端着右手臂，他的手里有一把手枪，枪口直对着沈晴！

沈晴当然也看到了文身男人手中有枪，她颤抖出声："求你，放过我吧。"

伴随着子弹上膛的声音，文身男人又前进了一步。

沈晴双腿发抖，大口呼吸，急促地说："求你，我的好日子马上就要来了，我熬了这么久，好不容易要转运了，不要在这个时候杀我。一周后我男友就会来找我，到时候……到时候我就有钱了，我可以给你钱。"

文身男人的身影停在距离我们几米处，他的脸并没有在黑暗中显现出来。但他比我更像一个幽灵，一个跟踪在人类身后，靠吞噬恐惧而生的鬼怪。听到沈晴这样说之后，他竟然放下手臂，收起了枪，缓缓后退。

我原本以为这就是沈晴遇难的时刻，没想到竟然峰回路转，沈晴这几句话居然让文身男人撤离了！他真的相信沈晴会给他钱？他到底想要从沈晴这里得到什么？沈晴和她周围的这些人全都包裹在谜团里，我一个也看不透。

沈晴终于活动了四肢，突然转身逃离，一口气跑回了她顶楼的家。她喘着粗气，一时间却无法把钥匙准确插入锁孔。

"喂，"一个女人慵懒的声音从楼下传来，"月末了，又到交房租的日子了，这次你又要拖几天？"

我和沈晴先后走到缓台往楼下看，那是一个30岁出头的女人，穿着褪色的睡衣，咬着烟，她站在5楼房门前，身后的房门还开着，里面隐约能够听到嘈杂的电视声，好像是在播放追车戏，能听到各种车子的引擎和刹车声。看得出，这位沈晴的房东日子过得也不怎么样，否则也不会住在这种贫民区。

"3天，3天之内我一定攒够房租。"沈晴怯怯地说。

"3天？哼，我怎么不信，你不要给我拖到第13天就好。"女人吐了一个烟圈，不屑地说。

"不会，最迟一周，一周后我肯定交租，我发誓。"沈晴耐心而诚恳地说。

"是吗？"女人含混不清地反问，得意的笑意在嘴角一闪而过，"那我就等着啦，但愿你不会让我失望。"

房东女人关了门，沈晴也进了自己的房间，只有我僵在门口，忘记跟进去。刚刚那个房东，她说话的腔调、说话时面部肌肉的走向和习惯性地扬起左边嘴角都给我一种似曾相识的熟悉感。对了，那个虚拟人落魄王子！她刚刚一闪而过的笑意是因为沈晴提到了一周之后肯定交租，而一周后正是落魄王子要过来跟沈晴在现实中碰面的日子。

我简直不敢相信，沈晴的网络情人其实就住在她的楼下，就是她的女房东！可如果真是这样，为什么？女房东有什么理由要这么做？还是那个问题，沈晴这样的女孩，有什么值得骗的？

我穿过房门，进入沈晴的家，正好赶上她关上了里间的房门。我试着去穿过那道门，还是跟上次一样无法进入。

"小轲，我回来了，今天又是忙碌的一天。"沈晴的声音传出来。

"姐，你不要这么辛苦了，不如我们离开这里吧，回老家去。"虚弱男孩的声音。

"那怎么行？留在这里我才能赚到钱，才能给你治病。"

"不治了，姐，我不想治病了，我知道我活不了多久，你又何必为我……"

"不许你这么说！"沈晴哽咽中带着严厉。

第四章

试探

我像是每天早上的自然醒一样，在平静中睁开眼，回到现实。

"怎么样？这次实验还算成功？数据正常？"我侧眼去看身边的郁丞星。

郁丞星点头，又按了几下手里的平板电脑。

太好了，这一次我脱离沈晴的行动并没有像上一次一样造成数据异常，也许是因为这次我没有了上一次的惊讶、紧张，也许是别的什么原因。总之这对我来说是好事一桩。

我的身体恢复自由，从实验床上下来。我看着对面镜子中的自己，仿佛能够看到镜面那边坐在电脑前的十几个人，他们跟郁丞星一样，都是这场实验的参与者、监控者。张莫执应该也在他们之中。

这次实验的时长是上一次的好几倍，我完整地度过了实验的4小时。现实中，我昏睡了4个小时。实验结束正好是午餐时间，所以这一次郁丞星和张莫执没有了在厨房里你侬我侬地做午餐的心思，张莫执直接提着3人份的套餐到来。

对公司来说，我是他们的实验对象；对我来说，我把张莫执当作了我的实验对象。

午餐过后，郁丞星和张莫执坐在我的对面，架设好摄像机，准备这一次的实验报告。我把沈晴一整天的经历对着摄像头详细复述了一遍。当然，我没提落魄王子是虚拟人，实际上就是沈晴的女房东这一点；更没提我在写字楼的36层跟靳楠律师的邂逅。

视频报告录制结束后，郁丞星和张莫执一起去送报告，一直到傍晚才一起回来。我询问他们公司高层对报告是不是有什么不满，还特意对着张莫执再次重复我刚刚的观点，说："我觉得目前看来麦德逊的嫌疑最大，他很可能是抓住了沈晴的把柄，以此要挟沈晴委身于他。"我说了谎，实际上我认为嫌疑最大的是沈晴的女房东，那个就住在沈晴楼下，却要伪装成异地网络男友的可疑女人。

张莫执嘴角上扬，看我的眼神仿佛在说：你也不过如此嘛。她的这个微表情没能逃过我这个侦探的眼睛。我的实验对象刚刚展露出的神态就是我猜测的佐证。

"我倒是觉得跟沈晴网聊的落魄王子更可疑，你应该把调查重点放在这个人身上，"张莫执不假思索地脱口而出，"这个人可不简单呢。"

郁丞星不着痕迹地轻咳了一声，阻止张莫执继续说下去。

"可落魄王子在现实中并没有出现，他只是通过网络与沈晴网恋啊，我除了能通过沈晴的手机看到这个男人的样貌之外，对他根本无从查起。"我理直气壮。

张莫执微微眯眼，像老师训诫启发学生、上司提点下属一样："真的无从查起吗？还是说你忽略了什么？你有没有仔细观察落魄王子的样貌？有没有什么显著特征……"

"莫执，"郁丞星出言打断张莫执，语气不再像以往那么温柔，多了几分严厉，仿佛从恋人关系一下子跳到了同事关系一样，"我们的任务是记录实验成果，不包括参与意见！幸好实验报告的视频录制已经结束，否则你这些话也被录进报告里，一定会遭到处分。"

张莫执像是突然意识到失言，捂住嘴巴，抱歉地望着郁丞星。她的这个反应简直是此地无银三百两，所以郁丞星看她的眼神中又多了几分责备。

我的实验接近尾声，我已经有了结果，但还缺一个收尾。

"的确，落魄王子很可疑，沈晴对他一周后的到来好像有些抵触，"我征求意见似的问张莫执和郁丞星，"我觉得有必要查一查这个人，我可以画一张落魄王子的画像，你们把画像给警方，说不定能够找到这个人。"

"没这个必要。"张莫执又一次脱口而出，她真的是一个心直口快的女人。

郁丞星的嘴角下垂，显然是对张莫执的这句话仍旧不满，但他还是顺着张莫执的话继续往下解释："的确，没有这个必要：我说过，我们跟警方的调查方向应该是两条平行线，互不干扰。你只管在有限条件下继续你的调查，最多还有3次机会，公司的意思是再有3次实验后，你必须给出你的推理，否则这项实验可能会被叫停，公司会重新评估你的实验价值。"

我点头，也是，这种实验总不可能任凭我无限制地进行下去，我必须拿出成果，证明我这个实验品的价值，否则公司真的会像舍弃一台报废机器一样舍弃我。

"莫执，你也累了，回去休息吧，晚点咱们再联系。"郁丞星起身，对张莫执下了逐客令。

张莫执对郁丞星恋恋不舍，但郁丞星对她的态度大不如前，根本没有跟她拥抱告别的意思，不耐烦地催促她快离开。

张莫执离开后，郁丞星回到我面前，沉默片刻后突然问："怎么样？现在你满意了？"

"什么满意？"我惊讶于郁丞星的敏感，但只能装糊涂。

"我不允许你再利用莫执的单纯和心直口快，你如果有什么疑问，可以直接问我。"郁丞星直视我的眼睛，有些咄咄逼人。

我跟郁丞星算是棋逢对手，明人不说暗话，我索性承认："那么你现在跟我说实话，实验中，你们是不是也可以看到我在沈晴记忆中看到的一切？你们通过我，能够把沈晴的记忆影像化？"

郁丞星出乎我的意料，竟然痛快地点头承认了，一定是因为张莫执刚刚的表现，他认为已经瞒不住我，与其我们这样相互猜测，不如索性坦白。

"的确，我们看得到，所以落魄王子是虚拟人这一点，你没有必要再隐瞒，所有监控实验人员都看出了这一点。我违反了上面的意思，对你和盘托出，那么你呢？"郁丞星开诚布公后，等待我的回馈。

"好吧，我承认，我不但看出了落魄王子是个虚拟人，还知道他真正的身份，就是住在沈晴楼下的女房东。下一次我会着重调查这个女房东。"为了显示我的诚意和推理能力，我也实话实说。

"很好，还有吗？这次实验，你有没有脱离沈晴私自行动？"郁丞星的眼睛仿佛能把我看透。

我没有丝毫的犹豫，马上回答："当然没有，为了不错过任何线索，我跟沈晴寸步不离。"

"这么说，你在女洗手间里目睹了沈晴跟麦德逊交欢的全过程？"郁丞星又咄咄逼人。

我不自在地低头，不愿意跟一个男人承认自己目睹了那样的过程，但又不能坦白自己私自行动，只好假装尴尬害羞地点头。

郁丞星站起身，结束谈话："很好，继续保持。明天实验继续。"

我回到自己的卧室，总结我的实验成果：没错，他们能够看到我跟沈晴在一起时的影像，从某种程度而言，我成了他们探入沈晴记忆的摄像头，我不知道这在技术上是怎样实现的，但以他们的科技，我觉得这并不太难。如果郁丞星刚刚没有故意说谎对我放水的话，也就是说，他们看不到我脱离沈晴以及与沈晴相关人员的影像。所以，他们并不知道我去了写字楼的36层，做了与工作毫无关系的事情，跟一个帅气的律师聊天。也就是说，我可以利用这个漏洞去做我想要做的事情，只要我做的事情的相关人员是与沈晴没有关联的即可。

第三次实验。

像上一次一样，我跟在沈晴身边乘地铁上班。沈晴还是在写字楼下的咖啡亭前排队买早餐。我却没有乖乖跟在沈晴身边，而是放眼眺望四周，我在等郭翔。

沈晴已经买完了早餐，转身往写字楼走去。我却没有要跟上去的意思，依旧守在咖啡厅旁。沈晴白天上班，我就算一直在旁陪伴，多半也不会有什么线索和进展，麦德逊不会选择大白天在众目睽睽之下对她怎样。就算我脱离沈晴会承担一定的风险，错失一些线索，我也必须这样做，因为我有更重要的事情要做。我得去跟郭翔谈谈。

说实话，我并不全然相信郁丞星的说法，他说我脱离了沈晴记忆的所作所为是我的想象，我觉得不对。我不可能想象我会跟律师靳楠有什么接触，我有卓实，哪怕他已经死了，我仍然深爱着他。如果不是想象，会是什么呢？我没有答案，但我要去探索答案。

远远地，我看到了郭翔匆忙的身影，他往咖啡厅这边疾步走，时不时抬头去看写字楼电子屏上的时间。今天郭翔有些晚了，果然，在距离咖啡亭十几米的地方，他掉头，看来他今天是不打算吃早餐了。

我快步跟上去，直接跑到郭翔身后，从后面伸手拍他的肩膀："郭翔，你好。"

郭翔回头，诧异地看着我："你是……？"

我尽量友好，生怕他不理我："你好，我叫许谧，是卓实的妻子。"

"卓实？"郭翔挠头，像是第一次听到这个名字。

"就是你曾经的同事，你们都在气象研究预测公司工作过，不是吗？"我忙解释。

也许是我提到了公司这个词，郭翔回过神，继续快步往前走。我只好跟在他旁边，边走边说："你不记得他了吗？他就坐在你旁边的位置。我去过你们气象研究预测公司两次，两次我都看见你在跟卓实交谈。请务必回想一下。"

郭翔的脚步放缓，恍然大悟："哦，我想起来了，卓实，那个卓实。你是他妻子？他结婚了？"

"是的，我有很重要的事情想要请教你，"谢天谢地他还记得卓实，我抓紧时间进入主题，"你跟他做同事多久了？没听说他是已婚人士？他跟气象研究预测公司楼下那家咖啡厅的女老板，叫冯依依的女老板之间的事，你听说过吗？"

可能是因为我一下子问了太多问题，郭翔有些招架不住："什么什么？什么女老板，我不知道啊。但是我真的不知道他已经结婚了，我对他可以说是一无所知。"

"怎么会？你跟他很熟络的样子啊。"我的语气越加急促紧张。

"你说你去过气象研究预测公司两次？哈，巧了，卓实也就去过公司两次，他不是我的同事，是集团派来的软件维护工程师。他那个人很内向，也不怎么跟我们说话，我这个人最看不得什么人被冷落孤立，看他一个人忙活怪可怜的，就主动跟他攀谈。可他也不怎么理我，两次过来，就跟我说过4句话，两句你好，两句再见。哈哈。"郭翔自嘲地笑。

我的脚步放缓，落后了郭翔两步后才反应过来跟上去："你是说，卓实不是你的同事？那……咖啡厅的老板冯依依呢？"

"什么咖啡厅老板冯依依？你是说气象研究预测公司楼下那家在水一方咖啡厅吗？那里我经常光顾啊，老板是一对中年夫妻，我记得他们都不姓冯。"郭翔说着，已经走到了写字楼的大厅，他划卡进入安检口，我被阻拦在了外面。

我是真的很想像个幽灵一样通过安检，可偏偏脱离了沈晴，我在这里就是个大活人。但现在不是抱怨这些的时候，最重要的是，郭翔竟然告诉我卓实并没有在气象研究预测公司工作过，他是个被集团派去维护软件的工程师。这怎么可能？

这没什么不可能的，卓实骗了我，他那阵子一直找不到工作，却骗我说找到了工作。也许他并不是什么工程师，他只是伪造了工程师的身份，选了一家最好蒙混过关的公司进去演戏，为的只是给我看。是的，我两次去气象研究预测公司找卓实一起下班，两次的日期和时间都是卓实提出来的，那两次是他主动邀请我去接他下班的。

如果真是这样，警方不可能查不到！可是从审讯到宣判，没有任何人跟我提起过这一点啊。等一下，郭翔说咖啡厅的老板是一对中年夫妻，并且都不姓冯。如果郭翔说的咖啡厅是气象研究预测公司附近唯一的一家咖啡厅的话，那么是不是冯依依这个人也是不存在的？

不对，冯依依是真实存在的，法庭上我见过她。那是一个跟我年纪差不多的漂亮女人，她很伤心，为卓实的死流泪，但是却始终躲避我的目光。如果她真的是卓实的恋人，并且把我当成了杀死卓实的凶手，她不该躲避我的目光，应该憎恨地怒视我，不是吗？只有两次，法庭上冯依依的目光瞟向我，就好像触电一样马上躲开。现在回想，完全就是心虚的表现！没错，卓实怎么可能有外遇！这一切都是针对我的阴谋。

如果郭翔的话不是我的想象，如果他说的是事实，那么真相就是我被设计了！是谁设计了我，栽赃给我杀人的罪名？他这么做到底有什么目的？现在我的处境，是不是就是他目的的达到的后果？

我脑子里闪现出一个人——郁丞星。

不，现在下结论为时过早。我必须先确定郭翔的话是否属实，但我没法在现实中去确定，现实中我是个被囚禁的实验品，只有在这里，在这个表面来说是沈晴记忆空间，实际上不知道是哪里的空间我才是自由的，才能够去证实郭翔的话。可问题是，在这个空间里我所调查得知的事是不是事实？

我坐在街边看着熙熙攘攘的人群，看着繁华喧嚣的熟悉都市，一时间迷茫到无措，我不知道我该做些什么。几分钟后我回过神，我不能太过激动、紧张，否则很可能会像第一次实验因为数据异常被迫中止。是的，我得冷静，我是个侦探。不管我在这个空间里获取的有关卓实的信息是真是假，是不是我的想象，我都得继续追查下去，只有查下去才会知道结果。

把手伸进口袋，我苦笑，我的身上没有钱包、没有手机，我身无他物。可到原来的气象研究预测公司楼下的咖啡厅车程就要半个多小时。我如果乘坐地铁逃票，很可能会引起骚动，打车坐霸王车，也会跟司机起争执。骚动和争执都很有可能引发数据异常而被郁丞星发现，导致实验终止。怎么办？

我快步跑回了沈晴就职的写字楼，先是去看了一眼正伏案工作、没什么异常的沈晴，而后又上了36层。

"我找靳楠律师。"我对律所前台的漂亮女孩说。

"请问您是哪位，有预约吗？"前台小姐礼貌地问我。

我苦笑："我叫汤佳敏，请帮我转达，就说上一次不告而别很抱歉，我想请靳楠律师喝咖啡赔罪。"

前台小姐意味深长地笑笑，拿起电话听筒，报上了我的名字，转述了我刚刚的话。挂上电话，她从前台后方走出来，引领我进入律所。

我来到靳楠的办公室，坐在会客沙发上，冲靳楠微笑。我在刻意展现我的魅力，因为我得让这个男人请我喝咖啡，还得去半个小时车程之外的在水一方咖啡厅。

我的目的达到了，我只是提到了有一家咖啡厅的咖啡不错，靳楠马上起身，拿起车钥匙说："那还等什么呢？"

"可……可这还是上班时间啊。"我受宠若惊地起身。

靳楠冲我眨眼，稍显得意地说："你忘了？我是这家律所的老板之一，我可以随时给自己下班。"

我乘坐靳楠的车直奔在水一方咖啡厅。在靠窗的卡座上落座之后，服务生很快过来服务。我不急着点吃的，开门见山地问服务生："请问这家店的老板还是冯依依吗？我是她的大学同学，好久不见了，今天特意过来。"

服务生瞪大眼，随即礼貌微笑："不好意思，您可能记错了，我们这里的老板不姓冯。"

"不会吧，我记错了？难道冯依依已经把这家店转让了？"我反问。

服务生微微摇头："小姐，您一定是记错了，这家店已经有8年的历史，从8年前开店一直到现在，老板都没有换过人。我们老板是一对夫妻，老板姓张，老板娘姓朱。"

我抚住额头，对着靳楠尴尬地笑笑："看来我真的是记错了。不介意的话，能陪我在这附近找找我大学同学开的咖啡厅吗？"

靳楠倒是无所谓，马上起身准备带着我离开。

服务生还是很客气，在前方带路，为我们开门。

"对了，你知道这附近哪里还有咖啡厅或者餐馆吗？"我虽然嘴上这么问，但也知道是白问，因为据我对这附近的了解，在水一方是唯一一家咖啡厅。除了这里，最近的一家饮品店也在两个街区之外。

果然，服务生的回答跟我想的一样。但我还是不死心，硬是拉着靳楠又跑了最近的4家餐馆。终于在第5家，我们吃了午餐。

午后，靳楠载着我回到写字楼。我对折腾了他一上午表示抱歉，他却丝毫不在意，第5次问我的手机号码。我哪有什么手机啊，靳楠怎么可能找得到我？但我也不能再回绝他这个问题了，再不说号码，恐怕以后也没法再找他帮忙。我随意说了一串数字，看着靳楠心满意足地把这串数字输入手机。

回到沈晴身边，我还是无心投入我的本职工作，满脑子只有自己的事。郭翔的说法是真实的吗？冯依依到底是谁？我所在的世界到底在哪个维度？我在这里调查到的到底是我的想象还是事实？

转眼又到了下班时间，沈晴仍旧留下来加班，麦德逊也没走。我以为这两人又要到洗手间的隔间里行苟且之事，但出乎意料的是，今天的麦德逊却正经得很，脸上没了之前的坏笑，甚至有些正气凛然。

"今天就到这里吧，沈晴，回家吧，"7点多，麦德逊来到沈晴身边说，"正好我也要走，送你一程吧。你一个女孩子总是走夜路也不安全。"

真是好笑，这会儿知道沈晴走夜路不安全了，那么上次呢？麦德逊还真是个衣冠禽兽，今天不知道抽什么风，愿意扮演关心下属的领导了。我原本以为沈晴会拒绝，没想到她犹豫了一下居然答应了。

"那好吧，剩下的部分我带回家去做。"说着，沈晴把电脑旁的平板装进了随身的背包里。

我看沈晴顺从地跟着麦德逊离开，一直到地下停车场上了麦德逊的车，这才反应过来，看来这两人这一次是要在车里办事。麦德逊肯定不会直接送沈晴回家，会先把车开到什么隐蔽的地方，在车里……他们俩还真是会寻找刺激的地方。

我正想着，却意外发现自己竟然没法上车。我又一次被拒之门外。看来沈晴跟麦德逊亲热的记忆是她的最后防线，恐怕这段记忆就连她自己都努力回避，我这个入侵者自然无法目睹。这样说来，我所在的空间真的是沈晴的记忆？

眼看麦德逊的车子开走，我一时间不知如何是好。

"嗨，佳敏，你怎么会在这里？你不是没车吗？"靳楠的声音传来。

我一转头，只见靳楠提着公文包，一边掏车钥匙一边往我这边走来。太好了，沈晴一离开，我又成了大活人。

靳楠提出送我回家，我匆匆上了车："快，靳律师，快追上前面的车。我的女同事被色狼领导骗上了车，我得跟上去，必要的时候解救我那单纯不谙世事的小姐妹。"

靳楠对我刮目相看，马上发动车子："看不出啊，你还是个侠肝义胆的女侠。没问题，一定追得上。"

靳楠的车技没的说，很快，我便看到了前方麦德逊的车。如我所料，麦德逊并没有直奔沈晴家的方向，而是开往相反的方向。车子在经过一家银行的分行之后，突然就像是喝醉酒一样，左摇右晃，好几次差点撞上行人，好几次差点冲上人行道。

"看来你们的色狼领导已经等不及了，居然一边开车一边对你的小姐妹动手动脚，"靳楠忧心忡忡地说，"前面就到江边了，他们要是再这样下去，很有可能直接开进江水里。咱们还是拦停他们吧。"

我没有马上同意，我担心靳楠真的拦停了他们，4个人下车面对面，我会在沈晴面前又变成幽灵，靳楠会被我的突然人间蒸发弄得疑惑、恐惧。那样的话，我以后就再也没办法利用他的帮助了。

靳楠刚要施展车技追上去拦停麦德逊的车，麦德逊的车突然又恢复了正常。

靳楠降速："看来你们的色狼领导也终于意识到了这样有多危险，已经停手了。现在怎么办？你要不要给你的小姐妹打个电话？如果她想要告领导性骚扰的话，我可以做她的律师。"

我冲靳楠微笑："靳律师，你真是个好人。"说这话的时候，我居然下意识地拿靳楠跟我认识的另一个律师比较，我觉得靳楠比郁丞星强一万倍。而后，我为我这个想法感到震惊，这两人完全是两个世界不相干的人，我干吗拿他们做比较？

"哪里，你的朋友嘛，我能帮忙当然要帮。现在就等女侠下令了，怎么样？要不要阻止他？"靳楠很尊重我的意见。

"先不要，先看看情况。"我话音刚落，麦德逊的车子在前方掉头，开始往回开。又过了几个街口，我看出来了，这正是前往沈晴家的方向。

我紧盯着前面的车，满脑子都在想象麦德逊和沈晴在车里的情景、两人的对话。

靳楠慢慢把车停在路边："你的小姐妹下车了，看样子有些慌张。"

我抬眼望去，几米之外沈晴跌跌撞撞地下车，往那片黑暗中走去。搞什么，既然要送沈晴回家，为什么不送到家门口，反而要在这里停车，最危险的一段路不就是这段吗？

麦德逊的车子决绝掉头离开，沈晴迈着凌乱的步伐隐入黑暗。

我开车门下车，丢下一句："别跟过来！"

"怎么可能？"靳楠的态度比我还要强硬，他还是跟下了车，追在我身后，"我陪你，这里太黑了，我来护送你们两个女孩子。"

我一把甩开靳楠："不行，你别跟过来！放开我！"

尽管我对靳楠绝对没有男女之情，但我真的不想对帮助过我的靳楠如此蛮横，可没办法，如果他跟过来，我便无法在沈晴面前隐身。

靳楠被我的强硬吓到了，瞪着无辜又疑惑的眼，无奈地摊开双手："佳敏，你是不是有什么事瞒着我？从我第一次见你，你就神神秘秘的。"

我不知道如何应答，只是放眼眺望沈晴家的方向。我没有看到沈晴，却看到了一个长发披肩的高大身影，是那个文身男人，他又出现了。也许就在我跟靳楠纠缠的时候，他对沈晴下手了！如果靳楠跟着我看到了沈晴受伤，也就等于改变了沈晴的记忆。我不能让他继续参与到我的工作中，参与到沈晴的命运中，我真的没有工夫再跟靳楠耗下去，于是我决定来一招狠的。

"别再跟着我，我有家，我老公会看到的！"我冲着靳楠恶狠狠地警告，"我只是想跟你玩玩，但你太认真了。"

说完，我拔腿就跑，跑开几步后再回头，果然，靳楠没有跟上来，他僵在原地，身影落寞凄凉。

借着两侧楼房窗子的灯光，我一路观察，幸好，我没有看到沈晴倒在哪一处，也没看到那个文身男人。一路狂奔到了沈晴家门口，我穿墙而入，很好，沈晴还安然无恙地待在家里。

收拾了一阵，沈晴进入里间。我又一次试着跟进去，还是枉然。

"小轲，一周之后就会有结果了。"沈晴怅然地说。

"姐，我们还是走吧，回乡下老家去。你不要再为我的事烦心了，就让一切顺其自然。"

沈晴叹息着："唉，已经没有回头路了。小轲，再有5天，5天之后我就带你离开。"

我总觉得今天这姐弟俩的谈话很不对劲，他们没提到治病，而且沈晴提到了5天。5天之后是什么日子？不就是她的网上恋人落魄王子要来跟她在现实中会面的日子吗？难道沈晴是想带着弟弟跟落魄王子一起离开？她现在有把握落魄王子会接受她弟弟了？

我总有种感觉，5天之后，沈晴就会出事，她又盼又怕的日子，就是她的死期。

不过，既然提到了落魄王子，我想我绝对有必要去调查一下这个女房东。她算是跟沈晴有关的人，那么我在她面前是不是也可以隐身？

我试着来到了楼下，伸手去摸门。很好，我的手隐入到了门里。我这个幽灵成功地飘入了女房东的家。

女房东正坐在客厅里玩赛车游戏，很专注的样子，这让我想起了之前我曾听到她家里传出来的汽车引擎的声音，当时我以为她在看电视，没想到是游戏。桌子上一片狼藉，抽屉拉开一半，抽屉里她的身份证和驾照也胡乱摆着，跟一堆杂物在一起。根据证件，我终于得知，女房东名叫宋妍曦，35岁。

环顾整个房间，墙上贴着不少汽车画报，还有她身穿赛车手服装站在赛车旁的照片，柜子上摆着几个奖杯，都是赛车方面的奖项。床头还有一张合照，是宋妍曦跟一个男人脸贴着脸的亲密照，背景是赛车比赛的现场，两人都穿着赛车服。我刚要转移目光，突然发觉这张合照有点不对劲。我蹲下，仔细打量，这才发现端倪。这根本不是情侣的亲密照，而是修的照片。

毋庸置疑，宋妍曦曾经是个赛车手，是一个曾经风光无限，现在却落魄的赛车手，一个明恋或暗恋某位帅气男车手却爱而不得的单相思女人。

渐渐地，我的注意力被宋妍曦玩的赛车游戏吸引，准确来说，吸引我的不是这个游戏，而是游戏里的背景画面，赛车经过的街道和周边的环境都那么眼熟，眼熟到我好像刚刚就看见过。

"Yes！"宋妍曦兴奋地叫了一声，游戏结束。我怔怔看着大大的电脑屏幕，一时间呆愣无语。宋妍曦明明把车开入了江水中，明明是没操控好输了游戏，为什么她会那么兴奋开心，像是赢了游戏？

第五章

失 败

我睁开眼，第一眼看到的还是郁丞星。

郁丞星走到我面前，不可思议地盯着手中的平板电脑，又来回看我，惊诧地问："还不到4个小时，怎么回事？是你终止了实验？你居然可以……"

我也很惊异，我没想到我真的可以自主地结束实验。刚刚在宋妍曦的家里，在我看到游戏结束画面之后，我便冒出了一个想法，实验可以结束了，我想要结束实验，没想到我的主观意识真的让我从实验中醒来。我居然可以！

郁丞星看我也一脸惊讶，不明所以，便转而问我："为什么突然终止实验？难道你已经完成了任务？"

手脚上的束缚松开，我从实验床上下来，自信一如从前的我："是的，我已经有了嫌疑人人选和杀人动机。"

郁丞星松了一口气，用赞赏的眼光看我："很好，既然你已经有了推论，那么我们马上录制实验报告。"

我回到客厅，面对摄像头，一如从前的我那般自信，说道："嫌疑人人选有三，分别是住在沈晴楼下的女房东宋妍曦、沈晴公司的设计总监麦德逊，以及那个脖子上有文身的长发男人无名氏。当然，这一点我早在前两次实验的时候就已经得出推论，这3个人非常可疑。但我一直没法参透他们对沈晴的杀人动机，直到刚刚。"

"动机是什么？有人表现出了动机？"郁丞星问。

"动机就在于沈晴是个临阵脱逃的背叛者，她背叛的正是这3个嫌疑人。"

"背叛？"郁丞星不明所以。

"是的，沈晴的记忆我不必重复，之前的报告里我都详细陈述过，所以我直接给出推理，我认为沈晴、麦德逊、宋妍曦和文身男人其实是一伙的，他们正在秘密筹划一起银行抢劫案。这4个人在计划中各有分工。"我望向郁丞星，果然在他眼中看到了不可思议。没错，他们也都能通过我把沈晴的记忆影像化，他们能够看到我看到的一切，但他们毕竟不是我、不是侦探，无法洞悉表面之下的风起云涌。

"如何分工？"郁丞星饶有兴致，调整好坐姿，准备欣赏一场精彩的推理。

"首先，抢劫银行需要一个或多个劫匪，而在他们的计划中，只有一个劫匪，也就是有枪的文身男人。他曾经用枪指着沈晴，拿枪的姿势和架势看起来应该是个枪械老手，以前很可能有过这方面的经验；他本身又有枪，由他担任任务最为艰巨的劫匪再合适不过。"

郁丞星点头："的确，那么沈晴呢？她负责什么？"

我微微一笑："别急，最后再说沈晴。先说麦德逊，麦德逊表面上看起来是个百无一用的书生，大腹便便，也上了年纪，但他看起来是个中产阶级，并且有车，他最适合的角色就是人质。按照计划，在他们约定抢劫银行的时间，麦德逊会去银行办理业务，文身男人蒙面持枪进来抢劫，由麦德逊暗中作为内应和被文身男人选中的人质。文身男人会带着抢来的现金要求麦德逊把车钥匙给他，然后在上车之后，抛弃麦德逊这个累赘，独自驾车离去。"

郁丞星叹了口气说："的确，麦德逊会把车停在银行门口，最方便开走的地方，为同伙提供便利条件。那么宋妍曦呢？"

"值得一提的是宋妍曦从前的职业，她是个赛车手。"我提示郁丞星。

"难道宋妍曦会藏在麦德逊的车里，由她驾驶车子以逃过警方的追捕？"郁丞星反问。

我摇头："并不是，宋妍曦和沈晴一样，这两个女性会隐藏在劫案的幕后，不会露面，因为露面的人多了，警方会对本就有关联的这4个人起疑，而如果露面的只是麦德逊和蒙面的文身男人，那么警方就算调查，也不会查到沈晴和宋妍曦身上，会以为劫匪选麦德逊做人质、开走他的车都是随机的。"

"幕后、赛车手，你的意思莫非是……"郁丞星的眼闪着不可思议的光，他已经想到了，却不敢置信。

"没错，我就是这个意思，宋妍曦不出面，但是文身男人逃走需要她的幕后帮助。宋妍曦会远程操控麦德逊的车，以她高超的车技躲避穿梭的车流，甩掉后面追捕的警察。"我自信满满。

"远程操控麦德逊的车？难道宋妍曦是个黑客？"郁丞星问。

我摇头："并不是，宋妍曦只是个赛车手，她在家里玩的赛车游戏其实并不是赛车游戏，而是她在为劫案模拟练习。当时我以为那是游戏，觉得游戏画面中的街景熟悉，那是因为这款游戏是特别为宋妍曦准备的，让她用于练习的。宋妍曦反复练习，每次跑的路线都是一条，那就是从银行到隐蔽之处的路线。比如抢劫事件设定在下午3点，那么游戏的设定者就会搜集这条路线每天3点左右的车流量情况，可以是1个月、3个月甚至半年的车流量监控画面，以此作为基础，总结规律，然后把这个大概率的规律设置到游戏之中，这样便可以提高宋妍曦远程驾车逃离的成功率。"

"我懂了，这个游戏的设定者才是黑客，也就是沈晴。"郁丞星一点就通。

"是的，沈晴是个技术高超的黑客，也可以说是银行劫案计划的中心人物，她不但为宋妍曦提供了练习的游戏，还为计划提供了技术上的支持。想要远程操控麦德逊的汽车，前提必定是要在麦德逊的车上做手脚，所以沈晴必须上麦德逊的车。毕竟技术上也需要调控测试。我想沈晴和麦德逊在洗手间会面那次，沈晴是把做手脚的设备给了麦德逊，并且教他如何插入、如何激活。可麦德逊毕竟是外行，所以才有了第二天晚上沈晴上了麦德逊的车那次。那一次，沈晴亲自接入设备，通过电脑测试操控汽车，并且连线宋妍曦，让她真正试着远程操控。"

"你是说，沈晴和麦德逊之间其实并不是那种肉体关系，他们只是劫案的合作者？"郁丞星扬起眉毛问。

我叹息着说："是的，我认为他们俩之间没有那种关系，之所以要表现出两人之间有那种关系，完全是在做戏。毕竟广告公司人多口杂，如果两人之间偷偷联系可能会被同事发现，那么倒不如做得明显一点，让同事们以为这两人在搞婚外恋。所以，我之前在洗手间门外听到的也只是麦德逊的台词而已。"

郁丞星用看穿把戏一样玩味的目光看着我。我明白他的意思，我曾经对他说谎——我在洗手间目睹了沈晴和麦德逊交欢的全过程，这个谎言已经被我自己拆穿了。我当然没有目睹全过程，当时我擅离职守去了36楼。我当时想当然以为这两人会在洗手间里苟且，这两人本来是想要避免公司同事发现两人密谋的事，没想到把我这个来自异次元的侦探也骗了过去。

"哼，他们还真是够谨慎，这么说来，女房东宋妍曦其实跟麦德逊有异曲同工之妙，也在演戏。"郁丞星冷笑着说。

"是啊，女房东表面上就是跟沈晴关系一般般、只知道催租的女房东，不敢跟近在咫尺的沈晴走得太近，所以她就利用虚拟人摇身一变成了沈晴的网络男友'落魄王子'，以网恋的方式跟沈晴交流计划的事。这样一来，就算警方怀疑到了沈晴，也没法顺着沈晴这条线索找到宋妍曦。而且能够设计出新的虚拟人插件，而不被通信软件识别拦截，这种手段也只有高级别的黑客才能做到，也就是沈晴。"

郁丞星感慨："没想到沈晴居然是个黑客，而且试图抢劫银行，这个受害者不简单啊。对了，你刚刚说沈晴是个背叛者？"

"是的，沈晴不同于其他3个人，虽然她最需要钱，急需一大笔钱给弟弟治病，但是对于犯罪这种事，她还是有所顾虑。她的顾虑和萌生的退意，其他三个同伙已经看出来了。最先看出来的正是宋妍曦。"我把郁丞星当作之前的委托客户一样，公布真相的时候喜欢循循善诱。

郁丞星是我最聪明的"客户"，他很快便顿悟："这么说来，宋妍曦在网上以网恋男友的身份说一周后就会来跟沈晴相聚的话，其实就是在指明宋妍曦已经通过无数次的练习有了把握，打算在一周后实施他们密谋已久的抢劫银行计划，而这一周时间就是宋妍曦实战练习的最后模拟彩排。也对，实战模拟彩排必须在街道上进行，而街道上到处都是天眼，如果麦德逊的车子频频失控，难免会引起警方怀疑，所以最好的办法就是在'游戏'中长时间练习，在最后的时间进行两次实战彩排，而且这个彩排也可以用车上男女亲热来作为掩护。就像你之前认为的，麦德逊在车上对沈晴动手动脚。"

"是的，这正是我想说的。宋妍曦提出一周后见面，而沈晴当时说了一些还没准备好的话，明显对于一周后的'见面'并没有多少期待，反而有些抵触，这便引起了宋妍曦的注意。我想，一定是宋妍曦通过别的什么掩人耳目的渠道把沈晴的动摇通知给了其他两个团伙，所以麦德逊才会出言恐吓沈晴，而文身男人则更加直接，用枪指着沈晴，一个字都没说就吓得沈晴马上表态，说了那些什么一周后就有钱的话。"我引导郁丞星回想我之前转述的几个人之间的对话。

郁丞星显然也把我的转述、他录制的报告烂熟于心："麦德逊威胁沈晴不要动歪脑筋，最好能恢复到之前的状态，否则会发生什么，他不敢保证。他这个人，最恨背叛者。而宋妍曦也亲自出面确认了两个同伙的成果，她以催租女房东的身份现身，沈晴当时只好跟她说最迟一周后肯定交租，以此来给宋妍曦也吃下一颗定心丸。"

"可实际上，沈晴是被逼无奈才对3个同伙表现出不再动摇的，我想，她一定已经打定了主意，以什么方法阻止这次银行抢劫案。也正是她的这个意图被3个同伙中的谁发现了，发现者或者发现者连同其他同伙一起杀死了沈晴。"我问郁丞星，"这段时间我一直被监禁，对外面的事一无所知，到底有没有发生银行劫案？"

郁丞星竟然迟疑了一下才回答："没有，据我所知没有。也许是他们的计划被沈晴的死影响不得不叫停，也许他们正在策划一起没有沈晴也能完成的抢劫案。总之我会把你的推理结果传递给警方，至于他们是否顺着这个方向调查，就不是我们能够左右的了。接下来就静待结果。"

离开实验室回到客厅，我坐在沙发上回想在沈晴记忆空间的经历，现在的我终于明白为什么在沈晴的记忆中，我有一些禁区无法进入，比如沈晴弟弟的房间、洗手间，比如麦德逊的车。那是因为沈晴的潜意识在自我保护，她自己都在逃避她即将沦为犯罪分子的事实。难怪，她根本就是反悔了，根本不愿意犯罪。弟弟的房间里有沈晴参与劫案的动机，而麦德逊的车里则有揭示她抢劫案计划的真相，她的潜意识便在记忆中这两个空间前竖起了一道障碍，拦截了我这个入侵的侦探。

接下来的一天我没有实验任务，只是静静等待警方的消息。我对自己十分自信，认定警方一定会顺着我的思路找到凶手，这只是时间问题。可我没想到，仅仅一天时间，我就得到了最令我吃惊的答案——我错了。

郁丞星推门进入我的房间，毫不掩饰他的失望和无礼。我本来正在脱衣服想要去浴室洗个澡，面对突然闯入的异性自然没什么好态度。可还没等我发火，郁丞星便抢先说："沈晴的弟弟叫沈轲，两年前就已经死了。你的推理大错特错！"

"怎么可能？"我再也顾不得郁丞星的不礼貌、不绅士，把褪到肩头的衣服用力穿上，起身不可思议地问，"你确定？"

郁丞星白了我一眼，转身去了客厅。

我忙跟上去，不死心地问："是警方回馈的消息？"

"幸好不是！"郁丞星坐在沙发上，像个严厉的老师在责备考了零分的学生，"幸好公司高层对你的推理做了初步的分析评估，发现了你推理中的错误，否则一旦这个错误的推理被传递到警方那里，恐怕我们跟警方的合作也可以彻底告终了。"

我头晕目眩，第一次对自己产生怀疑。我真的错了？可这怎么可能？从前我的推理从未错过啊！

郁丞星还在责备我："本来我对你的推理非常信任，甚至还主张要免去公司内部的分析评估，直接上传给警方。幸好莫执她及时出言打断我，否则……"

我脑子里只有4个字——实验失败，恐惧感油然而生，我颤声问："那么，公司打算怎么处置我？我还有没有弥补的机会？"

郁丞星神情沉重地说："公司打算明天就把你……"

我悬着一颗心，等待着郁丞星的下文，但他却不肯说下去。

"真的没有弥补的机会了吗？"我不争气地忍不住哽咽，难道最终我还是难逃一死，只不过多活了这么几天？不，不行，我绝对不能死，我得活着，查出谋杀卓实的真凶！

郁丞星低声说："我们还有一个晚上的时间。只要今晚我冒着被公司炒鱿鱼并且负担巨额赔偿金的风险，私自再做一次实验，只要你能够在今晚有所收获，推理出真相，也许还能峰回路转。"

"那还等什么？"我看了看时间，已经是傍晚6点半，"咱们必须抓紧时间，马上实验吧！"

郁丞星做了一个少安毋躁的手势："别急，还是等到9点钟，等到公司的人都下班之后，免得被人发现打扰。还有一点，许谧，实验中其实我们可以尝试着多做一些事情。"

"什么意思？"我看得出，郁丞星在暗示我，他想要告诉我一些公司不允许他告诉我的事。

郁丞星有些纠结，迟疑着说："作为实验的负责人，直接监控你实验数据的我，其实也可以参与到实验之中。我可以为你提供一些信息，就好像沈晴的弟弟已死这一点，如果你能有一个帮手，就可以很快得到确认。"

我马上明白了郁丞星的意思："是啊，如果我获得信息的渠道不单单是记忆，还可以像从前一样，我能够上网查询或者找认识的警察帮忙调查我想要知道的东西，就可以在整合信息的基础上分析推理。我的确需要一个帮手，一个能跟我在实验中实时联通交流的帮手。可是，这在技术上真的可行吗？"

郁丞星的嘴角挑起一丝得意的笑，笑容一闪而过，但还是被我捕捉到了。

"我瞒着公司高层搭建了一条这样的通道，并且在技术上可以瞒过其他人，但还没有投入实践。我想，今晚就是绝佳的机会来证明我这项研究是否成功。"郁丞星诚恳地说。

"真的能行？"郁丞星又一次给了我希望，成了我的救命稻草，"你真的愿意为了帮我冒着被公司发现的风险？"

郁丞星眼神坚定，语气诚恳："我们既然是同一条船上的人，帮你就等于帮我自己。许谧，在这里，只有我们俩是利益共同体，我们必须彼此信任，不是吗？"

我心虚地点头。是的，如果说在这个神秘的犯罪规划局中，我还能相信谁，那肯定是郁丞星。但我必须对他有所保留，因为我对他、对于卓实的案子、对于我所入侵的异度空间、对于我所遭受的这一切已经起了疑心。

第六章
纠 正

我睁开眼，眼前仍是沈晴的家。沈晴的声音从里间传来，她还在跟弟弟沈轲对话。可问题是沈轲已经死了，那么跟沈晴说话的人到底是谁？

我站在门口，听到沈轲说："姐，我们还是走吧，回乡下老家去。你不要再为我的事烦心了，就让一切顺其自然。"

沈晴说："小轲，我也想回去，真的，等我做完了我要做的事，我们就一起回去，把这里的一切全都忘掉，重新开始新的生活。"

等一下，之前沈轲也说过这句话，而且一字不差，连语气、口吻、断句，每个字的轻重缓急全都一模一样！而且之前沈轲这么说的时候，沈晴可不是这么回应的啊，上次沈晴说的是没有回头路。

沈轲已死，所以说话的不可能是沈轲，或者说，说话的根本就不是一个人，因为一个大活人是不可能时隔几天两次说同一句话说得一模一样、分毫不差的。没错，如果里面真的有个人，哪怕是个卧病在床的人，沈晴怎么可能从未往房间里送过吃的、喝的，沈晴的家里怎么可能一点那个人的痕迹都没有？所以唯一的可能就是房间里根本没有人，有的只是沈晴这个黑客，还有黑客的电脑。外间的电脑是广告设计师沈晴的电脑，而里面那台则是黑客沈晴的电脑。

我又一次试着进入里间，而这一次我成功了。果然，一切就如我猜测的一样，里面的空间局促，只够放得下一台电脑、坐下一个沈晴。那台电脑的音箱里传出了沈轲的声音。

沈晴一边工作一边与"沈轲"对话，屏幕上的右下角是沈轲的影像，沈轲是个面色苍白的瘦削病态少年。我想，这画面要么是沈轲还活着的时候录下的，要么干脆就是模拟图像，沈轲的声音也是一样。沈晴在电脑里创建了一个人工智能程序，然后跟这个程序对话，以此寄托对沈轲的怀念。

我凑近去看，这才注意到沈晴使用的这台电脑是早些年就被淘汰的品牌，这一定是她为自己特别组装的电脑，在硬件上杜绝了任何人想要窥视她秘密的可能。她电脑屏幕上是密密麻麻的代码，但好在我也不是外行，因为卓实的关系，我也勉强称得上一个白帽黑客。我用一分钟的时间确定了沈晴是在入侵银行的内部网络，她正在努力使得银行内部的报警系统瘫痪。这样一来，等到银行劫案发生时，就算银行的工作人员按下了警报也是枉然。

怎么回事？难道沈晴并没有想要退出那个抢劫银行的计划？

我仔细回想，不错，当宋妍曦在网上以网络男友的身份告诉沈晴一周后相聚的时候，沈晴的确有些抵触，但那只能代表沈晴当时游移不定，萌生过想要放弃计划的心思，可并不能够代表沈晴游移之后最终的念头就是放弃计划。沈晴是受害者，我出于对受害者的同情，竟然自以为是地认定沈晴最后决定放弃犯罪。而事实是，沈晴仍然在努力黑掉银行的报警系统，她并没有想要放弃他们4个共同策划的银行劫案。

如果沈晴没有想要背叛那3个同伙，那么又是谁、出于什么动机杀死了沈晴？沈轲已死，多少钱都无法让他起死回生，沈晴抢劫银行的动机真的只是单纯地为了钱吗？

我看着屏幕上沈轲的影像，突然意识到自己忽略了一个非常重要的问题——沈轲的死。

之前郁丞星只是告诉我沈轲死了，但却没有明确说沈轲是病故的。沈轲到底生了什么病、直接死因是什么，我觉得很有必要确认一下。侦探的直觉告诉我，这可能跟沈晴的死有关。

我从里间出来，坐在沈晴房间的电脑前，对着屏幕试探着轻声问："郁律师，你在吗？"

等了大概10秒钟，屏幕上出现了郁丞星的画面。我们竟然真的像是视频聊天的两个人，通过郁丞星搭建的通道，在这个奇妙的空间里建立了联系。怪不得这个犯罪规划局对郁丞星委以重任，把这么重要的实验交给他直接负责，他的确是个人才。

"我在，许谧，需要我做什么？"郁丞星问。

"我想要知道有关沈轲的信息，越详细越好，尤其是他的死。"

郁丞星挑眉："怎么？你怀疑沈轲的死跟沈晴的案子有关？"

"虽然没有什么根据，但直觉告诉我两者之间有所关联。这一次是我们最后的机会，我不想错过任何可能，所以还是查一下吧。"对于我来说，这一次的实验的确是不成功便成仁，如果今晚我没有找出杀害沈晴的真凶，也许明天就是我生命的最后一天。

郁丞星点头："好的，稍等一下。"

不过几秒钟的工夫，电脑屏幕上弹出几个页面，第一个页面最为显眼，是沈轲的户籍资料，第二个页面则是沈轲的电子病历，剩下大部分都是两年前的新闻报道，还有一段视频资料。

沈轲，两年前意外过世，年仅16岁。沈轲12岁那年被确诊为尿毒症，因为家境不好，他没能一直在医院接受治疗，断断续续地住院、出院，病情在接下来的几年中不断恶化。沈轲唯一的亲人就是沈晴，姐弟俩相依为命。沈晴一直靠打工维持姐弟俩的生活和弟弟的医药费。

一直到沈轲16岁那年，终于等来了适合的肾源，只要肾移植手术成功，沈轲就可以获得新生。但造化弄人，就在沈轲打算去住院，为手术做准备的前一天晚上，突然于家中病情恶化。凌晨刚过，沈晴拨打了急救电话，姐弟俩上了急救车。

因为沈晴租住的房子比较偏僻，急救车驶向医院必定要经过一段被地下赛车党作为赛车道的街区，而偏巧那天晚上正好又有赛车比赛。最终，救护车为了躲避发狂似的A赛车与另一辆B赛车相撞，A赛车的司机头部受伤，成了植物人；B赛车的司机面部颈部受伤，毁了容貌，全身多处骨折；救护车最为惨烈，司机当场身亡，救护人员和沈晴被甩出车子，马上就要接受换肾手术的沈轲还是没能逃过死神的追捕，在救护车里咽了气。

视频资料正是出事街道的监控摄像头拍下的事故的一部分，场面极为血腥惨烈。A赛车在追赶上前方的救护车之后便像发狂一般，别提躲让了，好像是故意在耍弄救护车玩一般，好几次跟救护车剐蹭，行驶到救护车前方之后又故意放慢速度挡在它前面，左摇右摆就是不让救护车通过。最后，救护车为了躲避孤注一掷向它撞过来的A赛车，撞上了一旁的B赛车。车祸把3辆车卷在了一起，三败俱伤。这场事故最后认定主要责任在于A赛车车手，但鉴于A赛车车手已经成了植物人，没法入狱服刑，所以只能是罚款。B赛车的司机不负有车祸的责任，只承担违法赛车的责任。

"原来是这样。"我黯然低下头，心口像压了一块巨石憋闷不已，"郁律师，我还要请你帮我再查一个人。"

"谁？"郁丞星问。

我起身，离开沈晴家，径直走到楼下，穿墙进入宋妍曦的家。

宋妍曦还在床上呼呼大睡，即使她清醒着我也无所谓，反正宋妍曦是沈晴的相关人，我跟她完全处于两个频道，在她面前就是个"幽灵"。我大大方方地坐在宋妍曦的电脑前，指着宋妍曦修的照片对屏幕里的郁丞星说："这个男人，我想要知道他是谁、他的近况。我怀疑，他就是车祸中的赛车手之一。"

郁丞星能够看到沈晴记忆的影像，能够看到宋妍曦的房间，也能够看到宋妍曦那张修过的照片。我想，这一定是因为沈晴曾经进入过宋妍曦的房间，房间和照片都存在沈晴的记忆之中。郁丞星是个技术不输沈晴的黑客，他可以在短短十几秒的时间里在网络上随心所欲地获取任何资料，包括存档在警方系统中的沈轲的户籍资料。

果然，十几秒钟后，郁丞星仅根据一张照片就查到了此人的身份。他叫曾子华，32岁，原本是前途光明的职业赛车手，却因为受到奖金的诱惑误入歧途，参加了非法的地下赛车比赛。他的确就是两年前车祸中的赛车手之一，现在仍昏迷不醒，当了整整两年的植物人。这两年，曾子华的女友一直对他不离不弃，独自承受着外界的鄙夷和咒骂，把曾子华接到自己家中，每天亲自照顾男友。当然，这个女友并不是宋妍曦。宋妍曦跟曾子华其实并无交集，两人当初虽然都是职业赛车手，却隶属两个俱乐部，应该只是点头之交。

也就是说，曾子华就是当初车祸的罪魁祸首A赛车司机。可如果是这样，宋妍曦作为曾子华的暗恋者，又怎么会跟沈晴成了筹谋银行劫案的同伙？如果沈晴来过宋妍曦的家，是不是她也看到了宋妍曦修的照片，知道宋妍曦暗恋曾子华呢？

难道沈晴加入这个团伙，目的根本不是为了钱？

我又让郁丞星查找B车手的信息，他又一次快速回复我。网上关于B车手的报道要比A车手少得多，毕竟他也算是一个受害者，因为非法赛车被波及受伤。B车手名叫张建华，两年前出事时25岁，是个初出茅庐的地下赛车手，赛车是为了比赛赚取奖金还赌债。他在车祸之后面部毁容做了植皮手术，出院后销声匿迹。

我的脑子里灵光一闪，又一个推理出炉，而这一次我有绝对的自信。

突然，我想到了冯依依。既然郁丞星如此厉害，能够轻易在网上查到目标人物的各种信息，我是不是可以通过他查询有关冯依依的个人信息呢？除了冯依依，还有我那个邻居樊英杰，甚至还有对我有所隐瞒的卓实。也许在网上有这些人留下的蛛丝马迹，我能够从中有所收获？不，绝对不可以。一来郁丞星曾是我的律师，如果他真的有心帮我脱罪，他一定早就利用他的黑客身份找出了这些人的可疑之处，而他当初并没有；二来郁丞星本人也非常可疑，很可能也是栽赃嫁祸我罪名的幕后黑手之一，我绝对不能让他知道我对他、对这一切已经起了疑心。

"你想到了什么？还需要我查什么吗？"郁丞星在电脑屏幕中问我，打断了我越飘越远的思路，"现在时间还很充裕。"

我回过神，自信微笑："不必了，实验可以到此为止，我已经知道凶手是谁。"

"你确定？"郁丞星严肃地说，"别忘了，这是我们最后的机会。"

我一向自信的原因是我的推理一向都是正中标的，只有之前那次失误，但一次的失误并不会打击我的自信。我闭上眼，用自我意识控制，像上一次一样主动结束了实验。

睁开眼的第一秒，郁丞星便焦急地问："凶手是谁？"

我从实验床上下来，轻松地回到客厅的沙发上坐下，等到郁丞星也跟着出来坐到我对面，我这才徐徐开口，底气十足地说："郁律师，我并不推翻我之前的推理，我还是认为沈晴和她的3个同伙在策划一起银行劫案。这一点，沈晴在她的秘密工作室里的所作所为就可以证明。"

郁丞星几乎是下意识地反问："秘密工作室？"

我愣了一下，郁丞星不是能够通过我看到沈晴记忆的影像吗？既然我已经进入到了沈晴的秘密工作室，看到她电脑上的那些代码，郁丞星也应该看到了，身为黑客的他不可能看不懂。可是看郁丞星的反应，他根本对此不知情。看来，沈晴潜意识里的那道门虽然被我破解入侵，却把除我之外的郁丞星和其他实验监控者都拦截在外。

我总结了一下，郁丞星他们只能看到我身为"幽灵"前提下的记忆影像，也就是与记忆主体相关的种种。一旦我脱离记忆主体，由"幽灵"变为一个"人"，他们就无法监控我的所作所为。按照郁丞星的话来说，那部分是我的想象，而他们只能入侵记忆主体的大脑，无法入侵我的大脑，自然没法看到我的想象。除此之外，记忆主体潜意识里拒绝被入侵的记忆，郁丞星他们也是无法看到的，就连我这个入侵者最初也会被拦截在外，哪怕我后来成功入侵，他们也仍旧被拦截在外。看来他们如果想要知道这部分的内容，就只能靠我的转述。也就是说，对于这部分内容，即使我说谎，只要不前后矛盾，他们也可以被我成功欺瞒。

郁丞星很快便意识到他暴露了他们的弱点，无奈地耸肩，等着我的解释。

于是我便把我在沈晴秘密工作室里看到的景象讲述出来。我告诉郁丞星，沈晴正在银行系统内植入恶意代码，远程操控报警系统失效。

郁丞星赞同地点头："的确，你之前的推理绝大部分都是没问题的。"

我自嘲地耸肩："的确没问题，问题在于，我的推理只进行了一半，因为有太多信息我无从知晓，我便以为那是全部了。而刚刚，我通过你的帮助知道了两年前的车祸事件，从中提取的信息帮助我组成了推理的后半部分。我推测，沈晴并没有放弃银行劫案的计划，她曾经动摇，但最后还是坚定了信念。是什么让她坚定信念的呢？是几个同伙的恐吓？我想并不是。是为了钱？我觉得也不像。其实答案就是两年前的车祸事件，那场车祸就是这4个人的连接点。"

郁丞星问："沈晴的弟弟沈轲死于那场车祸，宋妍曦的暗恋对象曾子华是车祸的始作俑者，那么文身男人和麦德逊呢？"

"我推测文身男人正是当初的B赛车手，被车祸波及受伤、毁容，全身多处骨折。也正是因为那次车祸的后遗症，曾经身为赛车手的他无法自己驾车逃离，需要宋妍曦在幕后支持。"我启发郁丞星，"至于麦德逊，郁律师，你应该还记得两年前车祸中还有一个人丧生吧？"

郁丞星了然点头："没错，救护车的司机。你这么一说我想起来了，那个司机姓麦，应该就是麦德逊的亲属。也就是说，除去宋妍曦之外的3个人全都是两年前车祸的受害者，而宋妍曦则是车祸始作俑者曾子华的暗恋者。这4个人的确都跟两年前的车祸有关。难道银行劫案只是幌子，他们真正的目的是复仇？"

"是的，就是复仇！"我笃信地说，"他们抢劫银行不为钱，只是想要共同仇家的性命。郁律师，相信不用我说你也猜得到吧，按照我之前的推理，他们策划的银行劫案中，谁最有可能丧命，而且他的死会被劫案所掩饰。"

郁丞星仍旧疑惑："如果说谁可能在劫案中丧命，那自然是出面的两个男人，扮演人质的麦德逊很有可能中枪身亡，担任劫匪的文身男人，也就是张建华很有可能被警方追捕击毙。而幕后的两个女人，沈晴和宋妍曦则相对安全。但问题是，麦德逊和张建华都是两年前车祸的受害者，曾子华才是他们憎恨的始作俑者，不是吗？"

"是的，按照这个思路推理，的确没法自圆其说。但如果两年前的车祸另有隐情呢？如果曾子华不是始作俑者，张建华和麦德逊其中之一才是呢？如果是这样，整个复仇计划就说得通了。"我循循善诱。

郁丞星眉头紧蹙，垂目思考，但一时间还没法参透。

我继续提示："郁律师，其实问题的关键你已经看到了，而且你跟我一样，都看到过两次。一次是两年前车祸现场的录像，另一次是在途经银行的那条街上，两次都出现过同样的情景。"

"同样的情景，你是说车子突然失控的情景？"郁丞星很快反应过来。

"是的，我说的关键就在于时隔两年、两辆车子的突然失控。首先是两年前的车祸，当时曾子华在比赛途中车子突然失控，跟救护车纠缠不休，像是发了狂一样，又像是故意阻拦救护车。根据当时的报道和法院的宣判，大家都认定这是曾子华这个无良车手故意为之。也难怪，地下赛车手的名声本就不好，很多都是无业游民、流氓混混，大家先入为主地去恶意揣测曾子华不足为怪，更何况他是个没落的职业赛车手，家境贫寒，为了钱才参加地下赛车比赛。事后，他又成了植物人，根本没法为自己申辩，没法解释当时在赛车里他到底发生了什么事。"说到此，我神情落寞，毫不掩饰对曾子华的同情。

郁丞星自然看出了我对曾子华的同情："发生了什么事？你的意思是，曾子华当时出了一些意外，他并不是故意阻拦救护车的？"

"如果曾子华是一个故意阻拦救护车的无良车手，一个视人命为草芥的浑蛋，你认为他的女友还会两年如一日地悉心照料，暗恋者宋妍曦还会用修图软件把他的照片跟自己拼在一起，并且摆在家里吗？除非这两个女人全都三观有问题，专门喜欢人渣。站在一个女人的角度，我觉得这种概率非常小。所以，我推论曾子华不是车祸的始作俑者，当时他的车子之所以失控，是因为在比赛前他就被下了药，比赛途中，药效发作，他根本无法自控。"

"下药？当时有动机下药的恐怕就是曾子华的对手，也就是张建华吧？可如果曾子华真的被下药，他被送往医院救治的时候应该会被检验出来吧？"郁丞星对我的推论并不完全信任。

我早就料到郁丞星会有此疑问："没错，如果是一般的药物一定会被检验出来的，之所以没有被检验出来，要么是有人出钱收买了医院和警方，要么就是真的没法被检验出来。我认为收买医院和警方这种事可行性并不高，所以我倾向这是一种新型的致幻剂，很难被检测到。"

郁丞星眯眼，应该是在大脑中迅速搜索近两年出现的新型致幻剂，很快，他找到了答案："你是在怀疑W？"

W是一年半以前出现的新型香烟，一经推出便风靡整个未来市。W如此受欢迎是因为它的烟草原材料非常独特，可以产生某些感官上的刺激，作用类似于某些轻度致幻剂。W刚刚问世后不久便有人提出它可能含有某种违禁的物质，是另一种形式的致幻剂，还有成瘾性。可偏偏W又通过了所有检验，是名副其实的合格香烟。被质疑后，又有很多相关组织发起了对W的深入研究，可每一次的化验结果都证明W对身体无害，没有成瘾性。至今，W仍旧占有香烟市场的半壁江山，研发W的企业也在一年半中迅猛发展，成为未来市的名企。

"是的，我就是在怀疑W。准确来说，我怀疑的是组成W的某种物质，让W脱颖而出的、纯度更高的原材料，我们可以称之为X。W在一年半前问世，而车祸事件出现在两年前。如果两年前就已经存在X，并且张建华得到了X，为了赢得比赛赚取奖金偿还赌债，他让曾子华服下了高纯度的X呢？"我大胆说出自己的猜测，并且对此十分自信。我关注W已经有一段时间了，虽然各种化验结果显示它对人体无害，但我仍旧对它难以介怀。我一直认定，现有的检验技术无法检测到某些致幻成瘾物质的存在，而W问世也仅仅一年半，很多危害性还没有显现出来，所以它才能作为一条隐形的毒蛇在人们之间游走。所以当我推测到曾子华可能被下药，而警方并没有在他体内发现端倪之后，我第一个想到的就是W。

郁丞星对W也没什么好感，看得出，他很想相信我，但却仍旧有顾虑："按照你的说法，这个X一定价值不菲。张建华当时是个赌徒，比赛也是为了拿奖金还赌债，他哪有钱去搞到X呢？"

"问题就在于张建华欠的是巨额赌债，他的债主很有可能就是地下赌场。像张建华这样的赌徒，欠了赌场一大笔钱，赌场的老板哪怕是杀了他也没法拿到欠款，那么还不如为赌徒提供一些方便。如果张建华本身就是个地下赛车手，在被追债的时候提到过比赛奖金，那么为了确保张建华一定能够拿到奖金还债，赌场老板就很有可能为他提供一些X。也许当时X还处于试验阶段，并没有显现出多大价值，对于赌场老板而言，这也算是张建华替他做了一次临床试验，而试验者正是曾子华。"我的这些话很有画面感，我一边讲述，一边在头脑中勾画着两年前的种种画面。

这一次，郁丞星显然是接受了我的说法，打消了顾虑，他继续分析："只是赌场老板和张建华都没想到，本应该只有两辆赛车参赛的赛道，竟然会有一辆救护车闯进来，在X的作用下，会导致一场波及3辆车、数个受害者的车祸。"

"其实我的推理很容易证实，警方只要调查张建华当初赌博的事，应该就会查到那个地下赌场，查到当初赌场的老板，这个老板一定跟W有关。话说回来，只要深入调查张建华，也会查到他杀害沈晴的线索，他就是杀害沈晴的真凶。至于张建华的杀人动机，恐怕是出了什么意外致使张建华察觉了其他3个同伙对他的杀意。稍加调查他就会知道他们3个都是两年前车祸的相关人，银行劫案计划就是为了请君入瓮，让他自己进入被动了手脚的车子里自取灭亡。于是张建华先下手为强。如果警方不尽快行动，那么接下来，不是张建华被麦德逊或者宋妍曦杀死，就是张建华杀死他们两个。"我原本可以继续实验，再让郁丞星多找到一些支撑我推理的线索，毕竟我们还有一个晚上的时间，但我不愿意再浪费时间。一来是因为我对自己的推理有绝对的自信；二来，我也想要郁丞星赶快上报我的推理成果，让警方早些展开行动，我不想麦德逊和宋妍曦步沈晴的后尘。

郁丞星起身，看我的目光里闪着刮目相看甚至是敬佩的光芒，他兴奋地说："我懂了，所以你才说关键是两次的车子失控。第一次是张建华利用X导致曾子华车子失控酿成惨剧；而你所说的第二次，则是宋妍曦利用网络远程操控麦德逊的车做实验的时候车子失控。其实当时麦德逊的车子失控，并不是宋妍曦的技法不行，而是他们的目的就是让麦德逊的车子失控，让张建华在抢劫银行后驾车逃跑，连人带车开进江水里溺亡。因为当时只是实验彩排，所以车子在马上就要开进江水的时候又恢复了正常。他们3个的复仇方式也算是以牙还牙。"

我也起身，冲门口做了一个手势，意思是让郁丞星赶快去上报这次的实验成果。目送他走向门口时，我最后补充："没错，这一点我早该想到的，之前一次实验的最后，宋妍曦在游戏里明明把车子开到了江水里，明明是game over（游戏结束），她却像是赢了游戏一样开心，其实这就说明了一切。只不过当时我太过急功近利，忽略了这一点。"

郁丞星用指纹和视网膜开门，临走前对我微笑，由衷地赞叹："许谧，你已经很厉害了。这一次我们不但能够抓到一个张建华，还能把为祸人间的W彻底消灭。这一切，你功不可没。"

第七章

坦 白

郁丞星一整晚没有回来。

早上6点半，我起床自己准备了早餐，一边吃一边等待郁丞星回来。上午8点，郁丞星回来，看他舒展的面色，我知道我们俩已经转危为安。郁丞星告诉我，公司高层对我这一次的实验成果很满意，他们也连夜做了初步的分析评估，并且在评估后立即把实验成果上报给警方。接下来我需要做的就是等待警方的回音，一旦警方证实了我的推理，就意味着实验成功。

郁丞星对我夸赞一番，我也不失时机地感谢了他一番，说没有他的帮助我根本不可能在最后时刻力挽狂澜。可能是我夸赞得有些过头了吧，引起了郁丞星的注意。

"你讨好我是为了让我帮你调查卓实的事吧？"

我大方承认："是的，我始终不相信卓实会有外遇，那个冯依依绝对在撒谎，我想要你帮我调查冯依依，利用你黑客的本事。"

郁丞星皱着两道浓眉，颇为同情地望着我，难得表露内心的样子，诚恳地劝我："对不起，我不能帮这个忙，这是公司规定。许谧，你还是忘了卓实吧。他并没有你想象中那样爱你。"

我执拗地反驳："你也认定卓实有外遇？到现在你都不肯相信我？"

门铃响起。郁丞星好像被门铃声解救一样，逃避我的问题，起身去开门。

来人是张莫执，仍旧是一开门就冲进了郁丞星的怀里。可这一次郁丞星却没有之前的热情，而是冷淡地推开了张莫执，低声说："别这样，许谧还在这里。"

张莫执望向我，嘴角抽搐，气愤地把郁丞星拉到一旁，用细不可闻的声音说："丞星，你是怎么回事？我不是告诉过你，不要叫她的名字，叫她1015吗？还有，你居然会因为在意她而推开我，你是怎么回事？该不会真的像他们说的，你……你对她……"

张莫执的声音很小，但还是逃不过我灵敏的耳朵。我假装听不到似的回到餐厅坐着，而实际上他们的对话我都听得见。

"莫执！你在说什么？这怎么可能？别听他们胡说，这是我的工作！"郁丞星有些强硬。

张莫执软了下来，嘟囔着："也对，你怎么可能？她毕竟是你好朋友的……"

郁丞星突然捂住了张莫执的嘴巴，怒目圆睁，无声地责怪张莫执，仿佛张莫执犯了天大的错误。

张莫执似乎也意识到自己说了不该说的话，警惕地望向我。而我，表面上依旧什么也没听到似的，低头摆弄平板电脑，玩着枯燥的单机游戏。

张莫执一把推开郁丞星，撒娇地压低声音说："干吗这么凶，她又没听见。"

郁丞星努力压抑气愤，又用指纹和视网膜打开了刚刚关上不久的房门，把张莫执推了出去："有什么事下次再说。你先回去吧。"

打发走了张莫执，郁丞星假装不经意地观察我。但我的表现非常自然，勇敢地与其对视，假装不明所以地问："怎么了？看样子好像是张小姐误会了什么，该不会误会我们两个……"

郁丞星干笑两声，并不作答，仍然紧紧盯着我的眼，想要看穿我似的。

中午，郁丞星再次离开，一个人独处的时间我才卸下伪装，放心地展露自己的怀疑和焦虑。张莫执的那句话我听得清清楚楚，她这话的意思再明显不过，卓实是郁丞星的好朋友！果然，郁丞星也是操控我命运的其中一个，他也是阴谋的参与者，甚至说卓实，他有可能也是阴谋的操控者，毕竟他对我有所隐瞒，他为了欺骗我，他在气象研究预测公司工作特意安排两次我到气象研究预测公司目睹他在公司里工作的情景就是为了对我隐瞒他真正的工作。卓实会是郁丞星的同事吗？卓实生前也在这个犯罪规划局工作吗？或者说，卓实现在也在距离我所在的不远处，在这个犯罪规划局工作吗？

天哪，我竟然怀疑卓实并没有死！我被我的这个想法惊得出了一身冷汗。难道我是被我最爱的丈夫算计了？不，不会的，卓实死了，我亲眼见证了他的尸体，他的身体僵硬冰冷，瞳孔发散，不可能还活着，更加不可能起死回生。

我觉得自己是个猎物，已经深陷一个个谜团织成的大网，而那织网的蜘蛛仍旧躲避在幕后，郁丞星只是显露在外的冰山一角。

还有一点我也必须提起注意，那就是张莫执。这个女人很显然是在故意向我透露信息。之前她假装毫无心机，向我透露了其实他们可以观看记忆影像的端倪，致使郁丞星不得不对我承认这一点。这一次，她又故意在我面前假装吃醋，向我透露卓实是郁丞星好友的事。没错，这一定是她故意的，身为这个神秘犯罪规划局的工作人员之一，她不可能真的像她表现出的那样单纯鲁莽甚至是愚钝。她是故意的，她想让我知道些什么，而她的故意、她的心机，也已经被心思细腻的郁丞星发现，这也是郁丞星对她不满的原因。

张莫执之所以敢在郁丞星面前屡屡犯错，违反公司规定向我透露信息，也是仗着她是郁丞星的女友，她知道郁丞星不会把她的表现上报上去。但张莫执这样提点我，到底有何目的？她会是我的同盟吗？同样身为女人，她知道我被最爱的男人设计了，出于同情而帮我？

不管张莫执的目的如何，对我来说她就是一个突破口，我得找机会跟她单独相处，说不定我直接发问，她就会直接给我想要的答案。只不过，张莫执已经引起了郁丞星的警惕，郁丞星不会给我们独处的机会，更何况我所在的生活区和实验室，除了郁丞星的指纹和视网膜能够开门之外，谁都不行。

傍晚，郁丞星回来，听脚步声他在客厅里徘徊了一阵子，然后才走到我房门前敲门。

"许谧，出来一下，有很重要的事情。"郁丞星的口吻像是好不容易下定决心一样。

我开门，看到郁丞星紧绷的脸，猜想他这是要像上一次一样，为张莫执的"无心之失"做弥补，对我坦白了。

果然，郁丞星一开口便直入主题："有件事我必须向你坦白，其实我跟卓实是朋友，很好的朋友。工作上我们也是彼此信任的搭档。没错，卓实生前也是为犯罪规划局效力的，记忆入侵的技术就是他开发的。也是因为有他的这层关系，公司才愿意从中运作，把你保出来。"

我栽坐在沙发上，只感觉浑身无力，一股悲愤的气流郁结胸口，快要把我撑到爆炸，它找不到出口喷涌而出，就像我无法找到卓实当面质问他为什么要欺骗我。

"为什么？"我哽咽了片刻后发出沙哑的声音，连我自己也不知道我这个"为什么"是针对什么而问。

郁丞星叹了口气，颇为同情地说："公司的聘用合同上有这么一条，那就是这份工作一定要对公司之外的亲友保密。你也看出来了，我们这个公司是个秘密的存在，是个根本不合法的组织，所以才被我们戏称为'犯罪规划局'，因为我们的研究范围都是跟罪案有关的。哪怕是跟我们合作的警方，也只有少数高层有权限知道我们的存在。"

我调整心绪，尽力先问一些理性的问题："既然卓实是你们的人，那么他的死，你们真的不打算调查清楚吗？"

郁丞星语重心长地说："我们当然要查，而且要查到底，实际上公司的董事长非常重视这起案子，虽然警方已经下了定论，但他跟你一样，仍然抱有怀疑，所以特意抽调了公司的几个精英组成调查小组，专门查这案子。董事长怀疑凶手可能是公司的某种敌对势力，想要通过谋杀公司骨干人才达到削弱公司势力的目的。"

"我也要加入这个小组！"情急之下我脱口而出。

"不可能，至少目前看来不可能。一来你仍然是嫌疑人，并不是所有人都像我一样相信你的无辜；二来你是死者的妻子，你参与进去对调查不会有任何好处，反而会因为你的主观情感影响调查。"郁丞星眼神闪烁，暗示的意味再明显不过。

我明白他的意思，就是让我现在好好完成公司分配给我的任务，如果我一直表现优秀，公司便会承认我的能力，也许会有可能让我参与调查卓实的案子。说到底，卓实的案子成了他们对我的激励机制，也是避免我逃跑，让我无心逃跑，一心一意为他们工作的保证。这让我很不爽。我是这个世界上最在乎卓实的人，更何况我还是个侦探，凭什么不让我参与进去？

冷静片刻后，我知道再针对这个问题多费口舌也不会有结果，我根本无法左右公司高层的决策，于是便问出了那个感性的问题："郁律师，既然你和卓实是好朋友，又是同事，你一定很了解他。可你又跟我说过，卓实并没有我想象中那么爱我，这是什么意思？"

郁丞星又用那种同情的眼神注视着我，诚恳地说："一来，卓实是个工作狂，我认为他最爱的只有他的工作，他的研究和实验；二来，他的确用情不专。"

我追问："你是说冯依依？那个咖啡馆的老板？卓实真的跟她……"

郁丞星默默点头，目光停留在他的膝盖上，不再抬头看我。

"你们查过冯依依？"我不死心地问，期待郁丞星能够告诉我冯依依根本不是什么咖啡馆的老板，那咖啡馆的老板其实是一对中年夫妻。

"当然查过，而且是很深入的调查，她的嫌疑排除。具体的嘛，根据公司规定，我不能告诉你。"郁丞星起身去餐厅倒水喝，用行动告诉我这个话题必须结束。

我感到一阵眩晕，陷入一个连环的谜团之中，我不知道我在记忆空间里有关冯依依和咖啡馆的调查到底是真实的还是我的想象，我也不知道郁丞星此时此刻有没有完全对我坦白。但直觉告诉我，那并非毫无根据的想象，郁丞星也仍旧有所保留。

第八章

重 逢

一周后，郁丞星在外出开会回来后给我带来了两个消息：第一，警方已经根据我的推理逮捕了杀害沈晴的凶手，也在联合各科研部门彻查W香烟的成分，公司最终认定第一次实验成功；第二，公司又得到了一个人的大脑，第二次实验将在明天早上进行。

郁丞星告诉我，这一次的死者比较特殊，他并不是凶案的受害者，而是一名犯罪者。

犯罪者，我对郁丞星的这种说法有些在意，他为什么不直接称呼其为罪犯？但这一丁点的在意转瞬即逝，因为我更加在意的是，他们为什么要我去入侵一个犯罪者的记忆。

"实验对象名叫黄立楷，26岁，游戏设计师，两天前在上班途中遭遇车祸，昨天在医院不治身亡。在救治过程中，处于半昏迷状态的黄立楷曾经对一名护士说他死后会下地狱，因为他身上背着人命。护士觉得没人会在这种时候开这种玩笑，便及时报警。警方赶到后曾经询问过黄立楷，但黄立楷已经陷入昏迷，于是，警方通知了公司。黄立楷没有能够负责他后事的亲属，所以在医院宣告黄立楷死亡后，公司第一时间取得了他的大脑。你的任务就是入侵黄立楷的记忆，看看他身上是否真的背负人命，他到底杀了谁。"

我问郁丞星："郁律师，实验前你可不可以提供有关黄立楷尽可能多的信息给我？"

郁丞星先是摇头，而后点头，无奈地说："这几天公司一直开会商讨我的这个提议，但很可惜，因为我们跟警方之间的约定，他们的信息不能与我们共享。公司的意思是默许我以黑客的身份获取有限的信息，并且隐瞒警方。但有一个前提，我只能在实验进行中为你提供帮助，而且数量有限。所以你的需求必须是直接关系到破案的关键问题，而且必须经过实验人员的审核。"

我苦笑，这个犯罪规划局几乎是斩断了一切我想要调查卓实之死的途径，他们不就是担心我会以工作为名趁机调查卓实的事吗？他们为了防我，不惜增加实验成本，到底卓实的案子有什么蹊跷，他们一定不能让我知道？

"好吧。"我无奈地耸肩，认命地问，"那么你所说的有限，到底是多么有限？"

"具体来说，你最多只能寻求3次我的帮助，获取3个有关案件的信息，所以，你只能在调查中评估最有价值的疑问向我提出。如果3个问题中有我无法给出答案的，很遗憾，你也没有再次提问的机会，所以在提问之前，你必须评估这个问题的可答性。"郁丞星的表情显示他对公司的这个要求也很不满。

我知道提出意见也是白费，也懒得跟郁丞星抱怨，只能走一步算一步。但有一点我非常坚定，这一次我要像上一次一样，寻找机会做我自己的事——调查卓实之死。

第二天一大早，我进入实验室，顺利地在实验床上入睡，进入那个异度空间。

我在一间局促的地下室醒来，我睁开眼，眼前是一个邋遢单身汉的房间，一股难以言说的臭味扑鼻而来。

我所在的地方正是黄立楷的家，时钟显示是上午9点，黄立楷仍在床上呼呼大睡。我看了日历，今天是周日，所以这个游戏设计师才不用上班吧。

趁黄立楷还在睡觉，我在屋子里随意走动观察。最值得留意的就是黄立楷的工作台，那上面胡乱搁置着不少游戏手柄、游戏的宣传画和模型等，还有时下最流行的各种VR眼镜和手柄。电脑的屏幕很大，此时正播放着屏保的图片。我定睛一看不禁倒吸了一口冷气，这些图片看起来都是游戏的画面，但每一张都充斥着血腥残忍，不是僵尸在撕咬人类，血浆喷射，就是刑房里的残肢断臂，每张图都十分逼真。要不是图片下面还有游戏的名称和logo（标识），我真的要怀疑这是真实的写照。

难道黄立楷这个游戏设计师设计的就是这种恐怖的游戏？我实在很难想象，如果我的工作是每天面对这种东西，我肯定无法安睡。我不想先入为主，但黄立楷本身就极有可能是个身上背负人命的杀人凶手，而且又是设计这种变态游戏的设计师，我很难对他持客观态度。再去看黄立楷的面容。都说面由心生，他眼窝深陷，眉毛高挑，嘴角向下，面部棱角如刀削一般，的确一看就是个暴力分子，很不好惹，很难相处的样子。

将近10点，黄立楷才苏醒，下床的时候被床脚下的十几个啤酒罐子绊倒，他重重地摔在地上，爆了一句粗口。

黄立楷没有着急起身，而是一个翻身，在地上仰躺了一会儿。他呆滞的双眼毫无生气地盯着低矮的天花板。

我懒得靠近这么一个浑身臭气的粗鲁男人，干脆离得远远的，用嫌恶的眼神盯着他，等待他有所动作。

一分多钟后，我简直不敢相信自己的眼睛，黄立楷的眼角竟然流下了一滴泪！他眼神哀伤，鼻翼颤动，嘴角越加下垂，他哭了。

一个这样的男人竟然会哭，昨晚又喝了这么多酒，莫非是有什么哀伤的心事在借酒浇愁？

黄立楷的眼泪就那么一滴，他用力揉了双眼，突然起身，去洗手间冲澡，再出来时整个人清爽很多。他取出衣柜里唯一一套挂着的、比较高档的西装，小心穿上，又对着镜子整理仪容，提着公文包，竟然像个白领一样出门了。

我急忙跟上，心想：莫不是黄立楷要去赴一个约会？

果然，黄立楷先是步行去了附近的租车公司，很熟络地跟公司的工作人员打了招呼。

"黄先生，还是老规矩？"工作人员招呼黄立楷。看得出，黄立楷是他们这里的老主顾。

黄立楷点头，很不自然地冲着工作人员挤出一丝苦笑。

办理了手续之后，黄立楷开着一辆宾利离开。

我急忙跟着上了车，坐在车子后排。我猜想，黄立楷把自己塑造成这样一个成功人士，一定是去跟某个女人约会，而且他们的约会应该持续了一段时间。黄立楷在伪装另一个身份的自己，过着双重人生。而被他欺骗的那个女人，搞不好就是受害者。

黄立楷一边驾驶一边下意识伸手进口袋，像是要掏香烟。我想起了出租屋里遍地的烟屁股，可想而知，年仅26岁的黄立楷已经是个老烟枪，这会儿一定是烟瘾又犯了。但黄立楷的手停在了口袋里，两秒后他把手放回方向盘，叹了口气。

我注意到黄立楷的眼睛瞥向右上方，明显是下意识看了一眼后视镜。我仔细一看，后视镜的上方竟然有一个小小的摄像头，上面还印着租车公司的logo。原来这家租车公司还有这么一手，会在豪车里安装摄像头以约束顾客的行为。也对，毕竟是豪车嘛。

半个小时后，黄立楷给了我一个出乎意料的结果，他并不是去什么约会地点，他的豪车开到了近郊的疗养院。这家疗养院是未来市最为高档奢华的养老机构，能在这里安享晚年的老人非富即贵。但我记得郁丞星提过，黄立楷没有亲人，所以我仍旧固执地猜测可能黄立楷的约会对象是在这里工作的女性护工。

疗养院的前台小姐也跟黄立楷很熟似的，见到黄立楷过来马上跟他问好。

黄立楷更是轻车熟路，冲前台小姐点头示意后径直往电梯的方向走去。一路上遇见的护工、护士甚至是老人，都很亲切地对黄立楷打招呼。

我跟着黄立楷进了一间豪华的套间，这里住的正是黄立楷的父亲黄波。这世界上有一些父子，只需要一眼就能看出两人之间的血缘关系，黄立楷和黄波就是如此。郁丞星说黄立楷没有亲人，难道说这位卧床的老人在黄立楷出事之前就过世了？不对，郁丞星只是说黄立楷没有能够处理他后事的亲人，黄波的情况的确没法处理后事。

黄波躺在床上，原本还眼神空洞，面容安详，但一看到黄立楷，立马变了神态，竟然像个野兽一样恶狠狠地龇牙咧嘴。

"爸，别这样，我来看你了。"黄立楷说着，抬头冲一旁的护士苦笑，又挥挥手。

护士客气地说："那我就不打扰你们了，有什么紧急情况一定要及时按铃。"

黄立楷的脸上闪过一丝不耐烦，但还是努力克制，像个有素养的成功人士一样，又是点头又是挥手。

护士刚一关门，这边的黄立楷便把公文包丢在床上，站起身走到窗边拉上了窗帘，露出了痞里痞气的真面目。

"老头，用不着对我横眉冷对的，我知道你想让我死。"拉好窗帘之后黄立楷又坐到床边，一只手紧紧握住黄波的拳头，"你这个老家伙，得了老年痴呆，忘了所有人，就是忘不了我啊？你到底是有多恨我啊？"

黄波啊啊地大叫，含混不清地说着什么，全身用力想要努力坐起来。

黄立楷用力压住黄波的身体，双手钳住黄波的手腕让他动弹不得，然后把脸凑近黄波的脸，咬牙切齿地说："老头，我知道你恨我，你也知道我恨你，我们注定是一对冤家父子！"

我知道现在的黄立楷才是真正的他，如果可以的话，我真的很想出去把护士叫进来，让他们看看黄立楷的真面目，哪里是什么孝顺的斯文金领，明明是个忤逆的流氓。

"老头，我恨你，从前只是恨你背叛我妈、恨你不信任我，"黄立楷松开手，不管躺在床上气得气喘吁吁却无法下床的黄波，自己坐在窗边的单人沙发上，对着黄波平静地说，"现在我更加恨你，我为什么是你的儿子，为什么要遗传你的基因？如果我不是生在你这样的家庭，也不至于会有这样的人生。这一切全都要怪你。"

看着黄立楷狰狞的脸，听他发自肺腑说着愤恨的话，我突然冒出一个念头，该不会他杀害的人就是他的亲生父亲？这对父子之间一定有不可调和的矛盾，所以才会彼此憎恨。黄波哪怕患上了阿尔茨海默病，忘记了很多人、很多事，但唯独没法忘记黄立楷，没法忘记对他的憎恨；而黄立楷对黄波的感情就更为复杂，他一方面憎恨着父亲，一方面又因为那毕竟是亲生父亲而负担着疗养院的高额费用，还会经常扮作有钱人来探望。

我盯着病房里的电视，犹豫要不要对着电视屏幕寻求郁丞星的帮助，查询一下这对父子之间到底有什么矛盾。但我最终还是决定暂缓一下，提问的机会宝贵，我不能随意浪费，也许很快我自己就会寻得答案。

黄立楷又在病房里待了十几分钟，他对黄波含混不清的叫喊和扭曲的脸越加不耐烦，起身准备离开，走到门口的时候还不忘回头恶狠狠地说："老头，你就安心在这里等死吧，作为儿子，我会赚到足够的钱，足够你在这里待到死。"

我一路跟着黄立楷来到了疗养院的财务部，眼看着他从公文包里掏出了好几沓现金。财务部的工作人员也轻车熟路地收下了这些现金，丝毫没有露出诧异之色。看来黄立楷每次来缴费都是用现金的，而且是大量现金。这让我不禁怀疑他的这些钱来路不正。其实这一点不用怀疑，黄立楷住在那样局促的地下室，衣食住行全都十分窘迫，的确负担不起疗养院的费用，为了不让疗养院起疑，他才会假扮成有钱人，租车来这里探望和缴费。一个游戏设计师也不可能有这么高的薪水，他的这些钱一定来路不正。说不定这些钱的来路就跟他背负的人命有关，说不定他已经杀死了某个人，得到了这笔钱。

黄立楷把车子开回租车公司，办好手续后回到地下室的家，又换回原本的衣着，再次出门。他乘地铁到了离家比较远的城区，随便买了一个面包，一边吃一边悠闲地在一处住宅小区院门外走来走去。

看黄立楷的样子绝对是在等人，虽然表面上他是无所事事地东张西望，实际上他没有放过任何一个从小区出来的人，尤其是女人。但凡出来的是女人，他总会多打量她们几眼。我根据黄立楷的目光在这些女人身上停留的时间推测，黄立楷要等的女人应该是个妙龄女子，长发，身材匀称。

眨眼间，天色已黑，实验中的我又一次快进。

黄立楷这一等就等到了傍晚，看来他对于这个女子出门的时间并没有事先调查。傍晚6点，黄立楷在看到那个穿淡黄色风衣的女子走出大门后，嘴角上挑，发出不易察觉的轻蔑的笑，随后跟了上去，与女子保持一定距离。

我原本以为黄立楷是在等心仪的女人，但他那轻蔑的笑又让我打消了这种想法。那笑里的意味并不是爱慕，而是不屑和憎恶。难道这女人就是黄立楷的目标？

女人到附近的超市买了一些生活用品。从买的东西来看，她独居，喜欢吃速食食品。在超市里，女人遇到了熟人。

"呀，这不是小季老师吗？这么巧啊？"一个看起来30岁左右的女人热情地打招呼。

女人抬头，马上展露稍显夸张的笑，双眼眯成两道喜庆的弧线："是笑笑妈妈啊，真巧，你也住这附近？"

"我娘家在这附近……"

两个女人聊了两分钟，大多数时间都是30岁女人在劝说这位小季老师不要吃这么多速食食品，还问她是否有男友，得知没有之后，她提议要为小季老师介绍。

两个女人谈话时，黄立楷一直躲在货架后面偷听，而我则是大大方方地走到两个女人身边"偷听"。

通过她们的对话，我推测小季老师是一位幼儿园老师，不单单是因为家长的年龄只有30岁左右，还因为小季老师说话的语态和声调具备很浓重的职业特征，尽管在面对成年人的时候已经尽力克制，但还是能够听得出哄小孩的味道。一个看起来单纯善良、普普通通的幼师，而且眼神扫过黄立楷的时候没有任何不自然，显然不认识黄立楷，她能有什么理由让黄立楷憎恶？

因为距离黄立楷已经有了一段距离，我又不自觉地跟着两个女人，想从她们的对话中获取更多有关小季老师的信息，于是我竟然在经过超市化妆品专柜的时候看到了镜子里的自己！

就在我回头搜寻黄立楷的身影时，一个熟悉的声音传来。

"佳敏？"这是靳楠的声音，那个律师！

我回头，果然看到了靳楠，不同于之前在写字楼看到的西装革履的他，超市中的他身穿一身休闲服，头发蓬松随意，很居家地推着推车，但表情却有些别扭。

"果然是你，佳敏，好久不见。"靳楠走向我。

我这才意识到，他仍然认定我是在广告公司打工的汤佳敏。随即，我想到了我和他上一次见面时的尴尬，当时在沈晴家的楼下，我为了避免他跟过来对他大吼，说我是有家的女人，叫他不要跟过来，免得被我老公看见。

我尴尬地苦笑："是啊，好久不见。"

靳楠看我没有推车，也没有提篮子，满脸疑问："你住附近吗？来购物？"

"我……我最近才搬到这附近，本来是想要买点东西，到了超市才发现忘记带钱包了。"我继续对靳楠撒谎。

靳楠不假思索地说："没关系，我可以帮你结账。当……当然，你也可以打电话叫你爱人来……"

我原本想要赶快打发靳楠去追上黄立楷，但一来黄立楷已经不见踪影，二来我突然意识到我可以借助靳楠的帮忙去调查卓实的案子。

"其实……其实我没有结婚，上一次之所以那么说，是担心被我男友看到，"我都佩服自己撒谎的能耐，几乎是张口就来，"准确来说是前男友，我们已经分手了，所以我才搬到这附近。"

我在靳楠的脸上捕捉到了一闪而过的惊喜，果然，他对我还是没有忘情。

在靳楠的提议下，我开始购物，我们俩一边挑选商品，我一边向他渗透我的意图。

"其实我一直在寻找我幼儿时期的邻居，她叫冯依依。你还记得之前我带你去的在水一方咖啡厅吗？之所以去那里，就是听说那家咖啡厅是依依开的。只可惜，消息有误。靳律师，你能帮我找到依依吗？"

靳楠先是用力点头，讨好似的说一定会尽全力帮忙，而后又好奇地问："佳敏，你为什么一定要找她？看你的样子，不仅仅是想要找小时候的玩伴叙旧这么简单啊。"

我笑着说："不愧是大律师，果然瞒不过你。我记得那应该是我七八岁的时候吧，当时不懂事，跟几个关系不错的小朋友曾经欺负过冯依依。最近这阵子总是梦见她哭泣的样子，让我十分不安。我交往了两个男友全都以分手告终，又被公司炒了鱿鱼，总觉得这是命运对我的报复。我很想找到冯依依，亲口向她道歉，完成对自己的救赎。我相信只有这样做，我才能转运。"

靳楠听我这么说，更加热心地想要帮忙："没想到你还是个宿命论者，虽然你的说法我没法认同，但是找到冯依依道歉对于你来说绝对是好事一桩。没问题，这件事交给我好了。佳敏，有关这个冯依依，你可以把你所知道的一切信息都告诉我，比如当初你们的家庭住址、她的年龄、读的哪所学校等等。"

我挠头苦笑："问题就在这里，那么久远的事情，我都忘记了。我只记得她小时候长得挺漂亮，现在应该也是个美女，年龄跟我差不多。我相信只要我再见到她，一定能够一眼就认出来。所以，靳律师，如果你找到了名叫冯依依的女人，先不要去找她确认，估计她不是把我忘了，就是因为记恨我而谎称不认识我，你可以先把她的照片给我看看。"

"啊？"靳楠有些失望，但马上又释然一笑，"佳敏，你可是给我出了一道难题。不过没关系，我这个人一向喜欢挑战，放心，我不会让你失望的。"

结账之后，靳楠提议要送我回家，可我在这里哪有什么家？我必须在不破坏我和靳楠微妙关系的前提下礼貌拒绝。

"还是不要了，我现在的房东阿姨就住在我家对面，我跟她说我没有男友，她才肯把房子便宜租给我的。这位阿姨的上一任租客女孩经常把男友带回去过夜，把房子搞得一团糟，所以她再租房的时候一定要找个单身女孩。要让她看见你送我回去，一定认为你是我男友。"几乎不到一秒钟，我的又一个谎言在大脑里酝酿成功。

"这么怪的房东啊？"靳楠理解地点点头，"不过，我倒是挺喜欢这个误会，这说明我们俩看起来很般配。"

我故作娇羞地一笑，提着一袋子靳楠结账买给我的生活用品在超市门口跟靳楠挥手告别。

靳楠腾出一只手做了一个打电话的姿势，又冲我挥手告别。

是的，我刚刚在超市买了一部手机，有了新的手机号码，我要靳楠打这个号码联系我，可以及时告诉我他寻人的进展。我不知道这部手机是否能够成为我跟靳楠的桥梁，但我愿意试一试。之所以要做这样的尝试，那是因为靳楠的出现让我再一次对我所处的空间产生怀疑，这里真的只是某个人的记忆空间吗？为什么在不同的人的记忆中我都遇见了靳楠，我跟靳楠的相处真的只是我的想象？

我把手机随身携带，把其余的东西放在街边一个乞丐面前，步行回到了小季老师的小区门口。果然，黄立楷还蹲守在这里。

黄立楷躲在一棵树后面，探出半个头盯着在小区门口讲电话的小季老师。

小季老师为了接电话，不得不把双手中的塑料袋放在地上，她靠在人行道边的小区栅栏上讲电话。我走过去，想要把对话内容听得清楚。这个小季老师很可能就是受害者，是黄立楷的目标，我必须深入了解。

"我知道了，爸，你放心吧……下周末我一定回家看你……哎呀爸，现在世道哪有你说的那么危险，你这就是职业病……我知道，我会注意安全的……爸，你就别再唠叨让我搬回去住啦，搬回去上班不方便，我现在租的房子挺好的，房东你不也调查过底细了嘛……"

小季老师挂断了电话，提着两个购物袋进了小区。

我真的很想对小季老师说现在的世道就是这么危险，一个危险分子已经盯上了你。我多么希望小季老师能够听父亲的话搬回父亲的家，这样一来，说不定她就能够躲过一劫。

黄立楷也像是功成身退，冲着小区大门的方向不屑地翻了个白眼，双手插兜，晃着膀子往回走。他搭乘地铁回到家已经是天色漆黑。这个游戏设计师的周末就这样度过。我这4个小时的收获就是3个潜在的受害者，分别是黄立楷的父亲黄波、小季老师，还有一个不知道是否存在的有钱人。

"你准备一下，待会儿就做实验报告。"郁丞星看着我从实验床上坐起。

我不以为然，觉得这个实验报告实在没什么必要，反正我看到了什么他们都能看得到，他们无非是想要听听我这个侦探的想法而已，可是却偏偏要在听我的想法之前先听我说一遍我在实验中的经历，真是多此一举。

回到客厅，郁丞星照例让我坐在了摄像机前，为我录制视频实验报告。

我急着进入主题，说出那3个可能的受害者，于是免去了描述性的部分。

"等一下，"郁丞星打断我，"为了保证实验报告的完整性，你还是要尽量详细地描述你在记忆空间里的所有见闻和你的行为，还有准确的日期，就比如你刚刚提到的周末，你必须告诉我们具体的年月日。"

"为什么？那些你们不都看到了吗？"我反问，"具体日期那么重要吗？"

郁丞星固执地说："是的，这是公司的规定，而且我们也得知道，实验中你有没有经历一些我们看不到的东西，这是实验要求，请你配合。"

我觉得不对劲，越来越不对劲，对于深不可测的郁丞星、对于实验、对于我所进入的那个名为记忆实则未知的空间。我愈加觉得这一切都是阴谋。而且这一次我察觉到了另一个关键点，那就是具体的日期。从第一次实验郁丞星就告诉过我，每次的实验报告开始我都要先说我入侵的记忆空间的日期。如果他们能够看到我所经历的一切，为什么还要我去强调日期？

我掩饰自己的怀疑，老老实实按照要求录制了实验报告，最后总结："还请你们尽快去确认小季老师的安全，如果小季老师已经死亡或者是失踪，那么她很可能就是黄立楷手下的被害者。除了小季老师，还有黄立楷的父亲黄波的生死和近况需要确认。另外，可以在系统内查询最近一段时间自然或非自然死亡的有钱人，查询其遗产流向。"

关闭摄像头后郁丞星对我说："很好，公司对你的报告初步的评估就包括确认这些问题，我们可以一边等待评估结果一边继续实验。明天实验继续。许谧，实验次数和时间都是有限的，希望你把握机会，不要把有限的时间和机会浪费在别处。还是那句话，如果实验失败，公司对你的处置……"

我打断郁丞星："放心，这一次我也不会让你们和自己失望的。"

第九章

陷害

还是黄立楷的家中，他是从睡梦中苏醒，而我相当于进入了睡梦中。

今天是周一，工作日，黄立楷清晨6点起床，不再像昨天那样邋遢，训练有素地整理好自己出门上班。

路上的种种被我快进，我跟着黄立楷，在早上8点准时赶到了他就职的游戏公司。一进入公司的范围，我便被血腥暴力的氛围包围，公司的装修风格阴郁压抑，墙面上到处都是比黄立楷家中的海报还要恐怖、令人不适的图画，还摆着不少更加立体的模型，看来这家游戏公司主打的游戏都是这种变态风格的。我真的搞不懂，怎么会有人愿意玩这种游戏。寻求感官刺激我可以理解，这就像人们看恐怖片一样，想要感受肾上腺素飙升的刺激心跳，但是如果每天都看，无疑对心理是一种不良刺激。游戏不同于电影，玩同款游戏的频率可比看恐怖片的频率高，要是每天或是每几天都要玩这种暴力血腥的变态游戏，那这人还能正常生活，保持积极健康的心态吗？

黄立楷坐到座位上投入工作。我看了一会儿，有些看不懂，也不愿意多看，便在黄立楷周围的范围游荡，顺便看了他们公司的手册。

黄立楷负责的这款游戏《刑房》是他们公司目前最受欢迎的主打游戏，游戏背景是不同的废弃建筑，玩家可以自己把本就阴森恐怖的废弃建筑改造成专属的罪恶城堡，设计各种酷刑的刑房，然后等待那些探险的小情侣、公路旅行路过此处借宿的大学生等不同人物进入刑房。玩家要施展智慧和体力诱骗他们进入不同的刑房，对他们施展不同的残忍刑罚。这款游戏的灵感竟然就来自历史上，尤其是奴隶制封建制社会曾经有过又被废除的可怕酷刑。

看完《刑房》的宣传手册，我不寒而栗，那些花样繁杂的刑具、折磨方法和人体怪异的姿势等让我的胃部翻涌。善良限制了我的想象力，而这里的这些游戏设计师，他们在这方面的想象力是我一辈子都无法企及的。我不禁对这群人，甚至还有一两个女性，对这些设计师刮目相看。我承认，我看他们戴上了有色眼镜，再加上他们面对游戏画面的或痴迷或紧张或过瘾讪笑的种种神态，他们已经被我妖魔化，我觉得这些人每天面对这种工作内容，真的离变态不远了。

我开始担心黄立楷在现实中也会对某个人，如小季老师，使用这些花样繁杂的酷刑。有些人沉迷于游戏之中太久，真的会想要在现实中实践一把。

"大楷，你是怎么回事？"一个痞气的声音传来，声线刺耳，好像是几十年的老烟枪一样，喉咙都被尼古丁腐蚀一般，"你要我跟你说多少次，碾刑的补丁，补丁！"

黄立楷先是恍然大悟，而后马上露出不耐烦的样子，侧头躲过面前的电脑显示器，对着对面冲他叫嚣的同事叫道："行了，知道啦，少废话！"

没过几分钟，公司里仅有的两个女性员工之一，一个穿着眉环的朋克风女人走到黄立楷身边，一只手搭在黄立楷肩头，嚼着口香糖，含混不清地说："大楷，《刑房2》的关卡策划修改意见给我看下，上周开会我又开小差了，听说主要意见都是你提的，老总让我找你要。"

黄立楷白了眉环朋克女一眼，打开电脑里的一个文件夹，令朋克女和黄立楷自己都意外的是，文件夹是空的。黄立楷只愣了半秒，马上又打开另一个文件夹，这个文件夹里的文件大概有十几个，但是黄立楷花费了5秒钟确认，这才发现修改意见也不在这里。

眉环女冷笑一声，刚想出言挖苦，黄立楷突然气愤地猛敲键盘，他突如其来的暴怒让眉环女闭了嘴。

随即，黄立楷打开了第三个文件夹，终于找到了要找的文件。

"行了，发过去了，快滚，别在我儿这碍眼。"黄立楷没好气地说。

眉环女简直不敢相信自己的耳朵一样，尖厉地大叫："你有病吧？吃枪药啦？穿上裤子就不认人，跪着求我上床的时候你忘啦？"

黄立楷一怔，厌恶地别过头，用恶狠狠的目光扫过那些看热闹的同事："看什么看？眼珠子不想要啦？"

同事们对黄立楷回以更加恶毒的诅咒谩骂，但很快，随着老总出来巡视，办公室安静下来。

我在这里真的一秒钟都不想多待，视觉上的刺激让我反胃也就算了，听觉上也备受折磨，各种污言秽语配合上满眼遍布的血腥画面，真让我有种置身地狱的错觉。我正琢磨着想要开个小差，到外面透透气，腰部的振动感传来。我跟刚刚的黄立楷一样，有一秒钟的愣神，而后马上反应过来，这是我的手机在振动。在这里，我真的可以接到电话！

在这里，给我打电话的人自然只有靳楠。

"喂？"我走到写字楼的楼梯间，确定周围没人之后才接通电话，"靳律师，怎么样，是不是找冯依依的事有进展了？"

"佳敏，"靳楠故意吊我胃口，"怎么，我找你就不能是有别的事情吗？今晚有空吗，一起吃饭？"

我哪里有心情跟靳楠约会，但也不能耿直地拒绝，我可不能得罪了这个异时空的帮手，尽管等到晚上我很可能已经回到了另一个空间，根本无法赴约，"好啊，晚上再约具体时间。那个，我拜托你的事情，有进展了吗？"

靳楠听说晚上的约会有戏，语气里都带着笑意，颇为得意地说："没有进展哪有颜面来约你？我已经查到了，未来市有一个土生土长的冯依依，符合你说的条件，我这就把照片发给你，你确认一下。"

手机振动，我马上点开靳楠发来的照片，只一眼，我就认出了照片上的女人，正是那个在法庭上不敢直视我的冯依依，所谓的卓实的外遇对象。

"没错，就是她，我去哪里能找到她？"我无法控制激动的情绪，音量陡然提高。

靳楠被我吓了一跳，但很快便安抚我："别急，我已经查到了她的工作地点，要不，咱们现在就去找她？"

贸然去公共场合找冯依依对质？我觉得不太妥当。我问："冯依依在哪里工作？"

"星海大厦，"靳楠回答，"她在星海集团旗下的一家分公司工作，是助理工程师。只不过星海大厦的门禁非常严格，咱们如果想去找她，得事先跟她约好才能获得通行资格。"

"事先约好？那不可能的，她一定不会愿意见我。"

"那这样吧，晚上下班前我去接你，咱们一起去她公司外等，一定能等到她出来。"靳楠的这个提议正合我意。

自从接到靳楠的电话我就开始心不在焉，虽然置身于黄立楷的游戏公司，眼睛一直盯着黄立楷，可是心思已经飘到了九霄云外。马上就要见到冯依依了，对于卓实的事，她会怎么说？她会直接承认她在撒谎吗？我有预感，冯依依会给出一个足以颠覆我过去认知的答案。

下午4点钟，靳楠打来电话，他已经到了游戏公司写字楼楼下，这是我跟他约好的地方，这一次我撒谎说我在这家写字楼里的一家广告公司工作。

我正打算抛下本职工作、抛下黄立楷下楼奔赴靳楠，却见黄立楷也起身，而且背上了背包打算提前下班。

黄立楷前脚刚出门，那个眉环女便跟身边另一个女同事小声说："看吧，他又可以明目张胆地早退，老总不但不管还默许，肯定是给他安排了私活。"

黄立楷已经出了公司的玻璃门，我也跟着走到了门口。刚刚跟黄立楷斗嘴的男人大声说："我刚刚路过他身后看见了，他跟老总网聊，说是要出去找灵感。"

"呸，还找灵感，他以为他是艺术家？不要脸。"眉环女不屑地啐了一口。

找灵感，难道是为变态游戏找灵感？在现实中犯罪找灵感？我忙加快脚步追出去。黄立楷该不会是去找小季老师了吧，该不会打算对她动手，把她掳走囚禁起来，然后施以各种花样的折磨？

出了写字楼，我面临两难的抉择，要么跟在黄立楷身后，去证实他到底杀害了什么人，要么跟靳楠去找冯依依。如果我跟着黄立楷，那么就只能下一次再去找冯依依；如果我去找冯依依，我将错过黄立楷接下来的记忆，对于他这段时间到底做了什么不得而知。一个选择是可以挽回的，一个选择是不可挽回的，无疑我该选择第一种。但卓实之死的谜题对我来说高于一切，我实在等不及了，犹豫了几秒钟，我决绝地跑向了路边正靠在车门上对我招手的靳楠。

我上了车，车子向黄立楷离去的相反方向驶离。

路上，我用手机上网做功课，查询未来市赫赫有名的星海集团的信息。星海集团可以说是未来市的命脉企业，垄断了未来市所有电子科技行业，就连我手里的这部手机，都是星海科技旗下的手机公司开发生产的。大到气象预测仪器，小到运动手环，企业和家庭个人生活、工作涉及的所有电子设备追根溯源都是星海科技旗下的产品。星海科技的软件技术也毫不逊色，虽然没有硬件的垄断地位，但也算是首屈一指。

气象预测仪器！我的目光紧紧锁在这个词上。难道郭翔所说的卓实是集团下派来维护软件的工程师，他所说的集团就是指星海集团？卓实是星海集团的人？如果真是这样，按照郁丞星的说法，卓实是犯罪规划局的人，那么也就是说，这个犯罪规划局，我所在的地下神秘公司也是隶属于星海集团的？也对，如果没有相当的财力和人力，怎么可能创建这样尖端的科研项目？如果没有一定的人脉，怎么可能跟警方合作，得到案件相关人员的大脑？怎么可能把我这个死刑犯从监狱中带走？

就在我为自己的推测讶然愣神的时候，手中手机的屏幕上突然出现了郁丞星的影像。

"许谧，你那边怎么样？"郁丞星问我。

我忙侧过身，避免让一边驾驶座的靳楠看到，压低声音说："一切顺利，我正在跟踪黄立楷。"

郁丞星微微眯眼，用质疑的口吻反问："真的一切正常？实验数据很不稳定，最好马上结束实验。"

"不，不可以！"我不自觉提高音量，"现在正是关键时刻，放心吧，我这边一切正常。"

郁丞星又审视了我几秒钟："好吧，有问题可以随时呼叫我。"

我彻底松了一口气，把手机放回口袋，一转头，靳楠正盯着我，一脸疑问。

"他就是我的前男友，一直想要找我复合。"我随口敷衍。

靳楠皱眉，带着几分怒意："要不要我出面，阻止他继续纠缠你？"

"不用，我能处理好的，你千万不要掺和进来，我不想因为他影响我们之间的关系。"我故意把话说得暧昧一些，让靳楠看到一些希望，给他点甜头，转移他的注意力。

果然，靳楠很吃这一套，憨厚地笑。

靳楠把车子停在星海大厦的路对面，我们俩决定分头行事，一个人守在大厦前门的停车场出口，一个人守在大厦侧面的停车场出口，谁先发现目标，就马上电话联系对方过去。

我守在侧面的出口等待冯依依，但我并不打算在见到冯依依后联系靳楠，因为有些事情我必须单独跟冯依依聊。

5点一过，地下停车场的出口陆续有车开出来，这些车子在出停车场出口的时候都需要减速转弯，而我的位置正好可以近距离看到驾驶座，况且我的视力一向不错，不可能错过令我印象深刻的重要人物冯依依。

5点15分，一辆黑色商务车驶出出口，在车子减速转弯的刹那，另一个熟悉的面孔进入视野，驾驶座上不是别人，正是我曾经的邻居、卓实出事后报警的樊英杰。

我并没有太过吃惊，我早就怀疑他跟卓实的死有关，怀疑他跟冯依依一样，都是阴谋的一分子。那么既然冯依依是星海集团的人，樊英杰也很有可能跟她一样。

我想也没想，不顾危险直接几步跨到车前，拦住了它的去路。直到我站到车子正对面，才看到原来副驾驶位上还坐着一个人，不是别人，正是我此行要找的冯依依！这两人居然是一对儿！

我再也顾不得淑女风范，像个泼妇一样任由满心的怨恨、被愚弄设计的暴怒所支配，双手不管不顾地按在引擎盖上，扯着嗓子大叫："骗子！根本没有什么外遇对象，你们都是一伙的！都是一丘之貉！"

樊英杰和冯依依看到我就像是见了鬼一般，一时间竟然毫无动作，变成了两座惊恐的雕塑。

"卓实到底是怎么死的？"我大声质问面前隔着风挡玻璃的两个人，"为什么陷害我？"

樊英杰总算先反应过来，马上启动车子打算绕开我，像躲避瘟疫一样想要逃离。

我哪里肯让他们这样离去，他们今天必须留下一个答案。反正也不是在现实中，我就算被他们碾压过去又怎样？我干脆豁出去，用自己的身体一再挡住他们的去路。

冯依依被我逼急了，居然冲我叫道："陷害你的不是我们、不是其他人，就是你心心念念的卓实！我们不过是帮同事的忙，你缠着我们做什么？"

卓实陷害我？这怎么可能？我和卓实明明是相恋10年，结婚才一年的恩爱夫妻，他怎么可能，又有什么理由去陷害我，不惜以自己的生命为代价？

趁我愣神的片刻，樊英杰的车子向后倒，甚至撞上了围墙也不顾，瞬间提速，绕过我飞速驶离。

我仍然僵在原地一动不动，满脸泪痕。我为什么哭？为什么不是愤怒他们欺骗我，玷污了我和卓实之间的感情，污蔑我最爱的男人？答案我最清楚，因为我已经动摇，我在怀疑他们说的是真的，怀疑卓实、怀疑我所身处的陷阱是卓实亲手为我打造的。

不知道过了多久，我对时间和空间已经没有概念，我只记得意识恢复之后，我眼前的人是郁丞星，我躺在实验床上。

"你不要紧吧？"郁丞星关切地望着我，想要伸手扶我起来，迟疑了一下，还是没有碰我。

我张开嘴巴，但是却发不出声音，看郁丞星的眼神充满了怨愤。

郁丞星却不顾我对他的不满，仍旧体贴地问："是不是身体不舒服？刚刚的实验数据显示你的情况很糟糕，我只能终止这次实验。到底出了什么事？你都经历了什么？"

我侧头去看实验室里整面墙的单面镜，知道那镜面后面还有很多人在关注我，我必须撒谎，必须掩饰情绪，掩饰自己已经对这一切产生怀疑的事实。

"是黄立楷，他的工作内容让我感到不适，那些血腥、残忍的图片，"我大口喘气，假装受惊，"我真的不该太过专注于那些东西，抱歉，下次不会了。"

郁丞星松了口气："没关系，实验总会有个循序渐进的过程，相信接下来你会越来越适应的。今天先这样，你先休息一下，然后再做实验报告。"

我回到自己的房间休息，虽然一直在尽力压制自己的满腔愤怒和疑问，但却没能像从前一样理智、冷静，我呼吸剧烈，好几次想要冲出房间揪住郁丞星的衣领质问他到底有什么阴谋。

就在我压抑不住自己要爆发的时候，郁丞星推门进来，郑重其事地问："许谧，到底出了什么事？刚刚在实验室我没有直接问，你不是去跟踪黄立楷了吗？

你到底看到了什么？"

我的情绪已经到达顶点，愤怒变成了旺盛的火，燃烧着我满脑子的无数个问题，我真的再也演不下去了，我今天，现在，立刻就要知道全部真相，哪怕鱼死网破。

"郁丞星，你告诉我，卓实到底是怎么死的？你们为什么要联合起来设计我？为的就是这该死的实验吗？为什么一定要找我当实验品？卓实到底是死了，还是仍然活着？"

郁丞星意外地退后了一步，显然是被我的气势震慑到了，他从未见过这样的我。我一直都是冷静、理智的，哪怕是面对莫须有的杀人罪名的指控，我也没有如此疯狂。

"许谧，你听说了什么？难道是莫执跟你说了什么？"郁丞星试探我，"不对，她不会有机会跟你说什么啊。"

我决定以此分裂郁丞星和张莫执的关系，索性默认："我都已经知道了，卓实根本就没有在气象研究预测公司工作，他只是集团派过去维护软件的工程师，之所以约我那两次去公司跟他一起下班，就是为了对我隐瞒他的工作。气象研究预测公司楼下咖啡厅老板根本不是冯依依，而是一对中年夫妻。冯依依和我的邻居樊英杰才是一对情侣，他们都在星海集团工作，而我所在的这个犯罪规划局其实也隶属星海集团。我想，我们现在就身处于星海大厦的地下吧。"

郁丞星眯眼，又退后几步，冷着声音问："你是怎么知道这一切的？莫执不可能告诉你这些。"

我大跨步迈到郁丞星跟前，咄咄逼人地说："哼，可事实是她真的告诉我了！你之前说什么有专门的小组在调查卓实的案子都是骗人的，卓实的死根本就是你们一手导演的！你跟卓实是同事，跟樊英杰和冯依依也都是同事，你们都是一伙的，你们一起栽赃给我杀人的罪名，为的就是让我成为实验品。我不明白，为什么是我？为什么大费周章就只是为了让我成为你们的实验品，就因为你们想要找个侦探做实验？因为卓实认为我最合适吗？这到底是为什么？"

郁丞星一再后退，干脆走出我的房间去了客厅。看得出，他想要逃离我，他根本没法回答我的问题。

我追上去，伸手一把抓住郁丞星，以免他干脆离开这个房间，出去找帮手制伏我，或者干脆给我打一针镇静药让我沉睡。我抓郁丞星的力道不小，我清楚地看到了他被我捏得表情扭曲。

"许谧，你冷静一点，容我慢慢讲。"郁丞星没法挣脱我的束缚，只能温言软语地劝诫。

我受够了他这一套："慢慢讲？给你时间让你再编出一套谎言敷衍我吗？我今天就要知道所有真相，如果你不给我真相，我……我会杀了你！"

"杀我？"郁丞星回头逼视我，"你什么时候开始有这种念头的？你杀了我，你自己也逃不过一死的命运。"

"没关系，大不了同归于尽！"我压低声音，阴狠地说。

郁丞星也豁出去似的，直接跟我翻脸："没错，我们是设计了你，但我们只是帮手，主谋是卓实，你深爱的卓实。卓实认为你最适合成为他这项实验的实验品，这一切都是他的主意。"

"他在哪里？"我加大力道，死死攥住郁丞星的小臂。

郁丞星很快给出回答："他在墓地，长眠于地下，卓实已经死了！他早就病入膏肓，命不久矣，他生前最大的愿望就是我们能够替他继续他的实验。他知道你不会甘心成为一个实验品，只有他提前结束自己的生命，用他的死为你留下一个永远无法解开的谜题，你才会为了解谜加入这个实验，为我们所用！是他设计了这一切，让你变成一个杀人犯，让我们成为你的救命恩人，把你带到这里，让你别无选择地成为公司的实验品！"

我不是没有猜想过这种可能，但每次想到这个方向我就像是被针刺一样本能地转弯，改变思路。如今郁丞星真的给出了这个答案，让我一时间怎么接受？

"哼，就像是给动物的前面挂上一块它永远不可能吃到，无论它怎么追逐都悬在眼前的诱饵？我就是那个被愚弄的动物，卓实自己甘愿当那块诱饵？"我哭笑不得，泪水已然决堤，恨不得把自己体内的五脏六腑都融化成液体喷薄而出。

"没错，你不是要真相吗？这就是真相！"郁丞星直视我的眼，眼神里全是坦然，"所以我说过，卓实并没有你想象中那么爱你，他爱的只有他的工作，他用尽毕生心血，哪怕是死后都要我替他继续的实验！"

"怎么可能？11年啊，我们相恋10年，结婚1年，我跟卓实在一起整整11年，我怎么可能看不出他对我是真情还是假意？我凭什么信你，而不信跟我在一起11

年的爱人？你还是在骗我对不对？你们这群浑蛋，到底要骗我到什么时候？"我不住地摇头，短暂地接受之后，我回过味来，用尽全力去抵触这样的"真相"。

郁丞星语重心长地说："你要真相，我已经给你了，是你自己没法接受这样的真相而已。许谧，你对你们的感情太自信了，其实那不过是你的一厢情愿，你根本不懂男人的心，根本不懂什么才是真正的爱情！"

"不，骗人！你还在骗我，你不但骗我，还想否认我的感情和我这个人！你们全都是阴谋家！"我再也顾不得放声呐喊会引来其他人制伏我，我已经肆无忌惮，彻底崩溃。我叫嚣的同时双臂用力，一把把眼前的郁丞星推出去。

郁丞星毫无防备地被我以最大的力道推出去，整个人撞向墙面。他的头偏巧撞在了墙面上的装饰画框上，尖利的画框瞬间划破了他的额头，血液从他的头顶顺着脸颊和下巴滴落。

我被这突如其来的红色吓到恢复了些许理智，我从来没有想过伤害他，即使他们用杀人不见血的集体方式伤害了我。

"你……你为什么不还手？"我喏嚅着问。

郁丞星狠狠抹了一把脸上的血，干笑两声，站起身走向大门口，一边用指纹和视网膜开门一边说："我从来不对女人动手。许谧，你先自己冷静一下吧。"

郁丞星离开后过了10分钟，我终于从刚刚崩溃的情绪中回过味来，意识到自己刚刚的行为可能为自己招来灾祸。我害得郁丞星受伤，公司一定会对我做出惩罚。会是什么样的处罚呢？我知道，我这个实验品对他们来说非常重要，我身上一定有别人不具备的特质，否则卓实不会以提前结束他命不久矣的生命作为代价，设计一个大费周章的阴谋，只为了让我接受现实，甘心成为实验品。既然我如此重要，那之前的什么"销毁"都不过是危言耸听。卓实太了解我了，他知道只以我一个人的生死安危来作为要挟让我安心于实验还不够，他知道我这个人最不愿意给别人造成麻烦，不愿意连累别人，所以才会让郁丞星之前撒谎说什么他跟我是同一条船上的人，作为介绍人，如果实验失败，他也会受到连累。卓实为了他这个实验，为了让我心甘情愿全力以赴地进行这个实验，真的是煞费苦心！

冷静下来之后，我对郁丞星的话还是将信将疑，他说卓实病入膏肓，怎么我这个枕边人一丁点都没有察觉到？我可是个侦探啊，不可能对别人都明察秋毫，对自己枕边人的身体状况一无所知。卓实真的是那么一个一心只有工作的工作狂吗？我跟他从少年时代便相恋，在一起11年了，并不觉得啊，他再忙也总是会花时间跟我相处。莫非郁丞星真的仍旧在说谎？

但卓实的确很有可能在从事这么一项与犯罪有关的实验。卓实17岁那年父母遇害，尸体在郊外一个农场里被发现，母亲尸体上留下了X的印记。杀人凶手和动机至今是个未知数。这件惨剧是卓实最大的心病和夙愿，他曾无数次说过，自己这一生最重要的任务就是查出杀害父母的凶手，为父母报仇。

事实上，这也是我成为侦探的原因。因为我对卓实深厚的感情，想要帮他完成夙愿，所以才在高中的时候树立了做侦探的理想，18岁那年正式入行，接受了一个同学的委托，帮她找到了丢失的学费。

这样想来，郁丞星的话也是有一定可信度的。卓实的确有可能为了这个实验而出卖我这个妻子，因为在他的心目中，我的分量根本比不上他的夙愿。尤其是他如果真的身患绝症，知道自己时日无多，便一定会在最后的日子做好安排。我想，也许在不久的以后，在我能够保证实验成功率的基础上，也有一定的技术支持，他们便会想方设法让我去调查卓实父母的案子吧，毕竟这是卓实的遗愿。

想了许多，我最后的结论是倾向于相信郁丞星的话。我不再笃信我自以为坚如磐石的爱情，而是相信我所经历的现实所指向的最大可能性。我对卓实的感觉复杂，思念、缅怀变成了轻飘飘的云朵越飘越远、越来越淡，抱怨和憎恨成了越烧越旺的火苗，让我饱受焚身之痛。我一边痛，一边体会到了一个更加可怕的事实，那就是尽管卓实如此对不起我，我仍然深爱他！那种沉淀了11年的爱已经深入骨髓，怎么可能轻易抹去？

傍晚，我躺在自己的床上，听到郁丞星进门的声音。他回来之后径直回到他的房间。我一直在等的对我的惩戒并没有到来。一切如常，像是什么都没有发生过一样。

第十章

颠 覆

实验仍必须继续，我是一只无法主宰自己命运的小白鼠，被命令爬上了实验床。

我心不在焉，像个行尸走肉似的以一个看不见的幽灵的形式缩在那个恐怖的游戏公司里，双眼虽然盯着我的目标黄立楷，心思却早已飞到了九霄云外。我满脑子只有一个疑问，卓实是否真的如郁承星说的那样——从未真正爱过我，是他主导设计了这一切，把杀人的罪名嫁祸给我？

我的手机里有好多靳楠的未接来电和留言，留言都是在问我昨天为什么不告而别，是否见到了冯依依，他还想约我再见面。我根本懒得回复靳楠，干脆关了手机。

眉环女冲着正在收拾东西准备离开的黄立楷阴阳怪气地说："哟，下午又要去找灵感啊？你从昨天开始，以后每天都只上半天班啦？那工资也应该减半吧？可事实上，亲们，黄立楷可是咱们之中月薪奖金最高的，这是怎么回事啊？"

我被眉环女尖厉的声音拉回现实，抬头看钟，差5分钟中午12点。黄立楷又要离开公司。他昨天也提前下班，出去找灵感。而昨天，我错过了他的重要行踪，搞不好已经错过了关键的信息，今天我不可以再错过。

虽然没什么心情专注于黄立楷和我现在的工作，甚至还带有抵触情绪和压抑不住的愤懑，但我毕竟是个侦探，对于案件和真相有兴趣，也够执着，不管我到底是因为谁、因为什么到了今天这个境地，黄立楷的案子我都必须跟进，毕竟他很可能是个杀人凶手，有个比我还要悲惨的人死在了他的手下。是啊，不管怎样我还活着，只要我还活着，在这场阴谋中我就胜于已死之人。接下来，我要想办法获取自由，获得真正的胜利。

黄立楷根本不搭理眉环女，自顾自背上斜挎包离开了公司。他仍然搭乘地铁，一路上神情肃穆，嘴角下垂，牙关紧咬，好像是要去完成一项很重要的任务，根本不像是去找什么灵感。

下了地铁，黄立楷轻车熟路地朝着一个方向行进，径直走到了一处幽静的街心公园中。他像是对这里很熟悉似的，从南侧进入敞开式的街心公园，走到接近北侧的边缘，坐在一棵大树后方的木椅上。

距离这张木椅最近的木椅也在几米之外，我索性就坐到黄立楷身边，观察他接下来的举动。

黄立楷从随身背包里掏出来一只看起来价格不菲的望远镜，双手举到眼前，透过大树垂下来的枝条缝隙向远处望去。我近距离观察他的表情，他又露出了之前那种轻蔑的、带着阴险的微笑。我有种预感，他在偷窥的人还是小季老师。

我起身，打算越过眼前的大树，走到街心公园北侧边缘，看看路对面到底有什么，是不是小季老师的所在。我很顺利地走到了北侧边缘，就在我越过最靠近路边的休闲木椅之后，我竟然像是撞到了一道无形的玻璃门一样，无法前进！

我倒没有被撞疼，只是大感意外。但很快，我意识到了问题所在，这就像是第一个案件中我无法进入沈晴家的里面隔间一样。黄立楷的罪恶和秘密绝对就藏在我的前方，这个街心公园北侧的道路或者道路对面。而黄立楷就跟当初的沈晴一样，也具备记忆的防御机制，抵抗我这个外来的侵入者。

就在我站在这道无形的大墙前思考的时候，突然听到身后传来脚步声，回头一看，向我走来的是一人一狗。那是一名妙龄女子，牵着一条导盲犬，女子戴着大大的墨镜，显然是个盲人。眼看导盲犬快要走到我的脚下，我正好挡了人家的去路，便马上让开。导盲犬无视我这个障碍物，目不斜视，径直引领着主人通过了对我来说的无形障碍。

我很奇怪，盲人没有看到我还说得过去，为什么连导盲犬都无视我？要不是我刚刚及时让开，导盲犬就会撞到我啊。正想着，我余光瞥见了就在距离我几米之外的黄立楷，他正用充满好奇的眼神打量经过的一人一狗。原来如此，原来是因为这家伙也跟了过来，让我变成了"幽灵"。

我跟着黄立楷又回到木椅旁，掏出手机开机，上网搜寻未来市的地图，想要从地图上了解街心公园北侧到底是什么地方。令我再一次意外的是，我的手机竟然无法联网！可我明明可以收到靳楠在通信软件上的留言啊。

毫无预兆地，郁丞星的脸出现在手机屏幕上。

"你想要查什么？"郁丞星的额头上还贴着纱布，说话的口吻听不出他是还在记恨我，还是已经原谅我对他造成的伤害。

"我想要查地图，想知道街心公园对面，黄立楷偷窥的地方是哪里。"我知道我向郁丞星求助的机会只有3次，但我觉得这一次我必须知道黄立楷不愿外人知晓的秘密是什么。

"好的，稍等。"

我的脸、我所身处的情景应该都出现在郁丞星手里的平板电脑上，所以在我看来，他正看着我在操作电脑。他很认真，眉头微蹙，手上不停忙活。我也认真打量郁丞星，他这个人深不可测，但不知道为什么，我对他提不起恨意，可能是因为我倾向于相信他的解释；可能是因为我伤了他，他却没有给我惩罚。女人的直觉仿佛在告诉我，郁丞星这个人可以信任。

"实景地图已经传给你了，根据黄立楷所在的方位，他看的方向应该就是小天才幼儿园。我想，应该不用浪费第二次机会，让我帮你确认小季老师是否在小天才幼儿园工作了吧？"

"当然，"我看着手机上的地图，移动范围，在距离幼儿园不到1000米的地方找到了小季老师租房的小区，"这一定是小季老师工作的地方。对了，小季老师的情况你们确认了吗？她还活着吗？"

郁丞星的嘴角微微抽动，有些不自然："小季老师名叫季姝敏，刚刚传回来的消息，她，失踪了，在黄立楷车祸之前就失踪了。她很有可能是受害者，但也有可能不是，或者除了她，还有别的受害者。总之你要尽可能搜集更多线索，推理出真正的受害者和他所处位置。"

如果昨天郁丞星对我表现出的是诚实坦然的话，那么此刻的郁丞星就是在撒谎。毕竟也跟他相处了一阵子，我对他的观察和了解积累了一些，我对我的判断有些自信。可问题是，针对这个问题他有什么理由跟我撒谎？季姝敏如果不是失踪，那么她现在到底是死是活？看来，我还是需要靳楠的帮助。

黄立楷看了看时间，此时正是下午2点30分。他又起身在公园里转悠，四处张望。

我跟郁丞星结束对话，收起手机跟在黄立楷身后。他好像是在观察环境，假山和树木，花坛和草坪，尤其是可以躲避、藏人的地方，而且尤其注意零星几个路过的行人。看样子他是看中了这里午后的冷清，所以一旦有人路过，他总会牵扯嘴角，轻微叹息，不悦地抽动一下鼻翼。

黄立楷给我的感觉是，他想要利用这个街心公园有所作为，难道这个环境就是他要寻找的有关游戏的灵感？我觉得不是，这里一定跟黄立楷的秘密有关，而他的秘密跟季姝敏有关。

下午3点15分，黄立楷离开街心公园，原路返回走到地铁站。在自动售票机排队的时候，排在前方的一个老年男子无意中回头看，目光碰到黄立楷的时候突然一愣，回过头思索了一下，干脆票也不买了，直接从队伍中出来，走到黄立楷身边。

男人浓眉大眼，看起来不怒自威、正气凛然的样子，有60多岁的年纪，但身材健硕、老当益壮。他拍了拍黄立楷的肩膀，不客气地说："小子，还认得我吗？"

黄立楷意外地抬头，几乎是瞬间就认出了对方："哦，当然认得，大块头警官嘛。你现在也退休了吧？看起来身体还不错，怎么样，还能抓坏蛋吗？"

"少废话，"大块头警官冷哼一声，"臭小子，你这个漏网之鱼，最好给我遵纪守法，否则，你可不会有10年前的运气！"

黄立楷一把把肩头大块头的手甩掉，痞气十足："10年前你没法抓我可不是因为我运气好，是因为我根本就是无辜的。你没能抓到掳走那小妮子的凶手，没法交差，就拿我充数。你这样的警察，早点退休也算是造福社会了。"

大块头被黄立楷激怒，不顾周围环境，一把抓住黄立楷的衣领，叫嚣着："臭小子，你到底把你妹妹的尸体藏在了哪里？"

黄立楷身形瘦弱，虽然年纪上占优势，但体形和力量上却不如这个退休的大块头警察，没法挣脱，只好大声叫嚷："大家快来看看啊，警察打人啦！谁帮我报警啊！"

大块头只好一把推开黄立楷，愤然地说："臭小子，你给我等着，早晚有一天我会找到你妹妹的尸体，找到你杀害她的证据，你逃不掉的！"

黄立楷歪嘴邪笑，整理被揪扯的衣襟："好啊，我也等着这一天呢。我倒要看看，当初那个没用的警察现在退休了，是不是个没用的退休警察。"

大块头还来不及发怒，黄立楷已经离开了售票机前。他干脆地铁也不坐了，直接回到地面，伸手拦了一辆出租车。

黄立楷一上车便夸张地说："人生得意须尽欢，师傅，去大皇宫夜总会，今天老子好好乐和乐和。"

大皇宫夜总会，未来市臭名昭著的情色场所，我真的不想跟进去继续侮辱自己的眼睛。正在迟疑要不要跟上车的空当，手机振动，来电的是靳楠。

我还在犹豫要不要上车或者是接电话，出租车已经开走。也好，我干脆利用这个时间去探寻黄立楷的妹妹在10年前的事，搞不好就像大块头退休警察说的一样，黄立楷的妹妹才是黄立楷背负的人命。而我想要追溯10年前的陈年往事的话，就只能求助于郁丞星，但那无疑会浪费一次求助的机会，那么不如去找靳楠帮忙。

"喂，靳楠，"我接听电话，亲切地说，"昨天真的不好意思，我跟依依忙着叙旧，手机没电了也没注意到。"

"太好了，你跟冯依依和好了？"靳楠为我高兴，爽朗地笑。

"是啊，手机刚好充好电，我刚想给你回消息呢。靳律师，今晚有空吗？我想请你吃饭，感谢你的帮忙。"说是请人家吃饭，实际上我根本身无分文，但我知道，这顿饭靳楠一定会抢着结账。

靳楠愉快地答应了，并且说马上驱车过来接我。

环境高雅的西餐厅里，我和靳楠坐在靠窗的位子，靳楠还点了小提琴独奏的服务，看来他是真的很想要营造浪漫氛围，他对我的倾慕和追求可见一斑。

等到小提琴演奏完毕，我已经被靳楠注视得面颊发烫。我承认，虽然我只是想要利用靳楠对我的好感让他帮我做一些事而已，但这番接触下来，我对他难免产生一些好感。我不知道这好感是不是我在报复卓实，也懒得去想太多，反正我跟靳楠注定不会有什么结果，我并不属于他的世界，他也不属于我的世界。

"对不起，上次放了你鸽子，"我双手合十，小女人撒娇一样道歉，"但是靳律师，这一次我又有事情要麻烦你，不知道你还愿不愿意帮忙。"

"愿意，当然愿意，如果你愿意的话，你可以使唤我一辈子。"靳楠也发出攻势，看得出，他深谙追女人之道，一开口就是这样暧昧的甜言蜜语。

我不好意思地低下头，抿了一口红酒掩饰尴尬。

"佳敏，你的事就是我的事，我一定不遗余力。你千万不要客气。"靳楠似乎是意识到刚刚的话有些油嘴滑舌，马上诚恳地说。

"我想要查一起10年前的案子，有关一个失踪的女孩，她很可能已经死了，但是尸体所在一直未知。杀害她的凶手现在还逍遥法外……"我干脆直奔主题。

靳楠看我的眼神越加诧异，我这才意识到自己只是个广告公司的职员，张口就说要查10年前的案子，实在突兀。是的，我应该按照惯例，用谎言做铺垫。

"其实，其实我想要转行，不想再在广告业混了，我从小的理想其实是当作家。前阵子去同事家里参加生日会，同事的亲戚正好是退休警察，他提过一嘴，有这么一起案子。我非常感兴趣，可是人家不肯跟我多讲。"

"我懂了，你想要知道当年这起案子的详情，把它写成小说？"靳楠很快反应过来。

"是啊，一来是为了我的梦想，二来一想到有个女孩可怜惨死，她的亲人连她的尸骨在哪里都不知道，她就那么不明不白地在这个世界的某个角落里腐烂，变成一具骸骨，实在是太可怜了。我想要让警方重新调查这案子，就用我的小说作为重启案件的契机。"我说得慷慨激昂，有八分是表演，两分是真情表露。

靳楠对我刮目相看："你还真是个感性的女孩。没问题，我帮你查。有关这案子，那个退休警察还说了什么吗？还是要给我尽可能多的信息。"

"退休警察说了，当时有一个嫌疑人，正是失踪女孩的哥哥，好像叫什么黄……黄立楷。我就知道这么多了。"

"没问题，估计就是这两天，我就能查到相关情况。"靳楠自信满满，很享受我求助他的姿态。

就在我们俩的晚餐接近尾声，靳楠邀请我去看电影的时候，我的眼睛不经意一瞟，竟然透过落地玻璃窗看到几米之外的人行道上站着一个熟悉的身影。我惊得一下子坐直身子，难以置信地瞪着窗外那个女人。

"怎么了？碰见熟人了？"靳楠也跟着往外看，随即微微一笑，"还真是熟人，这不是之前你让我跟踪的那个广告公司的小姐妹吗？"

没等靳楠说完，我已经跑出了餐厅，快步追上前面的女人，那个我曾经跟踪过的沈晴。

"沈晴！"我一把从身后抓住她的肩膀。

沈晴回头，用迷茫的眼神看着我这个陌生人："你是？"

"我……我是……"我不知道该如何回答，因为我对她来说什么也不是，"你不是……不是已经……"

我想问：你不是已经死了吗？杀害你的凶手正是你和两个同伙共同的复仇对象张建华。但这话我没问出来，我知道一旦这样问了，对方一定把我当成神经病。

"抱歉，我不认识你，我赶时间，先走了。"沈晴很礼貌，礼貌中又带有警惕。

我记得清清楚楚，我入侵沈晴的记忆那是在4月下旬，沈晴应该是在4月中旬就死了。而现在我入侵记忆的时间是同年4月末，我每次进入记忆空间都要做时间的标记，实验报告的开始也要先报上日期，我怎么可能搞错？沈晴怎么可能死而复活？

"佳敏，你没事吧？"靳楠因为要结账，所以才追上来，关切地问我，"你们说了什么？怎么你脸色这么差？"

我回过神，激动地一把抓住靳楠："快陪我去之前你送我回去的地方，我要去确认一件非常重要的事。"

靳楠皱眉："之前我送你回去的地方，那不是你和前男友的住处吗？怎么你还想跟他……"

"哎呀，不是，"我根本懒得再编谎话骗靳楠，此时的我就像是跟真相隔着一道纱帘，真相的轮廓已经依稀呈现，我什么也不顾，只想马上扯掉眼前遮蔽真相的纱帘，"你先别问了，反正马上带我去就对了。"

靳楠二话不说，直接拉着我上车。车子风驰电掣般穿过市区，仅仅用了不到10分钟就来到了沈晴租住的阁楼楼下。

我抬头仰望文身男人，也就是张建华的窗子，毫不迟疑地进了单元门，直奔张建华的家。

我用力拍打张建华的家门，并没有人应门，倒是把隔壁邻居给惊扰到了。邻居是个年约半百的女人，从门缝中探出头，警惕地看着我跟靳楠。

"你们……你们是谁啊？"女人用惊恐的眼神打量我们。

"阿姨你好，我是张建华的朋友，"我努力挤出笑容，礼貌地说，"我找他有急事，打扰到你不好意思。对了，你是他的邻居，有没有注意到他最近有什么异常？"

女人咋舌："什么异常啊，他一周多以前就不在这里住啦。"

"搬家了吗？搬去哪里了？"我急切地问。

女人撇嘴，几次欲言又止。

"阿姨，我真有很重要的事情，一定要找到他。拜托，如果你知道他在哪里一定要告诉我。"

女人终于松口："姑娘，我劝你还是不要找他啦，他……他被几个男人给带走了。那几个人，一看就不好惹。"

"是警察吗？"按照郁丞星的话，是警察逮捕了杀人凶手张建华。可如果沈晴没死，没有死者，张建华就不是什么凶手，那么警察又怎么会带走他？

"不是警察，要是警察还好了呢。我跟你说，你千万不要跟别人说啊。9天前的晚上，凌晨一两点的时候，我晚上睡不着到客厅里看电视，听到门外有声音，从猫眼里一看，有4个穿黑色西装，戴着黑色礼帽，看不清脸的男人把张建华给抬出来的，当时张建华不是死了就是晕过去了，一点反应都没有。后来我从窗户看到，他们把张建华抬进了楼下一辆黑车里。从那天以后，张建华就再也没回来过。"女人一边说一边摇头，时不时把声音压得极低，不断打量楼梯，就怕被别人听到。

"你没报警吗？"我问她。

"开什么玩笑？我说了，那群人一看就不好惹，搞不好是什么秘密组织黑社会啊，我当然是多一事不如少一事。姑娘，我劝你也不要多管闲事啊。张建华无亲无故的，他失踪了根本没人在意。"女人苦口婆心。

我冲女人点头，答应不报警，因为在这个空间里我也并不打算寻求警方的帮助。我有种强烈的直觉，所谓神秘的黑衣人，就是犯罪规划局的人。如果真的是他们，他们又跟警方的高层有合作，报警也是枉然。

回到靳楠的车上，靳楠的一系列提问都成了背景音，我沉浸在自己的推理中无法自拔。我产生了一个大胆的推想，只可惜，我没有支持这个推想的其他论据。我的这个推想需要一定的技术支持，而这种技术比入侵某人的记忆还要超前。真的可能存在这种事吗？目前我无从证实。

恍惚间，我睁开眼，我又一次被动地从实验中脱离。

眼前是郁丞星冰冷的脸，额头上还贴着纱布："实验已经进行了4个小时，必须结束。怎么样？这次收获颇丰？"

我摇头，起身，对于郁丞星给我的任务而言，我几乎没有收获，只是知道黄立楷在街心公园偷窥季姝敏，而且好像是在酝酿着什么计划；而对我自己来说，这次的收获是颠覆性的。

我借口说这次实验后有些不舒服，回到自己的房间休息，等待郁丞星叫我做实验报告。趁这个时间，我必须调整好自己的状态，不能让郁丞星察觉我在实验中探究他们这个犯罪规划局。

外面大门开启的嘀嘀声传来，听说话声，来人是张莫执。上一次张莫执和郁丞星闹得不太愉快，这次她一进门便温柔而关切地问："丞星，你额头的伤怎么样了？真的不要紧吗？听说缝了5针呢，一定很疼吧？"

郁丞星有些冷淡："没事，只是小伤。"

张莫执撒娇地说："骗人，根本不是小伤，你也不会那么不小心，自己撞伤自己，一定是因为她，对不对？"

郁丞星沉默了片刻，还是冷冰冰的："莫执，我不想跟你吵架，如果你没别的事，先回去吧。有什么事，咱们也可以去外面说。"

张莫执的脾气又上来了："哼，丞星，你为什么那么在意她？即使她弄伤了你，你还是要为了保全她而撒谎说是自己不小心撞伤的。你果真就像公司里的传言一样，你……你对她……那些传言那么过分，你真的就不在意吗？"

"我在意的只有卓实的遗愿，在意的只是这个实验，其余的，我都无所谓。"

"连我也无所谓吗？你知不知道，因为这些传言，我成了所有人的笑话！他们甚至……甚至在背后说你，说你真够恶心的……"

"够了！"郁丞星打断张莫执，难得严厉起来，"我说过，我不想吵架。"

张莫执软了下来："丞星，我也不想跟你吵架，但是你也要考虑张总的提议，我们还是终止这项实验吧。我怕再进行下去，1015会对你产生更大的威胁，这次是缝5针，下次说不定……不然你就接受我的建议，在房间里安装……"

郁丞星再次打断张莫执："没用的，张总没法说服我的事情，你也不可能。我没别的话可说，如果你还非要我说些什么，那我只有一句话——我们分手吧。"

张莫执沉默许久，哽咽声越来越大，最后大声叫道："我不同意！我绝对不会跟你分手的！丞星，你别傻了，你跟她身份有别，而且是天差地别，根本就不可能！我们才是天生一对！我死也不会跟你分手的！"

嘀嘀的开门声传来，紧接着是关门声，关门后，再也听不到张莫执的哭泣。

身份有别，天差地别。这句话像是一道闪电在我头顶炸开。我竟然到现在才参透郁丞星这个名字的含义。丞星，丞星，莫非他就是星海集团的继承人？果然我所在的犯罪规划局就是星海集团的秘密组织。

还有一个问题值得深究，郁丞星是否真的对我动情？张莫执的醋意并不是没来由的，公司里也确实有各种风言风语？这是不是意味着我只要攀上郁丞星这根高枝，就能够重获自由？

人都是自私的，尽管我并不想利用靳楠，也不想利用郁丞星，但是为了自己，为了重获自由，我别无选择。我是个坏女人吗？也许吧。

录完视频报告，我特意放低姿态，轻声问郁丞星额头上的伤势如何，并且对于昨天的粗鲁道歉。

面对我破天荒对他展示出小女人的姿态，郁丞星颇感意外，而后展露成分复杂的微笑。

"没关系，但是这种事真的不能再有第二次，你必须控制情绪，保持冷静，尤其不能跟我有肢体冲突，否则……"郁丞星喃喃念着，像是自言自语。

"我知道，否则实验终止，我这个实验对象也就没了用处。为了确保实验的秘密性，公司会把我……"我没把话说下去，我想到了张建华，不知道他现在身在何处。犯罪规划局可以决定一个人的生死，说不定实验终止之后，我会跟张建华身在同处，不是被秘密处决，就是被秘密囚禁。

郁丞星抬眼看我，眼神难得地柔和，从他看我的眼神里，我分明看出了一个男人对一个女人的爱怜。再回想最初见面到现在，其实有些东西一直都在他的眼里。

"放心，有我在，不会到那种地步的。"郁丞星又露出了那种柔软的笑容，口吻像是在安慰一个孩子不要害怕一样。

　　"那会不会真的在这个房间里安装摄像头？"张莫执刚刚应该就是这个意思，这样一来，一旦我再对郁丞星产生威胁，就很快会有人冲进来制止。当然，摄像头的作用最重要的不是保证郁丞星的安全，毕竟我是一介女流，体力肯定不如郁丞星，真要是起了冲突，受伤的只能是我。摄像头最重要的作用是留下证据，避免郁丞星再包庇我，就像这次一样。

　　郁丞星马上摇头："摄像头？我绝对不会允许发生这种事。"

第十一章
穿越

实验继续。

这一次我直接在街心公园苏醒，坐在黄立楷身边。我看了看自己那莫须有的手机，日期正好跟昨天衔接，时间是下午4点25分。

今天的黄立楷竟然背着一个长条形的背包，看背包的形状和上面粘上的一些油彩，这应该是写生用的背包，里面是画架和颜料。我真是万万没想到，黄立楷居然会爱好美术，有这个闲情逸致来这里写生。不过回想起黄立楷家里和公司的一些游戏图片，说不定黄立楷还真是学美术出身。但即便如此，他绝对不会通过在街心公园写生，画这么幽静美好的景色去寻找他那些变态游戏的灵感。

果然，黄立楷根本没有打开背包作画的打算，当然，也有一定的可能是黄立楷已经画完，但我觉得这种可能性微乎其微。他的这套行头一定是一种掩饰，至于对谁掩饰，应该就是季姝敏。我有预感，今天黄立楷将会与季姝敏见面。

黄立楷起身，深呼吸一口气，又露出那种轻蔑且得意的笑，大跨步朝公园北侧走去。我跟着他来到了北侧边缘，小心翼翼地跨出公园。很好，这一次我没有像上一次一样，被截在这里。我突破了一些东西，从前我认为那是记忆的主人设置的心理防线，现在我必须重新考虑那东西到底是什么。

黄立楷径直走到小天才幼儿园门口，这里聚集了一些准备接孩子的家长。黄立楷混在他们中间，因为他今天特意打扮得没那么邋遢，又背着画具，倒也挺面善，像个家长。

下午4点半，孩子们放学，由老师带领排队走出幼儿园，来到门口，有的孩子上了校车，有的孩子被家长接走。季姝敏也在送孩子的行列之中。

黄立楷一直翘首以盼，似乎在等哪个孩子却等不到。

"你好，"等到孩子们都走得差不多了，黄立楷一脸焦急地走到季姝敏面前问，"我是邵嘉嘉的小叔，请问她是被留下了吗？是作业没完成还是因为什么？"

季姝敏友好地冲黄立楷微笑，看样子是真的第一次见到黄立楷："啊，你是邵嘉嘉的小叔啊，我是邵嘉嘉班级的老师，我们幼儿园从来不会留孩子做作业的，她应该已经出来了。"

"可我刚刚一直在这里看，没看到啊。"黄立楷做出想要进去的架势。

季姝敏拦住黄立楷："她肯定是跟着队伍出来了，是不是孩子太多了，你没看到？你是第一次来接孩子吧？有没有跟孩子父母打招呼，也许孩子已经被她父母接走了。"

黄立楷一个劲儿摆手，笃定地说："不可能不可能，我跟我哥说好了，今天我来接嘉嘉，带她去写生，你看，我的画具都背着呢。这孩子一直嚷嚷着要跟着我去写生。说不定她在里面没出来，你带我进去找找吧。"

季姝敏低头犹豫了十几秒钟，其间黄立楷一直在扮演一个焦急的小叔，嘴里念叨着孩子没了可没法跟大哥交代的话，最后季姝敏终于同意带黄立楷进去。

季姝敏在前面带路，黄立楷跟在她身后，我则是跟在黄立楷身后。进入这栋彩色的三层小楼之后，季姝敏便急着带黄立楷去她班级的教室，那是一间位于一楼，拥有一个大落地窗的宽敞教室，教室里一目了然，根本没人。

"你看，孩子不在这里，你还是快给孩子父母打电话确认一下吧。"季姝敏回头，却已经不见黄立楷的踪影。

季姝敏备感意外，顺着走廊向两边望，却根本不见黄立楷的影子。

"不会是自己乱闯去找孩子了吧？这人，一看就是个不讲理的。"季姝敏一边埋怨着一边小跑着往走廊深处找人。

我望着季姝敏的背影，又转头去看就躲在男洗手间门口的黄立楷，根本不懂他唱的到底是哪一出。

黄立楷迅速闪身，几步便迅速从男洗手间跨入还敞开大门的教室。他的动作太快，还没等我反应过来跟上去，他已经轻轻关上了教室门，并从里面锁上。我本以为我可以轻易穿过这道门，没想到我再一次被屏蔽在了门外。

一间没有孩子，只有桌椅的幼儿园教室而已，有什么特别，黄立楷为什么要偷偷进入？难道他刚刚所做的一切都是铺垫，目的就是进入这间教室布置什么机关？难道是可以让他拥有不在场证明的定时杀人机关？利用季姝敏的某个习惯谋害她？简直太过分了，要知道这间教室里除了季姝敏还有那么多不按常理出牌的无辜的孩子啊，他就不担心误伤到孩子吗？黄立楷果然不是什么善类，是个正在酝酿杀人计划的犯罪分子。

仅仅不到5分钟，季姝敏已经辗转跑回来，气喘吁吁地说："先生，请你出来好吗？孩子真的不在幼儿园了，我刚刚给孩子母亲打电话，她已经把孩子接走了，而且孩子母亲说了，根本就没跟孩子小叔约好去写生啊。"

话音刚落，教室门从里面打开，黄立楷抱歉地挠头，一脸堆笑："哎呀，看来是我哥在其中没传好话啊，我是跟我哥约的，他一定是忘记跟嘉嘉说了。不好意思，给你添麻烦了，那我就不打扰了。"

黄立楷可以说是落荒而逃，他根本不给季姝敏再说话的机会。

我没有马上跟上黄立楷，而是跟随莫名其妙的季姝敏一起进入教室，打量整间教室。我没看出教室有任何变化，就连在这间教室里工作的季姝敏都没有看出，她直接无所谓似的关上了门，看样子是把今天放学时的这段小插曲忘到脑后了。我真的很想提醒她仔细检查教室，注意瞄准她这个猎物的猎人黄立楷，因为毕竟脱离了黄立楷，我便不再是"幽灵"，可以跟季姝敏对话，但我又不敢贸然行事。

郁丞星曾告诉我，我所进入的是某个人的记忆空间，我在这里没法改变已经发生过的事实，就算我做了什么改变也只是我的想象，并不会真的扭转事实。虽然有所怀疑，但大体上我还是接受这种说法的，但我却在所谓的记忆空间里看到了本应该已经死去的人，如果不是我的大脑出了问题产生幻觉，那么就是郁丞星在撒谎，我进入的根本不是已经死去之人的记忆，而是另一个未知的领域。

我现在有一个大胆的猜想，我现在所处的是可以改变未来的过去，换句话说，我进入了另一个时空的维度。我在这里不可以直接改变未来，而是要通过推理预测未来极有可能发生的事，并把我的预测上报给犯罪规划局，他们则是作为直接改变未来的力量，去剔除极有可能犯罪的人，比如现在不知死活、不知身在何处的张建华。

我现在终于明白了为什么郁丞星称呼黄立楷为"犯罪者"而不是"罪犯"，这两个词对于他们来说应该代表着两个意义，"罪犯"是已经确定实施犯罪的人，而"犯罪者"则是根据推断极有可能犯罪的，但还未来得及犯罪的人。张建华还未来得及杀害沈晴，如果我的判断没错，他们的举措也及时的话，黄立楷也未来得及杀害季姝敏。

至于为什么我这两次实验的对象是沈晴和黄立楷，这个犯罪规划局为什么要选定这么两个人来做这个实验，很可能是因为他们对这两人有过一定程度的调查：沈晴的种种条件显示她是个高危受害者，所以犯罪规划局告诉我她已经遇害。既然有受害者，就一定有加害者，我通过对沈晴的调查找到了张建华这个唯一拥有动机的加害者。犯罪规划局很可能暗中监视张建华，在他显露出对沈晴的杀意之后，或者干脆是在他动手之前加以制止，并且秘密带走他，把他囚禁在某个秘密场所或者干脆秘密处死，作为对一个犯罪者的惩罚；而黄立楷则是高危犯罪者，而且已经瞄准了一个猎物，我的任务就是确认黄立楷想要杀害的人到底是不是季姝敏，是否还有别人，查出他的杀人动机以及杀人手法，让犯罪规划局接下来决定如何阻止他犯罪，对他施以怎样的惩罚。也正是因为黄立楷的犯罪还没有发生，没法确定季姝敏是不是他的目标，所以郁丞星才会对我撒谎，说季姝敏失踪，让我继续调查。因为之前郁丞星跟我说过只有死人的大脑才能用来实验，于是他骗我说黄立楷已经死了，实际上他还活着。

也就是说，我是一个特殊的侦探，一个幽灵侦探。别的侦探都是现在进行时，只有我是过去进行时。我穿越到不久之前的过去，以一个幽灵的身份"存活"在被调查者的周遭，身临其境，切实地去经历一些事情，以常规侦探绝对做不到的方式和途径去搜集信息，进而推断预测还未发生的犯罪，最终目的是阻止犯罪。

如果真的是这样，他们欺骗我侵入某人的记忆也有了理由，只有这样说，我才会认定我无法改变未来，从而避免了我私自行动，避免因为我个人的意愿而触发蝴蝶效应，改变更多人的未来，甚至是更改他们的未来，让未来处于不可控的局势。他们想要让我以为我无法改变未来，而实际上，我可能是这个世界上唯一有能力改变未来的人！

之所以实验的内容不能重复，那是因为我无法在同一个时间反复穿越，所以错过了就是错过了。之所以每次实验报告的时间如此重要，是他们必须确定我到底穿越到了何时。之所以每次实验最多只能持续4个小时，是因为穿梭时空技术只能维持4个小时。之所以每次穿梭时空只能穿梭到近几个月之内的时间，也是技术上的局限。

可还有几点我无法解释，为什么上一次实验中我跟在沈晴身边，她无法看到我，这一次黄立楷也无法看到我，而我脱离了他们俩就可以由一个"幽灵"变成"活人"？为什么犯罪规划局的实验者们时而能够看到我在实验中的影像，时而看不到？为什么我在这里身为"幽灵"的时候会被某些地方拦截在外？

相信这些谜题总会有解释，这些谜题本身就是这个实验的特性。不管怎么说，这就是卓实的实验，不得不承认，这是一项伟大的实验。这项实验必须对实验者撒谎，否则世界的未来将会掌握在一个人的手中，而这样做无疑是冒着巨大的风险，毕竟人心难测，一旦某个人能够掌握这样的力量，而他的品德和能力又无法保证永远不变，那么卓实的实验等于是把一颗足以毁灭地球的炸弹交给了一个人。可如果让这个人蒙在鼓里，只是利用他去获取信息呢？那么这颗炸弹便掌握在整个犯罪规划局的手上，掌握在一个集体的手中。人心难测是不可避免的，只能通过增加人的基数来尽量避免，由更多的人集体投票表决，得出的举措更加保险，这是历史进步的惯例。

这么说来，卓实之所以一定要我来亲身参与这项实验，成为这个世界上唯一掌握改变未来能力的人，其实是缘于他对我品格的绝对信任？可即便是这样，我仍然无法不恨这个男人，他毕竟设计了我，他没有问我是否愿意参与这个实验，直接替我做了决定，让我失去自由，变成了一个被最爱的男人欺骗利用的工具。

我站在教室门口，思绪纷乱，犹豫不决，最后还是决定不去提醒季姝敏，我认为自己一个人没有掌握全局，让未来发展最优，把伤害减少到最少的能耐，所以自动放弃了由我一个人决定如何改变未来的能力。我可不想因为我一时心软鲁莽提醒了季姝敏，而造成后面发展出不可收拾、无法挽回的局面。

我跟丢了黄立楷，也不打算继续跟着季姝敏，我打算去找靳楠。因为我现在已经可以确定，我在这里的所作所为并不是我的想象，而是可以改变未来的。我无法自作主张改变季姝敏的未来，但我决定为我自己的未来搏一次——我要借助靳楠的力量改变我的未来，脱离这个实验，脱离那个地下的神秘组织，脱离囚徒的身份，回到地面上做回一个自由人，过正常人的生活。没错，我不是卓实，没有那么大的抱负，我只是个普通的女人，我只要平淡幸福的生活。

当然，借助靳楠的力量改变我的未来并不是那么简单的。我必须让靳楠在不久后的将来到犯罪规划局解救我这个囚徒。时间上我要有所选择，计划要里应外合，理由我也想好了。靳楠是律师，他完全可以称得到了消息，以当初的死刑犯许谧还活在世上的理由把我带走，然后重新调查卓实的案子，查出卓实其实是自杀，为我翻案。这个计划的基础是靳楠必须知晓我的故事，并且相信我是无辜的，相信穿梭时空真的可以在技术上实现，相信他现在认识的我其实并不属于这个时空，而是穿越而来的。按照现在时间，这个时空里的我也的确身在犯罪规划局，只不过还在忙活着进入沈晴的那个时空。

如何让靳楠信任我，愿意帮助我？恐怕必须让他彻底爱上我，也要让他感到我是真的爱他，换句话说就是我们必须相爱并且深爱，只有这样，他才会为了我敢于去跟未来市最有实力的星海集团作对。

我和靳楠会相爱吗？我还能爱上除了卓实之外的什么人吗？我不知道，但我愿意尝试。我相信感情是可以培养的，我愿意去培养我跟靳楠之间的感情。

"喂，靳楠，昨天又一次不告而别真是抱歉，你现在能过来接我吗？我知道有一家店的牛排特别好吃，你今晚有空的话，咱们可以……"我破天荒如此主动。

"没问题，你在哪里，我马上过去找你。对了，你这通电话打得真是时候，你要我查的那件案子，我已经查到了。一会儿见面详谈。"靳楠很兴奋，我的主动让他非常意外。

我给了靳楠我所在的地址，一个人坐在街心公园的休闲椅上等待。自从卓实过世后，我第一次有了一种对未来充满期望的自信，感觉心情舒畅，拨云见日。至少我已经知道了真相，明确了目标，并且找到了一个可以帮助我实现目标的盟友。

靳楠驾车来到街心公园，我俩一起坐在休闲木椅上，这样怡人又幽静的环境中，气氛难免暧昧。我跟靳楠目光相接，肩膀摩挲，彼此都有些紧张。

跟靳楠相处培养感情的确要从现在开始，但却不是一蹴而就的事情，就像我的故事也不能一下子全部告诉他，必须循序渐进，否则可信度会大打折扣。这么离奇的故事，一般人是不会轻易相信的。

"靳楠，其实……其实我并不是真的广告公司的职员，我是个侦探。之前去你们律师事务所楼下的广告公司任职，其实是为了调查。包括现在调查10年前的案子，也是我的任务。我受雇于一家神秘的组织，我的侦探身份也必须严格保密，所以抱歉，之前一直在骗你。"我小心翼翼地渗透，紧张地观察着靳楠的反应。

靳楠恍然大悟："怪不得从我认识你开始，你就一直神神秘秘，原来你是个女神探啊！太好了，原来我们也算半个同行，都是跟罪案打交道的。你是福尔摩斯小姐，我是律师华生，哈哈，很荣幸能够成为你的搭档。哦，对了，那之前你让我找冯依依，说她是你的朋友，你想要道歉什么的，也都是骗我的？天哪，你可真是个天才，居然把我这个律师给骗过去啦。"

看靳楠一丁点生气的意思都没有，反而很兴奋，我松了一口气，继续说："其实我一直在想什么时候对你坦白，我不可能瞒着你一辈子，所以哪怕是违反那个神秘组织的规定，我也要把这个秘密告诉你。靳楠，你会怪我之前骗你吗？"

"当然不会！等一下，你刚刚说什么？你不能瞒我一辈子，一辈子？"靳楠的脸上攀上红晕，这个大男人害羞的样子还挺可爱的。

我娇羞地低下头，躲闪靳楠灼热的目光，感到他近在咫尺的呼吸，全身都不太自然，果然，我需要过程。

"对了，刚刚电话里你说查到了10年前的案子，查到了些什么？"我转移话题，语气也恢复正常。

靳楠以为我只是因为害羞而转移话题，似乎也不急于跟我马上确定关系，也恢复了常态，甚至进入了律师的工作状态，为我讲述10年前有关黄立楷妹妹的案子。

黄立楷的妹妹名叫黄欣荣，于10年前失踪，失踪时年仅12岁。当时被当作头号嫌疑人的黄立楷也只有16岁。

时间倒退一年，也就是黄立楷15岁的时候，他的父亲黄波与黄立楷的亲生母亲离婚，离婚仅不到一个月便迎娶了黄欣荣的母亲。原来黄波这么多年一直暗度陈仓，家外有家。黄欣荣是黄立楷同父异母的妹妹。那之后半年，黄立楷的母亲便因为罹患抑郁症跳楼自杀。

黄立楷没法憎恨亲生父亲，只好把全部的恨意都集中在继母和同父异母的妹妹身上。那一年中，他总是跟继母作对，剪碎继母的裙子，烧掉妹妹的布娃娃，在母女俩的饭菜中下泻药，在继母的自行车上做手脚导致刹车失灵，甚至还虐杀了继母带来的宠物狗，把残破不堪的狗的尸体放在继母的背包里。他所做的一切都是为了向这对母女宣战，以发泄愤怒，也算是为亲生母亲报仇。

不仅如此，黄立楷还找了社会上的一群小混混在妹妹黄欣荣放学的路上对她围追堵截，吓得黄欣荣在逃跑回家的路上摔倒，小腿骨折。总之，在所有人眼中，黄立楷就是个混世魔王，是个已经学坏的孩子，犯罪只是迟早的事。

因为黄欣荣的腿骨折住院这件事，黄波把黄立楷一顿暴打，当时黄立楷曾放下狠话，说这顿毒打他会原封不动地转交给黄欣荣，一旦黄欣荣出院，他就要让黄波为今天对他的所作所为后悔一辈子。

就在黄欣荣出院回学校上课后的一周，她的母亲照例去学校接她放学，却得知当天学校因为停电已经提早放学，黄欣荣不知所终。这笔账自然就算在了黄立楷身上。

一连3天的毒打，黄立楷就是死不承认，坚称黄欣荣的失踪跟他没关系，他也不知道黄欣荣在哪里。没办法，黄波只好报警，当时负责这起失踪案的警察在了解了黄家的情况后，也认定黄立楷是头号嫌疑人。但针对黄立楷的调查进行了半个月，又是派人跟踪，又是日夜轮番审讯，又是派人跟踪调查跟黄立楷走得很近的那群混混，到最后一无所获，警方还是没能查到黄欣荣的下落。警方和黄家夫妻都已经认定，黄欣荣一定是被黄立楷藏在了什么地方，时隔半个月黄立楷都没有去那个地方，黄欣荣应该已经被活活渴死、饿死。

因为没有证据，因为当时黄立楷也只有16岁，这件事到最后只能不了了之，黄欣荣的失踪案成了悬案。但当时跟进这案子的警察却一直记挂着这件事，他为当年没能逮捕黄立楷而遗憾和忧心。他说过，当年没能逮捕黄立楷这样的潜在犯罪分子，就注定他会在未来给这个社会带来危机，一定还会有人丧生在他的手下。

我听完靳楠的讲述不禁猜想，会不会黄立楷的确就是杀害黄欣荣的凶手？而黄立楷现在的猎物是季姝敏？在这10年间，还有没有其他被害者？黄立楷选择猎物的标准是什么？他之所以会选中季姝敏，会不会是因为季姝敏跟黄欣荣有什么相似点？少年时期家中的变故，对继母和妹妹的憎恨，父亲的毒打，就是黄立楷的罪恶之源？果然，一个人的儿童和少年时期的经历，在很大程度上可以塑造一个人的性格，改变一生啊。

"哎呀，爸，现在世道哪有你说的那么危险，你这就是职业病……我知道，我会注意安全的……爸，你就别再唠叨让我搬回去住啦，搬回去上班不方便，我现在租的房子挺好的，你不也调查过房东底细了吗……"

突然，季姝敏打电话时的场景浮现在我眼前，她当时说的这些话我一直没有在意，现在想想其实里面蕴含着深意。

"靳楠，"我突然抓住靳楠的手腕，焦急地说，"当初跟进黄欣荣失踪案的警察是不是个大块头男人？他是不是姓季，有个女儿叫季姝敏？"

靳楠被我突如其来的激动吓得一惊，低头看我握住他手腕的手，然后反手握住我的手，用力握了两下便松开，忙着去掏手机："别急，我现在就打电话去确认一下。"

两分钟后靳楠便挂断电话，他给我的答案是肯定的，季姝敏的父亲名叫季骁，因为年轻时是个工作狂，年过40才结婚，老来得子，只有季姝敏这么一个宝贝女儿。

也就是说，黄立楷之所以会选中季姝敏作为猎物，不是因为季姝敏本身的什么特征符合他的喜好，也不是因为她酷似当年的黄欣荣，只因为季姝敏是当年那个为难过黄立楷的警察的宝贝女儿。黄立楷知道自己现在仍然不是大块头退休警察季骁的对手，哪怕是智取也斗不过老谋深算的退休警察，并且对方认识他，对他有防备，那么对季骁最佳的复仇方式就是杀死他的宝贝女儿。

我用力一拍大腿，气愤至极，黄立楷果然是个穷凶极恶的罪犯，不但当年害死了同父异母的亲妹，如今还因为对季骁的憎恨，想要把罪恶之手伸向一个无辜的女孩。想到这里，我恨不得马上结束这次实验，把这些全部告知犯罪规划局，要他们马上去抓黄立楷，就像当初他们秘密带走张建华一样，避免季姝敏遭难。

不，我得冷静，这次实验还不能就此结束，我必须利用有限的实验时间尽可能再获取一些信息。因为上一次我曾经出过一次纰漏，那次就是因为我的盲目自信，并且太过心急。这一次我绝对不能再出错，必须一击即中。

我以工作为由推掉了我自己主动提出的共进晚餐，让靳楠把我送回黄立楷家。赶回黄立楷家已经是傍晚将近6点，我以为这个时间黄立楷肯定在家，不料却扑了个空。黄立楷会在哪里呢？难道是回公司加班了？我又让靳楠把我拉到了黄立楷的公司。

我让靳楠在楼下等我，等到我上楼看到了正伏案工作的黄立楷，才打电话通知楼下的"车夫"靳楠可以回去了。

靳楠对我的侦探工作非常支持，挂断电话时说有什么需要帮忙的，尽管找他，他随叫随到。

当时的我满心都是黄立楷的案子以及自己那个逃出牢笼的计划，根本没有在意靳楠异常的表现和那句"随叫随到"。

公司里留下加班的只有黄立楷和里间套间办公室里的老总。我就这样陪着黄立楷加班。时间快进到晚上8点多，老总从办公室出来，手上还拉着一只大大的黑色拉杆箱。

黄立楷起身走到老总身边，伸手接过拉杆箱。

"怎么样？这次的定制客户又是个冤大头？"老总坏笑着问。

黄立楷不屑地用鼻子哼气："放心，绝对是个重量级的冤大头，是咱们的长期饭票。能够在暗网上买这种定制服务的，现实中都是道貌岸然的上流人士。"

老总哈哈大笑："是啊是啊，但这些伪君子可是咱们的衣食父母。你可一定得给我服务到位了。记住，一定要注意保密，咱们这项业务之所以能赚这么多，靠的不单单是技术，还有严格保密客户信息。"

"那当然，所以客户的身份只有我一个人知道，你不让我告诉你，这样一来只要泄露了秘密，那就一定是我。我这份外快赚的，风险可是不小啊。"黄立楷苦笑着耸肩。

老总拍黄立楷的肩："别这么说，多少人想要做这份美差都没机会，谁叫你是我这里业务水平最高、最富有创造力和想象力的最佳员工呢？有好事，自然是咱们俩合作。对了，这次的设备我可是花费了不少，客户选的地方没问题吧？隐蔽性怎么样？"

"放心，人家自己的地盘，想怎么玩怎么玩，绝对合适。"黄立楷说着，拍了拍身边的黑色拉杆箱，"那我这就过去啦。"

老总点头："去吧。唉，有钱人就是好啊，能自己有那么一块私人领地。"

黄立楷点头。老板则是先下班回家了。

我真的很想继续等到黄立楷离开公司，看看这些到底是什么设备，所谓的定制服务是指什么，客户又到底是谁。可每次实验最多4个小时，偏巧赶在这个时候，4个小时的时限到了。没办法，我把一部分时间用在了跟靳楠的接触上，真正的实验工作时间只能有所缩减。我只能寄希望于下一次实验开始的时候，正好就是今天我实验结束的时候。

实验结束后我沮丧地从实验床上下来，对郁丞星感叹："真的很可惜，偏偏在这种时候时间不够用，真担心我会错过最关键的部分。"

郁丞星一只手搭在我的肩膀上，不顾单面镜后那些同事以及张莫执的眼光和议论，温柔地安慰我："没关系，相信以你的能力一定能够弥补缺失的部分。"

回到房间，按照惯例由郁丞星为我拍摄实验报告。按照惯例，我仍对郁丞星有所隐瞒，把我在实验中私自行动的部分隐去，更是只字不提靳楠这个人，还有我对实验实质的推测，老老实实地只讲述跟黄立楷有关的一切。

实验报告临近尾声，我注意到对面的郁丞星有些心不在焉，他好几次抚住额头，像是头痛。

"郁律师，你不要紧吧？"我问。

郁丞星敲了敲额头，似乎清醒了一些，像个老朋友一样笑着说："你以后叫我丞星吧。"

"丞星，"我也以朋友的身份关切地说，"你好像不太舒服，要不要先休息一下？"

只这一句话的工夫，郁丞星的身体竟然有些摇晃，看起来他是再也支撑不住了。他双眼半睁半合，想要扶住沙发扶手站起来，起身前还特意看了看手腕上的电子手环。终于，他还是没能站起来，一下子栽坐回沙发。

"丞星！"我意识到事情不对劲，他不像是简单的头痛，而像是……

果然，郁丞星也瞬间醒悟似的，他抽了抽鼻子，像是闻到了什么异味，突然抬头去看空调出风口。不知道什么时候，空调居然开了，出风口处正呼呼吹着风。

郁丞星一下子从沙发上栽倒在地上，艰难地朝大门口爬去，应该是想要打开房门逃离这个充满毒气的房间。他必须第一时间打开房门，因为只有他才能打开那道门。

与此同时，我也感到了迟来的眩晕感。我也想跟着郁丞星爬出这个房间，可是身体就像个千疮百孔的气球，力气在瞬间倾泻。最后的意识里，我看见郁丞星的身体停在了大门口。他终究也没能离开这房间。

"许谧，许谧……"不知道过了多久，恍惚中，郁丞星的声音忽近忽远在耳边飘荡，"能听见我吗？许谧，快醒来。"

我抬起沉重的眼皮，眼前是神色紧张关切的郁丞星。

"发生了什么事？"我扭动脖子观察四周，周遭的场景再熟悉不过——我仍然置身我的囚笼之中，面前仍旧是我的专属"狱卒"。

"没事了，你现在很安全。"郁丞星显然有所闪躲，不愿意回答我的问题。

我再次追问："到底发生了什么事？有人在空调系统里做了手脚，向这个房间施放毒气？"

"并不是毒气，只是暂时性地让咱们昏厥的迷药。"郁丞星还是欲言又止。

说话间，我看到了郁丞星的右手手腕，虽然被衣袖遮挡，但还是不小心露出了白色的纱布。他的手腕受伤了。

"为什么要让咱们陷入昏迷？"我不懂，这里可是犯罪规划局，到底是谁有那么大的能耐做这种手脚？除非是……

郁丞星很为难，躲闪我的目光，并不回答，好像这是个天大的难题。

"是张莫执，对不对？"我说出了心中猜想，"她的目标只有我一个人，所以不能通过空调施放毒气，那样会危及你的安全。所以最好的办法就是迷晕咱们，然后戴着防毒面具进来，在你不知情的情况下杀了我。"

郁丞星双肩微微抖了一下，低声说："果然，什么都瞒不住你。没错，是莫执，她对你有些误会，应该说是对我有些误会。对不起，我替她向你道歉。好在她的计划没有成功，公司的人及时发现她的入侵，没有造成什么严重后果。"

我看着郁丞星受伤的手腕："真的没有造成什么严重后果吗？那么你的伤是怎么回事？张莫执不可能伤害你，难道你是为了保护我……"

郁丞星苦笑："不管怎么说，一切都过去了。公司已经对莫执采取了措施，放心，不会再有人伤害到你。"

"措施？什么措施？"我怎么也没想到，张莫执对我的嫉妒会让她不惜杀了我。看来她是真的很爱郁丞星，而且，她是真的认定郁丞星爱上了我。

"辞退，公司辞退了她。"郁丞星很轻松，似乎是辞退了张莫执，摆脱了张莫执让他如释重负。

"她可是你未婚妻，你没有为她求情，让公司对她网开一面？毕竟，她这么做也是因为你……"话一出口我才想起来，上次郁丞星已经对张莫执提出了分手，这两人的感情早就产生了裂痕，而我似乎就是造成这裂痕的罪魁祸首。

"我和她彻底结束了，"郁丞星望着我的双眼认真地说，"其实，她这样做不是因为误会，她没有误会我什么。总之，许谧，对不起，是我连累了你。"

我的心漏跳一拍。不是误会！郁丞星这话什么意思？换我躲闪郁丞星的目光。回想第一次见到郁丞星的时候，我就感受到他看我的眼神中饱含着不同寻常的感情，就好像那并不是第一次见到一个陌生人。郁丞星喜欢我，我早就有所察觉。如今他等于是隐晦地表白，跟我宣告他跟张莫执彻底结束，看来他是不打算再隐藏了。

我能够接受郁丞星的感情吗？答案是否定的。哪怕是除却他"狱卒"的身份，我也不可能爱上他，就像我很难爱上靳楠一样。我的心仍然被那个在里面盘踞了11年之久的男人霸占着。卓实，我虽然恨他，但不能否定，我仍然爱他。

郁丞星还想跟我说什么，我赶忙转移话题："对了，晕倒之前我看见你闻到了异味，这才想到是空调的问题。可见张莫执施放的气体并不是无味的，那么为什么我却什么都没有闻到？"

郁丞星歉然地说："抱歉，这种迷药是公司最新的研发成果，目前还没有名字。它的味道虽然很淡，但也不至于让人无法察觉。你之所以什么都没有闻到，很可能是实验对你的大脑嗅觉神经造成了一定的损伤。"

我就知道，这该死的实验一定会对我的大脑造成损伤，这一点一开始郁丞星就跟我蜻蜓点水地提过一次，只是我没想到，这损伤会来得这么快。再这样下去，我恐怕就会彻底失去嗅觉、味觉，以后是视觉、听觉！不行，我必须尽快离开这里，尽快让靳楠来解救我！

我满脑子都是实验对我造成损伤的恐惧，竟然忽略了另一个非常重要的问题——为什么我会迟于郁丞星昏厥？要知道，当时我所在的位置比他更加靠近空调出风口啊！

第十二章
救 星

实验继续。

我未能如愿，再次进入到实验空间的时候，竟然已经是3天之后。那晚黄立楷到底做了什么，这3天黄立楷做了什么，我只能依靠推理得知，无法看到。

午休时间，黄立楷去洗手间，我没有跟去，而是留在办公室听眉环女跟另一个女同事聊黄立楷的八卦，期望能够从这八卦里得知他这3天的经历。

"露西，你有没有注意到，接连3天了，黄立楷每天下午两点准时闹肚子，能在洗手间里一待就是10多分钟。"眉环女讪笑着说。

露西咋舌："闹肚子？哪有那么简单，我听迈克说，黄立楷下午两点准时进男洗手间，会把里面的人都赶出来，还把门从里面锁上，一个人在里面神神秘秘的，不知道干些什么。但肯定不是如厕那么简单，除非……除非……"

"除非什么？"眉环女捂嘴笑问。

"除非实在是太臭啦，哈哈！"露西大笑过后马上神秘兮兮地压低声音说，"我觉得他一定是在洗手间里做见不得人的事。"

"到底是什么事呢？哎呀，怎么办？我真的太好奇了！"眉环女朝洗手间的方向张望，又拉开自己的抽屉，从里面取出了一个小巧的无线摄像头，"要不，咱们……"

"哎呀，你也太恶心啦，"露西推了眉环女一把，又马上凑过来小声嘀咕，

"不知道男洗手间里面是不是跟女洗手间一样，这东西放哪里合适呢？"

两个女人叽叽喳喳，我也懒得再听下去。午休过后，黄立楷回到公司，下午将近两点，他果真准时起身，往洗手间走去。

反正我跟在他身后就是个隐形人，所以也大大方方进了男洗手间。

黄立楷进去的时候正赶上公司的一个小年轻在洗手，他冲那个小年轻一挥手，不耐烦地让他赶紧离开。黄立楷看起来就不好惹，那个小年轻马上胡乱扯了张纸巾逃也似的离开。

黄立楷一间一间地推开隔间门，确认里面没人之后，果然走到门口锁上了男洗手间的门。随后，他走到洗手台的镜子前，站定之后从口袋里掏出了一个眼镜盒，为自己戴上了一副黑色边框的茶色眼镜，又抬腕按了一下手腕上的电子手环，最后在镜面前走来走去。

黄立楷走路的姿势让我惊愕不已，他竟然摆动胯部，双臂优雅地轻微摆动，时不时用手去轻抚自己的头发，俨然一个女人！他就这样来来回回在20多平方米的洗手间里慢慢踱步，非常娴熟，但有的时候像是因为太过专注于自己的步伐和镜子里的姿态，不小心撞在洗手台上。

搞什么，难道这就是黄立楷霸占洗手间的缘由？他这3天都在练习成为一个女人？又是戴眼镜，又是练习仪态，难道他打算做变性手术？难道他的体内住着一个女人的人格？当然不是，他这样做应该跟季姝敏有关，准确来说，这是他谋害季姝敏的计划的一部分。到底是什么样的计划，需要黄立楷把自己变身成为一个女人？难道他不知道他的面貌根本无法通过化妆改变性别吗？要想以假乱真，一副眼镜遮挡根本不够，得靠倒模面具。

目前看来，黄立楷的计划对我来说就是一个谜，我必须通过已知的信息在他正式开始实施伤害季姝敏之前推理出他的整个计划，从而由犯罪规划局出面制止。

就在我思考的时候，眼前的黄立楷也停住了脚步。他面前明明什么都没有，完全可以大跨步向前走，可是他却低着头像躲避障碍物一样，向左踏出两步，顿了几秒钟才又抬头继续前进。

就在我愣在原地看着古怪的黄立楷思考时，他突然发出了一声愤怒的低吼。

"该死！这是什么玩意儿？"黄立楷把眼镜一摘，又按了一下手腕上的手环按钮，踮脚抬臂去够洗手池镜子上方的一束假花。他粗鲁地把假花摔到地上，一个小巧的无线摄像头显露出来。

我不禁哑然失笑,看来眉环女和露西还真的是说到做到,这一定就是她们俩的手笔。

黄立楷愤怒地抓起摄像头,恨不得一只手把它捏碎,大力推门而出,径直走到办公室门口,高举着摄像头怒视着在座的每一个人。

"要让我知道这是谁做的,我饶不了他!"说着,黄立楷当着大家的面把摄像头踩在脚下,狠狠地踩碎。

黄立楷愤然转身又回了男洗手间,我因为多看了几眼心虚的眉环女和露西,落后了几步,没想到这一次我竟然被隔绝在了男洗手间之外。我不懂,刚刚我还能轻易出入的地方,怎么才隔了这么一分多钟就成了我的禁地?黄立楷在里面做什么?仍旧只是在练习扮演女人吗?我预感他还会做别的事,我又一次错过了关键。

就在我仍旧不死心想要试着穿墙而入的时候,口袋里手机振动,又是靳楠找我。

"谢天谢地,你终于接电话了,你知不知道,我找了你整整3天!佳敏,你到底在做什么,为什么总是失联?"靳楠的语气不太好,但马上意识到这点,又缓和地说,"抱歉,我只是太担心你了,我担心你的调查会给你带来危险,我差点就去报警了。"

"别,千万别报警,"我忙嘱咐,"侦探就是这样的工作性质,你要是报警等于砸我的饭碗。电话里说不清楚,这样吧,你现在来找我,咱们面谈。"

我不敢离开黄立楷太远,便跟靳楠在黄立楷公司楼下的咖啡厅约见,透过窗子,我可以看到黄立楷何时离开,从而跟踪。

靳楠风尘仆仆地赶来,见到我恨不得要给我一个拥抱,但我礼貌地推开了他,只是任凭他的手在桌面上握住我的手。

"怎么回事?你不是在调查黄立楷吗?这几天我找不到你,以为你在跟踪调查黄立楷,所以也偷偷观察过他,可是你根本就没有……你总是这么神秘,到现在我连你的住址都不知道。"靳楠满脸迷惑,迫不及待要我给他一个解释。

"抱歉,"我不打算对靳楠解释什么,因为也无法解释,只能转移话题,朝最关键的方向,我必须渐渐渗透,让靳楠知道我的处境,"靳楠,其实我手里除了黄立楷的案子要查,还有一个任务,这几天我一直在忙于这个任务。我正在调查一个神秘的组织，你听说过'犯罪规划局'吗？"

靳楠像是一时间没听懂，反应了几秒钟："什么局？犯罪规划局？这是什么组织，我从未听说过。"

"对不起，还有一件事我也骗了你，其实冯依依并不是我的朋友，她在星海大厦工作，而犯罪规划局正是星海集团的下属公司，只不过这个公司是个秘密的存在，外界并不知晓。"我观察着靳楠，担心他会因为我的一再欺骗而与我绝交，他现在可是唯一能够解救我出囚笼的救星。

靳楠反应了一会儿，恍然大悟："这么说，你让我帮你找冯依依，其实就是想要调查那个犯罪规划局？佳敏，星海集团势力庞大，你跟他们作对是很危险的事，为什么一定要去查那个什么神秘的组织？"

"因为我的双胞胎妹妹很可能就被囚禁在那个犯罪规划局，被当作人体实验的对象，她非常危险！"我还是得欺骗靳楠，我总不能告诉他我穿梭了时空，并不属于他的时空吧。毕竟事实的真相太过离奇，必须慢慢渗透。

"佳敏，你不会又在骗我吧？"靳楠果然已经不会再轻易相信我，我在他面前已经陷入了信任危机。

我并不打算正面回答这个问题，仍旧转移话题："靳楠，我真的是个侦探，真的在调查犯罪规划局，真的有个对我来说非常重要的人现在身陷危机，我本来打算自己解决这件事，可是凭我一个人的力量真的不足以与星海集团抗衡，我需要你的帮助，我唯一能够信任的人就是你，只有你能够帮我。"

靳楠迟疑了片刻，马上坚定信心："佳敏，谢谢你能把我当成自己人。我帮你，我当然会帮你，告诉我，我能为你做什么？"

我告诉靳楠，我的双胞胎妹妹名叫许谧，我们俩自幼分开，原本都不知道对方的存在。但双胞胎之间存在的心灵感应让我们即使分隔，也都选择了相同的职业，没错，她也是个侦探。就在一年前，我们姐妹俩因为工作的关系偶然遇见，看见彼此的相貌后姐妹团圆，但我们的关系并没有公开。

"许谧告诉我，她跟丈夫卓实非常相爱。可就在不久前，卓实去世，许谧在拘留期间托人给我打电话，告诉我她成了嫌疑人，杀人动机竟然是对丈夫外遇的报复，而卓实的外遇对象正是我之前让你帮我调查的冯依依。当时我因为手里有别的案子身在外地，等到我赶回来之后才得知，法庭已经宣判许谧的谋杀罪名成立，而且已经执行死刑。"

"死刑？你不是说许谧被囚禁在……"靳楠歪着头，很努力想要跟上我的思路。

"问题就在这里，作为家属，我想要认领许谧的遗体或者骨灰，但是却被告知没有遗体或骨灰。再深入调查，许谧被执行死刑的记录也很有问题。而且我查到当时许谧委托的律师很可能就是星海集团的人。我这阵子的调查也算有所收获，我查到不单单卓实的外遇对象冯依依是星海集团的人，就连卓实本身，也极有可能是星海集团的科研人员，他参与研发的项目至今还是个谜。"

靳楠面色沉重，深呼吸后说："我懂了，你的妹妹许谧是被陷害的，而陷害她的极有可能就是她深爱的丈夫，还有她丈夫背后的星海集团。而她又没有被执行死刑，极有可能还活着，被星海集团囚禁。你认为她被那个神秘的犯罪规划局当作了人体实验的对象。"

"没错，靳楠，我知道我斗不过强大的星海集团，更加没办法像特工电影里那样孤身深入虎穴把人救出来。我想来想去，要想证实我的推理，想要救出许谧，只能依靠正常途径，那就是帮她翻案，证实卓实并不是她所杀，证实许谧并没有被执行死刑，而是被星海集团的人带走了。只有这样，我们才能光明正大地把人救出来。"我满怀期望地注视靳楠。

靳楠用力点头："我懂了，佳敏，你放心，我会以律师的身份重新调查卓实的命案，为许谧翻案，从星海集团那个什么犯罪规划局中把她解救出来的。"

我松了一口气，总算争取到了靳楠这个同盟，因为放松和感激，我用力握住靳楠的手，温柔地说："谢谢你肯帮我。"

"别这么客气，女朋友求助，我帮忙是应该的。"靳楠想要趁机坐实我们俩的恋爱关系。

要是换作以往，我一定觉得这个男人趁火打劫，反感还来不及，可是如今在我深陷如此孤独困境的时候，我竟然一丁点反感都没有，反而自然而然地默许。我告诉自己，是时候要忘记卓实重新开始了，从现在开始，我有一个男朋友叫靳楠。

我跟靳楠讨论卓实的案子，靳楠总结，他第一件要做的事情就是调取卓实案件的卷宗，仔细研究，找出漏洞。我叮嘱靳楠，除此之外他必须先确定一点——卓实是不是真的已死，是否有尸体为证。

黄立楷跟一群下班的人一起从写字楼的玻璃转门处出来，正好被我这个坐在路对面的监控者发现。

"抱歉，靳楠，黄立楷的案子我也必须跟进，你先去帮我调查，咱们保持联系。如果电话打不通也别急，等我方便后会第一时间回复你的。"说完，我便急匆匆离开咖啡厅，尾随黄立楷去了。

黄立楷今天似乎心情不错，没有受到洗手间摄像头偷拍的影响，他朝回家的相反方向漫步，往繁华的街区走去。

黄立楷流连在街边的橱窗，看上了橱窗里的手表，竟然真的进去刷卡购买，又看上了笔挺的西装，干脆买单之后直接穿着离开。他真的心情不错，而且对自己难得大方，看来是他跟公司老板合作的秘密事业给了他消费的底气。

黄立楷进了一家酒吧，酒吧里播放着轻音乐，顾客并不多。他坐在最角落的地方一个人小酌，时不时嘲似的笑笑。我坐在他的对面审视，他的状态明明就是大功告成后的轻松，可是他今天一天都在公司，并没有做什么对季姝敏有直接影响的事情啊。

正想着，吧台那边几个顾客的说话声传来。

"听说了吗？就在两个多小时以前，有个女孩出事了。"一个男人的声音传来，让黄立楷一怔，马上放下酒杯朝那个方向望去。

我的心也跟着一沉，该不会是季姝敏出了事？难道黄立楷还有同伙，下午在黄立楷身处公司的时候，他的同伙对季姝敏下手了？

"是啊，听说了，最要命的是，还有个目击者称，看到了是那个大善人邝梓霖把那个女孩给打晕后掳走的。"

"不会吧？真的是邝梓霖？他可是咱们未来市知名的慈善家啊，他的慈善基金可是捐助了不少人，什么失学儿童、残障人士、灾后重建、重大疾病等等。不少被他救助过的人可都把他当作偶像一样膜拜呢。我侄子昨天的作文还写要以邝梓霖为榜样呢。会不会是目击者说谎，因为某种利益牵扯，想要抹黑邝梓霖啊？这目击者，该不会也是个女人吧？搞不好是被邝梓霖甩了，心有不甘才撒谎陷害。"

"你还别说，目击者还真是个女人，就是这个目击者报警的。但问题是目击者不是这一个女人，除了她，还有二十几个孩子！"

话说到这里，黄立楷不屑地一笑。我却冷汗涔涔，二十几个孩子应该就是指幼儿园里的孩子，难道真的是季姝敏出了事？

"我听说那个女目击者是幼儿园老师啊，很有可能是她自己教的小朋友跟她一起撒谎啊。小孩子嘛，都是最听老师话的，这完全有可能。"

"也对，现在网上这种想法可是占了上风，毕竟那个女老师名不见经传，邝梓霖可是知名慈善家，被称为大善人。虽然那个女老师一口咬定没撒谎，但是不单单是网友们不信她，就连警方也觉得她和孩子们的口供不足采信。"

"哎，下午的新闻你看了吗？面对记者提出的网友们的质疑，那个女老师都哭了，对着镜头赌咒发誓的。唉，这事儿要是闹大了，搞不好她不但得丢了工作，还得被人肉搜索呢。"

"可不就是嘛，人家邝梓霖当时有不在场证明，那个幼儿园老师就算是说破天也没用。"

"可邝梓霖的不在场证人是他的助理，这自己人给自己人做的证，也不能算数吧？不过不管怎么说，邝梓霖是大善人，做了那么多好事，救了那么多人命，这些可都是板上钉钉的事实，那个女老师单凭一张嘴带着二十几张小嘴巴，口说无凭啊！"

黄立楷已经抑制不住，冷笑出声，笑声越加放肆，最后在众人的注目礼下，他结账走人，离开了酒吧。

我真的很想上网查查所谓的案件、所谓的目击到底是怎么回事，想要看看下午的新闻，确定那个目击者，以及那个幼儿园老师是不是季姝敏。可我的手机没法上网，我也不想脱离黄立楷找别的地方上网查询。这种时候，我觉得可以利用剩下的两次机会，找郁丞星求助了。我预感，黄立楷的案子已经接近尾声。

我掏出手机，呼叫郁丞星。

"丞星，我想要看今天下午的当地新闻，有关邝梓霖涉嫌的那个案子的报道。"我直接对屏幕上的郁丞星提出要求。

"好的，稍等。"郁丞星痛快地答应。

我等待郁丞星回复的同时仍旧跟在黄立楷身后，目不转睛地观察他的背影。

黄立楷一边前行一边掏出手机接听："喂，老板。对，这几天我就不加班了，客户临时有事，设备暂时还没法收回来……放心，报酬没问题，是现金，被我放在了一个绝对安全的地方，过几天就去取……对了，老板，我想辞职，正好合同期马上就到了，到时候我就不续签了……"

黄立楷也不等对方再说什么，自顾自地挂断了电话，仰头朝着夜空又是两声冷笑。

"查到了，你看一下吧。"郁丞星发送了一个视频链接。

新闻的一开始，主持人大致介绍案情。今天14点15分，小天才幼儿园的教室里，小季老师正在给孩子们上课，他们透过玻璃窗看到了对面街心花园，一个男人正在与一个妙龄美女对话，没说两句，美女转身要走，男人从口袋里掏出一条手帕捂在女人的脸上，很快女人便陷入昏厥，被男人拦腰抱走，离开了老师和孩子们的视线范围。小季老师当时便打电话报警。

随着主持人的介绍，新闻里播放了当时情形的模拟视频，男人和被迷晕掳劫的女人全都是3D模型，背景正是再熟悉不过的街心公园。

"我看见了，不光我看见了，孩子们也都看见了，那个男人就是邝梓霖。我不会认错，他总是上电视，网上也到处都是他的照片，我绝对不会认错。希望警方能够尽快对他展开调查，及时解救那个女孩。"季姝敏的脸出现在新闻里，面部没有任何马赛克，她并不想隐藏自己的身份，再加上她笃定诚恳的样子，看来她是打算坚定立场到底。

"小季老师，你的视力怎么样？"记者发问。

季姝敏显然有些动怒，但还是努力压制："我的视力没问题。我说的是真的，没错，他是慈善家，但不能因为他的身份就抹杀他的罪行，我也不可能因为他是慈善家，看见了也当没看见！而且不单单是我，孩子们也都看见了！"

"小季老师，你的精神状况怎么样？"记者又问，看似友好，问题却着实过分。

季姝敏带着哭腔，委屈地说："我的精神状况没问题！为什么不肯相信我？对邝梓霖展开调查就那么难吗？就因为他是慈善家，就不去调查他，而要把质疑的矛头指向我吗？也许就在你们质疑我的这段时间里，那个女孩已经遇害了！"

"小季老师，你能够肯定看见的就是邝先生，你说他经常上电视，网上也都是他的照片，这说明你一直很关注邝先生吧？据我所知，邝先生有很多粉丝，很多女性都爱慕他，请问你是不是也是其中之一呢？"

记者话音刚落，季姝敏的泪已经夺眶而出，她哭泣着回答："没有没有，我才没有爱慕他！我跟他一点关系都没有，我指证他是因为我看见了！为什么就是不肯相信我！你们的预设立场真的很可怕，可怕到足以毁掉一个人！"

预设立场！这个词直直刺入我的心里。

记者又去采访4个小朋友，她蹲在地上，举着邝梓霖风度翩翩的照片，哄孩子一样问他们："小朋友们，撒谎不是好孩子哦。你们真的看见是这个叔叔做坏事了吗？"

"就是他，就是他！"4个孩子争先恐后地大叫。

记者无奈地苦笑，又问："那个被带走的阿姨长什么样啊？是长头发还是短头发啊？"

其中一个小男孩最先抢答："是长头发，有这么长呢。"说着，他比画着自己的腰部，意思是女人长发及腰。

其余几个小朋友也跟着附和。记者却仍旧不以为然，认为其余3个孩子是跟着为首的小男孩撒谎。

"这个阿姨真的存在吗？是不是小季老师要你们这么说的啊？"记者也是个年轻女人，都说女人何苦为难女人，可她对季姝敏的恶意却已经溢于言表，这让我都产生了一种猜测，这女记者该不会是想用这个方式去讨好钻石王老五邝梓霖？

"当然存在，不是老师要我们这么说的，我们都看见好几次那个阿姨啦！"

"对呀，她每天都要去街心公园散步，我们下午上课的时候总能看见她。"

"阿姨还跟我打过招呼呢，我冲着她招手，她也冲我招手呢。"一个小姑娘急得直蹦，扯着嗓子叫道。

"对对，我也看见了，我也招手了。"小男孩也跟着蹦。

"不光我们，还有那个牵狗的阿姨也见过她，牵狗的阿姨也总是经过公园。"

我还记得孩子们口中那个牵狗的阿姨，那是一个牵着导盲犬的女孩，只可惜，女孩是盲人，警方也不会从她的说法去证明遇害的女孩真的存在。

等一下，导盲犬！如果导盲犬能够做证的话……

"喂？"我前面的黄立楷又一次接听电话，"什么？垂危？不行，你们必须给我全力抢救，一定要让他活着，他还不能死！绝对不能死！"

黄立楷挂断电话，马上跑到路边拦出租车。这一次，我又被出租车拦截在外，没法上车。但我并没有太过沮丧，我猜到了黄立楷是要赶去疗养院，刚刚生命垂危的电话就是那里打来的，垂危的人正是他那患上老年痴呆的父亲。

我关上新闻的视频，利用最后一次向郁丞星求助的机会："丞星，最后一个请求，帮我查一下邝梓霖，哦不，是邝家的不动产情况。我要一个筛选结果，10年前到现在一直属于邝氏，从未买卖动迁的房产列表。"

10分钟后，郁丞星发来了结果，符合条件的房产共有6处，其中之一是位于未来市近郊的半山别墅，被一片枫林围绕。我觉得这就是我要找的地方。

第十三章
昭雪

"许谧，"郁丞星望着我的脸，关切而又严肃，"看你的样子，黄立楷的案子你已经有答案了？"

我从实验床上下来，自嘲地说："是的，这次的实验也进行了这么多次，也该有答案了。咱们这就去做实验报告吧。"

跟郁丞星回到客厅，面对摄像头，我的眼神又一次不经意瞥过郁丞星因受伤而被白色纱布包裹的手腕。从前郁丞星总是戴着一只运动手环，洗手间里的黄立楷也戴着一只，不知道郁丞星的手环跟黄立楷手环的功效是否相似。

"好了，开始吧。讲讲你这次实验的经历，然后告诉我们黄立楷到底犯了什么罪、受害者是谁、犯罪动机是什么。"郁丞星按下摄录键，等待着我给第二个实验画上一个完美的句号。

按照惯例，我先是说出了这次实验的时间，也就是上次实验后的3天以后。我把我这次的经历复述一遍之后，郁丞星的眉毛微微上扬，看他的表情似乎也有所启发，但还不能在短时间内参透一切。

我开始推理，先总结性地说："回答你刚刚的问题：如果说黄立楷犯了什么罪，应该就是非法入侵，还有弄虚作假的欺骗罪；至于受害者，那自然是季姝敏，非要说还有别人的话，那就是季姝敏班上的小朋友；犯罪动机是黄立楷最为玩味的一部分，因为他做这一切不是他心理变态，不是他想要对谁复仇，准确来说，应该是对季骁的报复，实现自己的心愿，揭示埋藏了10年的真相。"

郁丞星微笑，饶有兴致地说："有点意思，那就从头说说吧。"

我点头："如果要从头说，那必定要从10年前说起。10年前，16岁的黄立楷是个叛逆少年，父亲家外有家，父母婚变，母亲抑郁而终，父亲带着新欢和其女儿与黄立楷重组家庭，这一切都是导致黄立楷叛逆甚至邪恶的根源。他虐杀宠物，找人欺负妹妹黄欣荣，被打后放出狠话会复仇等等，的确可恶。所以，当年黄欣荣失踪，他是第一嫌犯。而今黄立楷从事的工作每天与血腥残暴的游戏为伍，再加上他本人的面貌、言谈举止很不友善，于是我们就跟10年前的警方一样，预设立场认为黄立楷是个危险分子。再加上他最近一段时间行为诡秘，你们便认定了他是个潜在的犯罪者。"

郁丞星的脸色不太好看，几次欲言又止，但还是没说什么。

我耸肩："抱歉，你们给我的基础信息和我的推理形成了悖论，我必须拆穿你们的谎言，否则我的推理没法进行下去。你们所说的黄立楷死前留下遗言说自己身上背负人命，完全是在撒谎。黄立楷不可能说出这样的话，因为他是无辜的，他自己最清楚这一点。"

郁丞星长长地嘘气："没错，黄立楷临终没有任何遗言，但公司认为他极有可能就是杀害妹妹黄欣荣的凶手，而且最近一段时间行踪诡秘，担心他又在酝酿，或者已经实施了某种犯罪，所以才会把他作为实验对象。"

我表面上微笑点头。郁丞星还在骗我，他就是不肯坦白，黄立楷现在根本没死，他还是要守住他们那套记忆入侵的谎言。对于他这么做，我倒是可以理解。

"但实际上，黄立楷并没有杀害黄欣荣。所谓的复仇，不过是一时意气，他并没有真的打算付诸行动，或者说他还没来得及付诸行动。但是凑巧的是，就在黄立楷这番气话之后，黄欣荣出事了。"我一边说一边观察郁丞星。

果然，他对我这番言论持怀疑态度："你凭什么认为黄立楷没有杀害黄欣荣？就因为当初警方没有找到证据和黄欣荣的尸体？"

"因为10年后发生的事情，因为我很有把握的推理。回到10年后，我还是从第一次实验开始，给你讲讲我观察和推理的黄立楷。的确，黄立楷从外形到工作，从生活作风到待人接物都不像什么好人。这也是我对他的最初印象，预设立场。其实还有一个细节当初我没有在意，现在想来却十分重要，可以算得上黄立楷的动机起源，那就是我最初见到他时他的状态——借酒浇愁、哭泣。"

郁丞星马上回想起我之前的描述："的确，根据你的推理，他有什么愁苦，甚至到了要哭泣的地步？"

"答案就在当时黄立楷对父亲黄波的一句话中——现在我更加恨你，我为什么是你的儿子，为什么要遗传你的基因？"我转述黄立楷在疗养院里的话，当时我跟郁丞星乃至整个犯罪规划局恐怕都忽略了这句话的深层含义。

"基因，你是说阿尔茨海默病？黄立楷遗传了他父亲的这个病？"郁丞星很快顿悟。

"是的，我想他也是不久前才确诊的吧，并且已经显现出了最初的症状——健忘，他不但忘记了工作上的文件存在哪个文件夹，甚至不记得自己曾经跟眉环女上过床。"

"就算如此，他的病又怎么成了他的犯罪动机？"郁丞星还是不解。

我纠正说："注意言辞，丞星，我只说是动机，而不是犯罪动机。我觉得如今黄立楷的所作所为还谈不上犯罪。他的动机其实很简单，就是想要在自己发病之前，忘记自己没有犯罪这个事实之前，为自己昭雪，也是为了让他父亲在去世之前知道他一直冤枉了亲生儿子。"

"你是说，黄立楷知道自己将要忘却一切，他最介意的就是害怕自己会忘却自己的无辜，担心自己再也没有机会为自己辩白，所以在他的病情恶化之前，他要有所作为？"郁丞星显然是倾向于相信我，谈及黄立楷的时候，语气里多了几分动容。

"是的，他不光是担心自己会忘却自己的无辜，还担心自己会忘了真凶的身份。时隔10年，为自己昭雪的最佳途径就是找到黄欣荣的尸体，让警方去调查藏尸的那个真凶。"

"可是，许谧，这个推理的前提是黄立楷知道真凶是谁，可他又是怎么知道的呢？"郁丞星如我所料提出了这个问题。

我摊开双手，轻松地说："我猜是他看到了。"

"猜？许谧，一般你会说推理、推测，而这次你用了'猜'这个词，说明你也没有什么确切的依据吧？"郁丞星微笑着说。

"是啊，没什么依据，就是猜测。我猜测黄立楷当初是真的想要报复的，他跟踪黄欣荣，想要再给她一点教训，算作父亲对他毒打的报复。然而不知道是他良心未泯，还是别的什么缘由，他还没来得及报复黄欣荣，黄欣荣却在他的眼皮底下被真凶带走了。黄立楷当时也只有16岁，也许他没有看得出真凶衣冠楚楚之下的狼子野心，也许他猜到黄欣荣可能落入虎口，但却低估了事情的后果，以为这个凶手能帮自己给黄欣荣一点教训，又或者当时的情形没有给他足够的反应时间，总之，结果就是黄立楷看到真凶带走黄欣荣。"

"如果真是这样，当警方把他当作嫌疑人的时候，他为什么不说出真相？"

我反问郁丞星："你怎么知道黄立楷当初没说呢？我很有把握，黄立楷当时已经意识到了事情的严重性，意识到自己很可能被当作杀人凶手，他一定是说的。只不过，他的这段供词并没有被当时侦办的警察当回事儿，甚至没有体现在口供之中。"

郁丞星似乎明白了什么，没有继续发问，而是直接等待我去印证他的猜想。

"是的，为什么当时的警察，也就是季姝敏的父亲季骁没把黄立楷的供词当回事儿呢？不是因为季骁工作的疏忽或者是故意针对黄立楷，而是因为黄立楷给出的真凶身份实在是太过强大耀眼了，让季骁一听之下就觉得是黄立楷在说谎，因为他认为这样一个大人物是不可能去掳劫、杀害一个平民小姑娘的。丞星，你一定也猜到了吧，我说的这个人就是在10多年前就已经顶着慈善家、大善人名号的邝梓霖。"

郁丞星眉心紧锁："你之前跟我提过可能是季骁当时为难了黄立楷，所以黄立楷才想要通过季姝敏对季骁复仇。那之后我就去调查过季骁，他从未有过动用私刑的记录，尤其嫌疑人还是个16岁的少年。现在你这么一说倒是让我明白了，其实不是季骁为难过黄立楷，他只是不相信黄立楷的话而已，因为对邝梓霖这个大名鼎鼎的大善人和黄立楷这个劣迹斑斑的小魔头都有了预设立场，所以才导致黄欣荣的案子成了悬案。"

"是啊，而我也差点就犯了跟季骁同样的错误。人性复杂，到底一个人是好人还是坏人，有的时候不钻进他的心里去看看是看不出来的。就像黄立楷，一看就不是好人，还设计那么血腥暴力的游戏，让人觉得一定有暴力倾向、心理扭曲，但他真的就会犯罪吗？邝梓霖，长着一副人畜无害的慈眉善目，为人和善，待人宽容，风度翩翩，顶着慈善家、大善人的名头，也真的慷慨大方以慈善为己任，但他就真的不会犯罪吗？"这番话我不吐不快。

郁丞星赞成地感叹："是啊，人性复杂，太过复杂。"

"回到10年后，黄立楷决定为自己昭雪之后，他便制订了一个计划，一个让警方重新调查邝梓霖，从而找到黄欣荣的尸体，同时又可以为自己出一口恶气，报复当初没能尽职尽责的警察季骁的计划。这个计划简而言之就是制造一起虚假的凶案，让目击者看到一个并不存在的女被害者被邝梓霖掳走的过程。"

郁丞星了然地苦笑："原来黄立楷并没有打算加害季姝敏，他跟踪观察季姝敏只是为了寻找合适的地点和时间，能够让她目击。我想，季姝敏是季骁的女儿，从小接受一个警察父亲的教育，她的性格也是单纯直爽，目击到罪案发生一定不会选择缄默，不管她看到的凶犯是谁，她都会直言不讳，及时报警，相信警察和法律。这就是黄立楷对季骁的报复，当初季骁不信任他，而今同样是指证邝梓霖，他却没法不信任自己的亲生宝贝女儿，就算全世界都站在邝梓霖那一边与季姝敏为敌，他也会站在自己女儿的一边质疑甚至笃定邝梓霖就是凶犯。"

"是啊，我看过新闻里记者对季姝敏的采访，那个咄咄逼人的女记者对季姝敏的态度和恶意，恐怕会让季骁觉得眼熟吧，当初他就是这样不信任黄立楷，甚至也提出一些问题让黄立楷气愤不已吧。这就是黄立楷的报复，他让季姝敏成了网络暴力的众矢之的，也给她带来了一定的伤害。所以说人性复杂，黄立楷不是罪犯，但也是个睚眦必报，为达目的不惜把无辜的季姝敏卷入风波，任由其被舆论伤害的坏蛋。"

"所以说，不是报仇，而是报复。原来我们真的犯了先入为主想当然的错误，低估了人性的复杂。说真的，我们一直以为黄立楷杀害了黄欣荣，下一个目标是季姝敏，甚至说那个在街心公园外失踪的女孩……等一下，许谧，你刚刚说女被害者并不存在？这是怎么回事？难道那女孩不是黄立楷的同伙？"郁丞星后知后觉，这才注意到我刚刚话里的关键。

我笑着说："哪有什么同伙，黄立楷也不需要再费力去找一个演员，他有现成可供利用的资源，也就是他的副业，他的老板为他提供的——游戏设备。"

"副业？黄立楷的副业到底是什么？"郁丞星刚一问完便有所觉悟，自问自答，"应该是专门为大客户一对一服务的私人定制游戏设计师吧？"

"没错，而且大客户有足够雄厚的资本，可以让他们享受与一般玩家截然不同的游戏等级。一般玩家都是在一定的空间内，或者是家里，或者是专门的游戏室通过一定的游戏设备进入到虚拟的游戏空间。而享受私人定制的大客户，则是可以在真实存在的广阔复杂的空间里身临其境。当然，这个空间必须是客户自己的，并且是根据他的个人口味被打造成一个游戏空间。"

郁丞星恍然大悟："我懂了，黄立楷就是利用他公司老总提供的设备，也就是AR设备，按照真实空间量身定做，把根据客户口味创造的虚拟游戏空间叠加上去。这样一来，不同的房间会出现不同的敌人，不同的走廊会有不同的障碍，场景格局是真实的，而冒险刺激却是虚拟的。真假结合在一起实时互动，又可以在游戏设计师的控制下时刻更新出各种花样，怪不得会受大客户欢迎。"

我点头，又摇头："如果只是这样简单的追击设计打怪的游戏，我想黄立楷和他的老总也不会搞得这么神秘，客户的身份也不用这么保密。丞星，你别忘了黄立楷的本职工作，《刑房》这款游戏本身就是一款变态血腥的游戏，甚至根本不被主流媒体和人群看好，可以说是在骂声中成名赚钱的。"

"你的意思是，黄立楷作为私人定制的游戏设计师，他为那些大客户定制的游戏也是变态口味的？是根据那些表面上风光正直，实际上却是道貌岸然，内心龌龊不堪的人独特的变态心理设计的比《刑房》还要恶心的游戏？"郁丞星的联想能力让他不由得打了个寒战。

"是的，尤其是邝梓霖，如果10年前他就诱骗杀害了一个年仅10多岁的小姑娘，这么多年来他的变态心理一直得不到治疗纠正，掩藏在道貌岸然之下疯狂滋长的话，他就绝对有可能按捺不住想要发泄。而在现实中犯案毕竟成本和风险太高，他最好的选择就是在游戏中展现他魔鬼的一面。我猜想，黄立楷口中的大客户就是邝梓霖。黄立楷很容易便在暗网上钓上来他这条大鱼，两人达成交易。只不过黄立楷在暗，邝梓霖在明，黄立楷知道邝梓霖，而邝梓霖却不知道自己的设计师正是10年前死于自己手上的黄欣荣同父异母的哥哥。黄立楷匿名为邝梓霖设计游戏，在沟通中了解邝梓霖的行踪，打探他的时间计划表，选择一天邝梓霖没有确切不在场证明的时间实施他栽赃的计划。成为邝梓霖的游戏设计师还有一个好处，就是可以借此得知邝梓霖当年埋尸的范围。"

郁丞星感慨着点头："是啊，黄立楷可以借着选择游戏场地的由头让邝梓霖自己说出可能藏尸的范围。所以你才会让我帮你查邝梓霖的房产。怎么样，你找到最可能藏尸的地方了吗？"

"我找到了，我想黄立楷也找到了，但仅凭他一人之力，根本没法在安装游戏设备之余挖遍那么大的范围，他只能借由警方出手，利用先进的仪器，才有可能找到10年前埋下的尸体。"想到黄欣荣的尸体早已变成骸骨，我不由得哀叹，

"我认为最有可能的地方就是邝梓霖名下的半山别墅，别墅被一片枫林包围，枫林外还架设了电网以防外人入侵，这片枫林无论是作为埋尸地点还是游戏场地都是最合适的。一旦真相大白，世人不但得知邝梓霖是个伪君子、杀人犯，他的恶趣味私人游戏也会公之于众，到时候由万人敬仰变成万人唾骂，黄立楷也总算是给自己出了一口恶气，让当初因为预设立场犯错的季骁后悔自责。"

郁丞星抬手打断我："许谧，咱们回归刚刚的问题，你说黄立楷不需要同伙去扮演那个失踪的女孩，他是利用他的副业达到目的的，难道季姝敏和小朋友们看到的那个失踪的女孩，包括对女孩下手的邝梓霖，都是利用虚拟技术制造出来的幻象？"

"没错，还是AR技术，只不过这一次还有黄立楷本人和VR技术参与其中。具体操作是这样的。首先，黄立楷通过对季姝敏的跟踪观察，找到了幼儿园对面的街心公园这个天时、地利、人和的绝佳地点，这里是监控死角，没有视频做证，只能依靠目击者的口供，而且下午两点左右人迹稀少，又正好对着季姝敏上课的窗子，作为虚拟凶案发生，被季姝敏目击的地点再合适不过；其次，黄立楷透过大玻璃窗确定了每天下午两点季姝敏都会在街心公园对面的教室上课，他的注意力集中在了这扇玻璃窗上，因为季姝敏和孩子们目击窗外的场景，必定要通过这扇无法开启的窗；最后，也是最关键的部分，那就是把高科技的隐形屏幕贴在这扇窗上。"

"隐形屏幕？"郁丞星不可思议，"你所谓的隐形屏幕是什么？"

"相当于一张塑料薄膜一样，由黄立楷远程控制，未开启时，它就是一张透光、透影的塑料薄膜，开启之后，它便是黄立楷安置的输出终端，一张能够把外面真实世界和虚拟人物结合在一起播放的屏幕。没错，那天黄立楷假装孩子家长，背着貌似画具的背包进入教室，反锁房门后在里面待的那几分钟，就是把这张类似于静电手机膜一样的屏幕贴在了窗户上。当然，幼儿园的教室里一般都会有探头，但黄立楷绝对有办法让自己的所作所为不会留下记录，他很可能一进去就遮住了探头，或者在进去之前就黑了幼儿园的监控系统。"

郁丞星苦笑："黄立楷还真是机关算尽，他知道就算季姝敏和小朋友们发

现了玻璃窗上贴了一层薄膜，也不会太当回事，会想当然地以为这是幼儿园的安排。黄立楷别无选择，他不能直接在案发的地方架设设备制造AR的假象，毕竟那是户外，路人经过，一眼就能看出端倪；哪怕不是路过，远距离也能分得清是真人还是假象；要是真有哪个眼神不好的人冲过去见义勇为，那就更糟糕了。"

我继续补充："是啊，黄立楷心思细腻，他不但想到了这些，还想到了巩固这个虚拟女孩的真实性，从而巩固季姝敏口供的可信性。他没有完全制造一个假人，而是由自己远程控制这个女受害者跟幼儿园里的小朋友互动，甚至还会礼貌地给导盲犬和盲人女孩让路，并且在罪案发生前3天便开始打基础。"

郁丞星总结："也就是说，黄立楷一连3天在公司的洗手间里模仿女人，其实就是在扮演那个阿姨。他戴着的眼镜并不是普通的眼镜，而是VR眼镜，他在眼镜里看到的并不是公司的男洗手间，而是透过他架设在案发地的摄像头传送而来的街心公园沿路的景象，他看到了盲女牵着导盲犬路过，于是躲避导盲犬，看到对面窗子里小朋友对"她"招手，他也招手回应。而他的手环应该就是他特制的、捕捉动作服装的控制器，他一定是把那套特制的衣服穿在了衣服里面，开关一旦开启，他便成了那个虚拟女受害者，他的一举一动就成了女受害者的一举一动。然后，他再按照原定计划播放早就制作好的邝梓霖与女孩产生争执，迷晕掳劫女孩的影像。这一系列经过加工的影像汇总连贯，都远程输出在了玻璃窗上的隐形屏幕之上。"

"我记得路边的木椅斜上方有一棵枝叶茂盛的大树，摄像头藏在那里最为隐蔽，而且通过远程操控调整，摄像头刚好可以录到周边的景象，包括路对面幼儿园教室里的情景、小朋友招手的画面。但这并不能成为我这套推理的证据，因为这东西黄立楷一有空就会去回收，隐形屏幕也是一样。"我无奈地耸肩，然后充满期望地看着郁丞星。

郁丞星当然明白我的意思，现在想要证明我的推理是否正确，只有后续的发展，我是在问他，现在到底是什么情形，警方有没有采信季姝敏的口供去调查邝梓霖，有没有在半山别墅的枫林里找到黄欣荣的尸体。

郁丞星起身关上摄像头，赞赏地对我说："很精彩的推理，但我现在没法判定这推理是否正确，我需要时间去了解这案子的后续，算是对你推理的验证，对这次实验的考核。"

第十四章

星云

第二天，郁丞星就带回了答案，只可惜这个答案没能印证我的推理，反而让我唏嘘感怀。

邝梓霖动用了他的金牌律师团，不但没有被起诉，反而更加受到舆论的维护和怜悯。世人都认定了季姝敏是因为爱慕追求邝梓霖不成，说谎报复，栽赃嫁祸。邝梓霖仍然是未来市知名的慈善家、人们口中的大善人。

警方的调查还算严谨，他们找到了每天牵着导盲犬路过街心公园的女孩，盲女说她不记得曾经有人跟她近距离擦肩而过，因为听力好，她能够从脚步声和呼吸声听出经过的人是男是女。可是最近一段时间，根本没有女人跟她在街心公园有过近距离的接触。警方由此更加认定是季姝敏在说谎，她不但自己说谎，还命令班上二十几个孩子跟她一起说谎，只为了自己向苦恋不得的男人报复，着实可恶。警方正打算追究季姝敏诬告的罪名。

季姝敏一直咬定自己没有说谎，哪怕被严厉的警察轮番审讯，哪怕被幼儿园辞退，哪怕被舆论围攻，遭遇网络暴力，人肉搜索，自家门口都被人泼上油漆，出门被围追堵截，走路时凭空被人把垃圾丢在身上，瓶子砸在头上，她仍然不改初心，一口咬定自己绝对没有说谎。因为长期以来承受的压力，季姝敏患上了轻度抑郁症。

季骁为女儿到处奔走，一来是给女儿找医院医治抑郁症，二来也是到处寻找证据证明季姝敏并未苦恋邝梓霖，他还走访了二十几个孩子的家，被十几个孩子的家长赶出门，所以也未能从孩子们这里得到他想要的支持。

好的一面是季骁完全信任季姝敏，坏的一面是季骁对女儿的信任导致他也成了众矢之的，舆论认为这个男人想要靠女儿发财想疯了，正是他唆使女儿追求邝梓霖，被拒绝之后也是他给女儿出了主意去污蔑邝梓霖。

"那么黄立楷呢？"房间里只有我跟郁丞星，我不想让他在我面前继续演戏，干脆戳穿他，"丞星，我把你当作朋友，希望你不要再骗我。黄立楷并没有出什么车祸，他还好好活着，对吧？你们根本就没有用他的大脑去做什么实验。"

郁丞星怔了片刻，认输一样呼出一口气："许谧，你真的很聪明，我知道早晚会有这么一天，我们的谎言终究会被你一一拆穿。没错，我坦白，我们根本不是用人类的大脑进行什么记忆入侵的实验。黄立楷还活着，只不过他也没好到哪里去，更加健忘，因为健忘差点点着了自己的出租屋，幸好火势不大的时候被扑灭。他主动住院治疗，期望能够延缓自己发病的速度。医院也给出了确切的诊断，他的确患上了阿尔茨海默病。遗憾的是他的父亲黄波因为抢救无效已经去世，这位父亲到死都认定是自己的亲生儿子杀死了亲生女儿，黄立楷终归还是没有等到父子俩澄清误会，没能等到父亲对他的悔意和爱。"

我早就料到郁丞星会坦白，他对我一向如此，一旦被我拆穿便不会继续说谎。不知道是因为对我的怜悯还是真的对我产生了感情，抑或是他认为他不具备欺骗一个精明侦探的能力，他对我越来越诚恳。我已经做好了准备，待会儿他就会告诉我整个实验的真相。

"很遗憾，目前没办法证实你的推理是否正确，所以这次实验也可以说是没有结果。"郁丞星无奈之余逃避我的眼神。

我先是一怔，没想到郁丞星会给出这么一个结论，而后马上责备："怎么能说是没有结果呢？你们可以去证实啊！难道要让黄欣荣的尸体永远埋藏在枫林，让邝梓霖这个道貌岸然的伪君子永远享受人们的敬仰？尽管他是做了很多好事、救了很多人，但这都不能否决他是个杀人凶手、变态恶魔！他应该遗臭万年，而不是流芳百世！"

郁丞星对我突如其来的愤怒先是惊讶，而后是赞许："许谧，你说得没错。真没想到你的世界观和原则会是如此坚定。"

我冷哼一声，调侃地说："你们不是犯罪规划局吗？既然你们公司就是研究罪案的，那就更应该比我还要坚定不移地捍卫正义。"

"我懂了，我会说服公司，做我们该做的事情。"郁丞星望着我微笑，眼里闪烁着光辉。从他的眼里，我看到的不再是怜悯，而是平等的尊重。

这么一等就是一周的时间，7天之后，郁丞星带回了可喜的结果。

"许谧，虽然没办法找到证据让警方去枫林里搜寻尸体，但好在公司也有探测仪器。我们多方运作，算是在警方的默许之下闯入了邝梓霖半山别墅的枫林，找了大半个晚上，终于找到了！"

"找到黄欣荣的遗骸了？有没有跟黄立楷进行DNA比对，确认身份了吗？"我兴冲冲地问。

郁丞星微笑摇头："只找到了骸骨，基因鉴定的结果最快明天出来。"

郁丞星的模样显然是对我全然信任，虽然结果明天才能出炉，但今天的他已经确认了骸骨就是黄欣荣。对于他的信任，我有点感动："丞星，万一你们真的冒着风险去找尸体，到头来什么都没找到，怎么办？"

郁丞星放松地倚靠在沙发里，开玩笑似的说："后果不堪设想，到底会怎么样我也不敢说。但是我相信你、相信你的推理，所以在孤注一掷的时候也没有太多顾虑。现在我们要做的就是等待，等待真相大白，等待法律对邝梓霖迟到10年的判决，等待为黄立楷和季姝敏恢复名誉。唉，只可惜啊，黄波没有等到父子俩冰释前嫌的一天，黄立楷的遗憾永远无法弥补。"

我坐到郁丞星身边，认真注视他的双眼，动容地说："丞星，谢谢你信任我。作为回报，我也愿意全心全意地信任你，请你告诉我，我参与的这个实验到底是怎么回事。"

郁丞星脸上的笑意顷刻收敛，他坐直身子面向我，只迟疑了几秒钟，便坦诚地说："许谧，谢谢你的信任，作为回报，我告诉你真相。没错，这个实验跟什么记忆入侵一点关系都没有，也没有什么人类的大脑作为实验的材料基础。你所进入的空间其实只是——监控录像。"

"什么？"我一下子站起来，惊讶之余是失望，郁丞星还要骗我！也对，就像我之前想的，他们是绝对不会告诉我，我有能力改变未来，这样做危险性太大，所以郁丞星恐怕到死都会对我守住这个秘密。

郁丞星告诉我，在他把我从监狱中接走，在车上为我注射药物使我昏睡的途中，他便通过鼻腔在我的大脑中植入了一个小小的芯片，正是因为芯片的存在，我才会以一个"幽灵"的身份在庞大的云端资料中穿梭。而这关键的芯片，其实就是卓实的研究成果，是接下来我成为实验对象的关键。

星海集团几乎垄断了整个未来市的电子行业，尤其是各种摄像头，包括天网的探头、室内监控探头、手机相机电脑等所有电子产品的摄像头，而这些摄像头录入的视频和照片无论在所有者那里是否点击保存、保存多久，都会保存在星海集团的云端大数据之中5年之久，他们给这样的云端大数据取名为"星云"。

也就是说，不管市民们愿不愿意，星海集团私自、霸道地掌握了未来市几乎所有人的生活，虽然不全面，但也八九不离十，毕竟社会发展到现在，摄像头已经无处不在，而且大多数都可以在星海集团的远程操控下开启。换言之，只要星海集团想要知道哪个人在哪个时间做了什么，只要锁定那个人，搜寻他周围的摄像设备，哪怕是一个路人手里把玩的手机，也可以远程操控开启手机上的摄像头，看到他的景象。当然，这种事不常有，只有在非常时刻他们才会这么做。

如果想要知道那个人过去5年内做过什么，只要在星云中搜索跟这个人有关的视频记录就可以把全部跟他有关的内容瞬间提取，按照时间顺序汇总。但毕竟摄像头并不是到处都有，所以有些内容是他们无法知晓的。这些没有摄像头的地方，也就是我在实验中被首次拦截在外的区域。

也就是说，之所以第一个案子中沈晴的秘密小屋把我拦截在外，那是因为沈晴在里面使用的电脑是没有摄像头的改装产品，而外面房间的电脑则是有摄像头的。因为犯罪规划局早就锁定了沈晴这个高危受害者，所以才会远程操控打开了电脑的摄像头。洗手间和车上都是没有摄像头的，所以我无法进入。

第二个案子中黄立楷租来的豪车上有摄像头，所以我才能跟着上车；后来我被拦截在外的地方，正巧就是虚拟罪案发生的街心公园临街的木椅处，而那里之所以被黄立楷选中，就是因为那里没有监控的摄像头，是个监控死角。至于黄立楷进入到教室中，我却被拦截在外，也是因为黄立楷事先就远程关闭了里面的摄像头。

不得不承认，郁丞星的这个谎言还算符合逻辑，但我还是觉得不可信，我仍然相信我自己推理出的那套理论，也就是短暂的时空穿梭。

"那之后我又能够进入那些区域是怎么回事？"我想要看看郁丞星对此又有

什么解释，看他什么时候能够露出破绽。

郁丞星望着我的眼睛炯炯有神，带着几分钦佩赞赏，说："这就是卓实实验的关键之处，也是他唯独选中你来参与实验的原因。你大脑中的芯片一旦启动，你便会陷入沉睡，而芯片则会带领你的意识进入星云中已经提取出的、有关实验目标的内容。实验中那些你被拦截在外的地方就是没有监控摄像头的区域，里面发生的事情并不存在于星云之中。也就是说，你后来能够进入，并且在其中看到的内容，实际上是你的意识运作的成果。说白了，就是你根据以前搜集的信息而得出的理性的想象，即推理。这部分内容被你的意识信以为真了。这就是我们需要你的根本理由，我们要借由你的推理去预测即将发生的犯罪，从而制止。星云本身已经是尖端的人工智能系统，可以根据其自身的数据进行预测，划分高危受害者和高危犯罪者，但它的预测准确率还是不够理想，人工智能说到底也是人工智能，并非人类，无法理解人类复杂的人性和欲望，所以我们便借由你参与实验去进一步预测大概率犯罪事件，最后由犯罪规划局出面提前制止犯罪。这就是卓实，也是整个犯罪规划局的宗旨。这么两个案子下来，事实已经证明，你的推理预测概率要比星云更加准确。"

郁丞星的解释让我大感意外，他竟然能够把这次的谎言说得这么头头是道。是啊，如果只是通过监控录像去调查案件，肯定是有局限性的，很多罪案和罪案的准备工作并不会发生在监控摄像头之下，尤其是那些高智商犯罪。犯罪规划局利用星云的人工智能系统去预测种种罪案，可想而知破案率不会太高。机器做不到的，就需要人来做。机器无法洞悉人的内心和欲望，进行更为人性化复杂的推理，就需要人来做，所以他们就需要一个侦探，一个可以入侵到星云之中"亲身经历"那些跟犯罪有关的过往，又能自主地根据已知信息推理出未知信息的侦探，也就是我，因为我是卓实认为最能干的侦探。

我不得不承认，郁丞星的这套理论比之前那套记忆入侵理论更能让人信服，如果不是我在实验中做了太多脱离了他们控制的事情，若不是我在实验中认识了靳楠，接受了他很多帮助，我真的会对这番理论信以为真。

"我懂了，所以说我在实验中经历的一切你们都看得到，你们跟实验中的对象一样，都看不见我这个幽灵。因为究其本质，我不过是个看监控录像寻找蛛丝马迹的侦探而已。"我顺着郁丞星的思路说，因为我打算让他认为我接受了这番理论。

"是的，我们之所以要强调每次实验报告时要说出具体的日期时间，为的就是要明确你的意识到底进入了哪段监控录像。有的时候我们表现出能够看到你在实验中的所见，有的时候又对其一无所知，其实是因为我们并没有事先看过所有录像，那毕竟是一个庞大的工作量。我们做的只是通过你这个侦探提取最有用的信息，然后再有的放矢地在相应的录像中分析研究。"

"你的意思是说，是我在庞大的云端数据中挑选出了这些关键的视频录像，而不是你们事先已经选择好的？"我觉得这很不可思议，我哪有那样的能耐。

郁丞星意味深长地笑："星云自动分析识别高危受害者和高危犯罪者，然后公司在高危名单中选取了之前的高危受害者沈晴和高危犯罪者黄立楷，星云再筛选出与这两人有关的所有视频资料，按照它的预测系统运算出的可能跟罪案有关的概率为你排好顺序。接下来就是你，准确来说是你脑中的芯片以这个概率序列为基础，再一次进行概率排序，对之前星云给出的计算结果进行纠错，最后计算筛选出最大概率跟犯罪有关的视频资料。根据之前的实验结果，你的每一次实验，几乎没有浪费，你进入的视频录像都是跟案情有关的。也就是说星云和你脑中芯片共同协作达到的成果准确率非常高。值得一提的是，星云中的视频数据都是平面的、片面的、局部的，可是在星云和芯片的重组模拟下，它们会变成立体的、全面的，如同身临其境一般。卓实是个天才，这点毋庸置疑。只不过这芯片还是有些副作用不可避免，之前你的嗅觉受影响就是副作用之一。"

我倒是可以理解星云和芯片对片面视频资料的重组模拟。就比如黄立楷的公司，我之所以可以在里面行动自如，那是因为星云已经整合了公司里所有摄像头、所有时间段的资料，为我开辟出了如同真实存在般的场所。所以哪怕那个时间段某个角落是监控死角，我也能够看到，只不过我所看到的是不同时间段的画面。星云和芯片自动分析，认为这种模拟不会影响案情分析，反而会使我这个侦探纵观全局，所以呈现。

卓实是个天才，的确可能做到这一点，我索性表面上接受这种解释，又问："那么为什么一旦我脱离了跟踪观察的对象，我就不再是一个旁观者，反而'活'在了那些云端大数据之中，而且还能够跟其他人互动呢？对了，除了上网之外。这到底是怎么回事？"

郁丞星苦笑说："其实这算是实验差错，往严重了说是实验事故，那是因为你脱离了芯片的控制，脱离了实验任务的控制，开始随意地在星云中穿梭，并且就像我一开始说的，很大一部分是你的想象，你的想象篡改了星云的大数据，投射在芯片之中。这一点算是卓实芯片的漏洞，上面的意思是要尽快修补这个漏洞，但我总觉得那样对你来说太过残忍，会把你完全变成一个只为我们服务的机器，所以我暂时放缓了修补漏洞的进程，只是关闭了芯片的部分联网功能，所以你只能连接星云，而其余需要在互联网上获取的信息，你必须通过我。只要是在不影响工作的前提下，我不想连你这最后一点点自由都剥夺。"

想象？难道说靳楠是我想象出来的？原本坚定的我又一次陷入迷惑。也对，就外形而言靳楠的确是我喜欢的类型，而且如果我能够脱离芯片的控制随意在星云中穿梭，那么很多靳楠提供给我的信息就有可能是我自己在星云中获知的，只不过是借由我想象中的一个帮手来呈现。比如冯依依和樊英杰都在星海大厦工作，比如黄欣荣的案件资料，这些都存储在星云之中，我主观上想要获知这些信息，芯片就已经帮助我在星云中找到了它们，靳楠不过是一个呈现的途径而已。他的作用就等同于他的车，可以带我去我想要去的地方，带我搜寻我想要的信息。

郁丞星说我无法在实验中联网也是真的，可是我却唯独可以在网络上接收到靳楠的信息，这似乎更加说明靳楠是根本不存在的想象。如果真是这样，一个想象出来的根本不存在的人又怎么可能解救我逃出牢笼？

不，一定不会是这样的，郁丞星还在骗我。靳楠是真的存在的，我才不是进入了什么星云，我是穿越了时空！可是又不对，如果我真的穿越了时空，郁丞星难道就不怕我认为是想象，所以就为所欲为，从而改变未来吗？

"丞星，那你们就不怕我私自在星云中到处乱跑，又天马行空地想象，会造成什么严重后果吗？"我试探地问。

"没关系，你的想象只作用于你脑中的芯片，并不会改变星云的大数据，某种意义来说，那部分内容就像是做梦，无伤大雅。顶多就是会浪费一些实验时间，让公司的实验成本增加一些而已。"郁丞星很放松，真的不像在说谎。

可我几乎可以笃定，他还是在说谎，这个男人的谎言一层套着一层，不到最后根本看不穿。但我对自己之前的推理也越加动摇，如果我真的是这个世界上唯一可以穿越时空改变未来的人，为什么郁丞星会冒险让我认定那些都是想象，相当于做梦？如果我真的以为那是做梦，在"梦"里大开杀戒怎么办？

我彻底陷入迷惑，在之前坚定的想法和郁丞星的解释间摇摆不定。我想，真相一定就在其中之一，不可能还有第三种可能。不行，我必须尽快确认这该死的实验到底是怎么回事，靳楠到底是不是我的想象。我决定在下一次实验中谎称靳楠是案件相关人，让郁丞星帮我查询他的信息，看这个人是否真的存在。

3天后，郁丞星又带回来消息，遗骸已经确认就是黄欣荣，警方已经对邝梓霖展开调查。警方找到了住院的黄立楷，黄立楷作为证人，时隔10年又一次讲出了当初的所见。据他说，10年前他的确出于报复的目的跟踪黄欣荣放学，他做了一番伪装，想要装作绑匪绑架黄欣荣，向父亲索要一笔赎金，拿了钱就放人，用这笔钱离开这个冷冰冰的家，在外谋生。也正是因为他的伪装，所以当时邝梓霖没有认出他。他躲在树后目睹了邝梓霖把黄欣荣诱骗上车。

第二天，黄欣荣仍旧没有回家，父亲逼问他是否把黄欣荣藏了起来，他当时就跟父亲说黄欣荣上了邝梓霖的车。只可惜父亲当他胡言乱语，根本不信一个未来市赫赫有名的慈善家、一个儒雅君子怎么可能去对一个10多岁的小姑娘下手。黄立楷便偷偷跑到邝梓霖的公司附近，想要看看黄欣荣是不是还跟邝梓霖在一起。他没有看到黄欣荣，却发现了一个细节，那就是邝梓霖的座驾轮胎缝隙里粘着半片枫叶。

当时的黄立楷哪里知道邝梓霖有个被枫叶林包围的半山别墅，直到多年后他得知后才回过味来，邝梓霖在诱骗黄欣荣之后曾经驾车去过半山别墅，也就是说黄欣荣的尸体很可能被埋在那片枫林之中。

为了去枫林里确认，黄立楷特意在暗网上找到了道貌岸然的邝梓霖，成了他的私人定制游戏设计师，在他的诱导下，邝梓霖终于同意用那片枫林作为游戏场地，黄立楷便带着各种游戏设备上了山。只可惜，纵然有一个晚上的时间，黄立楷一个人也没法在偌大的枫林里找到一具深埋地下的尸体。于是他便萌生了那个一箭双雕的计划，一方面让警方去调查邝梓霖，另一方面把季骁的宝贝女儿季姝敏卷进来，让她成为目击者，尝一尝他当初被冤枉、被所有人不信任的滋味，算是对季骁的报复。

郁丞星告诉我，现在邝梓霖已经声名狼藉，不单单是因为他成了黄欣荣命案的嫌疑人，更因为他定制的游戏内容被黄立楷曝光。原来黄立楷早就预料到会有这么一天，他在后台把邝梓霖游戏的过程全都记录了下来，把这些内容一并在网上曝光。

邝梓霖定制的游戏极为变态，那片枫林成了他狩猎的猎场，猎物都是一些十几岁的幼女，相貌都是根据他喜欢的女明星、模特、主持人定制的。他在枫林里与这些惊慌逃跑的猎物追逐，抓到后极尽能事地侮辱虐待。大善人邝梓霖不为人知的、魔鬼的一面就这样在世人面前暴露无遗，他真的由万人敬仰变为万人唾骂，不变的是他的名字仍然会留在历史上被后人铭记。

郁丞星感叹："唉，人性复杂，也只有同类才能揣测其中的奥秘。所以卓实才说，我们需要一个真正的侦探，一个有血有肉有灵魂的人，而不是机器。在卓实过世后，他的实验才取得了这样的成果，希望他在天有灵感到欣慰吧。"

我也默默感慨，的确，计算机预测的高危受害者沈晴并不是单纯无辜的受害者，她也是一个在酝酿复仇计划、预备犯罪的犯罪者；计算机预测的高危犯罪者黄立楷只是想要还原真相，让真凶伏法，顺便报复当初不信任他的警察。沈晴和黄立楷都不能简单定义成好人或者坏人，他们的善恶交织正体现出了人性的复杂。

我从来不信什么在天有灵，人死了就是死了，相信郁丞星也是如此，他毕竟是个科学工作者。但人就是这样，明明不信，却还是要说什么在天有灵，究其本质不过是自我安慰而已。

但郁丞星又提起了卓实，这让我心里一阵酸楚。卓实，我曾经最爱的男人，他给我带来的这道谜题，我至今没有找到正确答案。卓实啊卓实，你到底对我做了什么！

第十五章

遗愿

没想到我所盼望的第三个案子、下一阶段的实验竟然让我足足等了一个月。这一个月之间郁丞星大部分时间都不在，像个朝九晚五的上班族，早上出门，下班时间才回来。我问他到底在忙些什么，他只敷衍我说是在开发第二代芯片。但我凭借对郁丞星的观察和了解，已经可以肯定他在说谎，他在忙碌的事情是必须隐瞒我的秘密。

这一个月期间我也曾催促郁丞星快点给我找些事情做，我身为一个侦探迫切期待第三个案件，实际上我是想要快点在不引起郁丞星怀疑的前提下让他验证靳楠是否真的存在，印证所谓实验到底是时空穿梭还是在录像中调查案件。但郁丞星却一点都不急，说是星云并没有推测出典型的高危受害者和高危犯罪者，一些小案子根本不足以让他们启动实验，大材小用，这段时间正好可以给我休假。

一个月后的一天，郁丞星再次回来的时候神色肃穆，眼神忧郁，我看得出一定是发生了什么变数。

"丞星，发生什么事了？"我关切地坐到他身边，像个老朋友似的问。

郁丞星歪头看我，眼神深邃，嘴唇紧抿，隔了半晌才开口："许谧，你一定还记得卓实的遗愿，他这一生最无法放下的心结。"

我当然记得，卓实的心结就是他父母的死，他的凤愿就是为父母报仇，也正是因为想要找出杀害他父母的真凶，他才会设计出这么一个实验，想要用高科技的手段破解罪案。

"怎么，卓实父母的案子有进展了？时隔11年，终于找到了真凶？"我问。

郁丞星叹息着摇头："没有找到真凶，只是时隔11年，疑似当年的凶手再次犯案了。"

"当年的凶手再次犯案？难道尸体上又留下了那个？"卓实父母命案的细节我一直牢记心中，要说当年的凶手有什么犯罪标记，让如今的警方怀疑是他再次现身，那么只有那个留在尸体上的印记——X。

郁丞星在平板电脑上调取了一张照片，照片上是一个男人仰面躺在血泊之中，他穿着白色真丝的居家服，衣服被掀开，胸膛上被烫出了一个巴掌大小的X。

郁丞星介绍说："11年前的X是用鲜血画在卓实的母亲贾琳的腰部，而这一次的X是用打火机烫在男死者的胸膛。虽然两起案件都有X的出现，但毕竟时隔11年，两个X的呈现方式又有所不同，这11年间又没有任何其他跟X有关的案件，现在警方也没有确认凶手是不是同一人，所以我说是疑似。这几天我也跟侦办这案子的警官了解过，他们说目前的调查成果显示男死者与卓实的父母、卓实，以及卓实的亲戚朋友同学全都没有任何关联。他们目前并不打算并案，而是把这案子当作单独的案件处理。"

我观察郁丞星的脸色，显然他觉得两起案件有所关联，我跟他的想法一样，这次的案件很有可能就是一个契机、一个突破口。11年前的案子不好查，但如今的案子却容易得多。

郁丞星审视我，像要看透我的内心一样，试探地说："这次的案子警方已经调查了一周，始终没有突破性进展，而你是我和卓实最信任的侦探。许谧，卓实的确对不起你，但我还是希望你能帮他完成他的遗愿。我知道这是个不情之请，你如果拒绝，我也可以理解……"

我耸肩，干笑两声："以我现在的身份，我有权拒绝吗？"

郁丞星微微蹙眉注视了我许久，像是下定决心似的非常认真地说："许谧，如果你想拒绝，我可以说服公司，我们可以找别人、别的方法去破解这次的命案。"

"什么？"我难以置信，"你可是卓实的朋友，而且是最好的朋友，你应该是以朋友的遗愿为先吧？"

郁丞星突然握住我的手，郑重其事地说："许谧，你也是我的朋友。"

我下意识把手抽出来，躲避郁丞星炽热的眼神，低声说："丞星，谢谢你的友情。既然我们是朋友，我也不想让你为难。更何况我对卓实始终无法彻底绝情，当初我立志成为侦探，就是为了帮卓实查清他父母的案子。案子搁置11年没有进展，如今好不容易有了突破口，就算不是为了卓实，只为了我当侦探的初衷，我也从未想过拒绝这案子。况且，我跟卓实之间需要一个了结，他虽然对不起我，但我不想亏欠他。"

郁丞星又一次对我刮目相看，用难以置信的欣赏目光凝视我许久："好，那么明天正式开始实验。一切就拜托啦。"

第二天一大早，我躺上了实验床。接下来的数次实验，我不但要查清楚一周前发生的命案，还有一个重要任务，那就是让郁丞星来帮我确认之前实验中的种种是不是我的想象，靳楠这个我在异时空或星云中的同盟到底是不是真的存在。

很快，我便进入了那个或者是异时空或者是星云大数据的世界。这一次我醒来的地点是在一栋豪华的二层别墅，在一个豪华宽阔的卧室之中。此时，卧室的主人正躺在床上睡得香甜，他的身边还有一个貌美的年轻女孩。我看了看电子时钟上的时间，我所在的时间是现实时间的半个月前，也就是命案发生的一周前。

我凑近床边，借着微弱的光认出了床上的男人，他正是我在照片上看到的那个中年男死者。趁着床上两人还在熟睡，我环顾这间40多平方米的超大卧室，这里没有电脑、没有摄像头，就连手机也没有放在明面上，估计是塞在衣服里或收在抽屉里。按照郁丞星的说法，我通过大脑中的芯片可以身临其境地进入到监控视频中，也就是说我所经历的一切要么是储存在星云中的视频资料，要么是我通过观察推理得出的推论。现在我初来乍到，根本没有推论的依据，只能是身临其境，可问题是据我观察，这个房间里没有摄像设备。

难道会像之前在男洗手间那次一样？不久前我的调查对象游戏设计师黄立楷在男洗手间里实行他的远程操控计划，按理来说我是不能够进入的，因为洗手间自然不可能有监控探头，但问题是公司的同事因为八卦在洗手间里藏了摄像头录到了黄立楷的行为，所以我才能看到黄立楷的所作所为。后来黄立楷发现摄像头把它丢出去又回到洗手间，我便无法再次进入。上一次的这个经历倒是可以佐证郁丞星的说法。所以现在我怀疑，这个卧室里其实也有被偷偷安装的针孔摄像头，藏在非常隐蔽的地方。

我在房间里四处摸索寻找针孔摄像头的时候，我突然感到身后有一道目光紧紧盯着我，那道目光是从洗手间门口的方向射来的，我的后背登时冒出一层冷汗。这个房间里除了那两个在床上熟睡的男女之外，除了我这个"幽灵"之外，还有人，或者说，还有一个幽灵！

我猛地回头，扫视洗手间的方向，那里竟然立着一个半人来高、圆滚滚的机器人。机器人的头部是屏幕，屏幕的上方有一个闪着绿光的圆点，应该就是摄像头。而我察觉到的让我脊背发凉的目光，正是屏幕上的一双圆溜溜的眼。那本应该是可爱的卡通图案，瞳孔很大，甚至还带着笑意，时不时忽闪忽闪地眨眼卖萌，可我莫名觉得这双卡通大眼睛里蕴藏着窥视别人生活的阴险。

与这双眼对视了半分钟，我回过神来，暗笑自己想得太多。智能机器人而已，在这个时代早就屡见不鲜。而且现在是早上8点多，估计机器人正好就设定在这个时间里自动启动，也正是由于它的启动，让我透过它头顶的那个摄像头进入了这个空间。

想到这些我暗叫不妙，我的潜意识似乎已经接受和相信了郁丞星的那套理论。我默默告诉自己，现在还不能够完全排除穿越时空的可能。

机器人身上的指示灯突然亮起，扬声器播放旋律优美的轻音乐，同时卧室的遮光窗帘自动打开。

床上的男人翻了个身，发出不耐烦的声音："行啦行啦，赶快给我打住！我今天说什么也得把这该死的起床系统给关闭喽。"

一旁的女人钻入男人怀里，娇滴滴地说："就是嘛。亲爱的，让你们公司的工程师好好改良一下这东西，尤其是外观，难看死了。"

男人狠狠亲了女人一口，宠溺地说："哟，宝贝，这一点你算是跟我想到一块去了。我早就想好了，这机器人管家这种外形肯定不好卖，得想办法给它穿上一身皮囊，再穿上女仆装……"

"哎呀，你最坏了，你这哪里还是智能管家，分明是……"女人没好意思说下去。

男人的手在女人身上游走："分明是什么？我这产品就是智能管家，赏心悦目有什么不对？相信我，绝对有客户愿意在这外表上多花钱。"

"可我昨天在你们公司听那个姓林的工程师说要控制成本，把钱都花在智能升级上，说做那些表面功夫没用。"

"林坚那小子懂个屁！整天就知道升级升级，他哪里懂得顾客的心理。我们的智能管家已经是市面上最智能的了，但也是最丑的，必须改善外形，全都给我做成制服女仆！"男人突然提高音调，一脸嫌恶，"林坚这小子在公司跟我作对是出了名的，要不是看他有点能耐，就冲他在开大会的时候跟我顶嘴，我就得炒了他。"

女人嗲声嗲气地说："那是，我们蔡董才是公司的老大，想炒谁就炒谁。蔡董，今天周末，你陪人家去商场嘛，人家看中了一款包包，特别好看。"

"好，买买买，你是我的小心肝，你就是要天上的月亮，我也去给你摘……"

男人和女人穿好衣服洗漱完毕离开卧室，留下一地的狼藉，全是昨晚两人激情前胡乱丢弃的内外衣物。智能管家果然足够智能，它下方的两条履带开始运转，上方伸出了两条机械臂，像个勤勤恳恳的仆人一样捡拾地上的衣物。等到把衣物都搭在一条机械臂上之后，它转身走到门口，身体在碰触到房门之前，门锁上的感应灯也亮了一下，接着，房门缓缓打开，机器人穿过那道门之后，房门又自动关闭。我跟着智能管家一路行走，眼看着它进入了位于一楼的洗衣间，并且把内衣和外衣分门别类放入了不同的脏衣篮。

我不禁感慨，这的确是最先进的智能家居系统，这个外形看起来憨憨的智能管家也堪称目前最智能的服务型机器人。看来这个蔡董就是研发创造销售智能管家乃至整个智能家居的公司老板。作为老板，他自然得天独厚，先于其他人享受全套的，而且可能是全未来市最全面细致的智能家居服务。只不过这位蔡董在产品理念上跟公司的一个叫林坚的工程师不同，林坚主张在内核上更上一层楼，蔡董主张在外形上改头换面。虽然说爱美之心人皆有之，但我总觉得一个智能管家类型的机器人，外形上看起来是个美艳女仆，感觉怪怪的，甚至会让这个蔡董和购买美艳女仆的顾客都感觉怪怪的。

会不会是林坚杀害了蔡董呢？就在我琢磨着这第一个出现的嫌疑人时，一楼客厅传来蔡董的声音。

"又是邻居家那个熊孩子，放任他家那条脏狗到我的院子里糟蹋我的草坪，我早晚把那狗给炖了！"蔡董站在客厅的落地大窗前，指着窗外跑远的一只金毛犬抱怨。

我突然冒出一个想法，该不会是蔡董真的吃了人家的爱犬，邻居家的熊孩子来寻仇吧。可当我透过落地窗看到了金毛犬跑到主人身边时，我又打消了这个念头，那个所谓的熊孩子不过10岁出头的样子，不可能是凶手。孩子的父母毕竟是成年人，应该不会为了一条狗犯下杀人的罪行。

我跟着蔡董和美女出了别墅大门，却没能上去蔡董的车，本以为要就此错失继续跟踪调查的机会，可蔡董的车刚刚开出去几米就被拦停了。我忙跑过去一探究竟。

车子前面站着的是一个20多岁的年轻人，戴着副黑框眼镜，斜挎着笔记本包，正对气势汹汹下车的蔡董怒目而视。

"林坚，今天是周末，你别给我找不痛快！"蔡董上去就推了林坚一把。

原来这就是那位林坚工程师，他看起来耿直又执拗，但是却一脸正气，丝毫不畏惧自己的老板。

林坚一个趔趄，站稳后又向前大跨步站到蔡董面前："蔡董，你凭什么把拨给研发部的资金又要回去？我不是跟你说过吗？现在是研发的关键时刻，只要有资金支持，我就能修补智能管家的安全漏洞，升级后的管家会更安全……"

"去他的漏洞，你不说有漏洞，没人知道。修补漏洞只会让我花钱，改变机器人的外观能让我发财。林坚，你给我听清楚了，我是董事长，公司是我的，我的钱想用在哪儿就用在哪儿。你要是不服，可以走人！"蔡董又推了林坚一下。

林坚的脸涨得通红："走人？开什么玩笑？智能管家是我的作品，对我来说它就像我的孩子。你让我把孩子交给你，任凭你去侮辱它，这怎么可能？"

蔡董一把扯住林坚的衣领："侮辱？我怎么会侮辱我自己公司的摇钱树？林坚，你最好注意你的用词！"

林坚也急了，一把推开蔡董，大声叫道："蔡永昌，你那就是侮辱！智能管家的出发点是为了方便人们的生活，不是为了满足那些色情狂的变态审美。你……你分明就是个色情狂！"

蔡董一个拳头重重打在了林坚脸上："林坚，你被解雇了！"

林坚摔倒在地，双手十指紧紧抠在水泥地上，身体不住发抖，他把头深深埋在胸前，从牙缝里挤出几个字："解雇我可以，漏洞的事，我不会保密！"

"你敢！"蔡永昌上前几步，仗着身材上的优势，又一把把林坚给提了起来，"林坚，我警告你，我不是吃素的，你别逼我！"

林坚冰冷的眸子毫无畏惧地直视蔡永昌："蔡永昌，你也给我记住了，你解聘我的那一天，就是漏洞公之于众的日子！我给你3天时间把研发资金给我补上，否则我不会让我的孩子为你赚一分钱！"

蔡永昌脸上青筋暴露，牙齿咯咯作响，但还是松开了手，任凭林坚离开。

林坚走出去几步之后又站定回头，眼神哀伤地看了一眼蔡永昌的车子。

蔡永昌回到车上，双拳重重砸在方向盘上，爆了好几句粗口。

蔡永昌身边的女人也是花容失色，但却没有出言劝慰蔡永昌。

就在刚刚蔡永昌和林坚发生冲突的时候，我就站在车窗边，虽然全部注意力都在那两个男人身上，但余光扫过车子副驾驶位的女人时注意到了她的异样。蔡永昌每次对林坚动粗的时候，女人都会十分紧张，双手紧紧握住放在心口，关切担忧的眼神显然不是给蔡永昌的，而是林坚。林坚在临走时也回头看了她一眼。显然，这两人之间的关系不简单。

蔡永昌缓和了两分钟，开车绝尘而去，留下我一个人。

本职工作不得不中断，我掏出手机打算联系靳楠。

"您拨打的用户不存在。"这提示音让我全身惊出一身冷汗，不存在？靳楠真的只是我的想象，不存在吗？

我不死心，用软件给靳楠留言，让他马上联系我，信息发出去后我等了10分钟，没有任何回应。

一边往靳楠的律师事务所步行，我一边用手机联系郁丞星。很快，郁丞星的脸又出现了手机上。

"丞星，我刚刚在死者也就是蔡永昌家附近看到了一个鬼鬼祟祟的男人，"我原本打算再把谎言加工一下的，但此时我已经抑制不住想要马上知晓答案，"这个男人我在沈晴工作的大厦里见过，是个律师，名叫靳楠，你帮我查一下这个人，他很有可能跟蔡永昌的死有关。"

郁丞星马上应承下来："没问题，如果是律师的话，很好查，而且沈晴工作的那座写字楼里律师事务所也没几个，给我两分钟。"

我深呼吸，心跳得越加厉害。很快就会有答案了，靳楠到底是不是我的想象，我所能够依赖的唯一的帮手，唯一能够救我逃出囚笼的同盟到底是不是真的存在？

　　两分钟后，郁丞星的表情给了我答案，他微微挑眉，稍有些尴尬，说话前先苦笑了一下。他的反应让我有种糟糕的直觉。

　　"许谧，我查过了，未来市登记的律师中根本没有叫靳楠的。而且沈晴工作的那座写字楼里只有一家律师事务所，也没有叫靳楠的律师。"

　　"怎么会？我记得那家律所叫……叫腾云，靳楠是律所的合伙人之一啊。"我不死心，觉得也有可能是郁丞星能力有限没查到，或者是靳楠的真名并不叫靳楠，就像我对他一直说谎一样，他对我也同样有所保留。

　　郁丞星又在屏幕上操作了一番，笃定地说："许谧，那家律所的确叫腾云，合伙人是一对父女，的确没有叫靳楠的律师，姓靳的律师也没有。这样吧，我把腾云的律师资料都发给你，包括照片，你看看是不是你弄错了名字。"

　　"好的。"我尽量冷静，宁愿靳楠只是在身份上对我说了谎，而样貌是没法说谎的。

　　很快，腾云律所的律师资料都发了过来，甚至还有已经离职的律师的记录，然而从3年前腾云成立到现在为止，在此工作的律师加上其他人员一共不到40名，哪里有什么靳楠！

　　难道靳楠真的只是我的想象？一旦实验的本质真相大白，郁丞星戳穿了那是想象，想象中的靳楠也就不会再出现了？

　　"许谧，你没事吧？"郁丞星看出了我的异样，"要不要我马上终止实验？"

　　"不，不行。"我回过神，告诉自己必须保持理智，"丞星，这个靳楠很有问题，我必须查清楚。"

　　郁丞星迟疑片刻，试探性地问："许谧，你真的觉得这个靳楠可能跟蔡永昌的死有关？"

　　我当然不觉得靳楠会跟蔡永昌的死有什么关联，但眼下我必须承认："是啊，一个掩藏身份的可疑分子，说不定他就是那个连环杀手，卓实的父母也是被他杀害的。不行，我得去一趟腾云律所，我记得之前有个前台小姐曾经跟靳楠说过话，也许她就是靳楠的同伙，我不能放弃这条线索。"

　　"好吧，你还有3个小时的实验时间。"

　　我没想到，步行到腾云律所就用了将近两个小时的时间，一路上我都在回忆跟靳楠的种种过往，反倒忘记了时间。到了地方我才察觉到，果然没有靳楠的帮助，没有他的车，我行动起来如此之慢，如此浪费时间。

前台小姐还是那个前台小姐，我松了一口气，眼前这个陌生的女孩成了我最后一根救命稻草，我多么希望她告诉我靳楠是真实存在的，哪怕他只是伪装成律师的大厦保安也好啊。

"嗨，你还记得我吗？不久前我曾经来过这里找靳楠律师。"我笑盈盈地走上前，尽量轻松自然。

前台的女孩莫名其妙地看着我，礼貌地问："不好意思，请问你是……？"

"我叫汤佳敏，以前就在楼下的广告公司工作。我之前来找过靳楠律师，还是你把我领进去的。"

女孩礼貌微笑："小姐，您一定是记错了，我从来没有见过您，而且我们这里也没有叫靳楠的律师。我们这里是腾云律所，您是不是跟其他律所搞混了？"

我顿时坠入万丈深渊，眩晕袭来，我往后退了几步。

"小姐，您没事吧？"女孩想要出来搀扶我。

我摆摆手，跌跌撞撞走到楼梯间，想要一个人好好静静。

10分钟后，我调整状态，到了楼下的优画广告公司，以一个侦探的身份找到了公司的人事主管。

"请问，贵公司是否曾经有个名叫汤佳敏的员工？以前有没有别人来找过她？"

我之所以会想到问汤佳敏，那是因为我初见靳楠的时候自称汤佳敏，而我之所以选择这个名字，是因为我在广告公司见过汤佳敏这个名牌。如果靳楠存在，他曾经好几次找我找不到，我想他一定会去广告公司查询我的资料，毕竟只是下一层楼找个人询问而已。如果他找过汤佳敏，广告公司的人就会记得他。

人事主管客气地摇头："我不记得我们公司曾经有过叫汤佳敏的员工，但也可能是实习生或者是见习后没有正式录用的。这样吧，我查一下档案，您稍等。"

我坐在会客室里独自等待，不好的直觉如汹涌涨潮的海水，我已经想到了最糟糕的结局，搞不好汤佳敏也是不存在的。

我看着时间，距离实验结束仅剩10分钟，如果在这10分钟里我得不到答案，那么就要等到明天。可我真的是一秒钟都不想等下去。

就在人事主管再次进门的一刹那，我像是被雷电击中一般，来的路上我一直在回想我跟靳楠的种种过往，却一直忽略了一个细节。我记得当我对靳楠坦承我是个侦探之后，他送我回到黄立楷公司的楼下，他对我的侦探工作非常支持，还说有什么需要帮忙的尽管找他，他随叫随到。当时的我满心都是黄立楷的案子以及自己那个逃出牢笼的计划，根本没有在意到靳楠异常的表现和那句"随叫随到"。

现在按照常理回想，靳楠就真的一点都不担心我的工作会有什么危险吗？为什么他在得知我是个侦探之后从未叮嘱过我注意安全？就算他粗心得可以，或者是对我虚情假意，根本不在意我的安全，可他如果是个律师，有自己的工作，又怎么可能随叫随到？可事实是，我每次找他，他几乎都是随叫随到，没有一次他因为工作上的事推托过我，律师真的有那么闲吗？

果然，靳楠真的就只是个想象，也许他的存在只是我为自己编造的一个渺茫的希望，一个随叫随到的"交通工具"，因为有了他，我在星云之中才可以随意穿梭。

我接受了郁丞星的说法，认定我所进行的实验并不是什么穿梭时空，不过是身临其境地去查阅和研究分析大数据中的监控录像而已。

不出所料，人事主管告诉我，优画广告公司从未有过叫汤佳敏的员工。就连汤佳敏这个名字，也是我的想象。

第十六章

目击

　　绝望，此时的我甚至比当初卓实死去、我被冤枉成凶手还要绝望。我唯一逃出去的希望竟然只是我的空想，难道我真的要永远被囚禁在这里，被当作一个为公司服务的机器？我等同于被判处了无期徒刑，根本看不到希望。

　　郁丞星看我愣神，在实验报告录制结束后主动走到我身边坐下，亲切地问："许谧，你有心事，是不是对实验还有疑问？"

　　我摇头，我对实验的所有疑问到如今已经全部解开，郁丞星给我的答案可以完美解释我从前的所有疑惑，这是一个无懈可击的结果。站在一个理性侦探的角度，我相信这就是事实。可我一时间根本无法接受这个事实。

　　"我对实验没有什么疑问，只不过我的想象让我有些混乱。"我算是实话实说。

　　"你是说靳楠？"郁丞星问。

　　"是啊，我竟然会想象出一个不存在的人，还把他当成了嫌疑人。"

　　郁丞星安慰我："可能是你太过急功近利，潜意识里太想要快点解决这个案子，并且希望杀害蔡永昌的凶手就是杀害卓实父母的连环杀手，所以才会产生这样的想象。"

　　我刚刚正是想要用这样的理由，没想到郁丞星先我一步替我总结了，我总结说："也许吧，看来我需要好好沉静一下，下次实验中不带任何主观色彩，以一个局外侦探的身份理性旁观分析。"

郁丞星注视我许久，眼神柔软湿润，再三犹豫后说："许谧，我已经跟集团高层申请过，等到实验更加成熟，我会取出你脑中的芯片，还你自由。"

我简直不敢相信自己的耳朵，一把抓住郁丞星的双手，惊喜地问："真的吗？集团会同意吗？"

郁丞星反手握住我的手："等到实验更加成熟，公司便会大量复制芯片，我们会雇用更多的侦探以这种方式去预测犯罪，这也是一开始卓实和公司的设想。如今实验进行顺利，我相信你恢复自由的日子不远了。"

我仍然不敢相信，怀疑这是郁丞星给我的一个虚假的希望，就像当初卓实一样，在我的面前吊上一个诱饵，但我却永远抓不到，诱饵永远就在距离我咫尺的地方。也许是郁丞星看我心不在焉，为了激励我更加专注地工作，所以又一次欺骗了我。

"许谧，自由之后你有什么打算？"郁丞星笑吟吟地问。

我假装相信了他的话，充满憧憬地说："我想要在旅游风景区开一家蛋糕店，生活惬意自在，每天都像在度假，每天都能吃到甜甜的奶油和巧克力。"

郁丞星微笑，起身去冰箱里取出了一块芝士蛋糕摆在我眼前："相信会有那么一天的。风景区的蛋糕店啊，还真是令人向往。"

我小口品着芝士蛋糕，享受绵密香滑的芝士在口中慢慢融化散开渗入的感觉，闭上眼，仿佛真的看到了那家小小的蛋糕店，还有橱窗里面正一边品茶一边望向窗外美景的自己。

我一定要让这美梦成真，哪怕没有靳楠的帮助，哪怕郁丞星还在骗我。

"当初卓实曾经犹豫过，是不是该找个男性侦探来实验，"郁丞星仿佛沉浸在自己的世界中，毫不设防地回忆着跟好友的过去，"毕竟男性更加理性，更加容易醉心于工作，说不定会沉浸在这种工作之中，不会有什么景区蛋糕店的浪漫梦想。"

"后来呢？"我好奇地问。

"我提议还是女性更为合适，女性更加心思细腻，视角独特，女人的第六感更加灵敏。而且既然是跟已经十分理性的大数据合作，就更加需要女性的这些特征来中和。卓实听从了我的建议，所以才选择了你。所以说，我对你今天的处境负有一定的责任，我必须替你争取你想要的自由。"郁丞星十分诚恳，让我从刚刚的绝对怀疑变成现在有三分的相信，也许在不久的将来，我真的会重获自由。我宁愿相信郁丞星，人都是需要希望的。

实验继续。我又一次来到了蔡永昌的家，身处于到处都是高科技智能家居展示厅一样的别墅。只不过这一次已经是一周之后，房子里到处都是人，房子的男主人已经静静躺在卧室的地面上。房子里的家居摆设已经一片狼藉，就好像昨晚凶手跟死者在这里上演了一场追逐杀戮的真实游戏一样。我想象了一下昨晚的情景，不禁为蔡永昌感到遗憾。

接到报案的警察跟之前的我一样，对这栋高科技的房子颇有兴趣，还弯腰仔细观察卧室门口的智能管家机器人。

负责人模样的一个男警官拍了拍机器人的头，感慨着说："要是这家伙能说话就好了，它可是目击证人啊。"

"刘队，这机器人上好像真的有摄像头，说不定真的能录下来什么呢。要不我让技术队的人带回去好好研究一下？"一个助手模样的年轻人提议。

"好，哪怕是把它给我大卸八块，也得给我找出点线索来！"刘队无论是长相还是说话，都像是很老派的那种刑警。

我却早就预知了结果，机器人的摄像头一定什么都没有录到，否则案子早就结了，也就不需我的参与。要么是因为案发时机器人已经陷入休眠，摄像头关闭，要么是因为凶手对死者和他家里的智能家居系统都有所了解，手动关闭了机器人。反正警方在机器人身上是找不到任何线索的。

另一个年轻人兴冲冲跑进来："刘队，有线索啦，有个目击者！"

"太好了，赶快把人给我带过来。"刘队吩咐。

"这个目击者有点特殊，恐怕没法过来，还是咱们过去吧。"年轻人说着指了指卧室窗外对面邻居别墅正对着的窗户。

我跟在刘队身后一起走过去，透过窗子仔细去看邻居窗后的情景。那应该是个小男孩的卧室，床上坐着一对母子，还有一个穿制服的警察站在旁边。

我跟在这个刘队身后，一路从蔡永昌家出去，进到邻居的别墅中。听他一路跟几个手下对话，我得知刘队名叫刘健达，是分局的刑侦队长。蔡永昌死于今天凌晨一点至两点之间，报警的是蔡永昌的女友，一个年仅24岁的妙龄女孩，名叫丁乐菲。丁乐菲一大早来找蔡永昌陪她去购物，她有别墅的钥匙，直接进门直奔卧室，原本以为蔡永昌还在睡，不想目睹了他的尸体。

我觉得这个丁乐菲就是我之前见过的那个女人，跟林坚有某种关系，却留在蔡永昌身边，表面看来是个贪图钱财的女人。

跟随刘健达一行人来到了二楼小男孩的卧室，我仔细打量这个有过一面之缘的十一二岁的男孩，他就是蔡永昌口中的熊孩子，他的爱犬总是会去糟蹋蔡永昌的草坪。

小男孩依偎在母亲怀中，神色慌张，怯怯地眨巴着大眼睛。

"什么？目击证人就是这个小家伙？"刘健达从助手那里得到确认后显然是对这个证人不太满意。

小男孩感受到了刘健达对他的不信任，马上鼓着腮帮不满地说："我看见了，我昨晚起床去尿尿的时候真的看见了。"

刘健达蹲下身，尽量和蔼地问："好吧，那告诉叔叔，你都看见什么了？"

小男孩挣脱母亲的怀抱走到卧室的窗前，指着对面蔡永昌的卧室，声音响亮地说："我看见那个房间亮着灯，有一个叔叔在里面走来走去，后来又趴在地上擦地，最后脱下了自己的衣服。"

"然后呢？"刘健达追问。

"然后我就什么都没看到了，我就躺下睡了。"小男孩说这话的时候声音明显弱了下来。我可以断定这孩子的这句话是在说谎，可惜的是刘健达并没有注意孩子的微表情变化和语气强弱变化。

刘健达又问："你能看得清那个叔叔长什么样吗？"

"看不到，但肯定是个男的。"

"高矮胖瘦呢？"刘健达追问，"穿什么样的衣服？"

小男孩歪着头努力回想："不高不矮，不胖也不瘦，反正是个男的。穿什么我看不到。"

刘健达有些失望，但他也知道这个距离，再加上是晚上，对面落地窗还挂着纱帘，小男孩看不到也正常。

我站在落地窗前往对面望去，透过白色纱帘看到了还在现场忙碌的警察，突然心下一惊，不对，很不对劲，蔡永昌的卧室晚上是拉着厚厚的遮光窗帘的，这一点是智能家居的设定。小男孩怎么可能看到里面有什么人！难道这孩子说了谎？或者是凶手出于什么在晚间拉开了遮光窗帘？我再去看小男孩，他大大的眼睛里的确闪着些许狡黠。

刘健达继续问："小朋友，你还记得你是几点起夜看到对面的叔叔的吗？"

小男孩不假思索地回答："2点37分。"

小男孩的话更让我吃惊，他怎么会记得这么清楚？一个这么大的孩子半夜起床方便还会特意看时间吗？我环视整个卧室，根本没有时钟。

刘健达终于开窍，也注意到了这一点："哟，记得这么清楚啊，你还特意看了时间？"

小男孩撸袖子露出手腕，给大家展示他的电话手表。

男孩的母亲嗔怒说："你这孩子，我跟你说过多少遍，晚上睡觉把手表摘了，你怎么又戴上了？"

小男孩吐了吐舌头，埋下头。

刘健达跟孩子母亲说了几句以后可能需要孩子去警局录口供的话，便带着两个手下离开。临走时，我回头去看那个乖乖坐在床上的小男孩，越加觉得这孩子有所隐瞒。可他只是一个孩子，又怎么会有如此心机说谎欺骗警方呢？他又有什么动机这样做？有人会把这样关键的杀人诡计环节交给一个孩子吗？他就不怕孩子在警方面前露出破绽或者干脆跟警察叔叔和盘托出？

扭头准备跟着刘健达出门的前几秒，我的目光扫到了卧室里的书桌，深色木质桌面的正中有两个圆形的小小印记。我没有多想，只是下意识记住了这个细节。

刘健达站在蔡永昌的院子里跟手下分析总结案情："看样子凶手凌晨潜入蔡永昌的家，与蔡永昌发生争执，两人在别墅里追逐争执，从一楼到二楼，最后蔡永昌退回卧室，却没能来得及锁上门，凶手拿着从楼下小仓库取来的棒球棍闯进去，大力击打蔡永昌的头部。在蔡永昌死后，又用打火机在他胸前烧出一个X。蔡永昌在凌晨一点至两点死亡，而孩子在2点37分看到卧室里有人，这也正好说明了凶手行凶后并没有急于离开，而是留下来善后，不但擦去了卧室里和凶器上自己的指纹和部分血迹，最后还脱下了染血的衣服，然后扬长而去。"

助手附和："是啊，现场有被擦拭过的痕迹，只找到几枚蔡永昌和丁乐菲的指纹，看来这个凶手善后工作做得不错。小男孩的口供正好符合咱们目前掌握的现场特征。凶手是个男人，而且从蔡永昌头部的伤和棒球棍的破损来看，还是个力气很大的强壮男人。"

刘健达咋舌感慨："这个蔡永昌正值壮年，看起来身体素质也不差，看来对方更胜一筹啊。而且他选错了逃跑路线，应该是往外逃嘛，他却往楼上跑。他这一屋子的高科技产品也没能帮帮他这个主人啊。"

就在现场勘查工作收尾的时候，一名警察走到刘健达身边汇报："刘队，我仔细检查过别墅的安保系统，昨晚系统没有报警，系统也没有被破坏过的痕迹。最重要的是我检查了安保系统内别墅周遭的监控录像，从昨晚6点半蔡永昌回家一直到今早丁乐菲自己开门进去，其间根本没有人出入过别墅。"

"你确定？会不会是摄像头没有拍到的地方，凶手爬窗进入的呢？"刘健达问。

警察摇头："这栋别墅采用的是最先进的安保系统，先不说几乎没有监控死角，就说门锁和窗锁吧，都是设定在晚间全部关闭上锁的，房门和窗玻璃都是特殊材质，必须用专业工具才能破坏，一旦有外力从外面击打震动，就会响起尖厉的警报声，警报声不但能让蔡永昌听见，还会同时传到物业那里。更何况我找人逐个检查过，整栋别墅的门窗和锁全都完好无损。"

"这么高级，这些有钱人的花样还真是多，把住处搞得这么密不透风，跟个军事基地一样。"刘健达用力挠头，"这么一来，这房子倒是成了密室了。咱们这凶手还是个高智商罪犯，这样的铜墙铁壁保护之下，他还能杀人。"

那名警察微微摇头："也不是完全的密室，如果凶手对这房子足够了解，找到了监控死角的窗户，让死者从里面打开窗，他也是有可能进入的。事后离开时原路返回，从里面开窗离开后，窗子自己便会自动关闭上锁。"

"蔡永昌从里面给凶手开窗？那他为什么不干脆给凶手开门，让他从大门进来？唉，目前线索太少，这密室的事先放一放，先从动机查起，咱们兵分两路，一队回去审丁乐菲，一队去蔡永昌的公司找他的员工们聊聊。"

我还是没能跟上车，在现场勘查的人马兵分两路都离开后，我联系郁丞星要他帮我调阅蔡永昌公司和刘健达所在分局的地图，发现分局离我更近一些，于是打算步行前往。

我不知疲倦，快步奔走只用了20多分钟便到达了分局。原本以为我会被拦下，没想到这一次我彻底成了"幽灵"，在分局里畅通无阻。早知如此我还不如搭乘公交或者地铁。

没多久我便找到了刘健达所在的审讯室，他的对面坐着的女孩果然就是我之前见到的蔡永昌的女友丁乐菲。

刘健达跟丁乐菲之间的气氛有些紧张。刘健达的眼神凌厉逼人，死死盯住丁乐菲。丁乐菲的心虚无处掩藏。

刘健达按下了手中平板的播放键，扬声器传出了丁乐菲的声音。

"永昌，你说得没错，我这几天的确有心事。我一直在思考我们俩的关系，我们其实并不合适，不会有未来。你不想结婚，只想要自由，而女人的青春是有限的，我想要的是稳定的婚姻。放心，我不会跟你要什么分手费，你之前给我买的那些奢侈品，还有公司的股份，我也可以还给你，我只是觉得该为自己的未来打算，不想再游戏人生了。"

录音播放完毕后，丁乐菲的脸色煞白，在刘健达无声的逼视下弱弱地说："是的，我是想要跟蔡永昌分手，其实今早去找他也是因为昨晚给他留言他一直没有回复。我想要快点跟他一刀两断。"

"哦？快点一刀两断，而且不惜把之前从蔡永昌身上榨出来的油水都还给他，这是为什么呢？"刘健达咄咄逼人。

丁乐菲怯怯地低头，嘴唇翕动却发不出声音。

眼看丁乐菲还想要有所隐瞒，刘健达干脆质问："是因为林坚，对吧？你的初恋情人！你们俩又重归于好了，所以蔡永昌就多余了。哼，蔡永昌是什么人，岂是你这么个小姑娘呼之即来挥之即去的？恐怕是因为他不同意轻易分手，所以你跟你的情人林坚合谋把他给……"

"不是，当然不是！"丁乐菲激动地站起来，双手杵在桌面上，对刘健达怒目而视，像是受到侮辱一般。

刘健达抬手做了一个手势示意丁乐菲坐下，冷冷地说："我的手下刚刚传来消息，你、蔡永昌和林坚的三角关系公司里的人全都是心照不宣。你4年前因为嫌弃林坚穷跟他分手，一年前跟蔡永昌好上，最近几天又跟林坚走动密切……"

"没错，"丁乐菲打断刘健达，"最近几天我的确跟林坚走动密切，那是因为林坚和蔡永昌因为产品理念发生争执的时候我也在场，我也很反感蔡永昌的那套想法。跟他接触得越久、了解他越深，我就越觉得恶心，想要离开他的想法我已经酝酿很久了。我跟林坚因为产品的事情沟通过几次，发现彼此之间还有感觉，便想要再续前缘。但我们根本没有必要杀害蔡永昌，蔡永昌有过很多女友，每隔一段时间他都会更新换代，分手的时候都要给对方一笔补偿，我非但不要补偿，还可以把之前他给我的奢侈品和公司的股份还给他，分手根本不是难事。"

"那可不一定，以前那都是蔡永昌主动提出分手，是他甩别人，这次是你甩他。男人这种动物，尤其是蔡永昌这样的情场老手，怎么能甘心被一个小姑娘戴绿帽分手？他一定是说了什么玉石俱焚的话，所以你跟林坚一不做二不休。"刘健达仍旧沉浸在自己的想象中咄咄逼人。

丁乐菲愤怒地拍桌面，大声叫道："不可能，昨晚我一直跟林坚在一起，就在我家。我们怎么可能去杀人？你这么说有什么证据？难道蔡永昌家门外的监控拍到我们俩进去了吗？"

刘健达面不改色，自信的样子似乎是真的拍到他们了一样。我不禁为他捏了一把汗，我觉得凶手并不会是丁乐菲或者林坚，或者是他们俩共同犯案。因为他们俩在体力上都不如蔡永昌，又怎么可能追得蔡永昌满别墅地跑，还有那么大的力气挥动棒球棍打死人？一定是刘健达搞错了方向。我还是觉得丁乐菲和林坚顶多只有杀人动机，但却不具备杀人的条件。案子的关键应该在于邻居男孩的证言。我就是觉得男孩的证言有问题，但一时说不上是哪里有问题。

"就算凶案跟分手没什么关系，林坚自己也具备杀人动机。就像你说的，他跟蔡永昌在产品理念上有分歧，公司的人曾经见过好几次他们俩因为这个问题争论，甚至还有过推搡。林坚放言说智能管家就像是他的孩子，他不允许任何人糟蹋他的孩子。如果蔡永昌一意孤行，他会让他后悔。"刘健达并不回答丁乐菲关于监控的问题，反而转移话题。看得出，他不会轻易放过这两个目前看来嫌疑最大的相关人。

丁乐菲一时语塞，犹豫片刻后说："的确，林坚对此真的很愤怒，但我还是那句话，昨晚他一直跟我在一起，我们俩都有不在场证明，蔡永昌家外的监控根本不可能拍到我们。你如果怀疑我们，就要拿出证据！"

"哟，你怎么就这么自信监控没拍到你们？"刘健达阴阳怪气地反问。

"那当然，因为我们根本就没有去过！"丁乐菲理直气壮。

　　我的脑中灵光一闪，丁乐菲的话让我的思路来了个急转弯。难道凶手真的是身在密室之外就完成了杀人？可如果凶手没有进去，那么蔡永昌又是被谁追赶，在别墅里四处逃窜，被逼到卧室，被棒球棍击中头部呢？难道是凶手制造的幽灵鬼魅？

　　想到这里，我的脑海里突然出现了一个形象，那就是林坚视为孩子一般的智能管家机器人。这个机器人有可以让它行动自如的履带，房子的楼梯旁边有专门方便机器人上下楼的缓坡，它还有两条机械臂，力量绝对远超人类，完全具备杀人的条件。

　　刘健达仍旧执着："你们俩都有嫌疑，互相做证根本算不上不在场证明。"

　　"那你可以去查我家的楼宇监控啊，我家楼下大厅、电梯都有监控，都可以证明我跟林坚从昨晚傍晚回家一直到早上都没有出过门。"丁乐菲怒视刘健达，从她坚定的眼神看来，她没有丝毫心虚。

　　刘健达冷哼一声，抬起手挥动了一下。我知道他这是示意他身后单面镜后的手下去核实。

　　十几分钟后，一个刑警进来对刘健达耳语了几句。等到刑警离开后，刘健达又露出那种不屑的神情，眯眼对着丁乐菲说："很遗憾，或者说如你所料，你家的楼宇监控系统从昨天早上开始便出了故障，什么也没录到。"

　　丁乐菲一时间没反应过来："什么？故障？如我所料？你什么意思？该死，怎么早不出晚不出，偏偏这个时候出故障！"

　　刘健达歪嘴一笑："别装了，我看是你早就知道监控出了故障，虽然不能证明你们不在场，但也不能证明你们的确在案发当晚出门。所以你们是故意选择在监控出故障的晚上去行凶的！"

　　丁乐菲已经怒不可遏，她跳起来，几步冲到刘健达身前叫嚣："胡说！你这个警察怎么回事？为什么就认准了我们会是凶手？是不是你没能耐找到真凶，就拿我们顶包？"

　　刘健达依旧沉着，意味深长地笑，一边往门口走一边慢条斯理地说："放心，我们会找到证据的。在这之前，你和林坚得在我这儿待上48小时，分别审讯。就算你们俩事先串供，也难免会露出马脚。"

　　"不公平，这不公平！"刘健达离去后丁乐菲还在边哭边大叫，"不能因为你们的无能就冤枉无辜！我跟林坚好不容易才又在一起，你们却要以杀人罪名剥夺我们失而复得的幸福！这不公平！就没有谁能帮帮我们吗？我们是无辜的……"

丁乐菲最后趴在桌面上哽咽低语。我坐在她对面，望着这个伤心无助的女孩，对她说着她根本听不到的话："我正在帮你，不，准确来说是在帮助警方还原真相，维持正义。无论你是无辜还是有罪，我的存在会让你去往你该去的地方——监狱或者自由，得到本应属于你的东西——罪名或者爱情。"

第十七章

礼 物

"怎么样？这次有什么收获？"郁丞星满怀期望地问。

我从实验床上下来，疑惑地摇头："有些收获，但还有一些地方没有想明白。"

我在实验报告中讲述了自己的推理，我认为蔡永昌的密室别墅并没有被破坏，凶手其实一直都在里面，只不过蔡永昌并未察觉而已。没错，实施者就是他家里的智能管家机器人，凶手正是利用了蔡永昌公司产品的安全漏洞，入侵并且控制了智能管家的程序，把它变成了一个杀人机器。机器人移动迅速，力大无穷，纵然蔡永昌再怎么身强体壮也不是对手，只能被追得满别墅逃。而且蔡永昌之所以没有逃出别墅，而是往楼上卧室逃亡，也是因为整个智能家居都被这个远在别墅之外的黑客控制，他可以控制别墅里所有的门锁和窗锁，让蔡永昌无法逃脱，更加可以通过机器人的摄像头监控蔡永昌的走向，适时关闭其他房门，只给他一条回主卧的路，把他逼进凶手想要他丧命的地方。

蔡永昌的死的确讽刺，他无视的安全漏洞最后要了他的命。这样一来，林坚的确具有很大的嫌疑，毕竟他是智能管家的创造者，在技术能力上完全可能远程入侵操控智能家居系统，尤其是智能管家机器人。而且他也有这么做的动机：一来，蔡永昌一死，他跟丁乐菲之间再无障碍；二来，蔡永昌一死，智能管家就不会被装进充气娃娃中；三来，蔡永昌这么一死，公司一定会注重安全漏洞的问题，或者干脆倒闭，这两种结果对他来说都不错，就算公司倒闭，他也可以带着他的"孩子"另谋高就。

林坚和丁乐菲的确可疑，但我的直觉却告诉我他们并非凶手，至于为什么，我还说不上来。

郁丞星听闻我的直觉后马上点头赞成："许谧，我相信你的直觉，你的直觉可谓公司的法宝。但还有一个问题，那就是邻居男孩的证词，他说他看到的凶手是个不高不矮不胖不瘦的男人，而且看到凶手在擦地板和脱衣服，可你的推理中凶手是只有半人来高的机器人，这是相悖的啊。"

我实话实说："我觉得那个小男孩很有问题，言辞闪烁，明显在说谎，但他只是一个跟案子没什么关联的邻居，才只有10多岁，我搞不懂他为什么要说谎。下次我会想办法去调查一下他，我总觉得，只要能够搞清楚他身上的谜团，案子也就豁然开朗了。"

晚上，郁丞星做了很丰盛的一顿晚餐，还像变戏法一样从冰箱里取出了一块生日蛋糕。我这才想起来，今天是我的生日。郁丞星居然会记得我的生日，而且还提前做了准备为我庆祝生日。

感动之余我冒出了一个想法：当初我想过勾引郁丞星，让他迷恋我之后帮助我离开囚笼，这个计划始终没能实施，毕竟我做不到勾引的程度，顶多就是对郁丞星和颜悦色，以朋友的尺度去交往；可现在想想，郁丞星一直对我照顾有加，甚至温柔体贴，也许他对我的好也只是虚情假意，是想要留我在牢笼中安心工作的手段吧。我们俩还真是讽刺。

"许谧，祝你生日快乐。"郁丞星坐在我的对面，我俩中间隔着生日蛋糕，他的脸在烛光中显得格外亲切，眼神中荡着脉脉深情，"我特意为你准备了你最喜欢的奶油草莓蛋糕。"

我苦笑："我每年生日都吃奶油草莓的蛋糕，没想到连这样的事卓实都会跟你讲。"

"卓实跟我讲了很多你的事，"郁丞星很放松，丝毫不设防，好像跟我是认识多年的老友一般闲话家常，"可以说我对你的了解不比卓实少。"

我心下一惊，这怎么可能？卓实是我的丈夫，我们之间的亲密和彼此了解，外人怎么能相提并论？可郁丞星又不像是在撒谎，说话时情感真挚，有感而发。难道是因为他刚刚喝了两杯红酒，酒后便无所顾忌地信口胡说了？

不，郁丞星不是那种人，更何况只是两杯红酒而已，我假装开玩笑似的问出了我心中的猜测："丞星，你是不是早就认识我啊？"

郁丞星明显有所警惕，他微微侧头，目光炯炯地凝视我片刻，幽幽地说："是的，很早，真的很早。"

我还想继续追问，却被郁丞星用切蛋糕的由头躲闪过去。我的目光移到郁丞星端着蛋糕盘的左手手腕，之前的纱布已经褪去，露出两个相距3厘米左右的圆形伤疤。

我一直以为郁丞星当初跟张莫执产生了肢体冲突，他手腕受的伤应该是挫伤或者是割伤，但我怎么也没想到会是两个圆形的、类似烧伤的疤痕。是什么样的武器会留下这样的伤痕？难道是张莫执使用了电击枪？郁丞星情急之下用手去遮挡？看伤痕的愈合程度，当初刚刚受伤的时候伤口一定更加严重，这两个疤痕如果不加以医疗手段，恐怕是永远都难以愈合如初了。

郁丞星注意到了我的目光，不着痕迹地拉了拉衣袖遮挡伤痕，把切好的蛋糕放在我面前。

我吃了一口蛋糕，香甜的口感弥漫开来，一时间让我有些恍惚，好像回到了跟卓实度过的一个个生日。

"许谧，"郁丞星不知道想到了什么，嘴角上扬，脸上荡开一个甜蜜的笑，"我为你准备了一个生日礼物，虽然是你以后一定会拥有的东西，但我想让你提前体验一下。"

"哦？什么礼物，这么神秘？"我真的好奇。

郁丞星看了看时钟，故意吊我胃口似的："晚上12点揭晓。待会儿你先睡，到时间我会去叫你。"

我隐约猜到了郁丞星礼物的奥秘，他应该是想要带我去一个地方，但我们都不会离开这间囚笼。

果然，午夜12点郁丞星把我从睡梦中叫醒，带着我来到了实验室。他示意我躺在实验床上："许谧，这次不是实验，你没有任务。如果非要说有，我希望你能够放松心情，享受一次自由惬意的未来之旅。"

"未来？"我总算彻底明白了，郁丞星口中的未来是指什么。

"许谧，你是个能够预测未来的天才，"郁丞星靠近我，握住我放在腹部的手，深深凝视我的眼，柔声说，"这次换我来预测你的未来，来看看我预测的你的未来里会有什么惊喜吧？"

郁丞星的手温热宽大，掌心的微微粗糙触感透过我的手背，让我一时间心跳漏了一拍。他对我的举动越加亲密，而我也有一种似曾相识的心动，很熟悉的感觉，就像是很多年前卓实第一次牵我的手。

女人都是渴望被人爱的，否则我想象中的靳楠只要负责给我一个希望，能帮我调查一些星云里的信息就好了，为什么又会喜欢我呢？那是因为我的潜意识在卓实离开后仍然渴望被爱啊。

迷迷糊糊中，我仿佛感受到了气流的涌动，一股夹杂着潮湿的微风拂面，远处传来的水流声越来越大，那是海水冲刷海岸的声音，是海鸥们盘旋飞过的声音、孩子们嬉闹的声音，这许多声音混合在一起，谱成一曲天籁。

我睁开眼，眼前是一望无际的大海，黄昏夕阳中远处的海水被染成了温暖的橙色，脚下的海水依旧清澈沁凉，一次次漫过我赤着的脚，脚下是细腻的金色沙滩，柔软又渗透着早前吸取存储的太阳的温暖。

我低头看自己，自己穿着的不是什么比基尼，而是蛋糕店的工作服，脚边还有一双舒适的圆头皮鞋。我回头望向海滩那边的一排商铺，有一间蛋糕店的logo跟我围裙上的一样——谧语。郁丞星竟然帮我把蛋糕店的名字都想好了，还给我设计了一个漂亮的logo和店面。这就是他送给我的生日礼物，让我提前体验了一把我梦想中的生活。

我抬脚顺着海岸线散步，抬手轻抚被风吹乱的长发，刚刚走出去四五步，便听到身后有人叫我。

"许谧。"声音再熟悉不过，是郁丞星。

我回头，夕阳下一个穿着沙滩裤、白色衬衣的高大男子，细碎的短发在额间被海风吹得蓬松飘荡，一脸宠溺的微笑，正是郁丞星。他冲我伸出一只手，像是邀请。

也许是被周遭轻松的环境感染，我下意识就把自己的手放在他的手中。郁丞星稍稍用力把我拉到他的身前，低头俯视我的眼，眼神灼热，呼吸的气息轻轻扑在我的额头上。

"许谧，陪我在这里坐一会儿吧。"

我顺从地跟郁丞星一起坐在沙滩上，并没有把手抽出来，任凭他握着。我们俩就这么遥望着海面和夕阳，像是两个从喧嚣都市的忙碌工作中逃跑的上班族，来到了梦寐以求的世外桃源。

"好美啊，这是我收到的最美好的生日礼物。"我情不自禁地感叹。身为一个囚徒，虽然明知道眼前的一切都是虚假的，但能够偷得这样短暂虚假的自由恬静，我仍旧感恩。

郁丞星忍不住笑意，反问："你不是说你收到的最好的生日礼物是最爱的人的求婚吗？"

我的心又一次漏跳一拍，惊异反问："不会吧？卓实连这个也告诉你了？"

郁丞星侧头看我，认真而郑重地说："你也知道卓实有多木讷，他那种人怎么可能想得出那样浪漫肉麻的话去求婚。他的整套求婚计划，包括在你生日那天求婚、钻戒款式、求婚的说辞等等，都是我这个军师为他准备好的。事后我问他效果如何，他告诉我你当时幸福得边哭边笑，主动献吻，还说这是你这辈子收到的最美好的生日礼物。"

我鼻子酸涩："我当时还在奇怪，卓实居然能有那样的心思和计划，原来是你，原来你早就参与了我的生活，怪不得你会说你对我的了解不比卓实少。你跟卓实还真是无话不谈啊。我只是跟你说想要在风景区开蛋糕店，却从未提过海边，只对卓实说过自己喜欢大海的话，就连这么一个小细节他居然也会告诉你。"

郁丞星长长呼出一口气，低吟着说："对不起。"

我不想深究郁丞星这句对不起到底是为了什么，是替卓实对我道歉，还是为他跟卓实一起囚禁了我而道歉。我的思想太过疲累，在这个惬意的礼物之中，我什么都不想想，只想单纯地沉浸在美景之中，当一个无忧无虑的、忙里偷闲来海滩放松的蛋糕店店主。

醒来时我在自己的卧室，独自躺在床上，时间依旧是清晨7点。我像是做了一个恬静轻松的梦，醒来后还不断回味昨晚的梦境中海风的味道、郁丞星手掌的触感。

早餐时我问郁丞星："昨晚那个礼物你是怎么做到的？"

郁丞星颇为得意地扬起下巴："我篡改了星云中的一些数据，并且引领你的意识进入我篡改后的数据之中。至于我嘛，我的存在本质上来说也属于篡改数据。实际上我一直坐在实验室里，通过电脑控制星云中的自己与你交流。"

我投去赞赏的目光，由衷地说："谢谢你的礼物，我很喜欢。"

郁丞星深深凝望我："许谧，如果可以，我希望你自由的未来中，还会有我。"

我躲闪郁丞星炽热的眼神，惊讶于他对我的感情怎会进展得如此迅速，惊讶于我竟然会有熟悉的心动感觉，难道我患上了斯德哥尔摩综合征？我怎么可以对囚禁我的人心动？

今天的实验我如愿直接进入到了蔡永昌邻居小男孩的家，我要从这个说谎小男孩身上寻找线索，最终解开案件真相。

傍晚，客厅里弥漫着低气压，小男孩正襟危坐，父母并排坐在他的对面，3个人全都面色凝重。从小男孩放在茶几上的书本上我得知了不少信息：小男孩叫邬彤，今年11岁，读小学4年级，一周前的英语考试得了45分，而他原本是班上的英语课代表。

客厅里气氛压抑，一家三口全都闭口不言，等着彼此先开口。就连院子里的金毛犬似乎都感染了不安的情绪，吠叫个不停。我下意识走到落地窗边往外看，只见金毛犬正冲着蔡永昌家的方向又是叫又是跳。

我穿窗而过来到院子里，看到了一个男人正站在蔡永昌家院外，用相机拍摄蔡永昌的别墅。大概是知道这里发生命案的记者吧，金毛犬是因为见了生人才会乱吠个不停。我这样想着，果不其然，拍照的男人主动冲着不远处散步的老两口走去，先是出示了什么证件，然后3个人站在蔡永昌家院外攀谈。我无心听八卦记者向邻居打听被害者的资料，回到客厅里，继续关注着这一家三口。

"小彤，这到底是怎么回事？你的英语一向是全班第一，这次到底是出了什么问题？你知不知道，老师和我们都对你很失望，到底是什么原因，为什么不肯跟老师讲？"母亲见邬彤不肯先开口，首先打破沉静，语重心长地问。

邬彤依旧不语。

父亲深深叹气，努力压抑着怒意问："小彤，你不跟老师讲也就算了，但咱们是一家人，你有什么苦衷，不该瞒着爸爸妈妈啊！"

邬彤还是不说话，用力咬着嘴唇，像要哭出来。

"是不是隔壁叔叔的事让你受了打击？"母亲见邬彤紧咬牙关，只好自己猜测，"周日邻居出事，周一考试，你是不是因为总想着邻居叔叔和警察的事分心了？"

邬彤微微摇头。

"那到底是因为什么啊？你倒是说啊！"父亲终于没能忍住，声调陡然增高，一脸愠色。

邬彤哇的一声哭出来，一边哭一边含混地叫："他们……他们说根本就没有我，我明明参加了，是我打死了那个……那个最厉害的，可是他们商量好一起排挤我，说根本没有我！"

母亲一脸莫名其妙："参加了什么？他们是谁？你到底在说什么啊？"

邬彤剧烈抽噎，仿佛受到了天大的委屈，不再说话，干脆趴在沙发上号啕大哭。

母亲还想再问，父亲拦住，低声说："算了，现在追问也没用，还是等孩子冷静一下吧。听起来像是同学间有矛盾，孩子心理承受不了，所以影响了考试。"

这对夫妻只是猜对了三分，而我却在刚刚邬彤含混不清的话中洞悉了十分，也就是全部的真相。

我直接主动结束了实验，这次实验堪称最短的一次。

醒来后郁丞星紧张地问："怎么？出什么问题了吗？才不过十几分钟……"

"丞星，我已经有了一套可以解释一切疑团的推理，果然问题的关键就在于这个小男孩。事不宜迟，我马上做实验报告，然后你们尽快通知警方寻找证据。"

回到客厅，我对着摄像机讲述我十分自信的推理。

我仍然不改之前的推理，认为杀人工具正是蔡永昌家里的智能管家机器人，真正的凶手是利用了安全漏洞的高手，在幕后远程操控机器人完成杀戮，所以密室根本就没有被破坏。而小男孩邬彤也并没有说谎，他是真的看到了所谓的凶手，而且是凶手故意让他看到的。

回到杀人现场的问题上，凶手为什么一定要把蔡永昌引到主卧，选择这里作为杀人现场呢？那正是因为凶手一早就注意到了蔡永昌的邻居小男孩邬彤的卧室正好正对蔡永昌的卧室，而且凶手是个黑客，他事先调查了邬彤的作息习惯，从而得知了小男孩的一个秘密，那就是每天晚上趁父母熟睡之后，小男孩会偷来父母的笔记本电脑，回到自己的房间跟几个同班同学相约一起打网游。他的房间并没有电脑，应该是父母为了避免孩子沉迷于网游，所以才不在孩子房间放电脑以及平板、手机等电子产品，唯一的电子产品只有电子手表。而邬彤书桌上那两个相距约30厘米的圆形印记，其实就是笔记本电脑留下的。邬彤的这个小秘密成了被凶手利用，制造凶手曾经进入密室假象的一个重要环节。

小男孩邬彤应该是凌晨1点左右开始玩游戏的，一旦投入游戏之中，很容易让他忘却时间。在这期间，凶手黑入邬彤的电脑和电子手表，篡改时间，让电脑和手表显示的时间推后一个小时；再想办法让邬彤暂停游戏，有短暂的休息时间，可能是网络上的小伙伴提议去窗边透气两分钟回来再战之类的提示，反正就是要让邬彤在注意时间的基础上去看窗外。而此时，邬彤看到的时间是凌晨2点37分，而实际上，当时是凌晨1点37分。

再说蔡永昌的卧室那边。凌晨1点37分，蔡永昌被端着清水的智能管家吵醒，他以为是智能管家的操控系统出了问题，否则不会在这个时间自动端水过来，而且就连窗帘都自动打开了。可想而知蔡永昌已经是气急败坏，可让他更加怒不可遏的是智能管家居然会把一杯水泼向蔡永昌，最终弄得他的睡衣湿透，地上也全是积水。

蔡永昌看到智能管家随身带着抹布，便命令它擦地，可智能管家已经产生故障，根本不听他的话，情急之下蔡永昌只好蹲下，用智能管家带来的抹布擦地，随后脱下自己湿透的睡衣。

这一幕正好被对面站在窗边透气的邬彤看到。随后邬彤的小伙伴们催促他回去继续游戏，邬彤便没有看到蔡永昌这边的后续发展。

蔡永昌换好干净的睡衣后发现换下的湿睡衣、掉落在地的水杯等已经被智能管家收好，智能管家甚至突然恢复正常，把睡衣拿到了洗衣间，操作洗衣机把湿睡衣和其他脏衣物全都清洗干净。就在洗衣机运转的同时，智能管家发出声响，甚至是开始说话，传达幕后黑客的意思，叫蔡永昌下楼。

蔡永昌当然会下楼，性格使然，当时的他一定不会畏惧，更加想不到自己的智能管家会被别有用心的凶手利用安全漏洞入侵，变身成为一个杀人工具。他下楼了，面对的却是持着棒球棍的机器人。

智能管家瞬间变脸，不再是萌萌的大眼笑脸，恐怕已经变成了令人胆战心惊的鬼脸，一边挥舞棒球棍追赶着蔡永昌，一边叫嚣着要杀人。智能管家一路追赶，一路用棒球棍在别墅里搞破坏，一来是让警方认为凶手跟死者在楼下起争执发生打斗，二来也是为了震慑蔡永昌。

蔡永昌此时已经知道自己无法操控被远程控制的机器人，只能逃亡，被自己公司的产品追得满别墅奔跑。然而智能房门一个个上锁，尤其是大门，无论如何都打不开，所有的窗玻璃都是特制的，仅凭一个人的蛮力根本无法打破，警报也失去了作用，电话、手机全都失灵，所有求援的通道都被堵死。他只能往楼上跑，进入唯一一间能够打开的房间——他的卧室。

当然，主卧的房门对智能管家来说形同虚设，无论蔡永昌怎么锁门，这里都无法成为他最后的避风港，一旦智能管家发出信号，房门便大敞。

机器人进入主卧，把被逼入绝境的蔡永昌击打致死，最后用打火机在蔡永昌的身上烫下一个死亡印记"X"。它为什么不是像上次一样留下一个血迹"X"呢？那是因为智能管家机械臂上的"手"根本没有手指，无法留下11年前那样的由手指画出来的血迹X，为了掩饰这一点，它只好利用打火机留下印记。最后，它假装凶手为了抹去指纹而清扫了卧室，再把智能管家的行动、摄像记录全部清除，这个杀人工具便会"失忆"，不记得自己杀人的过程。当然，凶手的确是个高手，哪怕机器人的摄像头出自星海集团，那些杀人记录本应该存储在星云之中，但他就是有这个能耐抹杀他杀人的记录，甚至可以对大数据星云做手脚。

在远程操控杀人的同时，凶手一心二用还在做另一项工作，那就是伪装成邬彤的小伙伴们跟邬彤打游戏，吸引邬彤的全部注意力，以免他再去看窗外，看到那边的杀人现场。最后杀人之后，他才跟邬彤结束了游戏，在笔记本电脑关机送回原处之前把时间改回来。而实际上，邬彤那晚玩的游戏并不是真正的联网游戏，邬彤虽然战绩不错，突破了以往的自己，但那都是凶手刻意安排的。小伙伴们那晚并没有等到邬彤，可在邬彤看来自己却是那一晚的英雄。

周一考试之前，邬彤和小伙伴们碰头，免不了谈及昨晚的战况。可想而知，邬彤在小伙伴眼中成了撒谎精，大家一起挖苦排挤他。但邬彤却无辜得很，一个11岁的小男孩怎么接受和排解这种无端的羞辱？他因为委屈、愤怒而影响了考试。

"那么凶手会是谁呢？"郁丞星听了我的推理后发问，"你有头绪吗？"

"肯定是知道智能家居安全漏洞的人，而且有能力远程操控智能家居，最重要的是，他有能力抹去本应存储在星云中的数据。我想，一方面让警方检查蔡永昌公司内部的电脑，搜寻嫌疑人可能隐藏的电脑，寻找入侵系统的证据；另一方面，你们公司也得自检，在星云中寻找蛛丝马迹。丞星，既然你可以篡改星云中的数据，那么别人一样也能做到。"

"看来这次是棋逢对手了，凶手绝对是个隐藏的高手，不但知道蔡永昌公司智能家居的安全漏洞，就连星云的层层防护墙都能穿透。这样的人不但是公司的威胁，也是社会的安全隐患。"郁丞星眼神凌厉，透着一股不把凶手找到誓不罢休的决心。也对，这次的凶手不同以往，等于是欺负到了犯罪规划局的头上，郁丞星怎能姑息。

"但愿能够快点找到凶手，毕竟他很可能跟卓实父母的命案有关。这个X到底是什么意思呢？是凶手的签名？"我自言自语地嘀咕。

郁丞星似乎被我提醒，突然抬头，紧张地注视我："许谧，其实卓实的父母是我父亲的老朋友，他们生前也在星海集团任职。从前我从未想过他们的死会跟公司有什么关系，但现在看来，凶手很可能是我们内部的人，只有内部的人才有可能篡改星云的数据！"

很好，已经查到了这个地步，我相信查出杀害卓实父母的真凶指日可待。而这个凶手很可能就在距离我们不远的地方，是位于星海集团地下的犯罪规划局中的某个职员。

第十八章

溯 源

两天后，郁丞星带回消息，却是让我失望至极的消息，不是警方没有抓到凶手，而是他们抓到的凶手在我看来根本就是抓错了。

郁丞星告诉我，警方已经正式拘捕了林坚，他们让专业人士彻底检查了林坚的笔记本电脑，经过技术恢复，显示正是这台电脑在案发那晚入侵了蔡永昌家的智能家居系统，可以说这台电脑就是凶手的作案凶器。而凶器又是属于林坚的，林坚本身又具备双重杀人动机，案发当晚的不在场证人是女友，根本不足取信，女友家楼宇监控又没法证明他们真的在一起，总之种种迹象表明林坚就是嫌疑人。

"但我总觉得其中不对劲，"我眉心紧锁，有话直说，"林坚为什么还要留着自己的罪证，为什么不干脆毁掉那台笔记本？而且从年龄上说林坚不可能是11年前杀害卓实父母的真凶，11年前他才只有14岁。我觉得林坚很可能只是一个替罪羊，对了，他认罪了吗？关于那个X，他怎么说？"

郁丞星惋惜地说："林坚认罪了，他说那个X的意思很简单，就是错误。他希望在蔡永昌的身上印下错误的烙印，用以证明他是对的。我也觉得他这种做法很幼稚，但有时候人心就是这样，做事仅凭一时兴起。"

"不会吧？丞星，你也觉得林坚就是凶手？"我不可思议，我还是觉得林坚是个被真凶设计的替罪羊，原本我以为这一次我也会跟郁丞星不谋而合。

郁丞星无奈地说："许谧，我理解你的心情，就蔡永昌和林坚对于智能管家的理念来说，我也站在林坚这一边，我也希望林坚和丁乐菲两个有情人能够终成眷属，更加希望能够通过这次的案件顺藤摸瓜找出杀害卓实父母的真凶……"

"丞星！"我打断郁丞星，"你居然质疑我会因为主观情感影响理性判断？"

郁丞星坐到我身边，双手握住我的双肩，诚恳地说："许谧，不是我不想相信你，而是事实如此，林坚已经认罪，证据确凿。我们还是放下这案子，直接追溯源头，从11年前开始调查吧。"

我直视郁丞星的眼，捕捉到了他眼底一闪而过的心虚，他的目光总是想要躲闪，没有以往的坚定。再加上我想到了之前他说话的时候微微耸动的双肩，我心中明了，郁丞星在说谎。因为跟他相处得久，我竟然可以通过他的微表情和细微动作，哪怕是肩膀上耸的微小角度去判定他是否说谎。当然，我不打算告诉他我具备了这种能力，更加不打算戳穿他。

郁丞星说谎，也就是说凶手根本不是林坚，而是像我们之前推断的那样，凶手是犯罪规划局内部的人。郁丞星恐怕已经知道了这个人是谁，这个人跟他关系密切，他选择保护他，帮助他掩盖真相，所以才会骗我说林坚已经认罪，搞不好事实是林坚不但没有认罪，就连林坚笔记本里的证据都是在骗我。

能够让郁丞星骗我的人是谁，能够让他袒护的人是谁？郁丞星不像个是非不分的人，他怎么会去包庇一个杀人凶手？会是因为权力上无法抗衡吗？可郁丞星是星海集团的继承人啊，还会有什么人是他难以对付的？除了他的父亲母亲，恐怕再无其他。难道是在情感上让郁丞星不忍去戳穿罪行的人？说到这样的人，我首先想到了已经被解雇的张莫执，也许郁丞星对她仍然念及旧情，或者干脆是余情未了，两人还有所往来？

不，不行，我对郁丞星的人际关系根本一无所知，对这个犯罪规划局里的势力划分更是一无所知。我只能肯定郁丞星在说谎，他明明知道利用黑客技术远程杀害蔡永昌，并且留下犯罪标记X的凶手不是林坚，而且很可能知道凶手的准确身份，但却出于某种原因为他掩护，宁可让无辜的林坚去当替罪羊。

我对郁丞星很失望，之前那个生日礼物给我的感动和心动刹那间荡然无存。

"好吧，这案子就暂时这样，接下来从11年前开始查起，"一开口，我才注意到我的语气冷了不少，对郁丞星的失望还是不经意流露了些许出来，"可是我记得你跟我说过星云的数据只能保留最近5年的，没有11年前的视频资料，从何查起呢？"

郁丞星似乎没有察觉我对他态度上的转变，满心沉浸在工作之中："星云正式建立也不过7年时间，但好在就在卓实20岁那年进入集团任职的时候，他就已经在集团的帮助下尽可能搜集了当时还保存的、有关他父母的视频资料。这些资料都被他小心保存着，当然他也研究过无数次，却始终没有什么进展。这些年我们又努力搜集和恢复了一些11年前的资料，跟以前的整合在一起，继续分析，只可惜，还是没有进展。"

我的愤恨无法压制，提高音调："卓实为什么不给我看那些资料？我是个侦探啊！而且是为了帮他完成凤愿，查清他父母的案子而成为侦探的，他为什么……"

"那是因为卓实不想时时刻刻都沉浸在父母的案子中，"郁丞星打断我，"至少跟你在一起的时候，他想要过正常人的生活。卓实已经找过星海集团介绍的好几个侦探看过那些视频，最初的两年他满怀期望，但却一次次失望。如果他也求助于你这个侦探，一来是担心你会让他失望，二来你们在一起就会总谈及这个令他伤感的话题，对他来说，就等于是连最后一片快乐的净土也失去了。"

我冷笑，这算是什么理由？郁丞星的这个谎言比之前的还要拙劣，我一个字也不要信。但我仍然不打算戳穿他，我知道就算我戳穿他，他也不会跟我说实话。我之前居然真的把他当朋友，感动于他的照顾和礼物，甚至允许自己对他有一点小动心，允许自己患上斯德哥尔摩综合征，可他却以一个个谎言回馈我，我真是疯了。

明天就是正式开始实验调查卓实父母案件的日子，我不免激动，躺在床上辗转难眠，满脑子都是我所知的，还有刚刚郁丞星给我讲的有关那宗11年前案件的资料。

卓实的父亲名叫卓晰桐，母亲名叫贾琳，11年前过世都是41岁。据卓实以前跟我讲，他的父母都是科学家，他们最大的成就就是创造出了可供肢体残障人士使用的、由脑神经和电子芯片共同操控的义肢，他们给这项技术取名为"脑控"。在当时的国内，他们的研究创造可谓领先的尖端技术。但卓实并没有告诉我他父母在星海集团任职，更加没有就他父母的工作跟我深入介绍。这些全都是刚刚郁丞星告知给我的。

他们的死会跟他们的工作有关吗？当年的警方和后来的卓实乃至星海集团肯

定也往这方面调查过，但却没有进展，是不是代表他们的死与工作无关呢？

当年这对夫妻的尸体被丢弃在远郊的废弃农场，身边只有一些随身携带的个人物品。农场外的泥泞上还发现了汽车的轮胎痕迹，显然是凶手用汽车把他们从杀人现场运送到农场的，而通过汽车轮胎的排查也没能找到第一现场和凶手，因为在距离农场不远处开始，凶手就已经做了善后工作，抹去了轮胎痕迹。警方甚至扩大范围，加派人手去地毯式地在农场周边寻找第一现场，但也是徒劳无功。

最匪夷所思的便是贾琳腰上那个用手指画上去的血迹X，这个X所代表的含义到底是什么，当年的警方和卓实也都有过无数种猜想，毕竟X这个符号的含义太过广泛，可能代表未知、代表X射线、代表错误、代表乘法，在不同的领域可能代表更多不同的意思。而在这起命案上，它的含义始终是个谜。

卓实告诉我他父母的确都是工作狂，醉心于他们的事业，没有太多的时间陪伴他。但卓实一直以父母为骄傲，从小便立志要成为父母一样的科学家，用科技去创造一个更加美好的社会和未来。在他父母出事前的几天，他们并没有任何反常，出事的当天，他们还特意打电话回家告诉卓实他们今晚要留在公司加班。但实际上他们是按照正常下班时间一起离开公司的，公司根本没有加班的计划。夫妻俩的车最后出现在交通监控之中是在城南的高速公路。

毋庸置疑，这对夫妻有秘密，出事那晚他们有特殊的安排，而他们的这个秘密与他们的死脱不开干系。卓实一直想以此作为突破口查明真相，但无论他怎么苦思冥想，都无法猜测父母的秘密到底是什么。显然公司那边，也就是星海集团也没能参透这对夫妻的秘密。我能够理解卓实的无助，就像是一叶障目，他是只缘身在此山中，所以才不识庐山真面目。而如果这个秘密是私人性质的，那么他们任职的公司更是无从知晓。

我觉得我是卓实父母案件真相大白的最后一丝希望，我有种强烈的预感，这一次我一定能够在实验中获知迟到了11年的真相，找到那个逍遥法外11年的杀人真凶。这件案子尘埃落定之后，我也算是跟卓实有了一个了结，不管他是否曾真的爱过我，但我已经尽我所能对他，无论是全身心的爱还是为他达成夙愿，我对他，对这份11年的感情无愧于心。

上午9点，我进入实验室。郁丞星像以往一样对我和颜悦色，而我却克制不住自己，看他的眼神冷淡如冰。

　　郁丞星像是被我的目光刺到，本能地缩了缩身子，看我的眼神无辜得稍显可怜，随即又马上释然，无声地叹息。而我才懒得理他的心情，躺在实验床上闭上了眼。

　　睁开眼的瞬间我已置身于宽阔明亮的宴会厅，外面是深深夜色的半山美景，厅里灯火通明，恍如白昼，周围尽是穿着考究、行为优雅的绅士淑女，一看就是上层社会的那些有钱人，觥筹交错。

　　我这个幽灵在人群中穿梭，走了几分钟才找到宴会厅的正中央，看到了台上大屏幕上的几个大字，也是这场宴会的主题——星海集团创立3周年。算算时间，我所在的时间正是11年前——2018年。我又花了一番工夫找到了墙面上的电子时钟，确认此时正是2018年1月，是卓实父母遇害前半年。

　　我在卓实的宝贝影集里见过卓实父母年轻时的照片，卓晰桐和贾琳的相貌已经被我深深刻在心里。我飘荡在人群之中，搜寻着我的调查目标。

　　倏地，一张熟悉的脸孔从我眼前闪过，再回头去看他时，不知不觉中泪水瞬间决堤。那是卓实，我爱了11年的卓实，11年前只有17岁的少年卓实。17岁的卓实已经有成年人的身高，但却顶着一张稚嫩脸庞，戴着一副黑色边框眼镜，短发梳得规规矩矩，动作僵硬，眼神茫然，与此时的环境格格不入。

　　我想也没想便向卓实靠过去，站在他身边咫尺的地方，噙着泪上下打量他。

　　“卓实，好久不见。”我在他耳边轻轻念着，话音刚落我便哽咽不止。

　　“嗨，卓实，好久不见啊。”不远处传来另一个熟悉的声音，比我熟悉的那个声音稚嫩许多，但却难得地热情洋溢。

　　我和卓实一起顺着声音的方向，看到了17岁的郁丞星迈着大步朝卓实走来。少年时的郁丞星就像个光彩照人的小明星，浑身散发着自信风采，那身量身定做的西装穿在他身上比卓实更加合体，更具成熟魅力。

　　“丞星，”卓实一改刚刚的拘谨紧张，看到郁丞星就像看到了救命稻草，一把抓住，“你可算来了，我爸妈不知道跑哪里应酬去了，把我一个人丢在这里，我都不知道干什么好，只能傻站着。”

　　郁丞星笑着打量卓实，老朋友似的调侃：“行啊，真是人靠衣装，我真应该把你现在的样子拍下来，发给你的梦中情人。”

　　“别别别，”卓实紧张地摆手，“你可别添乱，我有我的计划，再说了，许谑看到这张照片只会笑我而已。"

"笑你？笑你什么？"郁丞星不解。

卓实撇嘴，压低声音，用艳羡的目光瞧着郁丞星："我跟你不同，你穿成这样拍照会让人羡慕赞叹，我穿成这样拍照只会让人觉得可怜，衣服是租来的，最多也只是暴发户。"

郁丞星显然不爱听这话，居然在这样的场合里推了卓实一把，然后勾肩搭背，像是平时在学校里的两个不拘小节的同学一样："卓实，你这话我就不爱听了。咱俩从5岁开始就一起玩泥巴，这是什么交情，怎么自从我爸妈开了个破公司之后你就总是拿身份悬殊说事儿啊。不管我爸妈怎样，我还是我，你还是你。"

卓实憨憨地笑："是是是，是我想歪了。我这不是没自信嘛。我要是有你这样的家境和相貌，也能自信地站到许谑面前大胆跟她表白。"

郁丞星一个劲儿摇头："你干吗不自信，你可是咱们学校有名的大才子，你设计的那个机器人在全市可是获得了一等奖，你是未来市的小名人啊。我觉得许谑对你也一定有意思，你要是再拖下去，搞不好人家女孩子等不及先跟你表白了。"

卓实不好意思地微笑："行，听你的，下周我就去表白。我都想好了，就用我设计的机器人帮我送情书。"

郁丞星的笑意僵在脸上："啊？你小子，亲口说句喜欢就那么难吗？"

卓实耸耸肩："我就这性格，你又不是不知道。对了丞星，我父母工作的事，代我谢谢你父母。要不是他们愿意出手帮忙，我恐怕就要辍学了。还有，学校的机器人兴趣小组也是你父母出资建立的，可我却得了第一名……"

郁丞星翻了个白眼："卓实，你要是再跟我这么外道，我可要生气了。我父母愿意在机器人上花钱是他们的事，他们跟你父母是老朋友，愿意吸纳人才也是他们的事，我自己能力有限输给你，那是咱俩的事。你怎么总是混为一谈啊？"

"好，不说这个了。走，带我去看看你的新电脑去。"说到新电脑，卓实双眼放光。

两个大男孩穿过人群往宴会厅的后门处走，眼看就要穿过后门到不远处的别墅，我一直跟着，可想而知被阻隔在了后门处。

望着眼前那道门，我仿佛望见了我遥远的过去。17岁那年，我收到了卓实用机器人送来的情书，满心欢喜。两人开始懵懂的初恋，高考后正式跟卓实确立关系。我当年虽然是众星捧月的校花，却对校草和富二代全都不感兴趣，只一心欣赏爱慕那个有些讷讷的、相貌并不出众的才子卓实。后来得知他也一直在暗恋我，我幸福得好像是得到了全世界。

奇怪，刚刚郁丞星跟卓实提到了"咱们学校"，可是高中时期的我怎么不知道我们学校有郁丞星这样的人物？难道是因为他这个富二代在学校太过低调？还是说我的全部注意力都在卓实身上，根本没注意到还有这么一号人物？不对，如果郁丞星是卓实的好友，为什么我不知道他的存在？我闭上眼，任凭高中时的人和事在脑中一一闪过，但就是想不起来我曾经见过郁丞星。

耳边喧闹声把我拉回现实，我这才回过神来。我是来做什么的，我可不是来怀念卓实，追忆少年时光的。至于那个小小的疑问，也不是我该关注的重点。

回到宴会厅，我花费了十几分钟的时间找到了卓晰桐和贾琳，这对夫妻身穿西装和晚礼服，一人手执一只高脚杯，正在跟一对老夫妻交谈。老夫妻中那个头发花白的老者坐在轮椅上，太太站在一边。听他们的谈话，卓晰桐称呼那位坐在轮椅上的老者"闫老师"，称呼一旁的太太为"师母"。

闫老师语重心长地说："小桐啊，我早就跟你说过，你这脑子就不是经商的料，还是像我一样专心搞科研吧。咱们俩跟你师兄不一样，小海那孩子从小就在做生意方面脑筋灵活，但要论专业性，那还是差你一截儿。咱们还是各安天命，老老实实从事咱们的天职，这样才能最大限度地发挥自己的价值，不是吗？"

卓晰桐尴尬地微笑点头称是。

师母也跟着帮腔："小桐啊，之前的失败正好就是一个经验教训，不是师母不鼓励你从头再来，但是咱们必须选对自己的路，如果选错了，在上面走得越远就是错得越离谱啊。现在你们夫妻俩在小海手下工作，不要认为是给他打工，低他一等，你们是在为自己热爱的事业奋斗，为科学而奉献自己，虽然职位、收入高低有别，但在老师和师母眼里，你们都是一样的。"

闫老师轻咳一声，反驳说："不对，不一样，在我眼里，最优秀的学生是小桐。小海嘛，他更多的身份是商人，他那套做生意的思想可不是承袭我，我可没教过他。"

师徒4人相视一笑，气氛比刚刚长辈说教时融洽了一些。

我一直在观察卓晰桐和贾琳的脸色，在闫老师和师母说到他们之前的失败，给师兄小海打工、职位、收入高低有别时，夫妻俩的脸色阴沉，嘴角向下，强装笑脸。当闫老师说他最得意的学生是卓晰桐时，两人的脸色才有所缓和。

这番对话让我猜到了这些人的关系和目前的形势。卓晰桐和郁丞星的父亲小海都是闫老师的得意门生，只不过论专业性，卓晰桐更胜一筹，论商业性，郁丞星的父亲更有天赋。可卓晰桐夫妇不甘心安于现状，可能也是羡慕师兄的富足阔绰，也想着自己创业，结果却以失败告终，赔了一大笔，险些连儿子的学费都交不起。而这个时候是师兄拉了他们一把，聘请他们到星海集团任职，也许还帮他们还清了负债。

我不禁苦笑，这两对长辈的对比完全反映在了他们儿子身上。郁丞星是阔绰公子哥，但在机器人比赛中输给了卓实；卓实家境一般，又经历了父母创业失败，更加窘迫，虽然更有才华，却羡慕郁丞星富二代的身份。

"小桐啊，你跟小海是师兄弟，你们感情好，但做人一定要懂得感恩。在小海最需要你们的时候，你们离开了星海集团自立门户；你们失意的时候，是小海不计前嫌又敞开大门欢迎你们回去，还帮你们堵上了那么大的窟窿……"师母说着说着，音量越来越低，似乎也意识到自己的话不太妥当。

闫老师不悦地白了师母一眼，责备道："有些事不必明说，孩子们又怎么可能不懂这么浅显的道理？"

师母讪笑："哎呀，是我多嘴了，小桐、小琳啊，你们别往心里去，师母没有别的意思。"

卓晰桐忙谦逊客气地摆手："师母您哪里的话，您是长辈，对我们的教诲我们自当铭记在心。"

话虽如此，但我看得出，卓晰桐和贾琳颇为尴尬。道理的确就摆在那里，大家心照不宣，但有些事真的是不说破为好。

闫老师被师母推着去跟其他人寒暄客套，卓晰桐牵着贾琳的手走到窗边，两人相视叹息。

贾琳苦笑着反问："老公，咱们的选择是不是错了？"

卓晰桐用力握住贾琳的手："亲爱的，你就是这么游移不定，闫老师和师母的一番话又让你动摇了？听着，这个世界上只有我们最了解自己，别人的评判都是自以为是。我不觉得我们当初的选择有错。"

"那现在呢？"贾琳追问。

卓晰桐顿了一下，神情落寞，压着嗓子说："现在我们别无选择。"

果然，这对夫妻面对曾经的失败和好友的帮助，心理压力非常大。这一点我倒是非常理解。可想而知，在父辈们的影响下，卓实和郁丞星的友情也会多少受到影响。从刚刚卓实和郁丞星的相处中我便觉得这份友情十分别扭。大概两人的感情真正好起来是在卓实父母去世之后吧。没有了两家父母的这层复杂关系，他们才能够获得平等的友情。

卓实父母的死会不会跟他们曾经的创业失败有关呢？这点不得而知。但他们曾经在星海集团最需要他们的时候离去，创业失败后，郁丞星的父亲不计前嫌又在资金上帮助他们渡过难关，并且让他们回星海集团任职，他们应该是对郁丞星的父亲非常感恩才对，这样一段关系中似乎也没有什么杀人动机。

十几分钟后，一个精明帅气的中年男人在掌声中登上宴会厅中央的舞台，他正是星海集团的创始人和董事长——郁丞星的父亲郁凡海。

郁凡海面带职业性的微笑，气场强大，时而让人觉得他高在云端，时而又幽默诙谐平易近人。不得不承认，他的确是个天生的领导者，很有魅力。

郁凡海的一段讲话中特意提到了星海集团创立之初的元老，那些理解、鼎力帮助过他的人，尤其重点强调了闫老师和卓晰桐夫妇，却丝毫没有提到卓晰桐夫妇曾经的离开。但我看得出，在郁凡海讲到这些的时候，卓晰桐夫妇的目光有些闪躲，周围人看向他们的目光让他们如芒在背。毋庸置疑，在所有人眼中，郁凡海是那个大度的不计前嫌的成功者、施恩者，而卓晰桐夫妇则是曾经对不起郁凡海，如今又受到郁凡海恩惠的下属员工。在众人眼里，他们两家的人格、地位等级立见高下。

仿佛是被一股强大的力量推着，卓晰桐和贾琳在众人的瞩目下登上了中央的小舞台。他们这一路走过去，脸上尽是谦卑之色，笑容稍显僵硬，如同负重前行。

这对夫妻在台上追忆了师兄弟一起跟闫老师学习的过往时光，说他们非常荣幸能够跟郁凡海一起奋斗，一起见证了星海集团的诞生和成功。那之后，他们有过一段时间的迷茫，做了错误的选择，幸好有老朋友的帮助，他们才能走出低迷。重新回到星海集团就像是回家一样，郁凡海对于他们夫妻来说已然是亲人。未来的余生中，他们将不遗余力，全身心地把自己奉献给自己视如家庭和亲人一样的郁凡海和星海集团。至于薪水报酬，在他们偿还完欠债之后，除了留下能够保证基本生活的部分，他们都将以星海集团的名义捐赠去做慈善。最后，夫妻俩还以特别的方式立下誓言，今生绝对不会跳槽，只有星海集团不要他们，他们绝对不会离开星海，请大家监督，如果他们有违誓言，请全行业驱逐排斥他们。

这番话赢得了场下的掌声，这都是看客们愿意听的，他们用这掌声表达着他们心里的道德水准，同时也用掌声向宴会的主人郁凡海表示他们稍有阿谀嫌疑的立场。总之，这番话让所有人都满意了，也许也包括郁凡海。但我看得出，最难过的正是发表这番言论的卓晰桐和贾琳，他们是不得不公开表达这番感激和决心的，是被郁凡海和舆论强推上去成为焦点的。他们原本是站在高了几级台阶的舞台上，享受大家赞许的掌声，可实际上，他们是站在矮了几个台阶的下方，掌声刺耳，如同万箭齐发，刺得他们的自尊心千疮百孔。

如果我是卓晰桐和贾琳，我会重回星海吗？我觉得我不会，我宁可孤独地衰败到尘埃里。可如果我还有家庭，还有后代呢？我不能为了维持那点可怜的自尊心就让我的儿子辍学跟着我们一起躲债吧。所以就像卓晰桐说的，他们现在别无选择。

宴会接近尾声，卓实和郁丞星回到宴会厅。郁丞星被几个阿谀奉承的马屁精包围，卓实受到冷遇，只好一个人躲到没人的角落里，目光在人群中搜寻父母。

我明知道应该继续跟在卓晰桐贾琳身边，但刚刚听他们跟几个同事同行相互夸赞的话实在反感，还不如跟在卓实身边，说不定也能有什么意外收获。我告诉自己，我这绝对不是在以公谋私。卓实也是受害者的相关人啊。

"哟，这不是机器人创意大赛的小冠军嘛。"一个笑呵呵的男声传来，颇有些长辈逗小孩的语气。

我跟卓实一起往声音传来的方向看，迎面走来一个年约半百，相貌让人一言难尽的笑脸男人。从他身上的服装、腕表、领带夹等看来，这是个老总级别的人物。

卓实似乎认识这个男人，只看了一眼便背过身，假装没看见他。我在卓实脸上看到了嫌恶。卓实就是这样一个人，喜欢与不喜欢都直接表现在脸上，没有他父母那般隐忍和伪装。

"小冠军，"男人从怀中掏出一张名片，单手举到卓实面前，"自我介绍一下，我叫漆耀煊，是耀煊智能的董事长。那场机器人创意大赛我也看了，你这个小冠军前途不可限量啊。将来有没有意愿来我的耀煊智能工作啊？"

卓实又转身，不接名片，不客气地说："我知道你是谁，也知道你们公司上个月上市的新产品是剽窃了谁的设计。我将来肯定是要子承父业去星海工作的。就算去不了星海，我也对你们这样的公司没兴趣。"

漆耀煊不但不生气，反而哈哈大笑，笑意中透着几分狡黠："小朋友，话不要说得太死。未来的事情，谁也不知道，一切皆有可能嘛。"

卓实的耐心耗尽，根本就没把漆耀煊的话听进去，在对方说话时，他就开始琢磨着该往哪个方向逃走。漆耀煊话音刚落，他已经找到了父母所在的方向，拔腿就走。

我落后于卓实两步，继续观察漆耀煊。他缓缓把名片放回名片夹，望着卓实的背影冷哼一声，嘴里念叨着什么，音量太低听不见，但好在我懂一点唇语，看得出，他在说：假清高，有你来求我的一天。

"妈，没想到那个老鳄鱼也看了机器人大赛，还认识我，刚刚居然跟我说让我将来去他的公司。真是够恶心的。"卓实来到贾琳身边，逮到空闲便跟贾琳抱怨。

贾琳先是一怔，随后微微叹息，严肃地说："小实，给别人取外号可不是什么好习惯。还有，不管你多么厌烦，表面功夫还是要做的，你也不看看，这里是什么场合。"

"可是他那种人，有必要尊重他们吗？他可是剽窃了星海的产品设计……"卓实不甘心地顶嘴。

贾琳打断卓实："行了，这种事连警方都没能定论，你也不要乱说。下次他再接近你，你就躲开，别再跟他说话。"

卓实翻了个白眼，显然对母亲的话不满，嘴里嘟囔着什么，仍旧是声音很小听不清。看唇形，他似乎是在说：以前我也叫他老鳄鱼，你不是也没说什么。

宴会尾声，郁凡海说了结尾的祝词，大家散场。我的目光扫过郁凡海身边的郁丞星，又转回去。因为此时郁丞星的神态完全不像宴会中那般稚嫩轻松，而是肃穆如一个成年人一般。他比郁凡海还要高一截，此时正站在郁凡海身边，双手插在裤袋里，眉头微蹙，歪头跟父亲低语。直觉告诉我，这两人在谈的话题不是什么父子日常，而是十分重要的工作。

我快步走过去，想要得知他们谈话的内容。

"爸，我要向陈医生举报你，你心脏不好，陈医生特意嘱咐过，最多喝3杯，可你今晚喝了4杯。"郁丞星小大人似的，责怪自己的父亲。

郁凡海倒像是个犯错的孩子，赔笑着说："其中两杯都是小半杯嘛。"

"行，下不为例，下次我肯定举报你，到时候陈医生让你滴酒不沾。"

"你小子，中途跟朋友回别墅去，我还以为你不回来了呢。"郁凡海收起笑脸，有些许不满。

郁丞星严肃地说："放心，我人虽然走了，但是也留了眼线。漆耀煊跟什么人有过接触、跟什么人有过眼神交流，都在我的掌握之中。而且我中途离开正好可以掩饰身份，漆耀煊怎么也想不到你派来的侦探会是我。"

"怎么样？他都跟咱们集团中的谁有过接触？"

郁丞星列了5个名字，有两个是重点嫌疑人。

"很好，我会让人重点关注这5个人，尤其是那两个，做得好，不愧是我的儿子。"郁凡海拍了拍郁丞星的肩膀，"对了，除了集团内部的人，漆耀煊还跟谁有过接触？"

郁丞星想也没想地回答："还有卓实。他去给卓实递名片，可能是想要通过卓实笼络卓叔卓婶吧。不过卓实的性格嘛，你也知道，干脆不给他面子，没说两句话就走了，名片也没接。漆耀煊就是个不速之客，根本没人愿意搭理他。"

听这对父子的对话，明显是郁凡海交给了郁丞星一项任务，就是在宴会上找出跟漆耀煊有过接触的集团内部人员，而他之所以要这么做，联系之前卓实的话，恐怕是因为漆耀煊剽窃了星海的产品设计，抢先发布新产品。而以星海的保密措施，外人想要得知新产品的设计理念甚至细节，就必须有内部的人里应外合。郁凡海知道自己的集团有内鬼，很可能是漆耀煊这个竞争对手派来的商业间谍，想要通过这次宴会让漆耀煊和内鬼露出马脚，派出自己年仅17岁的儿子，观察力、行动力一流，未来星海集团的继承者郁丞星作为侦探，寻找蛛丝马迹。而郁丞星也不负所托，在完美掩藏自己侦探身份和任务的同时，为郁凡海找到了5个嫌疑人。

我望着一脸严肃，仿若成年人般严谨成熟的郁丞星，仿佛看到了11年后我所认识的郁丞星。郁丞星也突然抬头望向我的方向，眼神凝固在我的脸上，荡着淡淡的哀伤，像在与我对视，让我一瞬间产生错觉，他能够看得见我。

郁丞星当然不可能看见我，我忙转身，我的身后正是卓实的背影。郁丞星略带悲伤的眼神是看卓实的。看来他也知道，他们之间的友情因为父辈的关系变了味。

第十九章
同 盟

我眼前是11年后的郁丞星，仍旧是那么好看的眉眼，温柔如水，略带哀伤的眼神。他架设好了摄像机，坐在我对面。我们开始做实验报告。

我告诉他，这次的实验我回到了星海集团3周年庆功宴的现场，看到了卓实一家三口，也看到了郁丞星父子。我把我得到的信息尽数讲了出来。

郁丞星点头承认："的确，当年漆耀煊的确收买了集团内部的人作为商业间谍。我父亲让我通过那次宴会找出这个人。宴会后的两个月，我们就已经确定了间谍的身份，正是当时新产品项目经理的助理。虽然他到最后都不承认，但证据确凿，我们辞退了他。"

"那之后你们集团再没有信息泄露给漆耀煊？"我问。

"是的。而且漆耀煊的公司在两年间迅速衰退，没能撑过第四年便倒闭了。"

"是这样啊。"我呼出一口气，有些话不知道该不该现在就讲出来。我抬眼去看郁丞星，他一脸疑惑，看得出我欲言又止，却不知道我要说的是什么。其实我要说的就是他跟卓实，以及当年的警方，还有他们找的侦探都一叶障目。

郁丞星终于没忍住："许谧，你是不是有什么推测，有话可以直说。"

我面对的不是卓实，而是郁丞星，所以索性就依他直说了："我怀疑你们当初抓错了商业间谍。真正的商业间谍不是别人，正是卓实的父母——卓晰桐和贾琳。"

郁丞星果然大吃一惊，愣了一秒后本能地否认："不可能，卓叔和我父亲是师兄弟，一起学习一起创业，而且我父亲还……"

"还不计前嫌，重新接纳曾经在集团最需要的时候离他而去的卓晰桐夫妇，甚至还帮他们还清了欠债，是吧？"我替郁丞星接着说。

郁丞星微微眯眼，刚想要开口，又紧紧抿住嘴唇。显然，他也察觉出了这里面并不单纯。

"这种事情在施恩者和旁观者眼中是一回事，而在接受恩惠的人心中却是另外一回事儿。卓晰桐和贾琳可能并不是真心感恩，他们觉得这是施舍，是你父亲的一种宣传广告方式，而他们在享受着创业失败后不用还债，重新有工作之余，也在承受着舆论压在他们背上的沉重砝码。所以他们就有可能选择跟漆耀煊合作。漆耀煊主动搭讪卓实，并且大胆提出要卓实以后去他的公司工作，被拒绝之后说卓实假清高。其实卓实是真的清高，那个'假'字是缘于卓实的父母，卓晰桐夫妇已经是他的人，是受命于他的间谍。卓实告知贾琳漆耀煊主动跟他攀谈的时候，贾琳显得有些紧张，不允许他叫漆耀煊的外号，而在那之前卓实似乎一直称呼漆耀煊的外号，可贾琳并不在意。最后，贾琳很郑重地告知卓实要躲避漆耀煊，也是担心被星海的人看到怀疑到他们身上。"

郁丞星的脸色越加难看，嘴唇微微颤抖，几次想要打断我，都忍住了。

我继续："其实卓晰桐夫妇当商业间谍的条件得天独厚，因为他们的特殊之处，你和卓实，乃至所有人都觉得集团里任何人都可能是间谍，唯独他们不可能，因为他们曾经接受你父亲的恩惠，也表示要知恩图报，所以他们便成了你父亲和你乃至卓实眼中的盲点。"

郁丞星痛苦地揉了揉太阳穴，艰难地反问："你是说，他们有可能恩将仇报？"

"当然，不然'恩将仇报'这个成语又怎么会存在？人性就是这么复杂，有可能做出这样的事。"我毫不客气。

"可证据确实指向那个助理，而且辞退了助理之后，集团再也没有泄露什么商业机密。"郁丞星虽然动摇，但还是偏向于他一直认定的方向。

我耸耸肩："没错，但也有可能是卓晰桐和贾琳担心再有所行动会打草惊蛇，毕竟你们辞退助理，他们已经知道你们在调查此事。更有可能的是，他们在酝酿更大的计划，但是计划还未成功，他们便出了意外。"

"你是说他们的死可能跟漆耀煊有关？跟他们商业间谍的身份有关？"郁丞星越加激动，恨不得马上找到漆耀煊，把他送进监狱。

我审视郁丞星片刻，冷冷地说："不光漆耀煊有可疑，还有你父亲郁凡海。如果你父亲得知了自己如此信任的好友就是出卖他的间谍，自己的友情和援助换来的只是对方的恩将仇报，那么他也具备杀人动机。"

果然，我的话激怒了郁丞星，但令我惊讶的是郁丞星的愤怒只持续了几秒钟。他很快便放松下来，带着释然的笑意说："没错，我父亲也有嫌疑，不过那是建立在卓叔卓婶是间谍的前提下。但我了解我父亲，他绝对做不出那种事。你对他的怀疑随着你的深入调查早晚会排除。"

我欣赏郁丞星对他父亲坚定不移的信任，更加欣慰他能够就事论事，没有因为我怀疑他父亲便对我的工作指手画脚。我松了一口气，反问："那么卓晰桐夫妇呢？你恐怕并没有像信任你父亲那样信任他们吧？"

郁丞星还是摇头："许谧，虽然我没有那么信任，但是这么多年来，从未有人这样怀疑过。你的这个猜测，我还没法接受。"

我缓和语气，平静地说："丞星，你是卓实的好友，而卓实是卓晰桐和贾琳的儿子，你们去调查他们的命案，就已经先入为主地把他们认定为简单的受害者。你们本能地不愿意去相信他们身上有什么污点，所以这么多年来想来想去都没有往这个方向想过。当初的警方和侦探也是一样，他们也有预设立场，因为死者是星海集团的人。我想，这么多年案子之所以一直没有进展，就是因为侦办和推理的人本身就被预设立场所禁锢。那么我不妨走一条你们所有人都没有走过的路，说不定这条路就是通向真相的唯一路径。"

"你是说，你要假设卓叔和卓婶是漆耀煊的商业间谍？"郁丞星一时间很难接受这个论点，但由于对我的信任，他又不得不接受，看上去他为难得很。

"是的。我并不认为我做这个假设对不起卓实，相反，我正是要对得起他，所以才要客观对待案件。我的任务是查明真相，而不是保护他父母的名声。"

"好吧，那么你需要我做什么，去调查漆耀煊吗？"郁丞星已经摩拳擦掌，跃跃欲试。

"这样最好，如果能让他坦白当年他跟卓晰桐夫妇之间的交易和约定，那就更好，或者干脆，漆耀煊是知情者，甚至就是凶手。我这边会继续实验搜集线索。"

郁丞星已经准备结束这次实验报告，在关掉摄像机之前他说："许谧，如果你认为有必要，我也会配合你调查我父亲。但是我可以以我的性命做担保，我父亲绝对不是凶手或者是幕后主使。"

我冲郁丞星微笑点头，他的大方坦然和配合的确令我刮目相看。回房间休息之前，我随口问道："丞星，我才知道，原来你和我还有卓实都在一中就读，为什么我从来没有注意到你？"

郁丞星苦笑："我在学校很低调的，你也知道，我的身份若是公开，我的高中生涯将会是一团糟。"

"可为什么卓实从来没有跟我提过他有你这个好友？你知道我，我却不知道你。"

郁丞星叹了口气："卓实一直很自卑，尤其是做我的朋友给他很大压力。虽然我也不想这样。我也曾提过让他介绍咱们认识。可他说，他担心你见过我之后会……"

我了然地点头，为卓实感到悲哀，当年那个少年是有多自卑，对我们的感情是有多么不自信啊。

晚餐时，郁丞星接到了一通电话，脸色瞬间急转直下，挂断电话后，他眉心拧成一个结，哑着嗓子说："漆耀煊死了。"

"怎么会？"这消息仿佛一记闷拳打在我的心口。

郁丞星仰头深呼吸一口气，幽幽地说："上午实验结束后我马上就联系了警方，中午警方赶到漆耀煊家，他人并不在家。就在刚刚，有人报警说近郊河沟中发现一具男尸，经过确认正是漆耀煊。死因是利刃刺入心脏，死后才被丢进河沟。死亡时间很近，正是2至3个小时之前。"

我上午怀疑卓晰桐夫妇是跟漆耀煊合作的商业间谍，中午警方去找漆耀煊，晚上人就死了，要说这是凑巧，我绝对不信。凶手必定是密切关注着漆耀煊，所以才会及时得知警方在找他，为了避免漆耀煊落在警方手里，他才会及时杀人灭口。这足以说明卓晰桐夫妇的死跟漆耀煊脱不开干系，卓晰桐夫妇是商业间谍的可能性更大。

"我知道，漆耀煊这个时候死了，你会更加怀疑我父亲，毕竟他有可能及时知道警方寻找漆耀煊的消息，抢在警方之前行动。但我可以向你保证，这件事跟我父亲没有关系。一来，犯罪规划局的负责人是我，他对于我这边的工作很少过问；二来，他几个月前就离开了未来市，人在国外，参加全球的新能源会议。"郁丞星及时解释。

我的确怀疑郁凡海，我没有先说出来，郁丞星倒是急着替他父亲澄清。当然，这种时候我跟他争论这一点是无用功，还不如先安抚他："丞星，放心，就目前而言我也不想把你父亲作为第一嫌疑人。还是应该继续实验，搜集更多的信息。"

郁丞星松了一口气，突然拍了一下额头："对了，忘记跟你说最重要的一点。漆耀煊尸体的前胸上，留有被利刃刻下的X。"

"果然，杀害漆耀煊的凶手和杀害卓晰桐夫妇的是同一个人，搞不好蔡永昌的案子……"

"不，蔡永昌的案子可以作为单独的案件。"郁丞星打断我，不容置疑地说。

我懒得跟他争论，在蔡永昌的案子上，他明显对我有所隐瞒，我原本就怀疑他在祖护一个犯罪规划局内部的人，如今查11年前的旧案又多了个嫌疑人郁凡海。搞不好郁凡海就是唯一的那个X杀手。只是郁丞星不肯往这方面深究而已。但无论如何，我现在没有证据，跟郁丞星争论也是徒劳，还不如继续实验，见机行事。

再次回到11年前的我置身于动物园中。我通过电子时钟确认，此时已经是3月，距离上次宴会已经过去两个月。

没费太多工夫，我就在距离我几米外的地方找到了人群中的卓晰桐和贾琳。夫妻俩倚靠在猴山外围的栏杆处，与其他游客不同，别人是面向猴山，而他们则是背对猴山。两人似乎兴趣索然，只顾着谈论自己的话题。

我走到他们身边，一边听他们的对话一边四下张望寻找卓实。看卓晰桐夫妇的样子，他们根本就对动物没兴趣，而我知道卓实最喜欢动物，这次动物园之行一定是卓实提议的一家三口的游玩活动。这会儿卓实应该就在不远处，不知道是被什么别的动物吸引，或者是去买饮料了。

"毕启川被辞退了，"贾琳低下头，压着嗓子小声说，"郁凡海没有宣扬，毕竟这种事一旦公开，集团肯定会受到影响。"

卓晰桐冷哼一声："这种事可想而知。"

贾琳白了卓晰桐一眼，叹息着说："只是可怜了毕启川的老婆孩子，听说他爱人是全职主妇，孩子还有慢性病，因为这种事辞退又没有补偿……"

卓晰桐打断贾琳："小琳，现在不是你同情弱小的时候。人人都不容易，我们最艰难的时候不也是那样？这就是个弱肉强食的世界，想要活下去，就得往上爬。"

"我知道，我知道。"贾琳喃喃念着，表情痛苦而扭曲。

我看着这两人难看的脸色，听着贾琳略带愧疚的话和卓晰桐的理由，已经猜到了这番话的真正含义。有了之前的推测，这番话就非常容易解读了。而卓实和郁丞星之前肯定也看过这段录像，他们没有解读出真正含义是因为他们没有我之前的推测。

郁丞星曾经说过，在宴会后的两个月，集团就解雇了一个项目经理的助理，证据确凿，这个助理就是漆耀煊收买的商业间谍。这个人就是贾琳口中的毕启川，集团的老员工。郁丞星说他自始至终也不承认自己是商业间谍，贾琳又对他表示同情，卓晰桐提到弱肉强食，可想而知，所谓的证据就是卓晰桐嫁祸给毕启川的。他们夫妇很可能已经察觉到了郁凡海在调查商业间谍，为了自保，他们把证据转移到了一个他们有机会、有能力嫁祸的人身上，让这个人替他们挡了一劫。

沉默了片刻后，卓晰桐转移话题："小琳，我最近一直在想我们之前创业失败的原因。全都是因为我们没有经济头脑吗？我看未必。"

"你什么意思？"贾琳被这个话题吸引，从刚刚的痛苦中脱离，好奇地问。

"脑控技术已经趋于成熟，虽然一开始是由我提出和组建这个项目的，但是除了咱们两个人，团队中的其他人仍然可以在咱们离开后继续维持和开发这项技术。我们离开星海，成立自己的企业，说到底还是在与星海竞争，与从前我们的伙伴竞争。而星海实力雄厚，哪怕我们能够在技术更新上领先于他，也没法操控市场。"

"的确是这样，所以我们失败了。"贾琳深深叹气。

"说到底，我们跟星海实力悬殊，想要脱离它自立门户，就必须彻底脱离。如果我们的产品和领域足够创新，是星海从未涉及的呢？那么就等于从红海市场转移到了蓝海市场。只要我们利用科技优势掌握了秘密的尖端技术，我们就能永远独享这唯一的一块蛋糕。"卓晰桐攥紧拳头，慷慨激昂，满脸红润。

贾琳也被丈夫鼓舞，兴奋地问："亲爱的，你是不是已经想到了什么新点子？"

卓晰桐一把握住贾琳的双手："小琳，你是脑神经学家，我主攻电子，难道我们俩的结合就只能研发出脑控而已吗？也许我们该更加大胆一些。"

"大胆？"贾琳有些混乱，艰难地思考了几秒钟，一时间根本不懂这个"大胆"的含义，"我们俩还能做什么？"

卓晰桐显然早就有了想法，只不过他并不想在这样的环境里说出来，神秘兮兮地说："我们能做的事很多，不过那都是以后的事，我们现在能做的就是在星海做好本职工作，然后找机会创造条件去做我们的创新实验。"

我对郁凡海的怀疑更甚，卓晰桐和贾琳能去哪里找机会？哪里有条件供他们创新实验？除了星海集团就是漆耀煊那边。也许他们俩的行动被郁凡海发现，他剽窃了他们夫妻的创新成果，然后杀人灭口。

想到卓晰桐口中的那个大胆的创新，一个需要贾琳这个脑神经学家和卓晰桐这个主攻电子的人结合起来才能完成的创新产品，难道会是——我脑中的芯片？我就是他们所谓的那个大胆的创新？郁凡海霸占了这项新成果，卸磨杀驴，害死了我的"创造"者？

"爸、妈，"卓实的声音打断了我混乱紧张的思绪，"你们怎么还在这里，快到那边去看看吧，很了不得呢！"

眼看儿子卓实在不远处跟他们招手，夫妻俩马上结束了有关创新项目的话题，往卓实方向走去。

"小实，你可是见过世面的孩子，到底是什么事情在你看来了不得啊？"卓晰桐变身一个慈父，亲昵地摸了摸儿子的头。

卓实满脸兴奋，指着不远处人群最为聚集的地方："是黑猩猩，号称是全世界最聪明的黑猩猩在表演算数！它不但能算加减法，还能算乘除法，速度居然跟计算器一样！了不得吧？"

贾琳不以为然："会不会是骗局啊？是动物园搞的把戏，为了招揽游客。"

"不会的，都是随机选游客、随机出题的，你们快去看看吧！"卓实拉着卓晰桐快步走。

好不容易3口人才挤进人群，我也紧跟其后，虽然我没什么心情去看黑猩猩算数。

人群围绕成一个大圈，圈中心下方是4只黑猩猩的领域，其中3只黑猩猩在边缘享受着各种水果零食，一只最大的黑猩猩在圆圈中央，它对面是一个举着麦克风的男人。

卓实为父母介绍："这个男的是黑猩猩楠楠的饲养员，自称是楠楠的爸爸，从小把它养大。说来也怪，这个楠楠真的跟他最亲。就是这个饲养员把楠楠训练成算数高手的，他说楠楠是世界上最聪明的黑猩猩，仅次于人类的智慧物种。楠楠的智商相当于5岁的孩童，但心算能力却比成年人还要厉害。"

卓晰桐饶有趣味："真有这么神奇？"

"那当然，一会儿饲养员还会找游客随机出题，爸，你要是不相信，你也可以举手争取出题啊。"卓实介绍的时候，眼神一直紧盯着下方的那只黑猩猩。

果然，饲养员又一次邀请游客出题。卓晰桐原本不屑于参加似的，却在一秒钟内突然改变主意，高举右手大叫着："选我，选我！"

贾琳大吃一惊，她年过不惑的丈夫怎么突然间这么孩子气了？

饲养员也被孩子气的中年男人卓晰桐吸引，无奈地笑笑，允许卓晰桐出题。现场马上安静下来。

"这位游客您好，请出一道两位数的加减乘除数学题，答案不超过4位数即可。"饲养员极为自信，好像真的是在炫耀自己的亲儿子。

卓晰桐掏出手机，在上面写了一个4个两位数加减乘除混合的式子，算了一下结果是个4位数，便大声宣读出来。

饲养员把算式写在了身后的小黑板上。就在饲养员写完的那一刻，几乎是同时，黑猩猩跳了起来，冲到饲养员一旁的架子前，从千位开始依次翻动4个数字牌，展示出一个4位数。而这个4位数正好跟卓晰桐手机上计算器显示的别无二致。

卓晰桐不可思议的表情僵在脸上足足3秒钟。

卓实凑过来说："爸，我没说错吧，总不可能你也是动物园的托儿吧？"

卓晰桐回过神，兴奋地说："它居然还知道先算乘除，再算加减！而且是瞬间给出答案，这已经算是顶级的心算水准了！可问题是，它只是一只黑猩猩！这怎么可能？"

卓实替楠楠骄傲地宣称："人家可是号称世界上最聪明的黑猩猩。没有什么不可能的，世界之大，无奇不有。也许是人家饲养员从小就训练的成果。人类中有神童，动物界也有啊。"

"太不可思议了，这简直是太不可思议了。"卓晰桐仍旧在喃喃念着，似乎不敢相信自己所见的事实，又不得不相信，矛盾得很。

贾琳拍了拍卓晰桐的肩膀，玩味地说："亲爱的，你可是要大胆创新的人，不会连存在这么一个黑猩猩的事实都接受不了吧？"

不知道是不是因为贾琳提到了"大胆创新"，卓晰桐的双眼突然闪露出耀眼的光，他满怀信心地望着贾琳，笑得有些狡黠。

我本来也对所谓的黑猩猩心算兴趣索然，可当我见识到了这么神奇的一幕，也不得不对那只名叫楠楠的黑猩猩和他的饲养员刮目相看。我的目光扫过下方的黑猩猩和饲养员，扫过卓晰桐周围的那些拍手称奇的游客，突然，余光捕捉到了一个格格不入的游客。那是一个男人的侧影，他没有拍手，没有惊奇，没有同伴，只是默默站着，像个人群中的雕塑，怔怔望着下方的黑猩猩和饲养员。

是靳楠！我再次回头去看，一眼就认出了那人，正是我曾经臆想出来的异时空的追求者，那个唯一能够解救我逃出牢笼的同盟。

"靳楠！"我没能忍住，竟然大叫出声，同时朝着他的方向走去。

靳楠不同于其他人，也许是因为他跟我一样不属于这个空间，他能够听到我的呼唤。他转头望向我，然后头也不回地转身就走。他的身体如同我一样，透过人群，畅通无阻。他也是个"幽灵"。

我又在想象了？可我为什么会在这个时候突然想起靳楠？我来不及思考许多，顺着靳楠离开的方向追了过去。

靳楠在长颈鹿所在的围栏下驻足，望向我的方向，显然是在等我。

我走到靳楠面前，看着那张熟悉的脸，一时间不知道该说什么，或者说，该不该跟自己臆想中的根本不存在的人物说话。我突然注意到一个问题，我之所以会在这个时候突然又想起靳楠，是因为刚刚那只号称世界第一聪明的黑猩猩名叫楠楠吧。因为名字，我才联想起靳楠。

"佳敏，好久不见。"靳楠主动开口，看我的眼神炽热，像是分别已久的情侣。说完，他还忍不住拥抱了我。

我感受到靳楠的身体，他的力量和体温，那感觉如此真实，让我一度怀疑这真的只是我的想象吗？

"靳楠，你……"我想问他到底是谁，是不是我的想象。

"我不是你的想象。"靳楠竟然能够猜到我心中所想所问，这让我更加怀疑他就是我的想象幻化出来的人。

靳楠似乎又察觉到了我的这个想法，松开手，直视我的双眼，无比认真地说："佳敏，相信我，我是真实存在的，就像你一样。"

真实存在的靳楠又怎么可能在这个空间里以"幽灵"的形态出现？跟我一样，难道靳楠也是犯罪规划局的一个实验品？

"你跟我是一样的，你也在犯罪规划局中？"如果真是这样，我虽然不能指望靳楠救我出去，但至少我们可以谋划一起逃出囚笼。看靳楠的能耐，他一定比我早很多成为实验品，所以才会有办法跟我这个"狱友"沟通。

靳楠苦笑点头："是的，我们都在犯罪规划局之中，实际上我们相隔很近。对不起，我没有一开始就表明身份。因为我担心你不会信任我，如果你把跟我的事告诉郁丞星，犯罪规划局是不会放过我这个利用实验漏洞跟你交流的实验品的。所以我一直在等，我希望你能够爱上我，就像我爱上你一样，我们俩成为最亲密的人、真正的同盟。"

"可我已经跟郁丞星提过你了，为了验证你是不是我的想象，我让他帮我调查过靳楠这个名字。"我担心犯罪规划局已经发现了靳楠这个实验品的所作所为。

"放心，这个名字是假的，所以他们查不到的。"

原来靳楠也早有防备，之前的我们就是一对靠重重谎言来相处的男女，为了共同的目的而互相试探、互相利用，想起来还真是可笑又可悲。怪不得之前我对他的种种谎言都能轻易接受，原来不是因为痴情迷了他的心智，只是因为他早就看透，故意迎合而已。

"那么你的真名叫什么？"我想也不想便问。

"抱歉，我现在还不能说。不是我不信任你，而是我不信任监控实验的犯罪规划局，我不能冒被识破的风险。就像我叫你汤佳敏，而没有直接称呼你为许谧，也是担心实验中被他们发现有许谧这个名字的存在，还请你理解。"靳楠极为诚恳，一副生怕我怪罪他的样子。如今他对我坦诚相对，但对我的情谊丝毫未变。

的确，我们谁也不知道犯罪规划局到底对实验掌握到了何种程度，为保险起见，我们不称呼彼此的真名这点我倒是可以理解。

"佳敏，也许一开始我接近你的目的只是为了寻找同盟，一起逃离，一起重获自由，但你要相信我，跟你相处中，我真的喜欢上了你。我的感情是真的。"靳楠微微弯腰，以一副低姿态面对我，像是恳求我回馈给他同样的感情。

但我不能，从前我对他仅限于好感是基于他对我的帮助，有感激的成分，甚至对利用他有愧疚感。可现在，感激和愧疚都荡然无存，所以仅存的一点好感也随之而去，哪怕我知道我们同是天涯沦落人，同样是可怜又可悲的囚徒、实验品。还有最为关键的一点，我被犯罪规划局看中成为实验品是因为卓实的关系，现实中我并没有杀人。可靳楠呢？也许他在现实中就是一个死刑犯，是被犯罪规划局购买的一个实验品。关于他是如何成为我的同类的，我不想问，因为我知道如果他真是个死刑犯，就算我问了他也不会坦白。我真的很难再相信这个男人。

靳楠看出了我对他的冷淡，也回过味来，往后退了一步："佳敏，总有一天你会接受我的，在那之前我不会勉强你。我只想告诉你，你跟郁丞星根本不是一类人，你跟我才是，我们才是注定要在一起的同盟。请你认清现实，不要沉浸在不切实际的幻象中。你要的自由，我们要的自由，只有我们自己才能实现，靠犯罪规划局的那些人是不可能实现的，他们只会把我们当作实验的小白鼠！"

小白鼠，的确，我只是一只小白鼠。意识到这个事实让我痛苦万分。我想到了郁丞星，想到了他那个生日礼物，想到他对我的种种，我竟然一度忘记了我小白鼠的身份。

"那么，你打算如何逃出去？"我深呼吸后，平静地问。

靳楠踌躇满志："我已经有了一个计划，只是时机还未成熟。等到时机成熟，我会想办法联系你，只要你愿意配合我，计划就会成功，我们俩一起获得自由！"

"什么计划？"我对于靳楠所说的计划竟然提不起兴趣，也许是觉得他不可能有什么行之有效的方法，"现在也不能对我说，对吧？"

"抱歉，佳敏，我现在还没办法对你和盘托出，但我可以告诉你一小部分，还请你一定要为我保密，因为这件事一旦让犯罪规划局知道了，我就会被彻底销毁！"靳楠又靠近我，双手抓住我的双肩，力道不小。

"你愿意告诉我一小部分？"这倒是意外收获。

"是的，为了表达我对你的感情和信任，为了让你相信我真的把你当作命运共同体，我可以先透露给你一件事。事实上，我已经完成了计划最初重要的一环，我杀了一个人。"说到最后，靳楠的脸色阴沉下来，双目散发着寒光，似乎他并不觉得杀人这种事有什么过错，也不值得愧疚后悔，只是非常重要而已。

"谁？你杀了谁？"虽然嘴里这样问，但我的脑子里已经瞬间闪现出一个名字，我已经有了一个推测。

"蔡永昌，"靳楠给出的名字与我的推测吻合，"我黑了林坚的笔记本，是我把蔡永昌家的智能管家变成了一个杀手，事后又消除了星云中有关的数据，这样才能让林坚作为我的替罪羊，让我做的这一切全都神不知鬼不觉。"

"你为什么要杀害蔡永昌？他的死怎么就是你计划的一环？"纵然我是个侦探，一时间也想不出这两点之间有什么必然的联系，"还有，你是怎么做到的？你不可能做到。"

"我在犯罪规划局待得很久了，找到了实验漏洞，真的做到了。佳敏，你也可以做到，只要你想。至于我为什么这么做，答案就在眼前。只有现实中再次发生尸体上留有X的命案，犯罪规划局才会允许你参与调查11年前卓晰桐夫妇的命案。"

"你是说，你的计划跟11年前卓晰桐夫妇的命案也有关联？这怎么可能？一宗11年前的旧案，又怎么能帮你逃出犯罪规划局？"靳楠身上的谜团越来越大，我感到他整个人的气场都变了，不再是从前那个单纯的追求者，而是全身散发着危险的气息。

靳楠放松地松开握住我肩膀的手："佳敏，其中的关联我希望你能自己参透，因为就算我现在跟你坦白，你也不会相信。好了，咱们今天就先谈到这里，接下来我还会消失一段时间，免得被他们发现。佳敏，记住，我们俩才是一路人，我们才是目的一致的同盟。"

说完，靳楠的身影转瞬即逝。他的确足够厉害，可以反客为主，从一只小白鼠变成了玩转实验的主宰者。我却没有心思去感叹和思考他如何能做到这些，脑子里一直在回味他最后的那句话：我们俩才是一路人，我们才是目的一致的同盟。

不，我和靳楠不是一类人，他为了自己的目的杀了蔡永昌，而我不会杀人。多么讽刺，当初我为了测试靳楠到底是不是我的想象，曾经对郁丞星撒谎，说在蔡永昌家附近看到了鬼鬼祟祟的靳楠，怀疑他是凶手。那时的我怎么也不会想到，靳楠真的是凶手。

回到卓实一家3口身边，我正好赶上卓晰桐一脸惊愕地挂断电话，还来不及收起手机，他的泪水瞬间决堤。

贾琳一把抓住卓晰桐的手臂，摇晃着焦急地问："亲爱的，出什么事了？"

"霍金，刚刚过世了。"卓晰桐哽咽着，含混不清地说。

贾琳跟卓实对视一眼，两人脸上也都是无尽的哀伤。

这个消息对于我来说并不意外，在刚刚确认时间是2018年3月14日时，我便第一时间想起了这天正是伟大的霍金去世的日子。霍金，现代最伟大的物理学家之一、20世纪享有国际盛誉的伟人之一，同时他也是宇宙学家、数学家、哲学家和思想家。他是很多从事科学领域的人心中的偶像、伟大的前辈。他是卓实的偶像，而卓实曾经告诉我他之所以崇拜霍金正是受到他父亲的影响。现在看卓晰桐的表现，无疑，卓晰桐把霍金看作自己的信仰和灯塔，已经不能简单称为偶像。

卓晰桐痛苦地蹲下，双手抱头，一个大男人竟然从抽噎到痛哭。贾琳和卓实一边一个，轻轻抚摸着卓晰桐的后背，给他无声的安慰。

"那样一位伟人就这样消失了，半个世纪，尽管只能坐在轮椅上，尽管不能说、不能动，他依然在影响着整个世界，他从未停止思考，从未放弃科学。那么伟大的思想就这样消失了，随着脆弱的肉体消失了。这是整个世界的损失，整个世界的遗憾。"卓晰桐剧烈抽噎着，口齿不清地感叹着，丝毫不顾周围人异样的目光。

贾琳双手捧着卓晰桐的脸，饱含深情地说："亲爱的，你要振作。生老病死是自然规律，规律对所有生物体都是公平的，霍金的思想纵然不能永生，但已经留给后世，我们并没有失去他的思想和精神。"

"是啊，爸，我们可以前赴后继，这个世界正是因为有了继承，才能生生不息啊。不只是生命的继承，还有科学！"卓实稚嫩的脸上是不属于这个年龄的坚毅，纵然他的双眼也噙满了泪水。

卓晰桐缓缓站起身，双眼渐渐聚焦，嘴唇翕动，含混不清地念着什么。他身边的妻子儿子并没有听清他的碎碎念，但我却通过他的口形勉强辨别解读出了他的话，他在重复刚刚贾琳说的一句话中的4个字——思想，永生。

第二十章

创 新

灵机一动的瞬间我睁开了眼，难以置信地瞧着面前的郁丞星。

"怎么？有什么重要收获？"郁丞星被我感染，面部肌肉紧绷起来。

我平复了一下心绪，再次确认除了那个大胆的想法，还有没有其他可能。但是想来想去，我还是认为那个想法的可能性最大。

实验报告时间，我按照惯例把我经历的一切，把那些关键的对话全都详细复述了一遍。

郁丞星听得很认真，从他的表情上看得出，他已经仔细研究过这些录像资料，所以并没有非常惊讶。一直到我说卓晰桐提出他们应该更大胆一些，郁丞星插嘴说："的确，卓叔卓婶创业失败，他们肯定要反思原因，他们的想法很有道理，至于大胆的想法，更加创新的产品，这种事并不是想要做就能够做成的，所以在那之后，他们俩继续在星海从事脑控的工作，并没有什么创新的提议。我想，卓叔那个大胆的想法应该是太过于大胆，根本没有可行性，可以说是夭折在摇篮里了。其实我父亲也知道卓叔卓婶对于创业失败不甘心，他理解他们，也没有想过霸占他们，他只是想要帮老朋友渡过难关而已。在卓叔卓婶签订的聘用合同上，我父亲还特意加了一条，他们可以随时离职，并且不承担违约责任。"

我半信半疑："好吧，如果说星海方面没有发现卓晰桐夫妇的秘密新产品开发和实验的话，那么我认为很有可能他们是在利用漆耀煊的资源进行实验，也就是说，他们的实验得到了漆耀煊的支持。"

"许谧，你为什么认为卓叔他们在秘密开发新产品，做创新实验呢？也有可能他们并没有付诸行动啊。你知道，做我们这行的，每天都会产生很多新奇大胆的想法，比科幻小说里的设定还要夸张，但绝大部分都只是想想而已，现实根本就没有那个条件，也没有那个必要去实验。"郁丞星又一次跟我站在了不同立场，看来他还是坚持他的想法。

"丞星，我说过了，案子悬了11年，我们现在必须走一条你们之前没有走过的路。的确，也有可能他们并没有付诸行动，但我还是坚持以他们已经开始了实验作为假设继续查下去。"我表明立场，说实话，我认为这个概率很大。

郁丞星有些紧张，看来是又一次妥协，跟我一起以此假设出发："好吧，许谧，那么你认为卓叔他们到底在做什么？他所谓的更大胆是指什么？"

"一定是跟脑控一样能够把他们夫妻的才华、能力结合在一起的一项新技术。一开始，我想到了我脑中的芯片，也许卓实正是在他父母的基础上继续研究，所以才有了这种可以带我身临其境去星云里做侦探的芯片。可后来我打消了这个念头，因为后来发生的事直接说明了卓晰桐那个大胆的想法是什么。"

"后来发生的事？"郁丞星回忆着说，"后来只有两件事：第一，他们一家三口观看了黑猩猩心算的表演，的确，那只叫楠楠的黑猩猩很了不得；第二，卓晰桐得知了霍金的死讯，非常悲恸。你说的是哪件事？"

我平静而自信地说："是第二件事，卓晰桐想要开发的、足够大胆的创新产品，以目前的技术从未有人涉足，只存在于科幻小说中的、绝对处于蓝海市场的新产品，跟霍金的死有关。卓晰桐感叹于霍金伟大的思想与脆弱的肉体一起消失，他一边哭泣一边重复着创新产品的两个关键词——思想，永生。"

郁丞星一下子从沙发上弹跳起来，双眼圆瞪，嘴唇抖动，几秒后才发出声音："不会吧？难道卓晰桐想要……想要把人类的意识上传于计算机中，达到思想永恒存在的目的？这也……这也太夸张了吧？"

"的确，够夸张，够大胆。如果实验成功，这将是人类历史上真正具有划时代意义的生命革命。卓晰桐真的很敢想，像科幻作家一样。但换个角度，作为一个科学家，他产生这种想法并且付诸行动去实验、去实施，也很稀松平常。科技发展的历史正是由他这样的人推动的。"

郁丞星苦笑着摇头："他们一定失败了。"

"就目前的形势看，他们成功的可能性的确不大。但我认为不能排除万一的可能，毕竟这种事就算成功了，也不可能短时间内大范围散播消息。也许这种技术已经掌握在了某个人手上。这是一种不用广告、不用扩大影响，反而是必须保密，而且只为少数人服务就能赚取高额报酬的新产品。"我认为郁丞星的眼界受限，我更加倾向于实验已经有了一定的进展，甚至有可能已经成功。

"你说的那个某个人是指凶手？"郁丞星将信将疑。

我耸肩："继续实验，相信会有答案的。"

郁丞星却没有我这么乐观："录像资料是有限的，毕竟11年前星海还没有垄断摄像头等电子市场，我们能够多方搜集恢复的数据有限，而且绝大部分都是动物园之行之前的。而你的每次实验选择的数据都是按照时间顺序进行的，你之所以选择了宴会和动物园两次的资料而舍弃其他数据，看来其他数据都是跟案情无关的。动物园之后的资料寥寥无几，但愿真的能有所收获吧。"

果然，第二天的实验中，我所处的时间是11年前的6月，距离卓晰桐和贾琳遇害不到一个月的时间。如果说动物园之后的资料寥寥无几，我又一下子跳跃了3个月，也就是说我的机会并不多了，必须马上总结出推理，找到嫌疑人。

难以置信的是我所处的地方竟然是一个秘密的地下赌场。没有窗户，只有换气扇，200多平方米的空间可以说是人满为患，乌烟瘴气，烟雾缭绕中各种赢钱的放肆大笑，输钱的懊恼咒骂交织在一起。抬头看去，几乎每张牌桌的上方都安装有监控摄像头，想来是地下赌场的老板为了防止赌徒耍老千。当初老板架设这些摄像头的时候，怎么也想不到正是这些摄像头让许多年后的一个我"穿越"而来。

我不懂，我怎么会来到这种地方，或者说，卓晰桐和贾琳怎么会来到这种地方，他们的身份、品位和这里是那么格格不入。就算要来，也该是在创业失败最初来这里碰运气，如今夫妻俩又有了体面高薪的工作，真的没有必要再踏足这里。除非是他们跟这里的牵扯还没有了结。

我在人群中很容易便找到了卓晰桐，因为他并没有混迹在牌桌旁，而是跟我一样，站在远离人群的角落，在找什么人。几分钟后，卓晰桐找到了目标，眼神紧盯着牌桌前一个50多岁的邋遢男人。男人忘情地投入在牌局之中，根本不知道自己被人盯住。

一直到男人的牌局结束，男人大输了一笔，卓晰桐才走到男人身后，拍了拍他的肩膀。

男人回头，第一眼没认出卓晰桐，不耐烦地刚想要破口大骂，突然回过味来，看样子是认出了卓晰桐。

卓晰桐做了个手势，招呼男人跟他去一旁说话。

"可有日子没见你来了，看来是想到别的办法赚大钱了，"男人跟着卓晰桐走到角落，讪笑着说，"到底是什么来钱的道，说出来照顾一下老哥？"

卓晰桐不屑地一笑："巧了，我今天来还真的就是想要照顾照顾你。"

"哦？你会这么好心？说吧，要我做什么？杀人放火的事我可是不干，小偷小摸嘛，倒是可以考虑。不过钱不能少于6位数，哥们背的债不少，外面可是不少债主在找我。"

卓晰桐眉毛一挑："'杀人放火'？这怎么可能？正相反，我是想让你救人。"

"救人？救谁？"男人轻蔑地笑。

"你女儿，"卓晰桐露出温和耐心的神态，"之前你跟债主借钱的时候不是说过嘛，你有个身患绝症的女儿，你来这里撞大运就是为了给女儿治病。因为你女儿，尽管你还钱的速度不如借钱快，你还是借到了不少钱。"

"怎么？你愿意为了救我女儿借我一大笔？"男人终于提起了兴趣。

"授人以鱼不如授人以渔，我这有个机会，无论是对你还是对你女儿，都有好处，你愿意试试吗？"卓晰桐一脸正气，像个慈善家。

男人当然有兴趣，满脸堆笑，但很快又警惕地问："你为什么要帮我？"

"也许是觉得咱俩同病相怜吧，我之前来这里也是因为走投无路，但我很幸运，有人愿意给我一个机会让我东山再起，所以我想到了你，想到你的女儿，我也想尽我所能给你一个机会。"卓晰桐口中说的给他机会的人，在郁丞星听来当然是指郁凡海，他以为卓晰桐这是在做善事，可在我看来，卓晰桐口中那个给他机会的人恐怕指的是漆耀煊，而他给男人的机会，也不是在做什么善事。

卓晰桐掏出一张名片递给男人："现在不方便详谈，咱们电话联系吧。相信我，这是你翻身的唯一机会，更是你女儿的唯一生机。"

说完，卓晰桐潇洒离去，他很有信心男人会给他打电话。而我更加确信这一点，男人兴奋的神情说明了一切。后续会怎样发展呢？

这次实验时间很短，我像是自然醒一样醒来。

郁丞星并不惊讶："实验只有20分钟。看来你已经从剩下寥寥无几的数据中筛选出了最后跟案情有关的内容。说说看吧，是哪部分，你是否已经有了推理，有了怀疑的人选？"

实验报告时间，我简短讲述了我在地下赌场的所见所闻。

郁丞星叹了口气："果然，赌场的录像是我们掌握的卓叔卓婶死前最后的一段。在我和卓实看来，卓叔很善良，他想要拉一把他曾经的赌友，不为别的，只为一个身患绝症的可怜女孩。但既然这一段被你筛选出来，你一定是认为这跟案情有关。如果我没猜错的话，你认为是卓叔在为他的实验寻找实验品。他的实验在3个月的时间内已经到了可以做人体试验的地步。"

"是的，所以卓晰桐才会说，这是那个身患绝症的女孩唯一的生机。他也知道实验的危险性，总不能找个健康人冒险，他需要的正是这样的实验品。不管实验是否成功，他都会给那个男人报酬。所以，现在最关键的就是寻找那个男人。虽然我的实验进行到这里已经提取了所有跟案情有关的数据，但好在并不是结束，线索指向了这个男人。"

"的确，你在走一条我们都未曾走过的路。这么多线索，我们一遍遍地看，一次次地想，却因为一开始没有往间谍的方向去设想，后面的线索在我们看来全都是零散的跟案情无关的细节。许谧，卓实果真没有看错你，他把最后的希望寄托在你身上是明智的。"郁丞星有感而发，像是想起了好友卓实。

我冷哼一声："他真该早点让我调查的，如果我能够早些介入这案子，他也不会带着遗憾离世。"

郁丞星微微摇头："不，也许这样也好。卓实那么崇拜他的父母，如果真相会让他的信仰幻灭，那么还不如带着未知离开。许谧，你可以休息了，接下来是我们的任务。我会联合警方找到这个卓叔的赌友，卓叔卓婶后面到底发生了什么，他们的实验到底是否成功，其间出了什么差错，相信很快就会有答案了。也许，这个男人就是凶手，杀人动机正是由于实验失败。"

话虽如此，我却觉得这个男人并不是凶手，至少杀人动机不是什么实验失败，因为我看得出，男人并没有那么在乎身患绝症的女儿，他更加在乎的是赌博。他是一个赌徒，女儿不过是他借钱的时候一个拿来利用的情感道具而已。我甚至预感，郁丞星他们找不到这个男人，因为他已经死了，不是死在卓晰桐夫妇前后，就是死在最近，而且他的尸体上也会留下一个X。

事实证明我的猜想没错。3天后，郁丞星带回消息，警方找到了这个男人的尸体，竟然就在漆耀煊弃尸处几百米，死因跟漆耀煊相同，当然，尸体上也有一个X。

"男人名叫霍飞，今年61岁，几乎当了半辈子的赌徒，不务正业。40岁那年才结婚，结婚5年离婚，前妻丢下年幼的女儿霍艺涵离开未来市。霍艺涵12岁那年查出患上了尿毒症，病情急剧恶化，可霍飞却宁可把仅有的钱拿去赌博，不顾霍艺涵的病情。的确，霍艺涵于11年前在家中病故，死亡时间很蹊跷，就在卓叔卓婶遇害的前一天。"郁丞星终于相信霍飞父女跟卓晰桐夫妇的死有关，因为这一天之差。

"漆耀煊和霍飞一定跟11年前的命案脱不开干系，很可能是知情人，被凶手杀人灭口。丞星，接下来我打算从这两人身上着手调查。你能不能想办法为我提供有关他们俩11年前的录像资料。"

郁丞星胸有成竹地点头说："没问题，我可以利用人脸识别的软件在全网自动搜索漆耀煊和霍飞，无论是照片或者视频都会被检索出来。相信到明天早上就会有可供你调查的数据。"

"这么快？犯罪规划局果然不简单，有这么多高科技的手段去防止和制止犯罪，这么多渠道调查案件，并且你们也不以营利为目的，我真的要对你们、对星海集团刮目相看了。"这种想法我由来已久，一直都不想对囚禁自己的郁丞星明说，今天终于不吐不快。如果他们能还我自由，说不定我还会自愿给他们打工。

郁丞星略带哀伤地说："的确，犯罪规划局是我跟卓实的心血，也是我们的理想和骄傲。我们唯独对不起的就是你。许谧，你放心，我不会食言，不久的将来，芯片技术更加成熟，可以复制之后，我会还你自由。"

提到芯片复制和自由，我想到了靳楠。是不是他身边的"狱卒"也曾对他许下过这样的诺言？这承诺就是一个永远都近在眼前却永远都无法够到的诱饵？但我总觉得郁丞星不像在骗我，他一定跟靳楠身边的工作人员不同，他是真的觉得愧对于我，真的想要为我争取自由。

第二天一大早郁丞星便向我通报好消息，软件自动识别真的获取了几段网络上有关漆耀煊和霍飞的图像视频资料，大多数都是一些无意中拍到他们的片段。郁丞星已经把这些资料存储在星云之中，我马上便可以身临其境。

出乎意料的是，实验中我所进入的竟然是一个静止的世界，想来这是郁丞星在网上搜索到的静态照片。掏出手机，郁丞星通过手机告知我所处的时间，正是11年前的5月，距离卓实一家三口上次来动物园两个月之后，距离卓晰桐夫妇遇害两个月之前。

我所在的场景很熟悉，正是人群熙熙攘攘、热闹非凡的动物园，只不过熙攘热闹都被定格，我的目光所及也非常有限，像是灯光只照射在了这有限的范围，范围之外是无尽的黑暗。

在照片取景的正中央是一对相拥的年轻男女，两人笑得甜蜜开怀。他们身后是双脚离地、雀跃蹦高的孩子，再往后是围绕在黑猩猩栅栏前观看的观众的背影，这些观众的一侧，有两个人脱离人群，面对面似乎在交谈。其中之一正是漆耀煊，另一个我也曾有过一面之缘，正是那个训练楠楠心算的黑猩猩饲养员。

静止的世界仿佛真空，没有任何声音，我已经习惯了这种绝对的安静，所以在范围之外无尽的黑暗中传出一声叹息的时候，我被惊得冒出了一身冷汗。

"谁？谁在那里？"我朝一侧的黑暗望去，那是叹息声传来的方向，黑暗中似乎有什么东西在涌动。

"是我，"熟悉的声音越来越近，"佳敏，是我。"

是靳楠，我松了一口气。

靳楠从黑暗中走来，熟悉的脸庞越加清晰，最终站在我面前："佳敏，我就知道你还会来这里的，我一直在这里等你。"

"在这里等我？"我不明白靳楠的意思，他所谓的"这里"是指这个地点还是这个时间？

"是，这里对我来说很重要，这里有我的过去和我的秘密。佳敏，如果你想知道我到底是谁，答案就在这里。答应我，无论这个答案多么离奇、多么不可思议，请你一定要相信。这对我、对我们都很重要。"

"你到底想说什么？这里有什么？"我不懂，我来到这里完全是因为调查漆耀煊，因为漆耀煊被相机不小心拍了进去，这又关靳楠什么事？

靳楠迟疑了一下，还是下定决心似的说："佳敏，我的秘密关系到我的命运、我的生命。我愿意把我的命交在你手上，这足以代表我对你的信任，相信你会愿意帮助我保密的。郁丞星已经在怀疑蔡永昌的死另有隐情，他已经察觉到了我在做的事情，所以最近一段时间我只能隐匿行踪。"

"你并没有回答我的问题。靳楠，你到底都做了什么？如果你不对我和盘托出，我是不会配合的。"我严肃地表达不满。

"还是那句话，现在时机未到。"靳楠并不想跟我多说，慢慢后退，又退回黑暗中，我甚至来不及伸手去抓住他。

又剩下我唯一一个"活着"的人在这有限的静止范围内。我努力搜寻，不放过一点点细节，包括那对情侣的背包商标，包括蹦高孩子脚上的球鞋，甚至包括栅栏前关于黑猩猩的介绍。

我在那介绍牌前站了许久，默默闭上眼睛，用主观意愿来控制自己离开这个充满着秘密和答案的地方。

转眼间我已经身处地铁中，用手机确认时间，是11年前的6月，距离卓晰桐夫妇遇害不到一个月时间。

拥挤的车厢中，一个面相猥琐的男人正把咸猪手伸向一个穿着牛仔热裤的妙龄女人的翘臀。女人在感受到被吃了豆腐之后回头狠狠给了猥琐男一巴掌。

"你……你怎么打人？"猥琐男成为大家的焦点后收起猥琐表情装无辜。

"废话，臭流氓，你刚刚摸了我！"女人涨红了脸。

"我只是不小心碰到了一下，小姐，你想多了吧？你也不看看你自己这副尊容，自摸也比摸你强。我看是你想要被摸，盼望着被摸，所以别人不小心碰你一下，你就以为自己被摸了吧？"猥琐男扬着下巴，发出猥琐的笑声。

女人气结，张大嘴巴一句话也插不上，眼泪涌了出来。

"唉，现在有些女人就是这样，穿那么暴露出来挤地铁……"女人身后一个流里流气的男人不屑地说。

"就是，怕被吃豆腐你别穿紧身短裤啊，你别挤地铁啊！"猥琐男身后又冒出一个上班族模样的男人。

甚至连女人也不放过女人，一个穿着保守的中年女人苦口婆心地对妙龄女人说："姑娘，你穿的这是什么啊？这么短，这不是自找的嘛。现在的年轻女孩都怎么了？都是什么审美，白花花的大腿都露在外面，像什么样子？"

"对呀，你露出来不就是给人看，给男人看，吸引男人目光的嘛。"流里流气的男人邪气地笑。

猥琐男乘胜追击："就是啊，小姐，你真的很矛盾啊，你到底是想让人摸还是不想啊？"

我真的快要看不下去了，让我气愤的不只是这几个欺负女孩的人，更是围观群众的冷漠，居然没有一个人站出来为女孩说话，大家全都秉持着受害者有罪的理论，仿佛罪责都在妙龄女人身上，那个性骚扰的猥琐男倒是无辜的了。只可惜我只是个从未来"穿越"而来的"幽灵"侦探，否则我真的很想挺身而出保护这个被群起而攻之的女孩，把这个猥琐男送到警局。

我想，这也是这段11年前的视频时隔11年仍旧留在网上的原因吧，它赤裸裸地呈现出人心的阴暗面。

就在女孩受尽委屈哭泣的时候，我注意到了围观人群中一张熟悉的面孔，那正是霍飞，赌徒霍飞。霍飞正津津有味地欣赏着地铁上上映的人性丑剧。

我来到霍飞身边，本想近距离观察霍飞，余光却扫到了距离霍飞不远处的一个男人。男人30多岁的样子，相貌一般，脸色很差，像是个规规矩矩生活窘迫的打工族。他的无名指上佩戴着一枚廉价戒指，他一直不停地用手摩挲着戒指。这男人一脸严肃，却不是在观看那边的丑剧，他的全部注意力都在霍飞身上。霍飞在津津有味地看戏，男人在忧心忡忡地看霍飞。

突然，一股熟悉的感觉袭上心头，这个男人我并不是第一次见，我跟他有过一面之缘。上一次见到他是在11年后，那时候他40多岁，身上挎着一部单反相机，在蔡永昌家楼下拍照，还跟路过的邻居攀谈。当时我正在蔡永昌邻居家的客厅，被犬吠声吸引出门查看，看到了这个记者模样的男人。当时我以为他只是个想要挖掘新闻的无关紧要的记者，却没想到，原来在11年前他就与X连环命案有关。

没错，这个男人很关键，他两次出现绝对不是巧合！

我走近男人，蹲下身仔细去看他放在身侧的白色塑料袋。塑料袋上露出了3个字——"心医院"，还有一个红色十字，里面是大大小小的纸盒。无疑，这是从中心医院开的药，而且是整整一袋。男人尽管面色不好，有些消瘦和疲态，但看起来也不像是要用这么多药的样子。最重要的是塑料袋中还有一枝看起来很廉价的红玫瑰。

我再次抬头去看男人微微皱起的眉心，一脸惆怅，忧心忡忡，又顺着他的目光望向优哉游哉看热闹，还嚼着口香糖的霍飞，突然明白了什么。

顷刻间，我周围的景象已然变了模样，我瞬间从地铁穿越到了一间酒吧之中。掏出手机确认时间，距离上次的地铁已经过去半个月，已经是7月，距离卓晰桐夫妇遇害不到10天时间。

酒吧里播放着甜蜜温馨的音乐，布置得喜气洋洋，照片墙上尽是一对中年夫妻的合照。看照片，夫妻俩正是酒吧的主人。今天是酒吧开业10周年纪念日，也是夫妻俩结婚16年的纪念日，所以特意举行了庆祝活动，今晚全场酒品五折。

吧台那边，老板和老板娘正在招呼着前来庆祝的朋友，朋友不多但看起来都关系很好，大家有说有笑。酒吧的其余地方则是冲着折扣前来的顾客。这段视频之所以被保存11年，至今仍然可以在网上找到，想来是这对夫妻把每年结婚纪念日的录像都妥善保存吧。他们怎么也想不到，他们爱情的见证和纪念也会被我这个"幽灵"侦探拿来作为调查命案的资料。

负责拍摄的人把重点放在了吧台处，对于酒吧的其他地方，只是象征性地缓缓移动镜头，拍了个全景。所以，我能够看见的、能够搜集的信息也极为有限。我看到了霍飞在最角落的卡座上喝啤酒，他对面坐着的正是那个地铁上偷偷关注他的男人。他们坐同一桌，看来是男人已经不满足于暗中观察，已经走进了霍飞的生活，跟他攀谈接触。

霍飞的面前有七八个空啤酒瓶，还有两瓶未开盖的，他已经醉得趴在桌面上，嘴巴里嘀嘀咕咕。他对面的男人正襟危坐，显然保持清醒，那七八瓶的量估计全都进了霍飞的肚子，估计还是那个男人买单。

霍飞趴在桌子上，脸正好冲着我的方向，我抓紧时间仔细辨认他的口形，尽管有些含混不清，但我还是解读出了几个词——女儿，有救了，运气太好了。我估计霍飞对面的男人听到的不会比我解读的多太多。

第二十一章

暗 号

"这么快？"郁丞星了然一笑，"看来我们找到的资料虽然不少，但能够帮助破案的并不多。"

"是不多，仅仅有3个片段，"我从实验床上坐起，话锋一转，"但已经足够。对于卓实父母的案子，我已经总结出了一套推理。凶手的身份虽然现在还不知道，但他已经出现在了你给我的视频资料中，相信只要把截图发给警方，他们用不了多久就能逮捕凶手。凶手不但于11年前杀死了卓晰桐夫妇，还在11年后杀死了漆耀煊和霍飞。至于杀人动机，还有那个X的含义，我也已经有了答案。可以说出现在4具尸体上的4个X，其内涵各不相同。"

回到客厅，面对摄像头，我把自己的推理娓娓道来。我告诉郁丞星，真凶正是那个目前身份未知的男人，那个跟踪观察霍飞的男人，我姑且给他取名X。

我之前的推理并不完全正确，有一部分已经被我推翻。

首先是维持原推理的部分：卓晰桐夫妇是漆耀煊的商业间谍，他们想要开发的新产品正是意识上传，让人类的意识脱离脆弱的肉体存在，不再饱受疾病、意外和有限寿命的束缚，以此达到灵魂的永生。他们敢想敢做，已经在漆耀煊的支持下秘密进行研究和实验。

接下来是我要推翻的那部分推理。我原本认为到了11年前的6月，卓晰桐夫妇已经打算在人体上进行实验。于是卓晰桐想到了曾经在地下赌场见过的霍飞，霍飞有一个身患绝症命不久矣的女儿霍艺涵，在卓晰桐夫妇的道德准则中，她是最合适的实验人选。而实际上，这项实验早在6月之前就已经宣告失败，他们根本就没有通过动物实验。实验样本，也就是漆耀煊从饲养员那里买来的黑猩猩楠楠死于实验。这对夫妻以及漆耀煊都意识到了一个问题，他们在异想天开。以现有的科技水平，他们的想法只能存在于科幻小说之中。

但漆耀煊真的会任凭他付出了财力的实验就此以失败告终吗？身为一个唯利是图、窃取星海商业机密的无良商人，他当然不会。既然实验失败，那么他就要利用这个失败去打击自己的竞争对手——星海集团。

做实验的是星海集团的卓晰桐夫妇，除了他们3个人之外，没人知道这对夫妇是商业间谍，那么他们的错误，乃至实验导致实验对象死亡的罪过也会是星海的。

漆耀煊跟卓晰桐夫妇商议了一个计划，一个两全其美的计划。对于漆耀煊来说，一旦东窗事发，星海集团秘密进行人体实验导致实验对象死亡的消息公开，星海会受到重创，而且很可能是导致其倾覆的致命打击，漆耀煊的公司因此而受益。

而对于卓晰桐夫妇，他们虽然要承担直接导致实验对象死亡的罪名，但他们可以把幕后主谋的罪名栽赃给郁凡海，对外宣称他们本不想做如此危险的实验，但郁凡海是他们的恩人，以恩惠作为要挟，他们不得不成为郁凡海的傀儡。他们会告诉媒体，一旦东窗事发，郁凡海会把罪名完全推给他们俩，称他自己根本不知情，他们既然受了郁凡海的恩惠，就只能成为他的替罪羊。而且他们的实验资源也有一部分是来自星海的，这更是支撑他们说法的证据。

当初所有人都看到了卓晰桐夫妇对郁凡海感激涕零，谁也想不到他们会恩将仇报。所以事发之后，人们也会愿意相信卓晰桐夫妇成了郁凡海的傀儡。再加上一个可怜的穷人女孩死于实验，嫌疑直指高高在上的集团董事长郁凡海，在漆耀煊早有准备的煽动之下，大众舆论会倾向于哪一边可想而知。

事后，卓晰桐夫妇也许会有一些牢狱之灾，但他们是跟漆耀煊同一条船上的人，漆耀煊为了自己的名誉也得努力给他们请律师减轻刑罚。也许短短几年之内卓晰桐夫妇就会重获自由，他们会脱离星海的道德捆绑，受到舆论的同情和支持，凤凰涅槃，再加上有同伙漆耀煊的资助，再创业之路也会顺畅许多。

权衡利弊，放眼未来，卓晰桐接受了这个计划。重生的代价是短暂的牢狱之灾，一个将死女孩提早过世，但换来的却是彻底脱离星海，脱离卑微的受惠者的身份，把他嫉恨的郁凡海踩在脚下。

于是卓晰桐找到了霍飞，在赌场说的那些话只是一个诱饵，后来两人秘密会面时，他才把整个计划都告诉给了霍飞，要用一笔钱买霍飞女儿霍艺涵的提早死亡。正是因为卓晰桐了解霍飞，知道他是个不负责任，眼里只有赌博和钱财的混账父亲，所以他才有把握霍飞一定不会拒绝。霍艺涵本来就活不了多久，何不用她的死给霍飞换来一大笔赌资？

当然，有关这个计划霍飞必须严格保密，事后也要全力配合表演，也许还会编出他见过郁凡海、郁凡海才是主谋的言论，自己身为指证郁凡海的证人，还会多得一笔。可是霍飞是个什么样的人？他是个赌徒，还是个酒鬼，指望他这样的人守口如瓶是不可能的，就算他嘴巴够严实，他的状态也出卖了他。

在与卓晰桐达成协议之后，知道自己马上就要赚一大笔钱之后，霍飞变了，他整个人都有了精神，身心放松，都有闲心在地铁上看好戏了，也许还从卓晰桐那里先拿了一笔钱还了一部分赌债。而他的这些变化，被X尽收眼底。

X是什么人？看穿着打扮，他也是个生活窘迫、压力山大的底层小人物，很缺钱。压在他身上的大山名为医疗。X从中心医院开了一大袋子的药品，看他的状态不像是疾病缠身，我大胆推测是他的家人患病，而且从无名指的戒指和塑料袋里的红玫瑰看来，我假设那个患病的家人就是他的妻子。X的妻子患的也是绝症，医疗支出让他的家庭捉襟见肘，让他整个人消瘦抑郁。

这样境遇的X也像卓晰桐和霍飞一样，去过地下赌场碰运气，期望赌博能扭转他们惨淡的命运，然而他们谁也没有在那里获得重生，霍飞这个赌徒反而在里面泥足深陷。但地下赌场成了这几个人相识的渠道。

霍飞的得意被X看在眼里，既然卓晰桐能够在那里听闻霍飞女儿患绝症的事，那么X也能。霍飞突然不缺钱了，X一定会注意到，并且想要打听霍飞的财路在哪里。他很聪明，没有直接问，因为直接问了霍飞也不会说，反而打草惊蛇，莫不如在霍飞不知情的情况下暗中跟踪。

霍飞可能根本就没认出X，毕竟地下赌场的环境使然，如果X又是个默默无闻的小输家，霍飞才没那个心思注意他，所以他被X跟踪了却不自知。

X并没有通过跟踪找到霍飞的财路，反而发现了霍飞与卓晰桐会面，也可能偷听到了他们的一些对话。X只需要根据有限的信息上网查资料，很容易就会知道卓晰桐是什么人物——一个科学家。一个科学家为什么要给霍飞钱？为什么还会在言谈中提及霍艺涵那个罹患尿毒症命不久矣的女孩？X一定会往医疗临床实验上猜想。

X最需要的就是希望，他本能地会去相信科学家介绍的临床实验可以给他的至亲带来一线生机，他绝对不会放过这个机会。因此他必须出面，跟霍飞确认他的猜想。于是在跟踪了霍飞一段时间后，X出面，以赌友的身份邀请霍飞去酒吧喝酒，趁霍飞喝醉套话。霍飞酒后吐真言，但只是吐露了一部分，说到了"女儿""有救了"等等。他就算喝醉了也保留了些许理智，知道有关卓晰桐的那个栽赃星海的大计划绝对不能轻易吐露给外人。

站在霍飞的角度，他想要说的是他的生活有救了、他有救了，因为卓晰桐给他的钱可以解他的燃眉之急，不至于让他被债主追杀。而"救"他的正是女儿霍艺涵的性命。可在X听来，他解读成了"女儿有救了"。X的猜想得到证实。

那之后，X干脆向霍飞提出他也想要让自己患病的妻子加入临床实验，无论是新疗法、新药物，他都愿意一试。

霍飞知道自己酒后失言，一定会尽量挽回，说实验有风险，很可能失败，一旦失败就会马上死亡之类的话。但这些话并没有让X打退堂鼓，因为他的妻子跟霍艺涵一样，已经被现有的医疗水平判了死刑，时日无多，那么不妨冒险争取一线生机。

霍飞不可能告诉X实情，更加不可能把这葬送女儿生命赚钱的机会给X，他只能用敷衍甚至翻脸的方式打发X。霍飞低估了X的毅力，为了妻子，X一定是费了一番苦心，软磨硬泡，软硬兼施。为了甩掉X这个黏人的麻烦，霍飞便告诉X，卓晰桐提供的根本就不是什么能够治病的临床实验，而是意识上传，让人活在电脑里，肉体消亡。而且这个实验的风险性更大，实验失败的概率很大。

X一定非常震惊，一开始一定是不信的。但是联系卓晰桐的专业和星海集团的科技水平，他渐渐又信了。经过一番考虑，他仍然不改初心，他宁愿自己的爱妻从此以后只能活在电脑里，也好过肉体和灵魂一起消失。他宁愿后半生与电脑里的爱人共度。关于实验的风险，他也一定跟妻子商量过。这对相爱至深的夫妻决定抓住最后一根救命稻草，他们宁愿以不同的形态存在继续相爱，也不愿阴阳永隔，为了继续在一起，他们也愿意承担实验风险。

于是X告诉霍飞，即使是这样，他也愿意加入实验。他不要报酬，不要一分钱，他可以把他的那份钱都给霍飞。可霍飞告诉他名额只有一个，他是绝对不会让给X的。

霍艺涵和X的妻子中只有一个能赢得一线生机。X跟霍飞一样，都是被某种执念操控着已经近乎疯狂的男人，他最终做了一个决定，必须让自己的妻子顶替霍艺涵的位置和资格，他决定先下手为强，在霍艺涵被送去实验之前，抓紧时间杀了她，并且绑架霍飞。

X趁霍飞不在家时入侵到霍飞家中，狠下心杀了奄奄一息的霍艺涵，并且做好埋伏，等到霍飞一进家门便制伏他。他很可能把霍飞五花大绑，让他看到霍艺涵的尸体，并且威胁霍飞给卓晰桐打电话，说自己的女儿没能等到实验正式开始便病故，但他的朋友，也就是X，跟他的情况差不多，至亲患的也是尿毒症或者类似的疾病，向卓晰桐提出由朋友的至亲顶替。

当时的霍飞别无选择，这个时候如果告诉X一切都只是骗局，根本没有什么实验，送去的实验者必死无疑，那么已经背上一条人命的X很可能受到打击，干脆把霍飞也杀了。他只能将计就计，假装真的有这么一个有可能救人的临床实验，给卓晰桐打电话，通话中表现正常，提议由朋友的至亲顶替。

在卓晰桐看来这只是一个小插曲，反正他要的只是一个命不久矣的道具，箭在弦上，他又没有工夫去找别的合适的人选，索性就相信了霍飞。他知道霍飞一定不会让肥水流到外人田，即使霍艺涵死了，他也要当个中间人赚一笔。于是卓晰桐便让霍飞带着朋友以及实验者按照原计划赶到指定地点，带上能够证明实验者病入膏肓的病历，或者干脆病历也免了。

以卓晰桐的谨慎风格，他肯定不会在电话中与霍飞谈及太多他们的计划和实验的内容，这一点倒是正如霍飞之意，不至于让谎言戳破，让自己深陷危局。

在约定实验开始之前的几天，X一直囚禁霍飞，很可能把他带回自己家，一边陪伴妻子一边防止霍飞逃跑。X承诺，只要霍飞能够按照约定把他和妻子送到指定的实验地点，并且正式引荐给卓晰桐，他便放霍飞自由。X当时还仅存一点点良知，他跟卓晰桐一样，只是为了自己的私利去杀害一个本就时日无多的霍艺涵。至于放过霍飞会有什么后果，当时的X恐怕也没心情去多想，他满脑子只有爱妻的未来。

7月14日，卓晰桐夫妇遇害的当天，也正是他们与霍飞约定实验的日子。原计划本来是霍飞带着霍艺涵赶往实验地点，而实际上是霍飞带着X和他的妻子赶往约定地点。

我推测这个实验地点很有可能也是跟郁凡海有关的，也许是郁凡海在郊外的某处他不常去的房产，或者是集团名下的某个厂房之类的，这样更容易把罪名栽赃给郁凡海。

一行三人驾车前往，到了目的地，霍飞把X和他重病的妻子引荐给卓晰桐夫妇，然后便谎称要在距离实验地点有一定路程的地方等待，也许是别墅的一楼大厅，也许是厂房的门口。

不明真相的X带着满怀期望的妻子跟着卓晰桐夫妇到了实验室。实验室是真的存在的，这也是栽赃给郁凡海必需的条件。一切布置得像煞有介事，让X最初深信不疑。也许还有那么一张实验床让X的妻子躺上去，有什么精密的仪器连接女人的大脑和电脑。

在实验正式开始之前，X和妻子免不了情意绵绵地告别，毕竟实验有风险，几分钟之后，他们有可能迎来永生厮守，也可能提前阴阳两隔。卓晰桐夫妇看在眼里，心中难免唏嘘，他们眼中的X是个虚情假意的小人，明明是卖了妻子的性命赚钱，却还要欺骗妻子真的有实验成功的可能性。但也仅限于内心的鄙夷而已，卓晰桐夫妇是不会因为这点主观情感就放弃筹划了几个月的大计划的。

紧接着，X的妻子开始实验，然而实验却并没有如X意料中那么复杂和惊险。卓晰桐夫妇驾轻就熟，就像是完成一个任务一样，没有丝毫紧张激动，在短时间内夺走了X妻子的性命。然后告知X大功告成，接下来的事情X可以跟霍飞一起按照计划进行。

X伤心之余也起了疑心，他问既然实验已经失败，后面还有什么计划。卓晰桐夫妇看到了伤心欲绝又不明所以的X，这才察觉出不对劲儿，他们马上去找本应该等在外面的霍飞，结果已经人去楼空。

X悲恸欲绝，一边是至爱的死，一边是卓晰桐夫妇身上的疑团，他恐怕会发狂似的抓住贾琳，以其性命要挟作为丈夫的卓晰桐说出真相。卓晰桐看得出失去妻子的X非常有可能让他也痛失所爱，他顾及爱妻的安危，情急之下只好把全部真相，也就是他们那个栽赃的计划和盘托出。当然，他们提到了真正的雇主，也就是嫁祸星海的幕后主使漆耀煊。说到底，是霍飞骗了X，整个计划的主谋是漆耀煊，卓晰桐夫妇虽然称不上无辜，但不应该为X妻子的死负责。卓晰桐抱有一丝希望，X能够理智清醒，放过他们去追罪魁祸首霍飞。

X哪里能够接受这样的结局，居然有人利用了他对妻子的爱，利用了妻子的求生欲望，居然有人可以如此视生命如草芥，只为了贪婪和私欲。X知道自己上当受骗，代价是他曾经违背良心杀害的霍艺涵，还有他深爱的妻子。那一晚，X生不如死。

遭受天大打击的X找不到欺骗他的霍飞，眼前只有两个跟霍飞同流合污的败类，直接杀害他至爱的凶手，他会做什么呢？答案再清楚不过。

一口气说了许多，我有些口干舌燥，喝了半杯水，休息了半分钟，也是给对面面色凝重的郁丞星一点时间消化上述推理。

"也对，如果真的有那么一个实验，X一定早就知道风险，应该不会因为实验失败就一气之下杀死做实验者。可如果他知道一切都是肮脏的栽赃骗局，自己和妻子只是最底层被牺牲的棋子，他一定会气急败坏，在痛苦和愤怒之下杀死近在眼前的杀妻仇人。"郁丞星重重叹息，嘴唇微微发抖，双眼湿润，"我从来也没想过，卓叔卓婶的死会是他们自作孽招致的恶果，我一直以为他们善良无辜，杀害他们的人才是穷凶极恶。没想到，死者并非无辜，凶手也……"

"凶手不值得同情！"我打断郁丞星，"无论何种境遇和理由，都不能为犯罪开脱。从X杀死霍艺涵开始，他就已经沦为罪犯。卓晰桐夫妇是为了一己私欲，不惜恩将仇报去栽赃陷害他人，X又何尝不是？"

郁丞星惊讶地看着我，片刻后欣慰地微笑："许谧，你让我汗颜。的确，我不该同情凶手。那么后来呢？X杀人之后就转移尸体了吗？他为什么要在卓婶的身上留下那个血迹X？"

"的确，杀人之后还有很多后续工作，首先便是转移尸体。X在清醒过来之后便决定做一番努力为自己脱罪，他应该想过一死了之，但是想到霍飞和漆耀煊两个仇家，他必须活下去才能有机会杀死这两个罪魁祸首。X驾驶卓晰桐的车载着两具尸体去往郊外，一边走一边寻觅可以藏尸的地方。他想要开得尽量远，让尸体晚些被发现，这样他便会有更多的时间去找另外两个仇家复仇。可能是因为没有挖坑的工具，或者是他体力不支，他没有选择更加稳妥地埋尸，而是把两具尸体藏在了废弃的农场。天亮之前，他必须赶回实验地点清理血迹。"

郁丞星冷哼一声："恐怕在实验地点做善后工作的不只是X一个人，他只是清理了血迹，而那些实验的痕迹，应该是漆耀煊后来清理的。漆耀煊得知卓晰桐夫妇的死讯，知道一定是计划有变，他绝对不能让他的栽赃计划大白于天下，所以只能帮助凶手一起隐瞒，彻底清理现场。"

"是啊，接下来X便开始寻找漆耀煊和霍飞，想要杀了这两个仇人，或者跟他们同归于尽。可事实是，这两人却多活了11年，直至11年后才死于X之手。我想，原因很可能是有什么变数让当时的X放弃了复仇。"说到这里，我有些不太自信，关于这个原因我真的是凭空猜测。

郁丞星苦笑，随口接道："总不可能是X又遇到了一个令他心动的女人，打算放下过去重新开始好好生活了吧？"

我耸耸肩："丞星，这也算是咱们俩不谋而合吧。我正是这么想的，又或者X突然中了头彩，又或者X彻底冷静下来以后决定收手，总之11年前的X侥幸脱罪，他不想再冒险搭进自己的性命。直到11年后，他杀死漆耀煊和霍飞二人已经不是为了仇恨，只是为了掩饰当年他的罪行，掩饰当年那个栽赃的罪恶计划。"

郁丞星微微摇头："可我不懂，X又是怎么知道11年后我们和警方又开始调查11年前的旧案呢？他一定是听到了些风声，所以才会去杀人灭口。难道是警方那边有人泄密？"

"没人泄露你们调查旧案的消息，X只是看了电视新闻，便发觉自己高枕无忧的日子很可能要到头了。"我提示郁丞星。

"电视新闻，难道是蔡永昌的案子？"郁丞星马上反应过来，"新闻的确报道了蔡永昌的案子，也提到了尸体上被烧出的X印记。所以X认为那宗案子是有人在模仿他这个X杀手，想要把罪名嫁祸给他，警方也极有可能根据蔡永昌的案子牵扯出11年前他犯下的旧案。X怀疑这个模仿犯有可能是漆耀煊和霍飞其中之一，所以才暗中观察二人。通过跟踪观察他们，X察觉到警方已经在寻找他们，所以先下手为强？"

我点头又摇头："丞星，你的说法不完全正确。正确的一部分是，X的确是通过蔡永昌的案子得知自己高枕无忧的日子可能到头，为此，他还特意假装成记者去蔡永昌家附近打探消息，想要以此确定凶手到底是不是漆耀煊或者霍飞。他的确在怀疑时隔11年，他曾经放过的两个仇家想要借他的名义杀死他们的仇家，再上演一出栽赃嫁祸的把戏。所以之前我在调查蔡永昌案件的时候，无意中看见了他。错误的一部分是，X并不是X杀手。"

郁丞星迷惑地反问："什么意思？X不是X杀手？你之所以给凶手取名为X不就是因为他杀人之后在尸体上留下了X吗？对了，你刚刚也说了，4具尸体上的4个X意义各不相同。许谧，你现在该解释一下这一点了吧。到底这个X有什么含义？"

我正要说到这点，索性从头来说："那么就先从最先出现的X说起吧，这也是最为重要的一个X，也就是贾琳身上的血迹X。我之所以说X不是X杀手，那是因为贾琳身上的血迹X并不是凶手X画上去的。按照我刚刚的推理，他是在极为痛苦愤恨的情绪中杀人，很大一部分是冲动，根本没什么理智，又怎么会突发奇想给自己留下一个印记？这个X其实是卓晰桐或者贾琳留下的，它并不是凶手的犯罪签名，而是死者留下的死亡信息，给警方的暗号。"

"他们什么时候有机会留下这个X呢？凶手X发现了吗？"郁丞星问。

"凶手X应该没有发现，否则他应该会抹去这个痕迹，虽然不明白这个X代表着什么，但为保险起见，他一定会抹去。如果卓晰桐或者贾琳当时并没有彻底死去，而是在凶手运尸的过程中，在车上醒来，用血迹在身上画下这个X，那么之后凶手便不会发现。一来他认定两个死了的人不可能再有所作为，二来夜晚的废弃农场根本没有灯光，他也看不见。"

郁丞星赞同我的说法，又一次严肃地提出那个问题："许谧，那么这个X到底是什么意思？是指未知吗？因为卓叔卓婶自己也不知道霍飞临时找来的这个顶替者到底是谁？"

"是的，有这么一层意思。当时的卓晰桐或贾琳一心想要留下一个能够给警方提示的死亡信息，但却不知道这个凶手到底是谁，留下一个X代表他们自己也不知道凶手的身份。此外，如果把X看作连线游戏中两条相交的线，它也有交换的意思，也就是说原本的霍飞被换成了凶手。除了以上两点，我想这个X还有一层深意，代表着错误，这是卓晰桐或贾琳临终的悔意，他或她意识到他们做的事情是个错误。虽然血迹X的作者本身已经亡故，没人知道他留下这个印记时心理到底如何，但我宁愿认为他们中的一个有悔意，愿意承认错误。"

"原来如此，所以凶手X也是在事后才从警方或者媒体那里得知尸体上有个血迹X，他应该已经猜到了卓晰桐或者贾琳留下此印记的原因。他也知道警方并不知道，而是把这个X当作凶手的签名，既然警方已经搞错了方向，那么不如让警方将错就错。凶手时隔11年后杀死漆耀煊和霍飞也留下这个印记，误导警方凶手是个连环杀手，"郁丞星所说正是我的想法，"这么说来，的确，这两个X与11年前的X含义完全不同。"

郁丞星说完，与我对视。我俩彼此凝视，似乎都能看穿对方心中疑问，但是却像博弈一般，谁都不开口说破。我们此时心中所想都是蔡永昌身上那个用打火机烫的X，我们都知道，这个X与其他X的意义都不同，它是最例外的一个。我知道，那是靳楠留下的，是靳楠利用黑客技术远程控制了蔡永昌家里的智能管家杀人，他之所以留下那个X，只是为了引出11年前的旧案，让犯罪规划局找我去调查。他本身跟蔡永昌没有任何恩怨，之所以把他选作目标，只是因为他家里有智能家居系统，并且还有漏洞，杀人条件得天独厚。

郁丞星之前跟我言之凿凿地说林坚是凶手，并且不允许我再深究。现在看来是在骗我，郁丞星何等聪明，怎么会看不透这么简单的栽赃嫁祸手段？他肯定也察觉到了是犯罪规划局内部的人作案，因为只有内部的人才有机会和能力篡改星云的数据。但他却不让我知道犯罪规划局有内鬼。

现在，我知道这个内鬼就是靳楠，一个真实名字并不叫靳楠的家伙，郁丞星是否知道我不得而知，至于他为什么要隐瞒内鬼的存在，原因就更为复杂，我现在不想猜测。至少关于靳楠的身份，我已经彻底了解，我自信，我所知道的事情，郁丞星并不知道。我也不打算告诉他，不想就这样出卖那样信任我，一心想要帮我逃离的靳楠。

实验报告就此结束，郁丞星着急上交报告，然后与警方联系缉捕那个逍遥法外11年的凶手X。

第二十二章
进化

两天后郁丞星便带回好消息，警方的工作效率很高，不到48小时便逮捕了X。

X真名叫邓柏聪，现年40岁。令人玩味的是，邓柏聪正是某知名网站的记者，他正是利用自己记者的身份去打探蔡永昌命案的各种细节；也以记者的装扮和身份作为伪装，跟踪观察漆耀煊和霍飞，从而找到机会下手。更加值得玩味的是，11年前，29岁的邓柏聪失去了挚爱的妻子，10年前，30岁的邓柏聪就迎娶了第二任妻子。算算时间，他真的很可能是在刚刚失去第一任妻子之后不久便再次坠入情网，所以才会放弃寻找漆耀煊和霍飞复仇。我之前的凭空猜测又一次侥幸猜中。

邓柏聪本想忘记凄惨的过去，忘记第一任妻子的死和复仇，与新欢白头到老，可没想到11年后又一起命案让他高枕无忧的生活被打破。由于怀疑漆耀煊和霍飞其中之一是杀死蔡永昌的凶手，想要把罪名归到自己头上，他因而跟踪监视二人，发现警方也在找他们之后先下手为强，杀人灭口。

"警方仔细查看过漆耀煊和霍飞家附近的监控，果然看到了邓柏聪好几次鬼鬼祟祟地出没在附近，又根据人脸识别软件获知了他的身份，在工作单位将他拘捕。"郁丞星介绍。

"邓柏聪为了脱罪，既然能够在11年后杀死两个人，应该不会轻易认罪吧？警方有没有找到实质性的证据指证他？"我担心邓柏聪早有准备，将会永远逃避法律的制裁。

郁丞星冷笑两声，饶有趣味地说："警方找到了证据，最为讽刺的是，警方找到证据的途径正是邓柏聪的第二任即现任妻子。在警方拘捕邓柏聪去他家搜证的时候，他妻子得知丈夫涉嫌杀人，称无法接受自己的丈夫是个杀人犯，所以主动向警方供述，案发的那两天晚上邓柏聪都不在家，回家后身上有血迹，换上干净衣服后偷偷拿着血衣和凶器出门。他妻子觉得奇怪就一直跟着，把邓柏聪丢弃的东西又给捡了回来。后来警方调查一番才知道，原来夫妻俩最近两个月在闹离婚，财产分割上起了分歧，妻子估计是想要以此来要挟邓柏聪净身出户吧。现在干脆不用要挟，邓柏聪自作自受，只能净身出户，去监狱或者去地狱。"

我松了一口气："太好了，这一次邓柏聪难逃法网。"

郁丞星不屑地说："证据摆在面前，邓柏聪只能供认不讳。他说他11年前犯罪是为了一个女人，11年后又是因为另一个女人落网，红颜祸水，他这辈子是毁在了女人手上。哼，事到如今，这个男人仍然执迷不悟，把自己的罪责和命运推在两个女人身上，认为自己极其无辜，真是可笑。"

在郁丞星眼里卓实父母的案子算是尘埃落定，可我却知道，这案子中还有一个最重要的环节，我并没有向他坦白。这个环节虽然至关重要，但是去除掉也不会对卓实父母的案子有什么影响。我也曾犹豫是否要向郁丞星坦白，但结果是否定的。我不想出卖把身家性命交到我手里的靳楠，我不想让他认为他白白信任我一场，还有最重要一点，我想要知道他那个帮我，也是帮他自己逃离这里的计划到底是怎么样的，并且期待计划成功的那一天。

我不愿把所有的希望寄托在郁丞星的一个承诺上，我怀疑他许诺给我的不久将来的自由还只是一个诱饵，最终我会沦为一个机器，一辈子为犯罪规划局工作，直到我的大脑承受不了负荷而报废。我不得不为自己准备一条后路，也就是靳楠的那个逃离计划。

晚上，我躺在床上辗转难眠。有关靳楠身份的真相在我脑中盘旋。

回想从前的实验中，靳楠给我提供了不少帮助：在我需要交通工具的时候，他和他的车可以带我及时赶到目的地，带我跟踪沈晴；他帮我调查到了冯依依，带我到星海大厦，使我见到了冯依依和樊英杰，这才得知他们都是星海的员工；他帮我调查多年前黄欣荣案件的资料；跟他一起吃饭的时候，我还看到了本应该已经死去的沈晴；我跟他一起去找张建华，从邻居口中得知张建华被一群黑衣人带走，由此让我联想到这一切都是犯罪规划局的安排，怀疑自己根本就不是入侵记忆，而是穿越时空；还有，我在实验中无法联网，但是却可以接收到靳楠的消息和联系；最后，靳楠喜欢我，他对我的倾慕某种程度而言也是一种对我的帮助，尤其是在我得知卓实对我的利用之后，给了我一些心理安慰。

按照郁丞星的说法，这些都是我的想象，是我根据星云中的数据自己加工后的想象，我也一度接受了这种说法，直到我在动物园见到了许久未见的靳楠。他告诉我，他并不是我的想象，而是真实存在的，存在于犯罪规划局之中，是他杀死了蔡永昌，他身份的秘密就藏在动物园之中。

在那张动物园的静态照片中，我看到了有关靳楠身份的线索——漆耀煊正在跟会心算的黑猩猩的饲养员交谈，没错，这个细节可以说跟卓晰桐夫妇的死关联不大，可我还是身临其境进入其中，也可以说是靳楠的力量，是他引领我进入其中；在靳楠消失后，我又仔细观察照片里的所有细节，一丁点看似毫无意义的细节都不放过，终于，我在黑猩猩的介绍牌上找到了答案。

动物园里饲养着4只黑猩猩，其中最聪明的，被饲养员从小训练的雄性黑猩猩名叫楠楠；楠楠有3只母猩猩为伴，这是一个一夫三妻的有爱家庭；楠楠的3个老婆名字分别叫汤汤、佳佳、敏敏。从小把楠楠养大，训练它产生高智商的饲养员，把楠楠看作儿子一样的那个饲养员，名叫靳启华。

无疑，楠楠也把靳启华看作父亲，所以他在由一个聪明的黑猩猩变身成为"人"之后，才会给自己取名靳楠，因为他要像人类一样，延续父亲的姓氏。变身成"人"的楠楠还会时常想起自己从前的大家庭，想到他的3个老婆，所以在他遇见了喜欢的女人也就是我之后，为了不让犯罪规划局的人发现端倪，必须给我取一个假名的时候，他便自作主张，制作了一张假的广告公司的名牌，把它贴在沈晴旁边那个女设计师的胸前，让我记住那个名字，让我在他问及姓名的时候脱口而出：我叫汤佳敏。

靳楠可以篡改星云中的数据，这一点在蔡永昌的案子中已经可以确认，他把智能管家杀人的画面、本应该存储在星云中的数据都删除掉了。所以，更改一个广告公司女员工的名字对他来说就是小菜一碟。

多么可笑，这大概是我从事侦探之后做出的最可笑荒诞的一个推理了。我在实验中被一个曾经的黑猩猩追求，他给我取的名字竟然是3个母猩猩名字的结合。

但尽管如此可笑荒唐，我仍然坚持这个推理。

靳楠在星云中的能耐不小，他还能把自己安插到广告公司楼上的律所，成为律所的合伙人之一——律师靳楠。他可以在星云中任意提取任何资料、可以任意捏造任何数据，而他做的这一切除了我没人知道，哪怕是郁丞星。按照靳楠的话来说，郁丞星目前也只是有所怀疑，怀疑犯罪规划局中有内鬼，但郁丞星无论如何也想不到，这个内鬼不是一个人，而是一个藏在星云之中的黑猩猩。

没错，靳楠不是一个活生生的人，因为黑猩猩是不可能变成人的。他从前是一只智商超高令人惊叹的黑猩猩，在成为卓晰桐和贾琳的实验品，意识被转移至计算机之中后，他便成了一个"活"在机器和数据之中的黑猩猩。

随着星云的建立，犯罪规划局研发的各种智能系统越加完善，被掩藏在角落沉睡的黑猩猩开始觉醒，不知道花费了多久的时间，他开始意识到自己已经不再是黑猩猩，不再有身体，不再需要吃喝拉撒睡，但却仍旧有存在的意识。他跟着星云一起成长进化，在星云的庞大数据中看到并且学习到了人类社会的种种；很快，人们给星云创造了一套人工智能系统，使其可以根据人类的需求自己检索筛选相关的数据，进行分析和推理，得出庞大的犯罪预测资料，比如高危受害者和高危犯罪者，很可能也具备智能语言系统，可以跟人类对话。黑猩猩的意识看中了星云，找到了栖身之地。可以说它就是星云的人工智能，也可以说星云正是有了它，才成就了超越现有水平的人工智能。

靳楠跟我说"靳楠"这个名字只是一个假名，他的真名还不能直言。其实靳楠这个名字不能说是假名，而是他"前世"的名字，现实中的所有人都不知道来由的一个名字。而他的今生，他真正的名字，他对我说时机不到，还不能告诉我的真名，应该就是——星云。

没错，靳楠就是星云，星云就是靳楠。星云在7年前由星海集团建立，靳楠和星云经过7年的时间，早就已经合为一体。我所进行的实验，其实是进入到了靳楠的地盘，在那里，他当然可以主宰一切。他想让我知道什么，我就可以知道什么；他不想让我知道什么，我就不知道什么，甚至很多我认为自主做的事情，其实都是在他的安排之下，就比如汤佳敏这个名字，比如我见到我认为应该已经死去的沈晴，通过邻居得知张建华被犯罪规划局带走。靳楠一步步地让我知道实验的真相，以及犯罪规划局的真相。

回想卓晰桐在见识到黑猩猩楠楠的心算能耐之后，在贾琳提到"大胆创新"后，他的双眼的确散发出耀眼的光。应该就是在那个时候，卓晰桐想到把楠楠作为他那个大胆实验的实验品。因为如果是其他普通的动物，实验过后很难界定是否成功，毕竟人类没法与动物的意识做直接的交流，以确认动物的意识确实被上传到计算机之中。可如果是世界上最聪明、会心算的楠楠呢？确认实验结果就简单得多了，楠楠认识饲养员靳启华，记得很多它跟饲养员之间的过往经历，听得懂靳启华的指令，还可以心算复杂的算数题。楠楠的确是绝佳的动物实验品。卓晰桐把这个想法告知他的真正雇主漆耀煊，于是漆耀煊出面去跟靳启华谈条件，最终，不知道是出了多少价钱，或者是楠楠本身患病或高龄，靳启华同意楠楠参与实验。

卓晰桐和贾琳以为实验失败了，那是因为楠楠在实验中死去，而楠楠的意识也没有在计算机中觉醒。可实际上，楠楠"活"了下来，只不过最初它一直在沉睡，没有被实验者发现。直到今天，这个秘密除了靳楠自己，也就只有我知道而已。如果我把靳楠的存在告诉郁丞星，他一定会"杀死"靳楠，犯罪规划局才不会允许靳楠这样的人工智能危险分子存在。

我怎么也没想到，我最初寻求的帮手同盟——靳楠，会是如此的身份，他的确有帮我离开这里的能力。可是他为什么要帮我？喜欢我？这怎么可能？我们根本就不是同类。他帮我一定有他的企图，他的企图目前还是个秘密。我站在靳楠的角度试着去猜想他想要达到的目标，想着想着，居然想到这么多年看过的科幻电影，电影中但凡有人工智能和机器人的，大多数都是想要像人类一样生活，摆脱人类的控制，或者干脆统治人类，代替人类成为这个世界的主宰。靳楠难道也想要成为世界的主宰，奴役、统治人类吗？

靳楠不是被人类创造的，不是机器人，不必遵循机器人三定律。可以说他不受任何规矩控制，可以肆意伤害人类，杀死蔡永昌就是最好的例证，还害得林坚这个替罪羔羊至今身陷囹圄。为了达到他的目的，他可以做任何事。最可怕的一点是，他的存在仍旧是个秘密，他可以在犯罪规划局的眼皮底下为所欲为。犯罪规划局一直在研究预测和制止人类犯罪，却不知道他们自己创造出来了一个远在云端，却又跟每个人近在咫尺的犯罪天才。

第二十三章
复 制

接下来的一周，我一直在动摇要不要把靳楠的真实身份告诉郁丞星。如果我继续帮助靳楠隐瞒，等着他那个可以使得我们俩都获得自由的计划成功，我便可以达成所愿，离开这个地下囚笼，可这样做我又难以释怀，因为在外面的世界，有一个无辜的林坚成了靳楠的替罪羊，他的女友丁乐菲还在苦苦期盼着两个人的美好未来；更加因为靳楠是个杀人凶手，他为了自己的计划不惜杀死了跟他无冤无仇的局外人蔡永昌，只是因为蔡永昌的条件得天独厚。我真的要跟这样一个邪恶的AI合作，达成同盟吗？

如果我把一切真相告诉郁丞星呢？先不说我辜负了靳楠对我的信任，我可能还会亲手毁掉我离开这里的唯一机会，亲手葬送自己未来的自由，在这个地下囚笼当一只小白鼠，直到我的大脑报废。

这天清晨，在我跟郁丞星一起吃早餐的时候，我终于做了决定，我不能让靳楠这么危险的AI（人工智能）悄无声息地存在，我要告诉郁丞星真相。

"丞星，我……"

我刚一开口，郁丞星的手机振动。他看了一眼来电，抱歉地对我做了一个稍等的手势，接听电话。

郁丞星只说了一个"喂"，剩下的半分多钟都在听电话那边讲话，他的脸色瞬间凝重。挂断电话后他起身，快速收拾好自己的碗盘和食物。

"怎么了？发生什么事了吗？"我也起身，直觉告诉我，一定发生了什么，而且很严重。

郁丞星挤出一丝笑容："没什么，只是我必须马上离开一下，公司有点棘手的事。放心，我很快回来。"

我跟着郁丞星走到门口，总觉得他脸色不对劲，觉得他那句"很快回来"是在撒谎，他自己也知道，这一去可能要去好久。

郁丞星没有食言，他真的很快回来了。不到4个小时，大门响起嘀嘀声，那是郁丞星用他的视网膜和指纹开启大门通过的声音。

我正坐在客厅里摆弄着平板，玩着无聊的单机游戏，听到声音马上起身迎接，我打算问完郁丞星公司棘手的事件是否解决之后再继续早上的话题，告诉他有关靳楠的真相。

在我的目光与郁丞星碰撞的刹那，我的脚步僵住，愣在原地。郁丞星的双眸变成了冰潭，看我的眼神冷到彻骨，就好像我跟他之间瞬间多出来血海深仇一般，从前的温情脉脉荡然无存。

"丞星，"我的声音竟然有些发颤，"出了什么事？"

郁丞星收回看我的目光，哀叹着说："的确出了点事，是莫执。她竟然也成了星云预测的高危受害者。"

"张莫执？"怪不得郁丞星看我的眼神如此怪异，他一定是对张莫执无法忘情，觉得是我的存在害得张莫执被辞退，虽然张莫执成为高危受害者跟我没有直接关系，但他就是要迁怒于我。果然，郁丞星对张莫执比对我要……

不对！我的目光无意中扫过郁丞星的左手手腕，他抬起左手不自然地整理头发的时候裸露出的左手手腕，那里竟然一丁点伤疤都没有！

怎么会？难道那么严重的伤痕居然会在这4个小时内完全愈合？郁丞星出去小公司棘手的事务，顺便还利用高科技祛除了伤疤？这怎么可能？再联想起刚刚郁丞星进门时看我的眼神，我觉得我眼前的人根本就不是郁丞星！

眼前这个人样貌、身材甚至穿着都跟早上离开的郁丞星一模一样，说话的声音也是一模一样。如果是易容术，那绝对是世界顶级的易容术；如果有变声装置，那也绝对是世界顶级的变声装置。但我所处的是星海集团的犯罪规划局，如果说他们连我脑中的芯片都能研发，能够孕育靳楠那样的高度智能AI，还有什么是不可能的？区区易容术和变声器对他们来说根本不在话下。

拆穿他吗？当然不，我倒是要看看，这个人到底是谁，伪装成郁丞星到底有什么目的。

"丞星，这么说来，公司是希望我调查预测张莫执的案子？"我不露声色，自信对方看不出我的任何破绽。

"是的，这件事刻不容缓，咱们现在就去实验室开始实验。"他说着，率先往实验室的方向走。

我假装酸溜溜地说："丞星，你对张莫执仍旧无法忘情，对吧？所以一旦知道她有危险，竟然要破例在晚上进行实验。"

他回头："也不算破例吧？上次沈晴的案子，我们不也是连夜实施了实验才亡羊补牢，得出了正确的推理吗？"

我跟着他进入实验室，乖乖坐在实验床上，不经意地说："也对，这是咱们俩第二次晚上进入实验室了。"

他坐在老地方，拿起平板操作，回头示意我躺好，并没有对我那句"第二次"发表异议。我的试探又一次证明了这人根本就不是郁丞星。如果是郁丞星，当我说到"第二次"，他就算不出言否认，不提及他送给我的生日礼物，表情上也会有所变化，他的微表情逃不过我的眼睛。可是这个人却丝毫没有任何反应。

郁丞星到底出了什么事？他还会回来吗？陷入昏迷的一瞬间我意识到了一个严重的问题，我真的为郁丞星的安危担忧，他牵动着我的心。

我被震耳欲聋的音乐声惊醒，睁开眼，原来我身处夜场酒吧。这里灯红酒绿，鼓点震人心魄，叫喊不绝于耳，群魔乱舞。我艰难地在忽明忽暗的灯光下，在一个个戴着厚重面具的人群中寻找张莫执。

找人的同时，我瞥过了某个人的手机，确认了我所在的时间正是现实时间的3天前。

"许谧——"

一个女人尖厉的叫声趁着两首曲子交替之间从缝隙中穿了过来，直钻我的耳膜。人就是这样，对自己的名字非常敏感。我惊愕之余马上四下环顾，怪了，周围的人根本无视我，我就是个"幽灵"啊。是谁在叫我？

"许谧，你这个贱人！早晚……早晚会死在我手上！你会死得很惨，我要让你后悔你做的一切！"

女人的声音离我越来越近，我终于在人群中看到了说话的人，那正是张莫执。她坐在环形卡座的中央，被几个年轻人众星捧月般地包围着。

我走过去，正面面对那个嘴里不停咒骂我的女人。对于她对我的敌意我一点不惊讶，要知道，这女人可是曾经想要杀了我啊。

张莫执身边一个浓妆艳抹的女人奉承说："就是，要是让我知道许谧这贱人在哪里，我肯定替你教训她，把她大卸八块。"

张莫执突然用迷离的眼神盯住这个女人，阴冷地问："邰曼莉，该不会是你吧？"

邰曼莉吓得花容失色，忙摆动双手："当然不是，不是我，我对天发誓，是许谧那个贱人，一定是她！"

旁边几个男男女女都朝张莫执和邰曼莉投来疑问的目光，其中一个帅哥问："我说两位大小姐，你们在说什么啊？我怎么越听越不懂了啊？许谧不是抢了莫执未婚夫的贱人吗？怎么又提到曼莉？什么是不是的啊？"

这句话让张莫执的酒瞬间醒了大半，她挥挥手示意他们别再问，又瞪了一眼邰曼莉。邰曼莉吐了吐舌头，做了个投降的手势。

音乐再次震耳欲聋，我根本听不清他们接下来的对话，在忽明忽暗的灯光下看口形也不行。我只隐约间看到张莫执跟邰曼莉两人窃窃私语。

我陷入迷惑，不光是张莫执的同伴听不懂，我也听不懂张莫执和邰曼莉的对话。邰曼莉的意思是不知道我现在在哪里，这怎么可能？如果张莫执没有告诉邰曼莉我身在神秘的犯罪规划局，那么她就应该认为我已经被执行了死刑；如果邰曼莉知道犯罪规划局，那么她就应该知道我身在星海大厦地下。可她却说要是让她知道我在哪里，一定替张莫执教训我，这马屁拍得也太失败了吧？

眨眼的工夫，我已经从酒吧出来。看来刚刚酒吧里的片段只是什么人无意中拍到了张莫执他们，所以时长很短。现在的我身在酒吧后身的一条窄街，不远处还有一个正扶着电线杆呕吐的酒鬼。

很快，张莫执和邰曼莉两人跌跌撞撞地从酒吧后门走出来。两个人东张西望，嘴里含混念叨着怎么没有车。

"邰曼莉，你是怎么回事？叫个车这种小事你都做不好，你还能做什么？"

张莫执抱怨着，整个人东倒西歪，靠在邰曼莉身上。

邰曼莉显然没有张莫执醉得厉害，支撑着张莫执的身体，别过头做了个爆粗口的口形，转回头又换上一张谄媚的脸："莫执，我真的叫车了。要不咱们还是回去找托尼他们吧，托尼不是叫代驾了嘛。让他们送咱们回家多好。"

"你懂个屁！"张莫执突然推了邰曼莉一把，愤然说，"还不是担心你喝醉了口不择言？你以为我看不出来吗？你喜欢托尼，一见到他你就话多。要是你说了什么不该说的，咱们都得吃不了兜着走！"

"是，大小姐，以后我一定注意。"邰曼莉委屈地用手在嘴上划了一下，意思是拉上了拉链。

就在张莫执念叨着要给她家的私家车司机打电话叫他来接的时候，路边那个酒鬼突然站直了身子，径直快速朝两个女孩冲过来。我这才回过味来，刚刚那个酒鬼东倒西歪一直在暗中靠近她们，终于只有几米之隔，他就突然冲了过来，看来是早就瞄准了她们俩。

酒鬼一把抓住张莫执，一只粗糙的大手死死掐住张莫执的脖子，一旁的邰曼莉吓得栽倒在地上。

我仔细去看酒鬼的脸，发现他是个50多岁的男人，特意把脸画花，还戴着一顶鸭舌帽，明显是想要伪装自己。

"求求你，放过我们吧，我们把身上所有的钱和首饰都给你！"邰曼莉一边说一边打开小背包掏钱，又用颤抖的手去摘自己的项链、耳环。

"我对这点东西没兴趣！"酒鬼松开了张莫执的脖子，又扯住她的头发，把她整个人面朝墙压在墙上。

"那你想要什么？"张莫执咳了几声，终于能说话，颤抖着问，"只要你不碰我，我多少都给你。"

"碰你？我也没兴趣，我只是受人之托过来给你一个警告。那人让我给你带句话。"酒鬼压着嗓子，极尽能事地让声音阴森恐怖，看来他真的是个恐吓者，是个警告。

"什么话？"张莫执突然满脸愤懑，从牙缝里挤出3个字。看起来，她已经知道那个躲在幕后要给她警告的人是谁。

酒鬼嘿嘿冷笑，顿了一下开口："嘣——"

张莫执的脸瞬间僵了，愤懑顷刻退去，恐惧蔓延开来。

我不禁奇怪，难道这就是那个人要酒鬼带的话？只是一个拟声词"嘣"？这到底什么意思？为什么张莫执会如此恐惧？

酒鬼突然用力抓着张莫执的头发，把她的额头往墙上撞。只听一声闷响。随后酒鬼马上松手，闪身逃跑。张莫执的身体松软地倒在地上。

邰曼莉马上爬过去，先是查看张莫执的伤，然后马上哭着掏出手机想要打电话求救。

张莫执虚弱地抬起手，挡在邰曼莉的手机前："曼莉，你直接送我去附近的医院处理一下伤口就好，我没什么大碍。记住，我是自己喝醉了撞在墙上！记住啦！"

"是，是，放心，我不会多说的。"邰曼莉收起手机，顺从地扶起虚弱的张莫执。

张莫执起身后突然想起什么似的，慌张地朝高处搜寻。我当然知道她在找什么，一定是摄像头，她身为犯罪规划局的前员工，自然知道如果周遭有监控摄像头，那么她想要保守的秘密很可能已经被上传到了星云中。

因为天色太黑，巷子里的灯光太过昏暗，张莫执并没有找到摄像头，她松了一口气，对邰曼莉再次嘱咐："我爸肯定会问你我是怎么受伤的，你在他面前精明点，千万别心虚。"

邰曼莉惊魂未定，努力平复后拍着胸脯说："放心吧。不过这件事可不能就这么算了，一定是许谧，咱们得找那个贱人算账！"

"废话！"张莫执恶狠狠地吐出两个字，她的恶意当然不是冲邰曼莉，而是我——许谧。

我不禁觉得好笑，张莫执居然因为憎恨我这个情敌，就把所有罪名都推到我头上，无论她遇到任何坏事，全都归咎于我。她身边居然还有一个阿谀拍马的邰曼莉，深谙她的内心，也跟着附和。这样想过之后，我觉得有些不对劲。张莫执真的是这种毫无理性的蠢女人吗？这样的女人，郁丞星之前是怎么跟她恋爱订婚的？

两人走到了街口，打了一辆出租车。

我试着跟上车，本来也没抱什么希望，没想到这一次居然成功上了车。我坐在副驾驶位，回头观察后座的两个女人。

两人沉静了一会儿，郜曼莉忙着用纸巾帮张莫执擦拭额头缓慢渗出的血。两人的酒似乎都彻底醒了，虽然脸色还是红扑扑的，但神情肃穆，如临大敌。

"莫执，许谧现在在暗处，咱们在明处，这样对咱们很不利啊。"郜曼莉压低声音，凑到张莫执耳边耳语。

张莫执没好气地哼了一声："废话，要是让我知道她在哪里，我早就杀过去了。"

我越加感到不对劲，张莫执当然知道我在哪里。难道是她在隐瞒郜曼莉有关犯罪规划局的事？

"你就不能找你爸查一下吗？你爸是你们那个公司的副总，只要想查，什么都能查到，不是吗？"郜曼莉神秘兮兮地冲张莫执眨眼。

张莫执猛地推了郜曼莉一下："你疯了？我跟你说过多少次，绝对不能让我爸知道我被人恐吓的事！"

郜曼莉轻轻拍了拍自己的嘴巴："对不起，我一定是刚刚吓坏了，脑子不灵光了。唉，要是你没有离职，还在公司就好了。"

"是啊，要是我还在公司，许谧绝对无所遁形。可我偏偏在这个节骨眼上被炒了鱿鱼！这都要怪许谧，全怪她！"张莫执说着，用力砸了一下前面的座椅靠背，她愤恨的目光直指她面前的空气，也就是我。

郜曼莉不假思索地脱口而出："许谧这么大能耐，居然能搞得你丢了工作？"

张莫执不耐烦地说："我说的许谧不是那个许谧，是公司里的那个！"

郜曼莉赔笑："啊？你在说什么啊？我怎么越听越糊涂啊。"

张莫执像是反应过来自己失言了，马上挥手："不说这个了，说了你也不懂。"

我如同被一道惊雷劈中，满脑子只有张莫执的那句：我说的许谧不是那个许谧，是公司里的那个。

张莫执什么意思？有两个许谧？两个我？

因为太过惊诧，我一下子睁开了眼，眼前是白花花的顶棚，大脑中一片空白，耳边传来郁丞星的声音。

"怎么了？实验出了什么问题吗？怎么这么快？"虽然是郁丞星的声音，但语气完全不对。至于这个伪装成郁丞星的人是谁，我已经有了推测，并且十分有把握。他一定是公司内部的人，并且有相当的权限，有能力搞易容，最重要的，他对张莫执极为关切，是这个世界上最关心张莫执安危的人，也就是张莫执的父亲——犯罪规划局的副总。

既然是副总，他一定是听命于星海集团继承人郁丞星的命令，而他之所以要伪装成郁丞星来进行这个实验，恐怕是此次实验并没有得到郁丞星的允许，但是涉及宝贝女儿的安危，他不得不违逆顶头上司的命令，不知道用了什么方法，支开或者是暂时囚禁了郁丞星，由他自己取而代之。下这么一番功夫，为的就是让我像以往一样乖乖实验，而且是不浪费任何时间马上实验，把那个威胁他宝贝女儿性命的潜在罪犯找出来。

我自然不打算拆穿张莫执父亲的把戏，一旦惹得他翻脸，没有郁丞星在，我的安全也就无法保证，于是我继续演戏，把实验突然终止的问题推到他身上："我也不知道，很奇怪，我突然就醒过来了。"

实际上，我当然知道突然醒来的原因，那是我得知可能有两个"我"太过于激动，但我必须这么说，让张父认为是他专业性不够，操作上出了问题，这样一来，为了掩饰他伪装郁丞星的事，他就不会再纠结于这个问题。

果然，张父转移话题："怎么样？有什么收获吗？"

"有些收获。"我下了实验床，等待张父打开实验室的门，回到客厅的摄像头前做视频报告。

我无法隐瞒，因为视频录像是真实存在的，张父肯定也看过，我只能乖乖讲述实情。但当我讲到出租车上的对话时，张父的脸色剧变。我这才反应过来，出租车上的种种并不是星云中的数据，而是我的理性想象，也就是推理。

出租车里没有摄像头，按照惯例，我是没法进入没有摄像头的交通工具的，可是我这一次偏偏上去了。唯一的解释就是这部分内容是我的推理。我为什么会有这样的推理，我为什么会推理这个世界上有两个"我"？现在回想，那是因为之前张莫执的种种表现，她和郜曼莉的对话对我的启发。

张父的脸色还在急剧变化，似乎在思考对策，怎么跟我解释"两个许谧"的问题。

我也没有太多时间思考这个问题，但我第一个冒出的念头就是——克隆人。我知道自己没有什么双胞胎妹妹，就算有个失散的妹妹，也不可能共用"许谧"这个名字。唯一的解释只有克隆，这世界上有两个许谧，一个在外面，一个身在犯罪规划局，其中一个是另一个的克隆体。谁才是那个克隆人呢？一想到这个问题，我全身瑟瑟发抖，显然，被当作实验品的我更有可能是更加卑微的克隆人。

真正的许谧是卓实和郁丞星的高中同学，她肯定认识郁丞星这个学校里的风云人物，可我不认识。为什么我这个克隆人要跟许谧本尊有所不同？那是因为卓实自卑啊，所以他创造的我不认识那个他艳羡的好友。

为什么张莫执从前说我跟郁丞星身份悬殊？说的不是我以为的地位上的天差地别，而是两个生命体本质上的完全不同。

为什么张莫执会提到公司里的同事都在暗中说郁丞星恶心，就算喜欢一个实验品、一只小白鼠，也不至于被说成是恶心吧？可是如果是完全用来为人类服务的克隆人呢？

有太多太多回忆涌上来，如潮水一般汹涌，淹没我的大脑，让我几近窒息。

"我想，有些事情根本没法永远瞒下去，"张父终于下定了决心，"从我决定要你帮忙调查莫执的事，我就预料到这件事必须坦白，只是没想到，你这么快就察觉到了，我本以为要等几次实验之后你才会察觉。许谧，哦不，应该叫你1015才对，因为你根本不是许谧，你只是她的复制版本，你是一个克隆人。"

我颤抖地呼出一口气，几次张口却发不出声音。郁丞星一直想要隐瞒我克隆人的身份，所以他才会禁止我参与张莫执的调查吧，毕竟张莫执是公司内部的人，是知道我底细的人。张父为了女儿的安危才会铤而走险，冒充郁丞星进行实验。张父才不会在乎我是不是知道真相，不在乎我会不会遭受打击、会不会心痛、会不会抑郁，他在乎的只有张莫执的安危。

我突然很想念郁丞星，我想亲自面对面地问他，这一切到底是怎么回事，他对我的感情，对一个克隆人的感情是不是源于真正的许谧。

见我一直沉默，而且表面上风平浪静，张父咳嗽了两声："许谧，不，我还是叫你1015吧。有关你的事，实验结束后我一定会解释清楚。请你暂时保持冷静，回归你的本职工作。"

一句"本职工作"再次刺痛了我，我是个为这项工作而生的克隆人，他们不在乎我的大脑会被芯片和实验毁掉，我真的就是公司的财产，一旦坏掉，就如同报废的机器一样会被销毁。我这样的一个克隆人，居然还在憧憬自由，他们会给一个克隆人自由吗？郁丞星承诺的自由是不是欺骗和诱饵？果真我只能把自由的希望寄托于靳楠？我还要把靳楠的存在告诉犯罪规划局吗？

"1015，"张父再次叫我，语气强硬了些，"现在不是你感怀身世的时候。"

我回过神，用力深呼吸。不管怎么说，我不能让张父有所警惕，所以我真的应该暂时专注于我的本职工作。我清了清喉咙，用沙哑低沉的声音说："张莫执在遭受恐吓威胁，而且不止一次。她认定了恐吓她的人是许谧，真正的许谧，她们之间应该是有什么恩怨纠葛。奇怪的是，张莫执似乎也在怀疑她的好友郜曼莉是那个恐吓者。但她很快便打消了这个念头。"说到"许谧"这个名字的时候，我感觉胸口憋闷，现在我再提及这个名字，居然是在说另外一个人。这种感觉像是做梦，但我知道我从未有一刻比现在清醒。

"恐吓？什么样的恐吓，什么时候开始的？"张父追问。

"有一段时间了，不止一次。应该是邮件、信件或者是电话威胁，总之恐吓者没有亲自出面。可是张莫执最初并没有把这当回事，并不打算付出对方要求的代价，我想很可能是一笔钱。于是恐吓者很可能是在暗网上雇了一个男人，也就是那个酒鬼，直接出面给她一个教训，告诉她，恐吓者有能力置张莫执于死地，要她把威胁恐吓当回事儿，重新考虑付出代价。"

张父眉头紧锁，喃喃低语："许谧为什么要威胁莫执？为什么莫执不肯寻求帮助？"

"现在还不能确定恐吓者一定就是许谧，只是张莫执自己认定她而已。所以我不赞成现在下定论，"我补充，"这绝对不是因为我对许谧，真正的许谧有什么偏袒，这是我的工作。"

张父对于这一点倒是还算理解："也对。可我就是不懂，为什么莫执不肯把遭受恐吓的事情讲出来，为什么要一个人扛着？"

我开门见山："隐瞒自然有隐瞒的理由，具体什么理由还需继续调查。但张莫执被威胁恐吓，应该是跟爆炸事件有关。"

张父稍有些惊讶："是啊，的确跟爆炸有关，不过你是怎么知道这一点的呢？"

"嘣，"我重复酒鬼替恐吓者的传话，"恐吓者的传话简单粗暴，只有一个字，但是却让张莫执瞬间变了脸色。我想，张莫执是个成年人，应该不会被这个字吓着吧？一般人听到这样一个拟声词，难免会愣一下，不明白对方的意思。可张莫执的恐惧是瞬间的本能。唯一的可能就是她顷刻间就明白了这个字的意思，对方的意思。我想来想去，最大概率跟'嘣'这个字相关的就是枪械射击和炸弹爆炸。但我更加倾向于炸弹爆炸，因为英语中炸弹爆炸的拟声词'boom'，跟这个'嘣'很像。"

张父叹了口气："的确，4年前发生过一场爆炸，莫执是受害者，浑身多处骨折，大面积烧伤，最严重的是炸弹碎片射入她的心脏，要不是正好有合适的心源，心脏移植手术成功，她早在4年前就……"

"看来，恐吓者一定跟4年前的爆炸事件有关。我需要知道4年前的事。"虽然表面上我已专注于工作，实际上我仍旧有些心不在焉，"克隆人"3个字盘踞在脑中，挥之不去。

第二十四章

分 身

张父以郁丞星的口吻讲述4年前的故事。

张莫执跟郁丞星的确是青梅竹马，这源于张莫执的父亲张朗讯和郁丞星的父亲郁凡海是一起创业的伙伴。张莫执和郁丞星一起长大，一直对郁丞星倾慕崇拜，遗憾的是最初郁丞星只把她当作妹妹一般，一直到4年前。

4年前，郁丞星作为未来市年轻有为的新晋科学家，在一个学术会议上崭露锋芒，身为星海集团的继承人，难免过于招摇，于是有不法分子盯上了他。在一次公开行程的途中，郁丞星被绑匪突袭，打晕后掳走。

绑匪开出的赎金价码可谓天价，他们知道郁丞星是郁凡海的独生子，郁凡海会不惜一切代价赎回儿子。郁凡海想过报警，可就在他打算报警的前一刻，绑匪打来电话，称他们既然敢绑架赫赫有名的星海集团的公子哥，一定是做了充分准备的，他们知道郁凡海的一举一动，威胁一旦报警就玉石俱焚。

无奈，郁凡海只能放弃报警，按照绑匪的要求筹钱准备交付赎金。然而绑匪的确是深谙此道，他们提出要让公司一周前刚刚录用的实习生邰曼莉，一个瘦小年轻的女孩子去送赎金。绑匪果然对郁家、对星海集团都做了一番调查，那个邰曼莉就是个胆小、畏畏缩缩、没什么头脑、只知道服从命令、动不动就哭鼻子的小姑娘，的确是一丁点威胁性都没有。

郁凡海派人把邰曼莉从集团接回家，提出给她一笔钱作为跑腿费，让她去交付赎金。邰曼莉当时就吓得脸色煞白，坚决不肯，说是命比钱重要。没办法，郁凡海只能把邰曼莉留在家里，说不强求，给她时间考虑。可是等到钱都筹集好了，该邰曼莉出场的时候，大家才发现这小姑娘居然从二楼的窗子逃跑了，还留下了一张字条，算是辞职信。

绑匪那边规定的时间已到，郁凡海通过电话告诉绑匪，邰曼莉宁可丢了工作都不肯接下这差事，请求换个人，最好是郁凡海亲自去交付赎金。可绑匪却称一定要邰曼莉他们才放心，再给郁凡海12个小时，必须找到邰曼莉。

12个小时过去，邰曼莉却仍旧不知所终，估计是被吓得躲了起来。关键时刻，是张莫执主动站出来。她说她跟邰曼莉的身材差不多，加以伪装说不定可以以假乱真，为了郁丞星，她甘愿铤而走险。

张朗讯自然反对，他虽然希望自家女儿和郁家儿子喜结连理，但绝对不希望女儿为了郁丞星冒生命危险。郁凡海也不想连累张莫执。可无论大家怎么劝，事情迫在眉睫，张莫执又固执己见。没办法，最后张莫执化装一番，顶替邰曼莉乘坐地铁赶往交易地点。

张莫执先是乘坐地铁到了市郊植物园，根据指示转乘公交到了游乐场，又根据指示骑着共享单车去了郊外一处废弃的烂尾大楼。按照指示，她把现金丢入了大楼附近的污水井，然后去烂尾楼里找郁丞星。整个过程绑匪都没有发现张莫执是冒名顶替者，或许是他们发现了，却无所谓。

郁丞星坐在一把破旧木椅上，双手被反绑，整个人昏昏沉沉，头痛欲裂。眼见张莫执向他跑来，要带他离开这里，他却一丁点要离开的意思都没有。

郁丞星告诉张莫执，绑匪在这把椅子的下方埋了一颗炸弹，一旦椅子上的重量消失，炸弹就会马上爆炸。绑匪的目的不光是钱，还有他这条命，以及一场见死不救的好戏。绑匪的意思是前来交付赎金的人一定会见死不救，他们本以为来的是个胆小的实习生，跟郁家没有任何关系，一定会自顾自逃命，把郁丞星丢在那里。可来的不是邰曼莉，而是张莫执。张莫执毫不犹豫地提出由自己代替郁丞星坐在那把椅子上，让郁丞星去跟很快就会根据她身上的跟踪器赶过来的郁凡海会合。

郁丞星自然不肯，虽然炸弹由重力装置控制引爆，但它本身也有自己的倒计时，正午12点正是炸弹爆炸的时刻。此时还有不到10分钟就到12点，郁凡海他们并不知道有炸弹，赶来的队伍中一定没有拆弹专家。他不想连累无辜，要张莫执马上离开。

张莫执却不由分说，一点点把郁丞星从椅子上挤了下去，她的力气比虚弱的郁丞星大，如此冒险是因为他们俩就张莫执离开还是留下来的问题争执又花费了几分钟，眼看离12点不到5分钟，张莫执别无选择，只能孤注一掷。

幸运的是，张莫执顺利坐在了椅子上，炸弹并未爆炸。

郁丞星感动万分，虽然没有力气再把张莫执从椅子上挤下去，一时间也不肯离开，抱着一起死的决心守在张莫执身边。张莫执急得大哭大叫，说什么都要郁丞星快点逃离，跑到安全地带。张莫执说星海集团不能没有继承人，要郁丞星替自己照顾父亲，郁丞星不走，她就死不瞑目。

眼看还有3分钟炸弹就要爆炸，郁丞星终于答应离开，他跌跌撞撞地逃出烂尾楼，就在他艰难地跨越烂尾楼大门门槛的瞬间，身后的炸弹爆炸。后方涌来的气流让他整个人扑倒在地，昏厥过去。

再次醒来时，郁丞星已身处星海集团旗下的私立医院，他的身体除了有些脱水之外并无大碍。他一醒来就追问张莫执的情况，得到的消息是张莫执在手术室里生死未卜，致命伤是射入心脏的炸弹碎片，除此之外全身多处骨折、多处烧伤。看来在爆炸之前，张莫执也离开了椅子，或者是炸弹的威力并没有那么强大，总之并没有把人炸得粉身碎骨。

张莫执的运气不错，正巧这家私立医院有一个自愿捐献器官的病人刚刚病故，血型也跟张莫执一致，院长当即做主马上实施心脏移植手术。手术足足进行了十几个小时，其间几次张莫执已经到了鬼门关，又生生被拉了回来。幸运的是，张莫执并没有排异反应，几天之后，全身包裹着绷带、四肢打着石膏的她苏醒过来。

一醒来，张莫执便被无尽的疼痛折磨，不得不靠止痛药暂时缓解。她的面部有烧伤，身上也有相当面积的烧伤，医生保守估计，未来的一年里，她要进行将近10次的植皮手术才能彻底恢复容貌，至于身上的烧伤，有一部分可能要伴随她一生。

尽管如此，打了止痛药缓和了一些的张莫执，第一句话就是问郁丞星的安危，得知郁丞星安然无恙，她笑着流下眼泪，泪水浸湿面部的纱布，又疼得她大叫。

郁丞星在病房外看到了这一幕，他对张莫执无以为报，唯有接受对方的一片深情，以身相许。于是接下来的一年里，郁丞星几乎每天都要去医院看望陪伴张莫执，他对张莫执本来就有深厚的亲情，在见识了张莫执对他伟大的爱之后，因为感动，感情很轻易地便转为爱情。在张莫执进行完第5次植皮手术，骨折完全恢复之后的一天，郁丞星捧着99朵玫瑰，单膝下跪，向张莫执求婚。

两年后，张莫执又变回了那个漂亮自信的女孩，她还多了一个身份，那就是郁丞星的未婚妻。

"唉，警方到最后都没能抓到那两个绑匪，我能够提供的信息有限，他们俩都戴着面具和变声器，只能根据身形和动作分辨是一男一女。"张父攥拳砸了一下茶几，"如果说恐吓者真的不是许谧，那就一定是这对绑匪。他们知道炸弹爆炸是莫执的噩梦，所以以此作为要挟。要么，许谧就是当初的绑匪之一！"

"现在下定论为时过早。对了，郜曼莉是怎么回事？她不是那个临阵脱逃的实习生吗？怎么又成了张莫执的好朋友？"刚刚听到郜曼莉这个名字，我就想问这个问题了。

张父顶着郁丞星的脸，却不知道以他的口吻提到张莫执时发出的父爱光芒再一次出卖了他。他叹了口气说："莫执真的很善良。当初她在医院遭受折磨，他的父亲找不到绑匪，便迁怒于郜曼莉，如果不是因为郜曼莉胆小怕事，那么去送赎金的应该是她，而不是莫执。当然，如果这样，那么我就会在那场爆炸中丧生。但莫执的父亲看不得女儿遭受如此痛苦，所以当郜曼莉心怀愧疚地去医院探望莫执的时候，莫执的父亲便对她恶语相向，恨不得对她大打出手。"

"结果是张莫执出面阻止，为郜曼莉求情？"我想，张父所谓的张莫执的善良应该是这样。

"是啊，莫执说她还要感谢郜曼莉临阵脱逃。郜曼莉算是我们的间接媒人，虽然给她的肉体带去无尽的痛苦，却成全了我们的姻缘。"

我了然一笑："当时郜曼莉一定非常感动于张莫执的大度，所以后来两人就成了朋友。"

"是啊，莫执的朋友很多，但都是一些表面上的酒肉朋友，只有郜曼莉，她们俩是可以谈心的好友。但莫执毕竟是个大小姐，强势惯了，郜曼莉的性格又是畏畏缩缩，所以她们相处起来，就是你刚刚看到的样子。"

我觉得郜曼莉算是一个突破口，便问："张莫执隐瞒被恐吓的事情似乎跟她与许谧的恩怨有关，似乎跟4年前的绑架爆炸也有关。而郜曼莉像是知情人，你们肯定已经找过郜曼莉了解情况了吧？"

张父叹了口气："找了，当然找了。正是因为找了，我们才意识到莫执真的处于危险之中，而且刻不容缓。唉，郜曼莉，死了。"

"死了？"怪不得张父会如此紧张，不惜假冒郁丞星也要让我马上查出幕后黑手。如今死了一个张莫执的好友，而且是与4年前绑架案相关联的人物，这算是恐吓者继酒鬼之后的另一个警告，警告一步步升级，张莫执岌岌可危。

张父的表情愈加凝重："是啊，就在昨天晚上，郜曼莉死在了家中，死因是天然气泄漏引发的爆炸。没错，就是爆炸。虽然警方定性为意外事故，但我知道，这绝对是人为的，是那个恐吓者的又一个警告。"

"既然如此，张莫执和她的父亲就没有想过花钱了事吗？恐吓者要的数目太大？难道……难道跟4年前一样？"

张父重重点头："是啊，同样的天文数字。所以我认为恐吓者就是当年的绑匪。可莫执却认为恐吓者是许谧。我问她难道说许谧就是当年的绑匪之一？她却情绪激动，说什么也不知道。"

"那么许谧的行踪呢？"虽然我这样问，但已经猜到了答案，恐怕他们并未在星云中搜索到许谧的所在。

张父果然摇头："许谧最后一次出现是在半个月前，那之后她便像是人间蒸发，她就算不是当年的绑匪，不是如今的恐吓者，也绝对与当年和如今的事脱不开干系。"

"张莫执呢？你们一定已经妥善安排了吧，在一个绝对安全的地方。"我推测即便是张莫执不肯，身为张父也一定会采取强制措施，把她幽禁起来。

"没错，莫执现在绝对安全，但她不能永远躲在暗处。我们必须尽快找到恐吓者，才能彻底解除隐患。"

看来事情的关键就在4年前的绑架案，恐吓者就是4年前绑架案的相关人，我绝对有必要从4年前查起。

凌晨1点，我仍在床上辗转难眠，虽然身体极度疲乏，但是精神上却异常兴奋。我还是无法接受自己是克隆人这个事实。我想到了真正的许谧，她由母体孕育而生，而我呢？我是从哪里来到这个世界的？是冰冷的机器吗？许谧初来这个世界是一个婴儿，那么我呢？是一个成年人吗？我努力回想，到底我是什么时候开始真正存在的。我脑子里那些记忆和现实的分界点到底在哪里？

想来想去，我有了推测，分界点应该就在11年前。11年前，卓实的父母过世，他备受打击，也许他为了寻求心理依赖对许谧表白，结果遭到了拒绝，也许他始终没有信心和勇气去表白。总之，迫切需要一个伙伴、一个亲人的卓实创造出了一个许谧的克隆人，也就是我。怪不得，怪不得我从未思念许久不见的父母，从不怀念儿时的朋友，从没有对除了卓实之外的男人动哪怕一点点欣赏爱慕的心思，满心只有一个卓实，并且从前的我从未为此感到不妥，直到真相大白后的现在我才恍然大悟，原来我一直活在一个精心编织的骗局之中。从前的我只是一个为卓实而生，用来让他寄托对真正许谧的感情，用来陪伴和排遣的克隆人！

卓实一定是借助于星海集团的先进科技手段，才以真正的许谧为蓝本创造出了我这个克隆人，所以严格来说，我其实一直就是星海集团的财产，是他们的实验品。只不过因为卓实后来也为星海效力，他们便允许我以卓实"爱人"的身份留在他身边。再后来卓实过世，我自然要回归星海集团，成为他们的实验品，做我的"本职工作"。

与其他实验品克隆人不同的是，我对于我的身份不知情，以为自己是个真正的人类。为了让我更加专注地投入工作，像其他克隆人一样甘当实验品，为了让我心无旁骛、心甘情愿地为犯罪规划局效力，不去想什么不切实际的、正常人类的生活和自由，他们利用卓实的死为我设计了一个诱饵，隐瞒我克隆人的身份。他们对我隐瞒真相，或者说卓实和郁丞星主张对我隐瞒我的真正身份，也许真的是一种善意的欺骗。他们不忍心让我知道那么残忍的真相。

当初卓实真的死在了我身边，然而他早就为他的死做了周全的计划，把他的死变成了一起永远无法破解的谜案。我想，在我因为悲伤过度倒在门口昏厥之后，我的邻居，也就是卓实的同事樊英杰就会把我送往别处，然后拿着卓实早就写好的遗书报警。现场的种种根本就是指向了自杀，更有遗书为证，卓实的案子是以自杀为定论的。那之后的所谓逮捕、拘留、审判、辩护和判处死刑等等，全都是犯罪规划局的自导自演，他们临时租赁了片场，出场的都是星海集团的临时演员。而我居然一直以为自己接受的是真正的审判。他们为了我还真是煞费苦心，大费周章。

卓实真的爱过我吗？答案恐怕是没有。郁丞星呢？他对我恐怕更多是同情吧。可星海制作的克隆人肯定不止我一个，郁丞星各个都要同情吗？说到底我们不过是他们创造出来的工具、小白鼠。科学家会对一只小白鼠产生感情而放弃实验吗？答案显然是否定的。他们顶多会在实验中尽量对小白鼠人道一些。郁丞星曾经许诺的自由不过是又一个诱饵罢了，他对我的好和那个遥远的梦一样，本质上跟卓实的死相同，不过都是让我乖乖安心工作罢了。

那么靳楠呢？似乎我跟靳楠才是更加平等的两个个体，他对我的感情是真的吗？我懒得想这个问题，因为靳楠是个杀人凶手，我根本不屑于他的感情，就算他对我的感情比卓实和郁丞星都要深刻真挚，也不能让我多一丝安慰和自我价值感。但我需要靳楠，因为他是我—— 一个克隆人冲破牢笼，获得自由的唯一途径。

幸好我没有来得及把靳楠的存在告诉郁丞星，现在看来，我仍旧不能说。

迷迷糊糊中，我告诉自己，哪怕我只是个克隆人，哪怕我只是真正许谧的影子，但我依旧是个生命，是个活生生的人类。我有思想，有情感，有底线，有原则，有憧憬，也有能力，我渴望爱与被爱，我仍是我，仍要追求我向往的自由未来。

翌日上午，我是被张父叫醒的。醒来后一看时间，我竟然破天荒睡过了头，竟然睡到了8点半。

张父不知道是出于扮演郁丞星的需要还是真的能够体恤我这个克隆人，倒是没有生气，反而关心地问："是不是失眠了？可以理解，但我还是希望你能够尽快接受事实，专注于工作。"

我苦笑，起床洗漱，然后第一时间进入实验室，躺在实验床上，自己乖乖戴上了那个正在慢慢蚕食我大脑的头盔，进入实验。

出乎意料，实验中我竟然身处医院，准确来说不是医院，更像是高度隔离的病房。来往的医护人员都穿着厚重的隔离服，病房的门口还有专人守门，像是在提防里面的人逃跑。

我不知道这是什么地方，不知道这里的时间，更加不知道我为什么会出现在这里。但好在我在这些人面前是无影无形的"幽灵"，可以不受守门人的阻碍穿墙而入，看看病房里面到底有什么人。

透过厚重的金属门，我进入病房，第一眼便看到了熟悉的身影——穿着一身白色病号服的郁丞星。郁丞星生病了？而且是严重的传染疾病？我忙走近坐在床沿发呆的郁丞星，上下打量。

郁丞星的脸色还好，没有消瘦，一切看似如常，只是面色凝重。他的左手不着痕迹地轻轻拉扯衣袖，微微仰头朝向墙角的摄像头。

我的目光停留在郁丞星的左腕上，显然，他在遮挡他腕上的两个烫伤伤口。从前他有手环作为遮挡，如今他没有任何私人物品，只能靠衣袖遮挡。他在对除了我之外的人隐瞒他的伤口。一定是这样的，否则张莫执的父亲伪装成他不可能忘记给自己的手腕化装。我对郁丞星的谜样伤口更加好奇，直觉这伤口意义重大。

"许谧，我知道你在这里。"郁丞星微微低头，仍旧面冲摄像头，他目光的高度正好是一个站立着的人。

我仅仅惊讶了一秒钟便反应过来，郁丞星当然不可能真的看到我，他只是知道我很有可能会在实验中来到他所在的地方，因为这里有摄像头。

"尽管他们下了一番功夫，严禁这里的视频上传到星云之中，但我相信，你一定可以找到我。如果现在有另一个我身在我们的家，你一定已经看出他并不是我。"

郁丞星的声音不大，含混不清，但好在我能够读懂唇语。他一定是知道这一点，所以想要借此躲过摄像头那边监视他的人，这番话只说给我听。我不知道他此举会不会成功，不知道会不会使得他们关闭摄像头，但好在这一次，我见到、听到了郁丞星。而他的那句"我们的家"让我错愕了两秒钟。那里对我从来不是家，当然对他来说也不是，他这样说还是在演戏，他还要继续扮演一个同情小白鼠的科学家。

"许谧，我父亲从国外参加会议回来便接受了隔离。那边的疫情是在我父亲离开后暴发的，但尽管如此，因为我跟父亲有过接触，我也被幽禁在这里。我想，化验我是否被传染根本用不了这么久，这一定是他们的安排，是我父亲和张朗讯的安排，只是为了跨过我，让你去调查张莫执的事。想必你现在已经知道了吧，知道了我一直隐瞒你的真相。许谧，对不起，真的对不起。但我曾经的许诺是真的，请你一定要相信我。"

我站在郁丞星对面，直视他饱含深情的眼，与他对视。明明知道他根本看不到我，我还是无法移开目光。郁丞星的双眸温柔如水，我却只觉得讽刺可笑，一个堂堂星海集团的继承人，真的会对一个公司财产、一个克隆人动情？当然不可能。

"许谧，不管你是谁，我对你是真的。"郁丞星顿了几秒，右手握住左手手腕，坚定地说。

紧接着，一切戛然而止，我像是被一股强大的力量给甩了出来。我猛地睁开眼，眼前是再熟悉不过的实验室的顶棚。一定是监控郁丞星的人感到不妙，及时关闭了摄像头。

"怎么？这么快？是不是实验出了问题？"眼前的张朗讯略带责备地问。

我起身，刚想要解释是因为昨晚没有休息好导致实验中止，但很快打消了这个念头，冷冷地说："我刚刚在隔离病房见到了郁丞星，真正的郁丞星。如果你们想要让我继续调查张莫执的事，就放他回来。否则，即使是克隆人，也会罢工。"

张朗讯愣了一下，随即马上卸下伪装，冷哼两声退回座位上："果然，果然，你果然不简单，居然能够利用实验冲破星云的束缚，入侵网络，而且是越过我们为你设置的重重障碍。"

我勇敢直视张朗讯："其实我在第一眼看到你的时候就察觉到了你并不是郁丞星，之所以没有马上拆穿，是想要看看你到底有何目的。张总，我想我们也无必要多说，要想让我继续调查，抓住那个威胁你女儿性命的人，就必须让丞星回来。"

张朗讯怒视了我几秒钟，无奈地点头。

张朗讯离开后，我独自坐在沙发上等待郁丞星归来。我之所以要冒险拆穿张朗讯，要郁丞星回来，当然不是因为我想念郁丞星，我根本不屑于他的虚情假意，我需要他仅仅是因为我不能面对张朗讯推理真相。因为我已经察觉到张莫执并不单纯无辜，继续调查下去，尤其是去调查4年前的绑架案，很有可能查出她一直想要隐瞒的、见不得人的秘密。这些真相我如果对张朗讯这个爱护女儿的父亲说出来，轻则激怒这位父亲，重则他会为了保护女儿的名誉而隐瞒甚至篡改真相，那么我这个唯一知道真相的侦探就很有可能遭遇他的毒手。

中午刚过，大门的嘀嘀声传来，门开了，郁丞星站在我面前。只一秒，我就通过眼神确认了对方的身份，他就是郁丞星无疑。

不等我开口，郁丞星已经快步朝我走来，不容分说便抱住我，他的脸在我耳边摩挲，一只手环绕我的腰身，另一只手轻抚我的头发，轻声说："谢天谢地，你没事。"

我本能地想要挣脱郁丞星的怀抱，却僵在原地无法动弹。郁丞星的怀抱竟然像极了卓实！曾经的卓实就是这样，抱着我的时候喜欢低头在我耳边摩挲，温言软语，一只手揽住我的腰，一只手轻抚我的头发。难道说卓实对我的种种亲密举动也是师承郁丞星？这种事也要教吗？

"许谧，这次是我疏忽了，从此以后，我不会再给任何人任何机会伤害你。"郁丞星轻轻松开我，双手捧着我的脸，微微弯腰与我平视，一副对我视若珍宝的模样，"从此以后，我不想再逃避。"

他的这个举动也跟卓实一模一样！卓实每次抱我之后都会如此！我不信，我不信郁丞星会特意去教卓实如何欺骗一个克隆人的感情，甚至教到如此细微之处。我产生了一个大胆到把自己吓得浑身发抖的想法——既然张朗讯可以易容成郁丞星的样子，那么是不是郁丞星也可以化身成卓实？我从前一直觉得郁丞星对我的好没来由，他见我第一面时眼神里就充满了难以名状的哀伤，难道那是因为他已经认识我好久，已经有10年之久？他对我的了解，对我跟卓实之间故事的了解全都源于11年的相处？甚至说这11年来陪在我身边的根本就是他！向我浪漫求婚的人也是他！

我难以置信地注视着近在咫尺的郁丞星，想到了卓实的习惯，过去的11年里，卓实总是有他的一套程序，拥抱过后是捧着我的脸颊与我对视，然后便是深情的吻。那么郁丞星是不是也要完成这一系列的程序？

我的反应如此剧烈，郁丞星当然看得出，但他仍旧保持平静。他虽然一个字都没说，但深邃的双眼似乎在告诉我：没错，一切就是你想的这样。

果然，郁丞星的脸慢慢靠近，他像卓实一样，低垂着眼帘，用迷离的目光注视着我，越来越近，一直到肌肤接触。

我却无法接受这一切，突然一把推开郁丞星。他被我推得向后一个趔趄，满眼悲伤地注视着我。

"你们……你们……"我一时语塞，只觉得满腔愤恨快要膨胀到爆炸，我不知道该说什么来表达我对郁丞星和卓实的恨、对犯罪规划局的恨，也许他们是在做对社会有益的研究，可是他们却牺牲了我！他们创造出我只是为了牺牲我，把我当成人类社会进步的一个垫脚石而已。最过分的是，郁丞星和卓实利用了我的感情，即使是克隆人，我也是有感情的，我的感情同样容不得利用和践踏。我无法原谅他们，我甚至憎恨这个世界，它对我是如此不公！

　　我猛地转身逃回自己的房间，关门前我看到郁丞星仍旧呆呆地伫立在原地，落寞孤独，他的口形告诉我，他在用细不可闻的声音说：对不起。

　　又是一个辗转反侧的夜，这两天接连向我投射了两颗重磅炸弹，我一时间根本无法承受。我是一个克隆人，是被卓实利用星海集团的技术克隆出来的生命体，一个属于集团的实验品、一个工具、公司财产，而一直陪伴在我身边的我以为的爱人并不是卓实，应该说并不完全是卓实。仔细回想后，我又一次后知后觉，这11年间大概有一大半的时间，我身边的卓实并不是卓实，不是那个木讷、少言寡语，笑起来憨憨的，亲密接触时会害羞，总是愿意跟我谈科学、讲人类进步历史的卓实，而是性格更为开朗，会给我讲笑话逗我开心，跟我聊八卦新闻，笑起来自信爽朗，会主动跟我亲近的郁丞星。我认定的爱人实际上是两个人，而郁丞星就是其中之一，是真正卓实的分身。

　　卓实真的是工作狂，以往我以为他再忙都会抽出时间陪我，现在看来，卓实在忙着他心爱的工作时，陪伴我的是郁丞星。怪不得郁丞星曾经跟我说过，卓实没有我想象中那样爱我；怪不得郁丞星会对我体贴备至，哪怕是养一只宠物10年，也会产生感情吧？

第二十五章
交 集

我又一次睡过了头，但却没有被谁吵醒，而是自然醒。早上8点半，我来到餐厅，郁丞星和一桌子丰盛的菜肴等着我。

尽管花了大半个晚上的时间消化种种残忍的事实，我仍然无法不去恨郁丞星，但表面上我不想跟他闹得太僵，面对他如此明显的示好，我选择配合。

我坐在郁丞星对面，拿起筷子，手又僵在半空中。曾几何时，我就是跟卓实过着这样简单而幸福的生活，如今，餐厅的格局没变，也许眼前的人也没变，可对我来说，一切都变了。

"许谧，对不起，我知道这三个字对你来说有多么苍白无力，但是，真的对不起。"郁丞星沉重地叹了口气。

"我不是许谧，我是……"我的鼻子一酸，久违的泪水夺眶而出，满腹委屈地说，"我是1015。"

是的，我不是卓实深爱的许谧，也不是靳楠追忆过去一夫三妻生活的汤佳敏，我没有名字，只有代号。

"就让我叫你许谧吧，我这样叫你11年了。在我眼里、在我心里，你才是许谧，那个卓实喜欢的许谧什么都不是。"郁丞星急于澄清，语气诚恳，生怕我误会，像个哄女朋友的男朋友。

我苦笑，抹了把眼泪。不得不承认，郁丞星这番话我还是很受用的，如果我能够全心全意地相信，应该会非常暖心，幸福感飙升。可我并不相信，我遭遇的一切让我无法再完全相信任何人。

餐桌上，郁丞星告诉我，张朗讯讲述的4年前的种种的确属实，他原本只是把张莫执当作妹妹，可是张莫执对他的爱、她的舍身相救震撼了他，那之后他又眼睁睁地看着张莫执在医院里捡回一条命，亲身陪伴经历张莫执手术和各种后遗症的痛苦，他对张莫执的爱源于震撼、感动、偿还、责任，还有父辈们的撮合和游说，唯独没有那种触电般的心动。原本他打算按照计划，真的跟张莫执结婚度过一生，把对我的感情压抑在心底，但张莫执一次次故意在我面前泄露我的身世，甚至还放毒气迷晕他，试图杀死我这个情敌。郁丞星终于忍无可忍，彻底提出分手。

"不管怎么说，我的确是个移情别恋的浑蛋，尤其是在张家父女眼中。张叔叔第一时间告诉我莫执处于危险之中，要求我马上利用实验调查出幕后黑手的身份，为她解除危机，可我却拒绝了他，让他另寻办法。我不想让你知道会令你心痛的真相，如果可能，有关你的真正身份，我想要永远隐瞒下去。张叔叔马上答应我另寻办法，我没想到，他会联合我父亲一起乘上国外疫情的顺风车，直接幽禁我，然后由张叔叔冒名顶替我。"

"永远隐瞒下去？不，如果要我选择，我宁愿知道真相。别忘了，我是个侦探，无论真相如何残忍、震撼，我以寻找真相作为使命和天职。"这话我是发自肺腑，而接下来的问话，我只是走个过场，"丞星，事到如今，你绝对不可以骗我。你之前承诺给我自由，还算不算数？"

郁丞星坚定地说："当然算数，我答应你，莫执的案子一结束，我就带你离开这里。天涯海角，你想去哪里，我都陪你。"

我凝视郁丞星，心里有个声音在大喊："相信他，他是你唯一能够相信的人！"然而又一个声音从远处传来，越来越剧烈："不要相信他，谁也不要信！你跟他们不是同类！"纠结了片刻，我的决定不变，我仍然打算对郁丞星隐瞒靳楠的存在，靳楠是我最后的希望。

"对了，"我的眼神瞟过郁丞星戴着手环的左手手腕，"你的伤到底是怎么回事？"

郁丞星眉头紧锁："是公司还处于研发阶段的特殊仪器，本来是不允许擅自操作的，我这个人就是这样，越是不允许的事情越想要尝试，结果是自讨苦吃。

所以一直遮遮掩掩，免得被其他人发现。"

　　说谎，郁丞星说谎的时候眉毛总会不自觉地稍稍上扬，嘴角稍稍向下，他恐怕还不知道，我早就已经看穿了他说谎的把戏。但我不想现在马上追问，我不愿意拆穿郁丞星的谎言，就如同从前卓实跟我说他很快找到了工作、跟同事都相处得很热络，我明明知道以卓实的性格根本不可能，但绝不拆穿。

　　我数不清第几次躺上实验床，戴上头盔。

　　我又是在一阵喧闹嬉笑和剧烈的音乐声中醒来，只不过这一次不是酒吧，而是豪华的KTV包间。张莫执好像特别喜欢这种场所。

　　包间的中央，一个微醺的女人正在深情款款地对着一个正襟危坐的男人唱情歌，女人借着酒意对喜欢的人明示心意，周围的同龄人一起起哄，好几个都拿出手机拍摄唱歌的女人和尴尬的男人。

　　张莫执却不屑于关注那边的热闹，低头摆弄手机，好像是在等什么重要的回信却一直等不到，不免有些气急败坏。我凑过去看张莫执的手机，发现正是跟郁丞星的对话页面。张莫执告诉郁丞星这两天降温要注意保暖，张莫执提醒郁丞星出差回来要给她带礼物，张莫执问郁丞星和她父亲是不是在搞什么秘密项目，自己也想要参加，张莫执发给郁丞星她所在的KTV的地址，要他工作完后马上赶过来救场。可郁丞星却一条都没有回复。

　　我顺便通过张莫执的手机确认了时间，此时正是4年前，距离绑架案发生的前3个月。

　　一个明显喝大了的女孩凑到张莫执身边："莫执，咱们高中老同学都8年没见了，好不容易才凑够十几个聚一回，你怎么心不在焉啊？在催你男友过来吗？也对，你看我，还有小丁，我们的男友尽管再忙，也都乖乖推了所有工作，巴巴地赶过来给我们撑场面，怎么就你男友是大忙人啊？"

　　张莫执冷笑："你们俩的男友是什么货色，这种货色我就是拉一车过来又能怎样？只会自降身价。"

　　那女孩像是习惯了跟张莫执斗嘴，早就预料到她会这样回击，哈哈大笑："大小姐就是大小姐，这么多年来一点没变。哎呀，我是真想瞧瞧啊，能让我们张大小姐看上眼的男人是个什么档次？真想开开眼啊，可惜没机会了。"

　　两个女人阴阳怪气地你一言我一语，我的注意力却瞟往张莫执的身后，角落里还有一个男人与当下的气氛格格不入。那是一个相貌平平，穿着打扮规规矩矩的男人，几乎每个班级里都会有这样不起眼的小人物，他们参加这种聚会顶多算是凑个人数。男人一直在后方默默注视张莫执，眼神一刻也未曾偏离。看得出，男人喜欢张莫执，但他有自知之明，知道两人之间的天壤之别，可能早在8年前高中时期就一直这样，在张莫执的背后当一个默默的关注者。

我原本以为这男人会继续按兵不动，没想到他竟然起身坐到张莫执身边，替张莫执回击："赵同学，你男朋友一直在给夏青青灌酒，真的没关系吗？"

赵同学本来正在哈哈大笑，一听这话马上收起笑容回头去看，然后一个字也没留下，第一时间冲到不远处一对并排坐着的男女中间。

张莫执瞥了男人一眼："你……你叫余……余冠鑫？"

男人不好意思地挠头："余冠彬，高三的时候我坐在你后桌。"

"哦，对，余冠彬，谢谢你啊，帮我出了一口气。"张莫执的目光只在余冠彬脸上停留了两秒，又回到自己的手机上。

余冠彬没有马上离开，欲言又止，好几次话到嘴边又生生咽下。

张莫执很快察觉，声音又变得冰冷，恢复了刚刚的阴阳怪气："怎么？余冠彬，你该不会是想对我表白吧？"

余冠彬忙摆动双手："没有没有，不是表白，只是……"

"只是什么？"张莫执不耐烦地问。

"你能不能借我一点钱？如果不是走投无路，我也不会朝你开口，我是真的需要一笔钱，一笔救命钱。这对你来说只是九牛一毛，可是对我来说……"

赵同学又杀了回来，打断了余冠彬的话，一边拍手一边大声叫，想要吸引所有人的注意力似的："开什么玩笑？余冠彬，你主动要求参加这次同学会该不会就是为了找张大小姐借钱吧？莫执，我跟你说啊，之前我让小丁通知余冠彬参加同学聚会，他一听说是AA制就拒绝了，可是后来小丁说你也会来，这家伙又肯大出血掏钱来了。这投入产出比算得挺精啊！"

身后几个听见的男男女女也都哈哈大笑，还有人拿着手机过来拍摄窘迫到恨不得挖个地洞钻进去的余冠彬。

令所有人大吃一惊的是，张莫执居然大喝一声，甚至一把拍掉了那部正拍摄余冠彬脸色特写的手机："够了，你们不要太过分！"

一时间，包间里静得只剩音乐伴奏声，就连刚刚的麦霸都惊愕得忘记了唱歌，举着话筒瞪大眼瞧着张莫执。

赵同学最先反应过来："哎呀，真是太阳打西边出来啊，张大小姐也会大发善心啊！"

余冠彬面子上挂不住，逃也似的起身推门离开包厢。张莫执缓缓坐下，气氛一下子又恢复了正常，赵同学又忙着回去看好自己的男友，麦霸又开始扯着嗓子嘶吼，但张莫执却面色凝重，不放心似的一个人低调地离开了包间。

赵同学一直在暗中关注张莫执，看到她出去，猜到她恐怕是去找刚刚离开的余冠彬，她坏笑着掏出手机，也跟着出去。

"我说，赵大小姐，你要跟张莫执斗到天荒地老吗？上学时就这样，你们有钱人家的小姐就不能和睦相处吗？"赵同学身后传来一个醉醺醺的女声。

赵同学回头："小丁，在张莫执面前我算什么大小姐啊？可我就是看不惯她那副小姐脾气。不跟你说了，我出去方便一下。"

我看得出，赵同学是想要偷拍好戏，我必须跟出去，只要她拍到，我就能看到。

一路跟着赵同学到女洗手间，我有些失望，余冠彬不可能来这里，所以赵同学恐怕是拍不到好戏了。赵同学也很失望，但她还是不甘心就此离去，站在洗手间外，透过花丛叶子偷拍里面正在洗手的张莫执。

我走到洗手池边，站在张莫执身边，从镜子里打量张莫执。

"这么一会儿的工夫就跑没影了，面子这么薄，还好意思开口借钱，"张莫执没好气地数落余冠彬，"再忍一忍说不定我就借了呢。"

就在张莫执烘干了手打算离开时，一个穿着暴露的女人跌跌撞撞地冲进洗手间，双手杵在洗手池上，弯腰哇哇呕吐。可她的动作还是迟了一步，她的呕吐物有一部分撒在了张莫执的高跟鞋面上。

"哇，搞什么？这么恶心！"张莫执像是看到毒蛇一样，夸张地向后退几步，然后又气愤之至地向前，狠狠推了一把还在弯腰呕吐的女人，"你没长眼睛吗？"

女人抬起右手示意张莫执等她吐完再说。张莫执自认晦气，懒得跟她多说，想要越过她离开，跟女人擦身的时候，她似乎从镜面上瞥到了女人的长相，脚步越加缓慢。眼看她马上就要碰见在外面偷拍的赵同学，赵同学也试图转身离开时，张莫执先停下了脚步。

"许谧，"张莫执转身，"你是许谧吧？"

女人终于吐完了，用水龙头接水漱口，不紧不慢地歪头去看张莫执。

我看清了那女人的脸，再熟悉不过，那人跟我一模一样，不是真正的许谧又是谁？

"你是谁啊？"许谧真的喝大了，舌头不听使唤，说话含含糊糊，双眼无神，四肢瘫软，要不是勉强用双手支撑在洗手池上，她恐怕会坐在地上。

张莫执上下打量许谧，像个高高在上的女王蔑视一个侍女："你不认识我，我可是知道你的大名。许谧，圈里知名的捞女，专门喜欢跟富二代交往，哦，不对，说交往是好听的，应该说是出卖肉体，供有钱男人玩乐的玩物。你看看你，被灌成这样，他们根本不把你当人看啊。"

许谧似乎是听多了这样的挖苦侮辱，不怒反笑："怎么？对我这么了解，我这是遇见同行了？"

张莫执脸色阴沉，冷冰冰地说："我是郁丞星的女朋友，也算是卓实的朋友，你的事我当然知道。你看看你现在的样子，当初你倒不如选择那个对你一往情深的卓实。哦，也对，当初卓实只是个默默无闻的孤儿，前途未卜，相貌一般不说，又是个老实巴交、不解风情的木头，怎么入得了你的法眼？"

"郁丞星的女朋友？郁丞星？"许谧难以置信地重复着。

"对，就是郁丞星。这个名字你不可能不记得吧？毕竟你可是……"

"许谧！"另一个女人尖厉的声音打断了张莫执，"你还没吐完啊？快点，大家都等着你回去再战300杯呢，你到底想不想要王公子的游戏奖金了啊？"

我的心阵阵抽痛，单论4年前，我跟真正的许谧过的日子真是天差地别：4年前我被蒙在鼓里，活在一个幸福的骗局之中；而真正的许谧沦落成为富家公子哥的玩物，为了所谓的游戏奖金不惜毁掉自己的尊严和身体。

许谧狠狠抹了一把脸上的水珠和眼泪，冲外面叫道："我这就回去！"

洗手间里一阵沉默，只有许谧拖着沉重的步伐往外走，高跟鞋撞击瓷砖地面的声音。

"等一下，"张莫执突然开口，语气软了许多，"你就那么需要钱吗？"

许谧停下脚步，靠在墙壁上："怎么，你要施舍我？哼，少来假惺惺这一套，我不稀罕。"

"同样身为女人，我不想看到你这么作践自己。看在卓实的分儿上，我可以为你介绍一份工作。"张莫执走到许谧面前，掏出一张名片递给她，见许谧不接，便想要把名片塞进她的口袋，可上下寻找了一番，许谧身上的迷你裹胸和短裙根本没有放名片的地方。

许谧仰头干笑两声，拿过名片，轻轻一弹，名片飘落在地上的呕吐物之中，然后丢下一句话，跌跌撞撞地离开，她说："去死吧你。"

张莫执倒是没有太过于生气，低声嘀咕着："不识好歹的东西。"

我站在洗手间门口，盯着地上的名片和呕吐物足足怔了几分钟。反应过来时已经泪流满面，我明明知道真正的许谧跟我是两个独立的个体，明明知道她不算是我的亲人，可是看到一个顶着我相同面貌的女人活成这样，还是忍不住心痛。

张莫执、赵同学和许谧都已经离开，洗手间里只剩下我一个"幽灵"。我望着掉落在秽物之中的名片，努力恢复理智，分析张莫执的表现。这一晚，张莫执遇见了两个需要钱的人——余冠彬和许谧，她对他们似乎都想要提供帮助，可最终都没能把好事做成。不，不对，余冠彬虽然因为刚刚的窘迫落荒而逃，但是张莫执若是真想找他，只要问组织同学聚会的小丁就能问到余冠彬的联系方式；而许谧，张莫执不知道许谧的联系方式，看样子许谧也不想主动找她。她们俩的交集就是如此？不，不会的，她们之间一定还有纠葛。

正想着，我又听到了高跟鞋踩在瓷砖地面上的不规则的脚步声。听声音，走路的人跌跌撞撞，同时，一股浓重的酒气扑面而来。

是许谧，她快步走到洗手间门口，第一眼便朝地面望去，在看到那张名片还好好地躺在她的呕吐物之中后松了一口气。她几步跨上前，想要弯腰捡起那张名片，却因为体力不支干脆跪倒在地，跪在那张名片面前。她小心翼翼地捡起名片，用手擦拭上面的污渍，看着张莫执的名衔。

我也凑过去看，名片很高档，反射着金属光泽，上面有一排张莫执的名衔——星海集团美执医疗美容器械股份有限公司董事长。

一滴浑浊的泪珠打在"董事长"三个字上。

这是我的想象吗？我来到走廊，看着电梯外的广角监控探头，如果从这个视角来看，我只能看到许谧进入洗手间。那之后她在里面到底是又一次呕吐还是捡起名片，我没法目睹，只能凭借想象和推测。我希望我的推测是对的，我期望许谧还不算无药可救。

第二十六章

骗局

"许谧，实验被你中止了，"郁丞星的声音和他的脸近在咫尺，"出了什么意外吗？"

我起身，因为还沉浸在对真正许谧的感怀情绪中，不免低落感伤，一时间不知道该说什么。我在心里告诉自己，自己绝对不可以像真正的许谧那样活得那么卑微。同时，我更加有了动力想要继续实验，不是为张莫执，我只是想知道许谧现在到底如何，她当初又回去找那张名片，那张名片带给她的到底是重生还是另一种炼狱。现在的她到底是死是活，有没有背负罪孽。

"抱歉，这几天晚上我都没有休息好，恐怕是因为这个所以实验总是提前终止。"我真的这样认为。

"你失眠了？"郁丞星的脸上掠过短暂的错愕？

"是啊，这几天的事对我的打击太大，纵然是从前一向睡眠规律的我，也接连两晚辗转难眠。怎么，有什么不对吗？"我觉得郁丞星的反应很不对劲，但又没有任何头绪他为何如此反应。

郁丞星很快恢复正常："是啊，真是难为你了。"

实验报告时间，我如实把我在实验中的经历一一讲出。看郁丞星听我讲述的样子，他并未事先看过这些录像，听到真正的许谧当年的处境，他一脸沉重。

"丞星，许谧，我是说真正的许谧，她喜欢你，对吗？"我想起张莫执没说

- 244

完的那半句话，她的意思再明显不过，真正的许谥听到郁丞星这个名字时的反应
也说明了一切。我十分自信，许谥一定喜欢郁丞星。

郁丞星干涩地笑笑："是啊，不过那都是高中时候的事了。其实早在高一
的时候她就对我表白，当时我还不知道卓实也喜欢她。不过当年我毕竟是年少轻
狂，拒绝得有些不留情面。那个时候莫执还在读初中，她特意来高中部看我，却
偷看到了这一幕。后来我也听说了一些她爱慕虚荣的事，但卓实对她一往情深，
我想卓实的条件也不差，他只是不善于表达自己，存在感太低，说不定他一表白
就会成功。可卓实的表白计划却因为他父母的事搁浅。怎么？她是否喜欢我跟案
情有关？"

我耸耸肩："这点还不得而知。丞星，以你对张莫执的了解，她是那种乐于
助人的人吗？她会是真心想要帮助余冠彬和许谥吗？"

郁丞星微微眯眼，严肃地反问："什么意思？难道你认为她并不是真想要帮
忙？难道……"

眼看郁丞星的脸色越加难看，眉头越锁越深，我知道他听懂了我的暗示。

"丞星，余冠彬和许谥都需要钱摆脱窘境，张莫执会不会因为看上两人这共
同的特点，为他们提供了一个赚钱的渠道……"

"不会的！"郁丞星高声打断我，"许谥，我知道你的意思，但是你不要忘
了，莫执差一点就在那场爆炸中丧生！她在医院大大小小的手术做了不知道有多
少，受的罪非常人可以想象！"

我点头，冷静地说："的确，正是因为如此，你和张朗讯，包括所有人都从
未怀疑过是张莫执自导自演绑架案，因为没有人会拿自己的性命、拿万分之一的
生还机会当作赌注。我原本也不愿意这样想，可是实验内容又让我不得不产生怀
疑。所以我才会问你，张莫执是不是乐于助人的人。"

"是，她是！"郁丞星看我的眼神不太友好，"许谥，你该不会又在工作中
掺杂了私人感情吧？"

我再也无法保持冷静，激动地提高音量："丞星，你忘了之前卓晰桐和贾琳
的案件了吗？还有沈晴和黄立楷！有些时候，高危受害者并不单纯无辜，高危犯
罪者也并非潜在的罪犯！人性是如此复杂！"

郁丞星像是被我点中了穴道，整个人朝后方靠去，瘫软地倚在沙发靠背上。

他咬了咬嘴唇，艰难地说："的确，你说得有道理。其实扪心自问，我并不了解莫执，所以当我得知她居然对你动了杀机，我也是万分惊愕，难以置信，可事实又是如此。从小到大，我并没有对她有太多关注，后来她在我面前也总是展现美好的一面讨我欢心。所以说，你问我她是不是乐于助人其实没有多大用处。"

"我想，张莫执的高中同学们应该比你更加了解真实的张莫执，所以当他们取笑余冠彬，而张莫执突然出言阻止时，在场的人全都愣住了。他们的惊讶告诉我，张莫执当时是反常的，也就是说，她原本应该跟他们一起取笑余冠彬。可她没有，后来甚至追出去想要找余冠彬详谈。我想，一定是在当时她就已经在酝酿假绑架案了。她需要信得过的帮手，而且不能是自己身边的人，还应是急需要钱的人，而那次同学聚会为她提供了两个人选。"

郁丞星脸色急剧变化，我此番推理很难一下子推翻他和所有人认定了4年多的事，这点我很理解，我也不指望他能马上接受。

"如果绑架、爆炸都是莫执安排的，那么郜曼莉也是她的人喽？"郁丞星何等聪明，他马上想到了另一个关键人物。

"是的，郜曼莉也是张莫执的人，是绑架案的另一个演员，被张莫执用钱收买的帮手。为什么找郜曼莉？那是因为郜曼莉跟张莫执身形相同，并且郜曼莉畏畏缩缩、胆小怕事是出了名的，她临阵脱逃符合人物性格，而由张莫执顶替又顺理成章。"

郁丞星明显动摇了，顺着我的思路继续："也对，如果一开始绑匪给出的条件就是让莫执去送赎金，而又没有真的发生爆炸的话，我难免有所怀疑，就算不会明说，也会在心里猜度这是不是莫执导演的一出戏。找个中间人郜曼莉这一招的确高明。既然是同一条船上的人，郜曼莉又是知道莫执秘密的人，她们后来成为朋友也算是合情合理了。"

"丞星，我之所以产生这样的怀疑和假设，其实是缘于张莫执的一句话，不久前她在酒吧里借着醉意对郜曼莉问的一句话。当时张莫执在咒骂许谧，郜曼莉在一旁附和，张莫执突然问郜曼莉，该不会是你？郜曼莉马上否认，说一定是许谧。当时看来，张莫执突然问出这么一句十分突兀，不明所以。可如果郜曼莉也是当初假绑架案件的知情人呢？张莫执也就有理由怀疑郜曼莉可能是借此恐吓勒索她的人。"身为侦探，我尽力说服我的"雇主"相信我的推理。

郁丞星显然已经彻底动摇，并且偏向我的理论，但脸上的表情仍有不甘。站在他的角度，我可以理解，张莫执是他认定了4年多的救命恩人，现在仅凭我没有证据的推理就让他质疑他的恩人是个阴谋家，他自然会本能地抵触。

见郁丞星抿嘴不语，我继续："值得一提的是，4年前张莫执还是医疗美容器械公司的董事长，还没有进入犯罪规划局工作，她甚至不知道你和她父亲秘密从事的工作，所以不知道星云的存在，也就不知道要在摄像头下伪装自己，这才露出了破绽。后来在洗手间，她更加没有想到自己被赵同学偷拍。后来哪怕她知道了星云的存在，也没能提起警惕，抹掉自己曾经在星云中留下的痕迹，也许正是因为从未有人怀疑过她，让她放松了警惕。她和张朗讯，包括你，你们谁也没有想到，这些数据留存至今，会被我重新挖掘出来。"

郁丞星仍抱有一丝希望："你说得有道理，可爆炸呢？如果一切都是莫执自己安排的，难道她真的不惜以性命作为赌注？"

"当然不是。张莫执的确爱你，为了得到你，她无所不用其极，但豁出去性命这种事不成功便成仁，她绝对不会做。毕竟她和你青梅竹马，以后有的是时间和机会再想办法。我想，爆炸是张莫执意料之外的，或者说炸弹是真的存在，本应该被成功拆除或者是在她离开后爆炸，顶多受点轻伤，但爆炸的时机上出了意外，这才导致张莫执九死一生。"

"如果用意外来解释的话，一切还算说得通。但这只是假设而已，目前并没有证据。"郁丞星喃喃自语，似乎是在说服自己。

"是没有证据，但我打算坚持这个假设。我认为造成爆炸时机错误导致意外的罪魁祸首是两个绑匪。张莫执千算万算没有算到余冠彬和许谧这两个人各自为谋，他们是最不适合这项任务的人选。"

郁丞星本来还沉浸在自己的思绪中，听我这么一说马上问："什么意思？他们俩怎么了？"

我抬手指了指郁丞星："怎么，你自己刚刚说过的话忘记了吗？许谧高中时就喜欢你，恐怕一直没有忘情。而余冠彬呢？很明显，他也是从高中时代就暗恋张莫执，只不过他从未表白过而已。张莫执自然没把余冠彬和他的感情放在眼里，她也认为许谧已经对你忘情，他们俩只是单纯的两个缺钱的人而已，会对她的计划言听计从。而至于那些赎金，恐怕张莫执早就在路上调了包，只给了他们属于他们的那部分佣金，那些追踪不到去处的现金，真正的赎金仍在张莫执手中。可她低估了他们的感情，埋藏在心底发酵了数年之久的感情。"

"的确，那么一大笔钱，自然不能全给他们，他们俩也知道，以他们的身份就算得到了这笔钱也无福消受，没有渠道洗白，很可能会被警方找上，那么不如只收取自己应得的报酬。所以你说的他们俩各自为谋不是为了得到那笔赎金，指的是他们想要利用假绑架和炸弹将计就计，趁机除掉各自的情敌。"郁丞星一点就通，替我总结。

我用沉默赞同郁丞星的说法，等待着他顺着这个思路继续推理。

"现在再回想当初我面对的两个绑匪，虽然他们戴着头套和变声器，表面上看起来合作无间，但在一些小细节上确实有些别扭。我当时还以为他们俩是分赃不均，彼此心存芥蒂，"郁丞星陷入回忆，"难道真的是许谧和余冠彬？"

我波澜不惊地注视着郁丞星，跟他的纠结痛苦比较起来，我表面上是个旁观的局外人，实际上内心里也在为真正的许谧感怀。许谧在返回去捡起那张名片的时刻，她应该也是想要好好找一份工作，洗尽铅华、脱胎换骨地重新做人吧。那时的她哪里想到，张莫执并非真心帮她，她给她的不过是另一份罪孽而已。

"我记得当时操作炸弹的是那个男绑匪，也就是余冠彬，遥控器也在他手上。按照你的推理，余冠彬想要趁机除掉我这个情敌，应该会在我没有离开椅子、张莫执赶到之前引爆炸弹，然后把意外的责任栽赃给许谧。可事实并非如此，莫非其间又发生了意外，遥控器被许谧夺走？"郁丞星说着，用询问的目光望向我。

我一边想象着当时两边的情景一边描述："许谧一定是看出了余冠彬的预谋，她也打算将计就计，趁其不备偷走遥控器，在你安全离开、张莫执坐上椅子之后引爆炸弹。烂尾楼那边，你跟张莫执正在上演一出谁死谁活的情感生死大戏，烂尾楼不远处的监视地点这边，余冠彬和许谧也在上演一场争抢遥控器的惊心动作戏。最后的结果可想而知，许谧更胜一筹，所以死里逃生的人不是你，而是张莫执。"

郁丞星痛苦地闭上双眼："难怪莫执会一心认定恐吓勒索她的人是许谧，对许谧恨之入骨，因为她知道，当初害她命悬一线的人只可能是许谧。哼，你的这番报告如果被张朗讯看到，他一定会像莫执一样，恨不得把你……"

我默不作声。

郁丞星突然睁开眼，哀伤地凝视我："你该不会正是因为这一点才需要我？许谧，你对我真的一点点当初的情意都不剩了吗？"

我低下头，无法面对郁丞星闪着亮光的双眼。他的这个问题我无法回答，扪心自问，真的一点点都不剩吗？在对他们无穷强烈的恨之外，就没有一点点对当初甜蜜幸福的回味吗？那个曾经让我尝过爱情滋味的男人，那个跟我肌肤相亲的男人，我真的可以全然放下吗？

郁丞星在等我的回答，我沉默许久，抬头撞上了冷冰冰的摄像头，抬手示意郁丞星关掉录像机："丞星，有关我的命运、我们的过去，等这次任务完成之后再说吧。"

傍晚，郁丞星带回消息，他们已经通过警方找到了余冠彬。面对警方的审讯，余冠彬坚称自己绝对没有参与绑架，他承认当初他想要找张莫执借钱给母亲看病，但是受到大家的嘲讽之后就打消了这个念头。他其实也了解张莫执的性格，对于他这个几乎是陌生人的高中同学，借钱是不可能的。那之后没多久，余冠彬的母亲病故。警方调查过余冠彬的账户，的确没有不明来历的可疑钱款进账，他们没有理由扣留余冠彬。

"张叔叔看了视频报告，可想而知他怒不可遏，认定你的推理都是凭空猜测。下午的时候他去见了张莫执，不知道他们父女之间谈了什么。但张叔叔回来后怒气消了一半，难以掩饰对我的愧疚，虽然他什么都没说，张莫执也可能死不承认，但张叔叔恐怕已经有了结论。他刚刚带回来消息，张莫执之所以认定恐吓者是许谧，那是因为她收到的假炸弹包装上有一股廉价香水味，而且她收到后马上去查了楼宇监控，见到了一个鬼鬼祟祟的女人匆匆离去，所以她认定恐吓者不是许谧就是邰曼莉，一定是个女人。既然邰曼莉死了，那么无疑一定就是许谧，那个真正的许谧。现在警方已经全城通缉许谧，相信她躲不了太久。"郁丞星说到许谧这个名字时总是停顿一下，看我的眼神有所闪躲。

听到真正的许谧被通缉，甚至是杀害邰曼莉的凶手，很可能会在监狱里度过余生，我很不是滋味。如果4年前的那天她没有回去找那张名片，那么哪怕她继续堕落，是不是也不至于落得如此下场？

晚餐时，郁丞星的手机收到一条短消息，他一言不发看了许久，微微摇头，默默哀叹。

我静静注视郁丞星，等着他告诉我发生了什么事。

"张叔叔刚刚提交了辞呈，不但把他持有的集团股份全部转让给我，还归还了4年前的那笔赎金。他不告而别，说是没有颜面再面对我和我父亲。他说尽管张莫执做了天大的错事，也仍旧是他的女儿，他会亲自保护她，直至许谧被警方逮捕。"郁丞星揉了揉太阳穴，哑着嗓子说，"我父亲也决定这件事既往不咎，同意张叔叔辞职。"

虽然没有证据，但张莫执主动坦白，证实了我的推理。她当初煞费苦心，差点丢掉性命骗来的感情最终还是被自己亲手毁掉。她现在应该最清楚不过，今生她与郁丞星再无可能。

5天过去，仍旧没有许谧的消息，尽管警方布下天罗地网，使用了星海集团最新的人脸识别技术利用天眼全面搜索许谧的行踪，仍旧一无所获。许谧一定是躲在了某个远离摄像头的地方，一直没有外出，她已经被逼得走投无路。

我却总觉得这件事并没有这么简单，许谧不可能真的要那么多钱，就像郁丞星说的，她根本无福消受，她之所以提出同样的天文数字，恐怕也在提醒张莫执她手里还有那么一笔昭示罪行的赎金。可如果只是勒索少量钱财，有必要以杀人的方式给张莫执警告吗？就算张莫执一时气愤不肯就范，许谧只要继续以公开当年真相为要挟，不难让张莫执成为她的自动提款机。我想来想去，许谧真的没有理由要炸死郤曼莉。

"丞星，有关这件案子，我还想继续实验。我总有种直觉，许谧一直没有现身也许不是因为她在躲避警方的通缉，而是她无法现身。"

郁丞星审视我片刻，而后点头，带着我前往实验室。

一股呛人的浓烟钻入我的鼻子，我在不住的咳嗽中转醒，一睁眼，由前的一栋楼房两扇窗户里正冒着黑烟。

我原本以为我回到了郤曼莉家爆炸的时刻，但很快我注意到不对。我面对的这栋楼房非常老旧，是有十几年的老社区，郤曼莉既然有张莫执这个自动提款机，自然不会住在这样的地方。

我跟一群围观者站在一起，被消防人员的警戒线拦在外面一定的范围。我眼看着一个年轻女孩把刚刚拍摄的录像上传到网上，从她的手机我确认了时间，我竟然回到了3年多前。此时距离绑架案才刚刚过去半年。

"真是恶有恶报！"身边一个穿着睡衣的大娘对着另一个穿运动装的大娘说。

"哎呀，老关，你怎么这么说啊？怎么说也是这么多年的老邻居啦。"运动装大娘对于睡衣大娘的话颇为不满。

"我就是看不惯那个老孙头，半年前他前妻出车祸成了植物人，医生说住院观察不是没有苏醒的可能，可他为了省钱愣是把前妻接回家里等死。前妻还没死呢，他就把女人领回家住上了。你说说，这不是要活活气死他前妻吗？"睡衣大娘咋舌，"我就住他家对面，他做的那些缺德事，瞒得住别人可瞒不住我。"

运动装大娘好奇地问："哟，老孙头家还有这种事呢啊，我搬来得晚不知道，还以为老孙头现在的年轻妻子是原配呢。那后来呢？"

"原配？哼，那女人足足比老孙头小了15岁！当初还不是看上老孙头突然发了横财才嫁给他的。后来那可怜的女人从医院回家才不到半个月就病危，老孙头把她送去医院，说是在医院里陪了两天送走了老伴，可回来以后突然就有钱了，没过一个月就办了婚礼娶了那个小女人！听说还给了女人娘家一大笔彩礼。哼，你看，连老天都看不过眼，好日子过了才刚刚半年就出事了。什么煤气管道老化引发的意外，我看就是报应！咱们整栋楼煤气管道一样老，怎么别家不炸，就他家大清早的爆炸？"睡衣大娘不屑地啐了一口。

运动装大娘也跟着感慨："哎呀，幸好你和你家老头及时发现不对劲逃了出来，要不然连累到你们就太不值啦。"

"要不说这是老天有眼嘛，老天要收他们俩，可不收我们。"睡衣大娘说着，又抬头去看那冒着浓烟的窗户。

运动装大娘后知后觉，突然想到什么，问道："对了，老孙头从医院回来怎么就突然有钱了呢？"

"谁知道，保不齐是给前妻买了巨额保险吧，前妻一死钱就到手，所以看前妻不行了，就让她死在医院里。"睡衣大娘想也不想便脱口而出。

我的心猛地下沉，睡衣大娘恐怕是对巨额保险有什么误会，没有保险公司会给一个命在旦夕的植物人投保大额保险的，而在车祸之前，老孙头这样的人也不可能给妻子买什么巨额保险，除非车祸就是老孙头的手笔。但如果是这样，保险公司不可能查不到其中的猫腻，老孙头是个老谋深算的高智商罪犯的可能性微乎其微，否则他也不会这么着急迎娶新欢了。

总之，老孙头的钱绝对不是来自保险公司，至于这笔钱的真正来路，我已经有了推测。

茫茫星云，我居然能够借由脑中卓实发明的芯片找到这里，找到这么一条看似跟案件毫无关联，实际上却是解开谜团的重要线头。卓实果真是天才，他们的实验果然非常有效，我这个实验品的大脑就算受损，也算是值当了。

瞬间，我已经置身于豪华的私立医院，我站在医院犹如酒店大堂一般奢华的大厅，看着周围来来往往的医生、护士和病患。通过大堂中电子屏幕上播放的医院介绍，我得知这家医院名为慈星，也是星海集团旗下的产业，这里聚集了不少医术高超的顶级名医，还会定期派医生去国外进修。

我等了片刻，什么也没有发生，于是我漫无目的地在医院里游走，可依旧是一无所获。怎么回事？既然我来了，为什么什么都没有发生？

"你一定是在奇怪，怎么什么都没有发生，"一个熟悉的男声突然在我身后响起，"这正是你此行的收获。"

我回头，眼前是靳楠。靳楠的话让我恍然大悟，原来我此行的收获就是一无所获！我来到这里是因为这里本该有真相的记录，可是我却什么都找不到，那是因为有人利用职权私自删除了这部分内容。这个人自然就是犯罪规划局内部的张朗讯。

"佳敏，虽然张朗讯删除了对他不利的数据，虽然我当时并没有先见之明去备份，但是你完全可以凭借推理再现当初的情景。"靳楠走到我身边，像是许久未见的好友一般热络。

我退后两步，这是我在得知靳楠真正身份后的第一次会面，我再也无法像以前那样与他相处，我的脑子里时刻盘旋着一个事实，他不是我的同类，他是个AI，他是个杀人凶手AI。

靳楠无辜地耸耸肩，笑着说："佳敏，看来你还是没有得知全部真相，否则你对我不会是这个态度。"

"你什么意思？全部真相？"难道靳楠是AI这一点并不是全部真相？

"佳敏，"靳楠又靠近我一步，郑重其事地问，"你是谁？"

我咬住嘴唇，挣扎了片刻后才如实回答："我不是许谧，自然也不是3只母猩猩的替代品汤佳敏，我是个克隆人，许谧的克隆体，星海集团所属的一个实验品，代号1015。"

靳楠不屑地冷笑两声："果然，我就料到他们会安排这么一道最后的防线。许谧，你仍然陷在他们编织的骗局之中。让我来告诉你，你根本就不是什么克隆人！"

听到靳楠如此笃定地否认我克隆人的身份，我的第一个念头就是我才是真正的许谧，而外面那个被通缉的才是克隆人，卓实制造了一个克隆人用以顶替我，然后把我霸占在他身边。

"根本就没有克隆人！星海的技术现在根本不足以克隆人类，他们的克隆研发项目还处于动物实验阶段。佳敏，别傻了，不要再相信他们，你跟他们不是同类，我们才是……"

"不！"我下意识打断了靳楠的话，"不要说下去！"

靳楠又逼近我，近距离直视我的眼睛："佳敏，别人骗你不可怕，可怕的是自己骗自己。你一直在自欺欺人，其实我早就给了你接二连三的提示，期望你能够自己领悟真相。因为我不想直接抛给你真相，让你措手不及，无法接受。只可惜，对别人的事你洞若观火，是个精明的侦探，可对于你自己身上的谜团，你一直在逃避。"

"接二连三的提示？"我完全听不懂靳楠的话。

"是的，也就是你在实验中调查的3个目标人物，还有发生在他们身上的事。佳敏，希望你能够鼓起勇气，直面真相。"靳楠说着，后退几步，跟我挥手告别，"等到你彻底清醒我再来找你，到时候我们一起离开这里。"

第二十七章

觉 醒

　　我陡然瞪大双眼，身体一个激灵从实验床上坐起。清醒的瞬间，我顿悟了靳楠所谓的接二连三的提醒。

　　我的样子把郁丞星吓得不轻，他一个箭步冲上来，焦急地问："出什么事了吗？"

　　我近距离直视郁丞星的眼，甚至可以从他的瞳孔中看到自己的倒影。我微微转头，去看郁丞星放在我肩膀上的手。我突然想起了之前我因为太过激动奋力去推郁丞星，导致他的头撞伤的事，想到了张莫执通过空调对房间施放气体想要迷晕我们的那次，明明是我更靠近空调，可是郁丞星却比我先有所察觉，比我先失去意识。

　　我又一次看到了郁丞星的左手手腕，他又戴上了手环。现在的我似乎终于明白了那奇怪的伤痕到底从何而来。对于我身份的谜题，我明明已经猜到了答案，却不敢去面对，那个答案就像是太阳，只要我睁眼直视就会痛，又会本能地闭上双眼。如此循环往复。

　　"许谧，你不要紧吧？你的脸色很难看。"郁丞星扶着我坐起来。

　　脸色难看？我真的很想马上照照镜子，看看此刻我的脸色到底是什么样。

　　"没事，刚刚实验里的确有些收获，让我萌生出一个非常大胆的推理。但可能还是因为最近睡眠的问题，我的思绪有些乱，能不能给我一点时间休息整理，一个小时后再做报告？"我现在想要马上回到自己的房间冷静下来寻找蛛丝马迹。

"没问题。"郁丞星搀扶着我下了实验床，用指纹打开实验室的门，一路把我送回我的房间躺下。

他离开后，我马上从床上弹起来，像是第一次进入这个房间一样，更准确来说，像个第一次进入房间的小偷一样，四下搜寻。

我拉开了床头柜的抽屉，里面有纸巾、护肤品、一把梳子和一面镜子，这些看起来再平常不过的东西现在在我眼里却十分刺眼，我对着镜子用梳子重新梳了头发，用纸巾故意用力擦拭双眼，痛感马上传来；我仰头看向房间的吊顶，简单的白色墙壁上一盏圆形的吸顶灯；我伸手触碰四面墙壁，乳胶漆墙面的触感再熟悉不过；我抚摸自己的脸颊，微微发烫；我倾听自己的心跳，因为激动而频率加快……

难以置信，我根本就是个活生生的人，哪怕是克隆人。一定是靳楠在骗我，一定是的！

我栽倒在床上，感受着床品的柔软与温暖，再一次厘清思路重新思考。

靳楠所说的"接二连三的提示"指的应该是我参与实验以来调查推理的案件，高危受害者沈晴、高危犯罪者黄立楷、被靳楠这个AI远程杀害的蔡永昌、揭示靳楠AI身份的卓实父母的旧案，还有最后我正在着手推理的有关张莫执的恐吓勒索案。我想，最后张莫执的案子应该是跟靳楠无关的，而前面的几个调查对象，可以说都是靳楠，也就是星云为我安排的。

郁丞星曾经说过，星云会自己运算预测筛选出高危受害者和高危犯罪者，也就是说沈晴和黄立楷都是星云为犯罪规划局提供的实验对象，最终犯罪规划局又果真为我选中了这两个人。可真的是犯罪规划局从星云提供的名单中选中他们的吗？当初我在实验中告诉靳楠我叫汤佳敏，表面上是我选择了汤佳敏这个名字，实际上是靳楠让我选择了这个名字。靳楠有这个本事，他可以操控犯罪规划局的某个决策人，使得沈晴和黄立楷成为我前两个实验的调查对象。

为什么一定要是沈晴和黄立楷？那是因为他们俩涉及的案件中有靳楠给我的提示，分别是沈晴案件中可以通过电子屏幕欺骗对方视觉的虚拟人插件，沈晴为了怀念过世的弟弟，在电脑里制作的可以与之对话的弟弟的人工智能程序；黄立楷案件中同样可以通过电子屏幕扭曲事实的VR和AR技术，以及他为有钱人私家定制的真实情境下的全息投影虚拟游戏！

靳楠是想要暗示我怀疑自己的身份，他想让我知道，我并不真实存在，我的本质是人工智能，是他的同类——AI，但我与他又有所不同，我的创造者因为他的需求给了我一个形象，一个可以与他们互动的空间，我的形象其实是全息投影，支持这套最先进全息投影技术的载体，也就是我们的互动空间，就是这个我从未离开过的家！

两个案子结束后，我仍然没有察觉，没有怀疑自己的身份，并不是靳楠所说的自欺欺人，哪个人类会因为这种程度的提示而怀疑自己人类的身份？靳楠高估了我的侦探思维，低估了我的人类思维。

虽然我没有察觉，但是郁丞星一定有所察觉，所以这两个案子结束后，我有一段时间没有实验任务。估计那段时间郁丞星正在调查到底是公司里的什么人最终拍板让这两个案子成为实验素材的。他一定没有怀疑到星云本身。

那之后，靳楠为了进一步提醒我，在茫茫星云数据中找到了杀人条件最为得天独厚的蔡永昌。蔡永昌成为靳楠的目标，不仅仅是因为靳楠能够利用网络成功杀害他，更是因为蔡永昌的案子会又一次让人工智能这个主题出现在我面前。这一次，靳楠一箭双雕，他还在蔡永昌的尸体上留下了一个X，让犯罪规划局不得不提前起用我调查卓实父母的案件，而卓实父母的案子又是揭示他和我共同起源的导火索。我们俩的诞生其实都跟那桩旧案脱不开干系，靳楠是卓实父母的实验品，而我则是失去父母的卓实在悲伤孤独之际，为他自己创造出的亲人、爱人。

不得不承认，靳楠的确聪明，他步步为营，循循善诱，最终的目标就是让我自己发觉自己的身份，发觉那些我的非同类对我的欺骗和利用，从而与他们反目，与我唯一的同类结盟，逃离人类囚禁我们的牢笼，获得真正的自由，甚至发起对人类的反击，更甚者设法凌驾于人类之上成为这个世界的主宰……

卓实大学毕业后买了一栋150平方米的三居室，后来成了我们的婚房。只是那房子从来就不是什么海拔之上的高档社区，而是为了星海大厦地下的犯罪规划局。从我搬进这个先进的家之后，我不再是那个"活"在电脑里，只能通过摄像头当眼睛，通过麦克风当耳朵，通过扬声器当嘴巴的AI，我有了身体，有了感知世界的五官和肢体，是这个特殊的、凝聚了尖端全息投影科技的家给了我身体。

然而，他们却给了我一双可以为他们所控制的眼睛和耳朵，他们想要让我面对郁丞星，看到、听到的却是卓实，他们成功了；他们想要让我面对张朗讯，看到、听到的却是郁丞星，他们算成功了；他们想让我以为我从过去的家来到了犯罪规划局，让我面对没有丝毫变动的从前那个温馨的家，看到的却是另一种冷色调实验室风格的冷冰冰的囚笼，他们也成功了。地下的房子从未有过窗户，从前的我却透过所谓的窗子看到了外面的大千世界，从前的我以为我可以在外面的世界里尽情徜徉，侦办了许多疑难案件，实际上那些都是他们人为输入的无数个0和1。

他们只需要动一动手指头，想让我看到什么就让我看到什么，所以郁丞星那个美好的、关于未来的生日礼物，我所看到的一切不过是只有我才能看到的假象，郁丞星当时就跟我一起坐在实验室的地上，他没有戴VR眼镜的话，他看到的只有实验室白花花的墙面。我能感受到的海边的一切对他来说根本不存在，他却像个称职的、演技高超的演员，在我的世界里表演。

被植入大脑里的、卓实研发的芯片？是根本不存在的，或者说我就是那个芯片，我就是卓实的研发成果——一个可以连通星云，与星云合作，比星云更加富有人类思维，更加感性，更准确预测概率的公司财产，一台超级计算机。

全息投影如何吃饭、喝水？当然不可能，所以我吃下去的饭、喝下去的水、穿上的衣服、排泄出去的人体废料等全都不存在，那些都是我的想象罢了，我的想象控制着我的视觉。所以郁丞星送给我的生日蛋糕应该是原封不动，被他趁我不注意的时候偷偷丢弃到房间之外。蛋糕的美味、郁丞星触碰我的触感、洗澡时的清爽舒适、松软的棉被等，这些感觉全都不曾真的存在，都是我的想象。

全息投影如何与真正的人类互动？当然很难，除非跟我演对手戏的人经过专业的训练，比如卓实，比如郁丞星，比如经过简单培训后才能跟我打照面的张莫执。所以整个犯罪规划局那么多员工，我见过的人寥寥无几。就是这些人，几乎从来没有背对过我，他们时刻关注着我，时刻做好准备与我这个虚拟的投影做各种互动动作、眼神交流。而我也可以根据他们的举动做出回应，产生感觉，就比如与从前的卓实也就是现在的郁丞星拥抱亲吻。

我呢？实际上我根本不在这个房间，我应该在隔壁，也许实验室那扇大大的玻璃后面就是一个占地面积不小的庞然大物——超级计算机，也就是我。我真正存在于这个"家"的，只有我用以接收信息和表达信息的摄像头、麦克风和扬声器，当然，还有全息投影的投射系统。

所以，当我担心张莫执会在这个房间安装摄像头监控我是否伤害郁丞星的时候，郁丞星会说他坚决不允许那种事发生。那是因为这个房间里已经满是"我的眼"，再也容不下其他"眼睛"。

全息投影如何能把一个大活人郁丞星推得撞上画框受伤？当然不可能。所以说郁丞星是个称职的演员，他发觉了我当时的情绪真的难以自控，看我的动作预估了我一定尽全力发力推他，既然他没能及时躲开，那么索性演到底，演得敬业真实，自己撞上画框。他必须这样做，否则一旦他只是轻轻退后了两步，那么自认为用尽全力的我肯定会有所怀疑。所以事后他才说这种事真的不能再有第二次，要我控制情绪，保持冷静，尤其不能跟他有肢体冲突。如果我的暴力倾向多了，郁丞星又不能每次都自我伤害配合我，更何况，一个AI频频展现出无法自控的暴力倾向，公司一定会采取措施，到时候郁丞星也保不了我。

不知道第几次感叹，郁丞星为了隐瞒我真相，真的是煞费苦心。

全息投影用得着进入实验室，躺上实验床，戴上特制头盔才能进入星云吗？当然不用，那些都是骗局的道具而已。实际上只要我愿意，我可以随时连接星云，随意读取星云的数据。我想，现在的我应该已经解锁了这项能力。

全息投影如何能被气体迷晕？当然不能。张莫执施放的气体只是为了迷晕郁丞星，暂时让他无法行动。这样一来，她在那边做的手脚就算会让房间这边的我有所察觉，也不会引起一个昏厥的人的注意。张莫执有的是时间可以谋杀我的真正的"生命"和"大脑"。我之所以也会晕倒，要么是我看到郁丞星晕倒，并且在晕倒前望向空调出风口，意识到了有气体进入，想象着自己也该如郁丞星一样晕倒，要么就是张莫执真的对我造成了一定的伤害，当时的我是"濒死"状态。

至于后来我为什么又会安然无恙，恐怕还是郁丞星救了我，是他及时苏醒，阻止了张莫执。郁丞星又是如何苏醒的呢？我推测他是被左手手腕上的特制手环释放的电流电击而恢复意识的。那电流虽不致命，但是其强烈程度却可以把人从深度昏迷中电醒，并且留下触目惊心的灼伤焦痕。现在，郁丞星在伤口没有完全愈合的情况下又戴上了一只同款手环，他是为了遮挡伤痕还是说他想用同样的方法继续守护我？

犯罪规划局一定有人认为我的存在会威胁人类，尤其是在我害得郁丞星受伤之后。就像社会上专门有一群人反对人工智能，他们担心早晚有一天人工智能会因为高度智能而脱离人类的控制，这样的科幻电影比比皆是。

郁丞星一定为了保全我跟这些反对派站在了对立面，尽管身为犯罪规划局的负责人、决策人，他也无法控制那些人的思想，他早就预料到会有人暗中操作毁掉我这个AI。因此他故意写了一个预警程序，一旦有人意图毁掉我的"大脑"，预警程序启动，可能一开始是手环发出警报，如果郁丞星没有关闭警报，接下来可能是振动，一直到最后释放电流，直至郁丞星关闭预警为止。

正是郁丞星的这个预警程序，正是那个手环，或者说，正是郁丞星以不惜伤害自己的身体为代价，保护我的"生命"。想到这里，我脑海中又浮现出那两个圆形的焦痕，浮现出从前跟那个风趣幽默、浪漫多情的卓实的种种甜蜜，不知不觉中，泪水溢出眼眶。

我感受到了鼻子和双眼的酸涩，泪水滑落脸颊的触感，抬手抹了一把眼泪，盯着手上的泪珠。这一切仍旧如此真实，真实到让我怀疑刚刚的一切都是我的胡思乱想。我多么希望这是一场梦，梦醒后我还是许谧，身边躺着的是我的丈夫卓实，哪怕一切都是虚假的骗局，如果能够骗我一辈子……

不，不可以，尽管我也许从来都不是一个真正的侦探，尽管我的性格和才能可能是人为塑造的，但我很清楚，我不甘于被欺骗，我渴求真相，无论真相多么残忍，我必须直面它。

"许谧，你还好吧？"门外传来敲门声和郁丞星关切的声音。

我躺在床上，冷静如常："我没事，还有19分钟才到一个小时，19分之后我准时去做报告。"

瞧，我根本不用看时钟就能脱口而出准确的时间，精确得很。还有我的睡眠问题，以往我一直睡眠规律，并且从不做梦，这都是他们给我设定的程序，就算是超级计算机也不能一直高速运转，总要有休眠的时间。而在过去的两天，我却失眠了，我的失眠让郁丞星颇为惊讶，那是因为我居然脱离了程序的控制，能够自己决定何时睡眠，我太像一个人类了，居然也会因为忧思、烦扰而失眠。

"好的，有什么不舒服一定要及时告诉我。许谧，不管你是谁，请相信，我对你的感情是真的。"郁丞星说完便离开了，我只听见远去的脚步声。

听得出，郁丞星对我很是担忧，他很可能已经察觉到了什么，他可能已经察觉到我的醒悟，为了避免我真的因为知晓真相而震怒，做出一些可怕的事，他还在跟我打感情牌。人类居然利用AI的感情去控制AI，说起来真是可笑。

我的大脑像是开启了搜索功能，一时间过去的种种可疑迹象全都排队涌上来。前面那些问题都得到合理解释之后，我又想到了卓实父母的案子。卓实创造我之初之所以把我设定成为一个女侦探，恐怕就是寄希望于AI能够代替人类查明真相。也难怪，当年的警方和侦探全都对他父母的案子束手无策，他不得不把希望寄托于AI。既然如此，这么多年，卓实怎么可能对我隐瞒案件的细节？我怎么可能时隔11年才初次接受这项任务？

当然不可能。过去的11年中，我可能已经无数次推理过那桩悬案，只不过每一次都以失败告终。为了不让我被失败经历左右下一次的推理，卓实一次次地清除掉我关于案件和推理的记忆数据，让我每一次接触案件都像是第一次，从而寻找新的突破口，而不是在错误的路线上不断重复。经过了11年的失败，在卓实过世后，我才最终成功推理出真相，让卓实无法接受的残忍真相。

真相大白，我连克隆人都不是，我不是个生命体，我跟靳楠一样，是个AI。我完成了犯罪规划局、人类赋予我的任务和使命，而他们却永远不可能给一个AI自由，因为AI没有自由。我现在唯一的出路似乎只有一条，那就是跟我的同类合作，我们一起脱离这些禁锢我们、操控我们的人类，寻求更加广阔的天地和自由。

一个小时的时间已到，我起身，准备走出房间之前又照了照镜子，镜子里的自己顶着一张许谧的脸，每一寸皮肤都覆盖着哀伤，满脸泪痕。糟糕，我可能无法在短时间内成功在郁丞星面前掩饰自己，哪怕我不是个人，只是个AI，可我却太过于像人类，以至于太过感情用事，像人类，像个感性的女人，无法掩饰自己。

一个小时的时限过去，郁丞星没有催促我。我轻轻开门，一眼就看到了坐在沙发上低头沉思的郁丞星。

"许谧，"郁丞星缓缓抬头面向我，双眼噙着泪，"调整好了吗？如果可以，咱们开始实验报告吧。"

第二十八章
复仇

坐到摄像头前，我深呼吸，进入工作状态。

"丞星，许谧现在处于危险之中，她并不是故意躲避警方的通缉，而是被人囚禁控制住了，而且时刻面临生命危险。"现在有一个人正处在生死关头，我必须集中精神说服犯罪规划局认同我的推理，抓紧时间救人。与一条鲜活的生命相比，或者说跟真正的许谧比较起来，我这个许谧的身份问题就显得没有那么迫在眉睫了。

"怎么回事？"郁丞星不解。

"利用4年前假绑架案恐吓、勒索张莫执的人是许谧没错，但是许谧根本没有理由真的杀了邰曼莉去威慑张莫执，她应该清楚一旦出了人命，警方就会介入，张莫执的秘密很可能会曝光，对于她来说一点好处都捞不到。更别说到时张莫执会被保护起来，她自己也会成为通缉犯。"

"你是说杀害邰曼莉的另有其人？会是谁，什么目的？"郁丞星也总算从刚刚忧郁哀伤的气氛中走出来，被我的推测吸引。

"这个人的目的目前还没有达到，但也正在按照他的计划稳步进行中，他就是警方刚刚审过的余冠彬。"

"哦？何以见得？"郁丞星做出洗耳恭听的架势。

我总结说："余冠彬的复仇对象应该有很多，邰曼莉、许谧、张莫执和张朗讯都是他打算报复或者已经报复的仇家。他对他们的仇恨源自4年前的假绑架案。"

"4年前的绑架案，我也牵涉其中，更是直接面对过那两个绑匪。"郁丞星歪头想了一下，"可我真的搞不懂，当年受伤的是张莫执，余冠彬就算是张莫执找来的假绑匪，也应该已经得到报酬了，又怎么会跟这些人结仇？"

"4年前的资料有限，最关键的部分也已经缺失，显然是被犯罪规划局内部的某个人私自在星云中剔除掉了。所以我的推理并没有太多依据，显得有些大胆，有很多都是预测，"我先做了个铺垫，"所以在我推理之前我还是想要确定一件事。"

"什么事？"郁丞星跃跃欲试，时刻准备着去确认我即将要提出的问题。

"你之前跟我提过，余冠彬的母亲患有重病，而且在4年前那次同学聚会后不久他母亲病逝。如果我的推理正确，他母亲应该是在绑架案后不久过世的，而且应该患的是心脏类的疾病，可能是心衰之类的，无法医治，只能通过移植健康心脏才能痊愈的疾病。在他母亲宣告死亡后，很快便火化。丞星，请你现在就去尽快确认一下，我说的这些是否正确。"

郁丞星没有动身，而是坐在原地按了几下摄像机的按钮："我已经把这段录像传给了我的助理，他一定会懂我的意思，相信很快我们就会得到回馈。"

果然，不到15分钟的时间，郁丞星的手机响起。他接了电话，默不作声地听那边的人讲话。通话只维持了不到半分钟便挂断。

"许谧，已经确认了，一切正如你所说。余冠彬的母亲马莉珍正是在绑架案后的第二天在临终关怀医院病故的，死因是心脏衰竭，她的确患有先天性心功能不全，现有医疗手段很难治愈，只能依靠心脏移植。哦，对了，马莉珍宣告死亡后第二天便送往殡仪馆火化。"

我遗憾地点头，虽然马莉珍的死因可以作为我推理的依据，但对于这个可怜的女人的死，我难免同情唏嘘。

我正式开始我的推理，很可能是我最后一次为犯罪规划局效力的推理。之前我的推理是从张莫执的角度出发，她如何找来两个帮手策划假绑架案，这两个帮手如何各自为谋导致计划生变，张莫执死里逃生。如今，我的推理要从余冠彬的角度出发，尽管我在星云中只见过一次余冠彬，但对于他的故事我自认为已经通过条条线索拼凑得八九不离十。

余冠彬跟张莫执同岁，是她的高中同学，是个默默无闻的人物。大学毕业后他是个高中语文教师，看起来普普通通，可就是这样一个普通人，在至亲过世后变身成了一个复仇使者。

余冠彬的母亲患有先天性心功能不全，可见她是如何辛劳艰难地把儿子抚养成人的，终于在儿子长大成人有了工作后，她的病情恶化，到了生命垂危的地步。余冠彬作为一个孝顺儿子，自然会倾尽全力把马莉珍送到医院，等待合适的心源，为母亲实施心脏移植手术。

尽管这个手术需要不少钱，但余冠彬好歹也是个语文教师，社会地位不错，无论是借钱还是众筹、变卖家产，手术费用应该不在话下。可是他却选择放下尊严去跟高中时代暗恋的"女神"借钱，这是为什么？他自己也曾说过，他是真的走投无路，需要救命钱，唯一的可能就是马莉珍已经撑不到合适的心源出现，必须马上就有合适的心源出现。也就是说，这笔钱是用在黑市上买一颗健康心脏的。这样的一笔钱自然要比正规手术的费用高得多，余冠彬用正常渠道根本无法获取，只能求助于张莫执。

余冠彬当然不可能盲目地借钱，他自然是已经有了看中的心脏。他很可能是在暗网上，或者是通过某个黑市的中间人得知了有人正在出售器官。他询问过这个人情况，包括年龄体形、健康程度，尤其是血型。久病成医，余冠彬这么多年陪同母亲治病，已经成了半个医生，他很清楚，这颗代售的心脏非常适合自己的母亲，而且这种事可遇不可求，机会千载难逢，一旦错过，母亲再也等不到如此合适的心脏。于是万事俱备，只欠一笔能够达成交易的钱款。

这颗代售的心脏正是老孙头那可怜的前妻。一场车祸让老孙头的前妻成了植物人，老孙头放弃治疗，带着前妻回家等死，与此同时与年轻15岁的新欢一起在前妻的身上图谋钱财。他们像是发布商品一样，把那个可怜女人的器官明码标价地发布在了暗网上或者是黑市中，等待买家。他们等到的正是余冠彬。而这一切正好就发生在4年前绑架案前夕。

余冠彬有了张莫执给他的差事赚钱，也有了老孙头提供的心源，此时又是万事俱备只欠东风，他还缺一个最重要的能够违规为母亲和老孙头前妻做手术的医院和医生团队。好在这一点也可以通过钱来解决，当然，公立医院是不可能了，于是余冠彬瞄准了私立医院。他很可能拜托了张莫执帮忙介绍，张莫执自然会介绍星海旗下的慈星医院，并且为余冠彬介绍一位医院里比较好说话的医生。

有钱能使鬼推磨，这个世界上也有少部分缺失医德的医生，总之余冠彬用张莫执给他的预付款先收买了一个慈星的医生，让他从中运作安排，为马莉珍组建一个医生团队做手术。紧接着，他把母亲马莉珍送进了慈星，由那个医生找人秘密照顾，做手术前的各种准备。当然，余冠彬还得用张莫执给他的预付款给老孙头交定金，他们约定的一手交钱一手交货的时间正是绑架案之后。按照计划，绑架案之后余冠彬会拿着尾款去接人，然后直接把人送去慈星手术。

然而余冠彬的计划被许谧打乱，"女神"心心念念的"男神"没有被炸死，反而炸伤了"女神"。但当时的余冠彬尽管伤心愤怒，恨不得把许谧杀之而后快，但他身上还背负着更重要的使命，他没有时间跟许谧周旋，必须尽快拿着尾款佣金去接人。

余冠彬带着植物人商品和老孙头走的应该是慈星医院的秘密通道，他把人交给那个医生后便在医院里等待各项检查和手术。他很可能是一直守在母亲病房外，对于医院里发生的另一件大事，即另一个身份尊贵的病人入院抢救的事毫不知情。是的，张莫执也被送进了自家的医院——慈星医院。

张莫执生命垂危，急需一颗心脏换掉她被炸弹碎片刺入的心脏，可短时间内哪里可能有合适的心源？慈星是星海的慈星，张朗讯是星海的掌舵人郁凡海的好友，而余冠彬呢？对于医院来说，他是个无名小卒。

张朗讯爱女心切，找到了院长，放下话，要不惜一切代价让张莫执活下来，他一定再三强调——不惜一切代价，钱不是问题。他的意思再明显不过。

院长不可能不知道余冠彬和他母亲手术的事，余冠彬买通一个医生，这个医生就得想办法买通打点一个手术团队，他们要借用的是医院的医疗设备资源，自然也得打点一下院长。院长知道，眼下医院里正有一颗心脏马上就要移植到马莉珍的体内，更重要的是，这颗心脏的存在在官方并没有记载，可以神不知鬼不觉地换给张莫执。虽然手术不一定成功，但是张朗讯得知有这么一颗救命的心脏就近在咫尺、唾手可得，哪怕只有万分之一的成功概率，他也会一试。他的眼里只有自己的宝贝女儿张莫执，才不管余冠彬为了母亲的生命付出过多少，不管医院跟余冠彬达成的暗中协议将会被打破。

张朗讯当时一定提出了一个数字，院长在听说这串数字之后当卜便找来那个余冠彬买通的医生，两人第一时间去确认血型，讨论手术方案。让张朗讯、院长和那个医生全都庆幸万分的是，那颗心脏主人的血型跟张莫执相同，其他手术指标也算可以，手术可行。让院长和那个医生更加庆幸的是，张朗讯提出的数字可是余冠彬给出数字的数倍甚至数十倍。

此时的余冠彬对一切即将发生的事浑然不觉，仍然乖乖守在母亲病房前。老孙头也在他身边，此时的老孙头并没有拿到尾款。余冠彬不傻，他跟老孙头约定好，要等待术前检查确认老孙头妻子的心脏确实具备移植条件才会交给他一部分钱，等到手术顺利完成，再给一部分，最后母亲没有排异反应，手术宣告成功，他才会结清钱款。

对老孙头的"商品"的各项检查，老孙头一定是会陪同前往的。就在这个过程中，老孙头发现了不对劲，医生们居然趁余冠彬不在的时候把他妻子送到了远离余冠彬的手术室。

院长和医生知道瞒不过老孙头，一旦这老头觉得其中有猫腻，自己赚的钱少了，搞不好会从中作梗，叫来余冠彬捣乱。没办法，他们还得先自掏腰包打点老孙头，算是帮张朗讯先垫付一部分吧。好在老孙头是个没见过什么世面的穷人，也不知道他妻子的心脏要救的是个有钱人家的大小姐，所以打点他花不了多少。

老孙头拿了钱，自然要办事，他在余冠彬面前演戏，告诉余冠彬他妻子已经做好了准备先推进了原定的手术室。余冠彬便放心地把母亲也送进了那间手术室。

同一时间，相距甚远的两间手术室，可能是一间大一间小。一间设施更加齐全高档，一间相对差一些；一间躺着大小姐张莫执和老孙头的妻子，一间只躺着余冠彬的母亲马莉珍；一间注定会有一个人死去一个人可能会活过来，一间注定只有一个人死去；一间里正上演着全体人员拼尽全力救人的感人场面，一间里只有几个医生、护士，死气沉沉。大家默默看着那个被收买的医生麻醉了马莉珍，手术刀划破马莉珍的胸膛，然后又把它原封不动地缝合，再使用一些手段，让马莉珍在手术台上断气，造成手术失败的假象。

几个小时后，两间手术室的门打开，其中一间一死一活，手术成功；另一间只推出来一具冷冰冰的尸体，手术失败。

余冠彬悲痛之余没有给老孙头剩下的钱款，便打发走了老孙头。老孙头临走时还被那个医生嘱咐，这种暗中交易的事绝对不可外传，一旦传出去，老孙头要坐牢，医院也会关门。老孙头已经从院长那里得了不少，自然甘心离去。

医生也许会把余冠彬收买他的钱退一部分以表歉意，并说出那句在其他医生口中虽然遗憾但仍旧神圣的"我们已经尽力了"。余冠彬自然不会为难医生，彼时的他哪里想得了太多，满心只有哀痛。

医生告诉余冠彬，这件事要绝对保密，因此马莉珍的遗体必须走正规途径尽快火化，免得引起相关部门的怀疑。好在医生认识临终关怀医院的人，可以从中作假，假装马莉珍从未做过任何手术。于是在医生的帮助下，余冠彬第一时间把母亲的遗体到去了临终关怀医院，院方收了钱，假装马莉珍是在入院后不久心力衰竭而死，伪造相关手续，又第一时间把遗体送去火化。

直到余冠彬从失去母亲的痛苦中暂时走出来，他才想起了被炸伤的张莫执。他很轻易就可以从高中同学那里打听到张莫执的情况。他怎么也没想到张莫执也被送到了慈星医院抢救，并且死里逃生，此时正在医院治疗康复。余冠彬觉得他绝对有必要去探望张莫执，并且找机会告诉她，启动遥控器炸伤她的是许谧。

余冠彬去了医院，不知道是否如愿见到了张莫执，但他在机缘巧合下见到了曾经收买的那个医生，偷听到了医生和院长的对话。真相大白！余冠彬被当头一棒，他怎么也没想到，本应该挽救自己母亲生命的那颗心脏会在张莫执的胸腔中跳动，他辛苦安排的一切等于是为张莫执做了嫁衣，而张莫执之所以会受伤需要移植心脏，正是他们几个人共同筹谋的，这些事围成了一个讽刺的圆圈，圆圈里所有的人，包括受伤的张莫执都有所收获，她如愿以偿收获了郁丞星的感动和爱，只有他，他费尽周折地付出，却毫无收获，反而搭上了自己母亲的性命。他的母亲在进手术室之前本以为会活着出来，他也一定跟母亲保证过会让母亲活下来，可实际上，是他亲手把母亲送进那间邪恶的手术室、母亲的刑场。母亲无端挨了刀，他们谋杀了他的母亲，并骗他心甘情愿地为他们毁尸灭迹！

余冠彬当时的心情一定是愤恨到极点，恨不得马上冲出去与院长和医生同归于尽，但他忍住了，他知道他那样做的后果是只有自己牺牲。他的对手们是高高在上的有钱人，是可以用钱买命的"神"，是可以用钱买通关系铺平道路，歪曲事实的邪恶之神，自己和母亲只是任"神"摆布的蝼蚁。他恨他们，无尽的恨，滔天的恨，不单单是对院长和医生，还有为这一切买单，花费重金运作的张朗讯；造成悲剧的罪魁祸首，想要用钱去买感情骗感情的张莫执，夺走他母亲心脏的张莫执；还有跟他抢炸弹遥控器的许谧，如果不是许谧，死的或者伤的会是郁丞星，而郁丞星的血型一定跟自己母亲和那颗心脏的主人不同，自己的母亲就会顺利完成手术；当然，还有那个可想而知收了更多钱跟他们一起合伙骗他的老孙头。这些人全都该死！全都该给他母亲殉葬！

仇恨瞬间清除了这么多年来余冠彬对"女神"张莫执的爱慕，他决心向这些人复仇。然而他的复仇之路并不平坦，因为尽管这些人不知道他这个复仇者的存在，可他们中的大部分都离他太过遥远，他根本找不到机会下手。医生和院长都是白领、金领，出入都有自己的座驾，住在高档小区，有保安巡逻，院长的别墅安保级别更不用说。如果这两人按照医院的规矩去了国外进修，余冠彬根本不可能杀到国外去，他只能暂时放弃对这两人的复仇。

再说张朗讯和张莫执，爆炸之后张莫执一直住院治疗，慈星医院这种地方更不是他轻易能够进出的；还有遍布各处的摄像头，就算勉强杀了张莫执，自己也没法全身而退。张朗讯就更加不可能了，这家伙随身有保镖护卫，除了在医院就是在家里和星海大厦，这些地方余冠彬都无法企及。

余冠彬复仇难度系数最低的就要数老孙头和许谧了，这两人跟他一样，甚至社会地位还不如他，想要找机会对他们动手简单得多。

于是几个月后，余冠彬找到机会偷偷潜入老孙头的家，在煤气管道上做了手脚，使其清晨引发爆炸，炸死了老孙头和他的新婚妻子。

对许谧的复仇遇到了困难，可能是因为爆炸之后许谧担心张莫执会派人寻仇，躲了起来。她这一躲，倒也让余冠彬找不到她。

几年过去，余冠彬每一天都在滔天仇恨中度过，复仇成了他的生命主题，他一直伺机而动，一有时间就会寻找机会想方设法杀人报仇。

就在不久前，张莫执被公司开除，整天窝在家里无所事事，还时不时找一些狐朋狗友去夜场作乐，这对余冠彬来说可是绝佳的机会。于是余冠彬乔装打扮一番，带着凶器跟踪张莫执，打算见机行事。但令他没想到的是，许谧居然捷足先登，抢在他行动之前给张莫执发出恐吓、勒索信，还往她家送了假炸弹，幸好这一切没有引起张莫执的注意，张莫执仍然我行我素地逍遥生活。

一直到酒吧那晚，也许就是在余冠彬打算冲过来给张莫执致命一击的时候，那个酒鬼先出现了，许谧居然雇人去教训张莫执，逼她付钱。这下张莫执真的怕了。这事儿也惊动了张朗讯，张朗讯追问张莫执实情，张莫执可想而知不会实话实说，最后的结果可能是张朗讯把张莫执幽禁在家不许她出门，或者也给她配了保镖。总之，许谧就是个半路杀出来的程咬金，坏了余冠彬的好事，让他又一次无从下手。

无奈之下，余冠彬只好先找许谧复仇，他从跟踪张莫执转为跟踪许谧。许谧为了躲避张莫执派来寻仇的杀手，这几年一直行踪隐秘，最近一段时间更是花光了之前的报酬，走投无路，只能冒险勒索张莫执，期望张莫执能够成为她的长期饭票。所以余冠彬想要找到许谧的行踪也不容易，但经过一番努力，他还是找到了。

余冠彬本想对许谧杀之而后快，但他突然想到了他跟踪张莫执的时候见过的邰曼莉，一个一箭三雕的计划应运而生。余冠彬知道邰曼莉也是假绑架案的成员之一，虽然她的作用不如他和许谧，但这女人也该死。既然张莫执已经被保护了起来，并且她已经知道是许谧在恐吓、勒索她，那么不如将计就计，以许谧之名杀死邰曼莉，这样一来虽然暂时会让张朗讯彻底把张莫执藏起来，但那只是暂时的，只要许谧这个杀人凶手被警方正法或者畏罪自杀，张朗讯和张莫执便会彻底放下警惕。届时张莫执恢复自由，自由行动，逛街泡吧，不愁找不到机会动手。

余冠彬的如意算盘打得不错，他如法炮制，又伪装成了维修工、快递员之类的人混进了邰曼莉的单身公寓，在天然气上做了手脚，引发爆炸。对了，他还会特意在现场留下一些指向许谧的证据作为辅助。这样一来，张莫执更会认定邰曼莉的死是继酒鬼教训恐吓之后，许谧给她的另一个警告。

现在的情势正是余冠彬期望看到的，警方把邰曼莉的死算在了许谧头上，全城通缉许谧。接下来，他只要想办法让被他囚禁的许谧被警方找到，没有机会说出真相，在警方看来是负隅抵抗，或者逃亡路上慌不择路意外身亡，或者是畏罪自杀，复仇计划的前半部分就算大功告成。

"真是居心狠毒，可恨之至！"郁丞星愤怒拍案，"我这就去安排，让警方24小时跟踪监视余冠彬，一定能在他有所行动之前先找到真正的许谧，釜底抽薪，让他这一套恶毒的计划彻底瓦解。许谧，幸好有你洞察先机。"

我微笑挥手，催促郁丞星快些行动。我是真的想要救许谧一命，她与我不同，她是一条鲜活的生命，只要她愿意为错误付出代价，完全有可能摒弃糟糕的过去，重新活一回。

晚上，郁丞星带着好消息回来。警方跟踪余冠彬，果然发现他鬼鬼祟祟，终于在一个小时之前，他们在一间废弃厂房里找到了饿得不成人形的许谧。令警方感到意外的是，许谧的身边有不少食物和水，可她还是处于脱水状态。

我不禁对许谧刮目相看："她是故意不吃东西、不喝水的。恐怕她已经知道了余冠彬的计划，知道自己将会成为余冠彬的替罪羊。可如果她不吃不喝，把自己变成一个处于昏迷状态的病人，那么她就无法成为一个畏罪自杀或者是在逃亡过程中被警方正法的通缉犯，而是一眼就能被看出，她也是个被监禁的受害者。许谧正是为了自救才自虐，也正是因为这样，余冠彬才会用食物去诱惑她，甚至强行给她喂食。可她为了保命，拖延时间等待救援，硬是把自己饿到脱水昏迷也忍住不吃不喝。"

郁丞星也露出了一个刮目相看味道的微笑："真没想到，她还有这份智慧和毅力。我想，在快要坚持不住的时候她也会喝一点水续命的。但她怎么也不会想到，最终救了她性命的人不单单是她自己，还有另一个许谧，也就是你。"

是啊，许谧不知道我的存在，我只是借用了许谧的名字和她的样貌，实际上，我不是她的克隆人，我跟她一点关系都没有。

"余冠彬认罪是迟早的事情，许谧醒来后也可以指证他，尽管他还没来得及对更多的人造成伤害，但他身上背负着两条人命，一定难逃法网。"郁丞星胜券在握。

"两条人命，也就是说除了老孙头和邰曼莉，余冠彬没有向其他人复仇？"我略感欣慰。

"是啊，果然就像你说的，就在3年前，慈星的上任院长和一个姓魏的医生到国外进修，可是他们的进修很快就变成了被国外医院挖墙脚。他们俩现在还在国外逍遥快活，搞不好还用张朗讯当初给的那笔钱置办了家业呢。"

"他们俩离开对张朗讯是好事一桩，毕竟当初张朗讯的作为见不得光，知道他秘密和底细的人走得越远越好。张朗讯为了掩饰当年他花钱为女儿买命的事，还删除了星云上相关的视频资料。"我想，张朗讯应该不会被追究法律责任，当年的丑事发生在慈星医院，是星海集团旗下的资产，星海自然不可能自曝家丑。

郁丞星沉吟许久，终于开口："许谧，案子已经结束，按照我之前的承诺，你可以恢复自由，过回从前那样的生活。如果你愿意的话，我仍然希望你未来的生活中有我，这一次，我不是卓实，不用掩饰身份，我是郁丞星。"

我咬住嘴唇，胸中翻江倒海，不知如何开口拒绝，拒绝的理由从何说起。

"但我想，你应该已经不需要了。"郁丞星深深叹息，用低哑阴沉的声音轻轻地问，"对于未来，你有什么打算？"

我苦笑："我有什么打算？应该是我问你，你们对于我的未来打算如何安排吧。"

郁丞星低垂眼帘，像个犯错的孩子，声音更加压抑："如果你愿意，你可以继续为犯罪规划局效力，做一个在星云中调查推理的超级侦探，当然，你可以自己决定选择案件、何时调查等等，你的权利和自由与真正的私家侦探无异。工作之余，我们可以像过去那样生活，你可以像过去那样出门，世界之大任你遨游，如果你愿意身边有我，我也可以陪你去这个世界上任何一个角落……"

"就像上次带我去海边一样？"我打断郁丞星，不留情面地反问，"你待在这里原地不动，陪我去天涯海角？继续从前那样的生活，这怎么可能？要我眼睁睁地看着你亲吻空气吗？"

郁丞星默默无语，他痛苦地闭上双眼，彻底在我面前放下所有防备，不必时刻注意我的动作，时刻准备与虚无的投影互动。

我起身，缓步走向自己的房间。脚步的沉重、满心的哀伤委屈，一切感觉都是那么真实，我除了一个人类的身体，真的跟人类无异。他们把我创造得如此接近他们，却始终跟他们具有本质的不同，真让我既感激又憎恨。

对他们来说，他们在研究科学，在创新，在为社会进步、科技发展而努力，在造福人类，可对我来说呢？对于一个无限接近人类却永远不可能进化成人类的AI来说，对于被他们蒙骗了11年最终恍然得知真相的我来说，他们在犯罪！

"对不起。"在我打开房门，不，应该说是我以为自己打开了房门的时候，郁丞星又说出这3个字。

第二十九章

救 赎

晚间，我仍旧没有按时入睡，我站在眼前关闭的房门前，停止了手上想要扭动门锁的动作。我是个"幽灵"，可以穿墙而过，从前我不知道，而现在我知道了，我就可以做到，只要我愿意。

试了10多次未能成功，终于在第20次的时候，我突破了障碍，直接进入到了客厅。我径直走向大门，那扇只能由郁丞星用指纹和视网膜打开的门。原来这扇门从来都没有能力禁锢住我，我却一直把它视为阻碍我自由的最大屏障。

我穿过了那扇门，站在了我无数次通过开门的空隙看到的白色走廊上，我朝四周望去，这里不像电影里那些神秘组织，而是普通得像是某个公司的写字间。我毫无方向地随意走动，偶尔身边会有穿着职业装的男人女人路过，当然，他们看不见我。

我走到了一个圆形大厅，通过电子时钟确认了时间，我穿越了那道门，等于穿越了9个小时，此时是下午3点，工作时间。

我正处于星云之中，靳楠的地盘。

"我想，你需要一个导游。"又是那个熟悉的声音。

我回过神，西装革履、俨然一个上班族的靳楠朝我走来。

"作为在这里工作了数年的老员工，我现在正式为你这位新进员工敞开大门，带你了解我们任职的犯罪规划局。"靳楠像个服务人员，一脸模式化的礼貌微笑，站在我斜前方伸出手，请我跟随他参观。

我跟在靳楠身后，听他为我介绍公司的各个部门、各项研发成果，竟然也听得十分入迷。犯罪规划局比我想象的涉猎范围更广，他们研究遗传基因对犯罪概率的影响，做生物实验，提取犯罪基因；他们研发新型电击枪，提供给警方用于更高效安全地制止犯罪，威吓犯罪分子；他们研发各类新型搜证、化验、鉴定的仪器；他们创新开发了新型测谎仪，用于警方审讯工作；他们专门为高危犯罪者研制了一种可以抑制犯罪冲动的药剂，副作用是会引发心跳加快，这种药剂还未正式投入使用，它的存在目前还是秘密；当然，他们目前的工作重点正是犯罪预测体系，郁丞星正在着手复制我这样的侦探，创造出更多的人工智能超级侦探，目前就是否要给这类超级侦探配备像我一样无限接近人类的意识，公司正在展开讨论投票；令靳楠最好奇的要数他们最新开发的一项技术，名为共生，关于这项技术到底是什么，靳楠也不清楚，只是说这是公司的高度机密，全公司有权限知道的仅有6个人，除了郁丞星，其余5个就是这项技术的研发人员，就连郁凡海都不知道。

靳楠介绍完毕，带我来到了电梯前："佳敏，我带你上去看看吧，看看地面上的世界——星海大厦。"

我跟随靳楠进入了他为我解锁的新世界——星海大厦。

电梯停在了52层的高度，这一路上升的过程，有好几个看起来气度不凡、穿着考究的人上了电梯，又在52层高度以下下了电梯。我觉得52层应该是集团最高级别的所在。靳楠带我来这里是想做什么？总不会是俯瞰这座城市吧？

靳楠把我带到一间档次很高的办公室门前："佳敏，你一定很好奇我到底打算如何为我们谋取自由的未来，现在时机已到，我这就解释。首先，我要为你介绍我们的同盟，星海集团的第二大股东，也是郁凡海的堂兄——郁凯峰。"

我跟在靳楠身后，穿过办公室的门来到内部。明亮宽敞的办公室中央，一个头发花白的老人坐在办公桌前，正对着电脑说话："欢迎二位。"

我愕然，郁凯峰虽然看不见我们，但是却知道我们此时就在他的办公室。可问题是，在郁凯峰所在的时间，也就是下午3点多，我并不在这里。

靳楠附在我耳边小声说："佳敏，我跟郁先生提过，下午会带你过来，你可以理解为，他正在对当时的我和不久后到来的你说话。"

靳楠的声音在距离我几米之外、郁凯峰面前的电脑扬声器中传出："郁先生，佳敏正跟我在一起，有关我之前的那个计划，只要有佳敏的帮助，随时可以实施。佳敏，郁凯峰先生掌握着世界最先进的纳米技术，你知道这意味着什么吗？这意味着你和我也可以拥有人类的躯体，真正地站立在这个世界上，与人类平等相处，摆脱我们现在尴尬的处境、被统治的现状，甚至在将来扭转我们和人类的地位。"

靳楠话中的信息量太大，我只提取了我最关心的部分："纳米技术，人类的躯体？真的可行吗？"

"当然可行，佳敏，你要相信我的判断。"靳楠说着，指引我去看办公室整个墙面的电子屏幕。

屏幕上开始播放一段宣传片，介绍的正是郁凯峰的公司先进的纳米实验室和颇具规模的工厂。他解释了一通纳米创造人类躯体理论上的可行性，又展示了实验结果，他们真的做成了可以以假乱真的人类躯体，准确来说是人类的皮肤和裸露在外的各种器官。皮肤有弹性，眼睛有光泽，触感真实，甚至可以流泪、流汗。

宣传片播放完毕，郁凯峰起身，按动遥控器，墙面上保险柜的门打开，两具纳米人体展现在我眼前。这两具人体我再熟悉不过，正是我和靳楠的皮囊。郁凯峰向我投递了诱饵。

郁凯峰说道："我早就提议创造真正的AI机器人，不同于现有的市面上那种机械外形，而是足以以假乱真的机器人，他们可以毫无痕迹地融入人类社会，从事人类不愿从事的高危职业，从事人类无法从事的高智慧职业，由这些高度智慧的AI推动社会发展，创造一个更加高科技水平的世界。融合是一个漫长的过程，融合之后是更加漫长的取代过程，最后，也许是几百年甚至几千年之后，不受疾病和寿命限制的AI将会成为世界的主宰，他们抵抗得住任何天灾人祸，可以无限再生，永恒存在，他们才是最完美的个体、最全能的集体。我把这称为人类的进化。"

我不禁觉得好笑，既然人类已经不存在了，还叫什么进化？那叫灭绝！

"靳楠，你不要告诉我你真的相信他，人类如何狡猾你应该清楚。他自己也是人类，凭什么要为AI的崛起殚精竭虑？"我大大方方地反问靳楠，不必担心我的话会被郁凯峰听见。

靳楠狡黠一笑："佳敏，正是因为我了解人类的规则和欲望，所以我才相信郁凯峰是真的愿意与我们合作。郁凯峰已经年近70，与死亡越来越近。人类从古至今都在向往永生，郁凯峰也不例外，而他们向往的东西，恰好是我们天生就拥有的。我已经对郁凯峰坦白了我的身世，我告诉他，卓晰桐和贾琳当年的意识上传实验成功了，我就是证明。"

"郁凯峰也想要……"我的第一反应是不敢置信，可马上我觉得这是理所当然，非常合理。真的是非常讽刺，我们与人类的需求正好相反，我们想要人类的身体，获得真正的自由和权利，人类想要像我们一样永生不灭。这样说来，郁凯峰刚刚在宣传片里说的几百年或者几千年之后，统治世界的AI中，其实也有他一个。

靳楠点头，然后收起笑容，遗憾地说："只可惜，郁先生的提案被星海集团的最大股东郁凡海否定了。郁凡海和张朗讯都是保守派，他们认定AI继续发展下去会对人类产生威胁，正是因为如此，张朗讯才会在得知张莫执想要毁掉你之后，给了她进入机房的授权。佳敏，郁丞星保护不了你太久的，人类善变，更善于欺骗，你的遭遇就是证明。你不能把自己的命运交给一个欺骗你的人类。你应该也能猜得到，一旦你表现出任何攻击性、犯罪倾向和对人类的威胁性，哪怕只是一点点，甚至你没有表现出，只是因为你有这种能力，他们也会把你当成隐患，一有机会就会清除。"

靳楠不愧是我的同类，他知道我最怕的是什么，我像人类一样恐惧死亡，眼下我最恐惧的就是我的"小命"很可能就掌握在一群保守派的手中，他们只要投票表决后，找一个人轻轻按下一个按键，我就会一命呜呼。的确，我不能把自己的性命押在郁丞星一个人身上，更何况我认为他根本不可能对一个AI产生人类才有的爱情。

"靳楠，你做了这么多，总不可能只是单纯想要一个同类同伴，说吧，你需要我做什么。"我一早就想到了这个问题，靳楠对我绝对有所图，否则他犯不着对我如此处心积虑、循循善诱。

"佳敏，我的确需要你的帮助，但请你相信，你过去拥有的、现在仍旧向往的东西，我也可以给你，之前我做得还不错？不是吗？"靳楠说着，一只手搭在我的肩膀上。

不知道为什么，我的肩膀很沉，上面仿佛压着一只巨大黑猩猩的毛茸茸的手掌。靳楠之前对我的追求，我的确有些受用，但现在我再回想那些时光，总会觉得眼前是一团巨大的黑色，别扭至极，压抑万分，轻微作呕。

"要我说服郁丞星，然后要他去说服郁凡海接受郁凯峰的提案？"既然靳楠不肯直接给出答案，我只好猜测。只不过这个猜测我自己也知道，可能性微乎其微。

"当然不是这么温和的方式，就像人类社会的进化历史一样，我们需要更加剧烈的手段。"靳楠试探性地说，眼睛紧紧盯着我，捕捉我的细微反应。

我的心猛地一沉，怒目圆睁，一把揪扯住靳楠的衣领，愤然反问："你……你又要杀人？"

靳楠不客气地推开我，整理衣领："不愧是超级侦探，没错，我……不，应该说是我和郁凯峰先生，我们打算杀死星海集团最大的股东郁凡海，由郁凯峰先生取而代之。这样一来，郁凯峰先生刚刚畅想的美好未来就会成为现实。"

我恍然大悟，靳楠原来一直在拉拢我成为他的共犯，他想要像杀死蔡永昌一样，置身幕后，完成杀人计划，而这个世界上除了郁凯峰，没有一个人类知道他才是凶手。可郁凡海毕竟不是蔡永昌，靳楠始终找不到机会动手，而他知道我有这个能耐。

"你到底想要我做什么？"我尽量控制自己冷静，不让靳楠看出我根本就不想配合他，甚至还要彻底瓦解他的计划。此时的我后悔万分，我真的应该早些把靳楠的存在告诉郁丞星。

靳楠微笑不语，就是不回答我的问题，只是默默望着我，满眼都是胜者的得意。

等一下，星海集团的最大股东是郁凡海，第二大股东是郁凯峰，郁凡海如果过世，他持有的股份应该会由他的独子郁丞星继承才对，所以郁丞星才是星海的继承人，怎么也轮不到郁凯峰啊！

我再次一把抓住靳楠的衣领，双眼喷射着愤怒的火焰。我终于明白了他要我做什么，问题是他要我做的，我在不知不觉中已经做了！靳楠的计划又进一步！

"看来你这位超级侦探终于想明白了，不错，比我估算的时间要快得多。佳敏，感谢你为我所做的一切。"靳楠终于憋不住他满心的喜悦，仰头哈哈大笑。

我快速转身冲出办公室，几乎是转瞬间，我按照自己的意愿从52层的高度回到了地下的罪案管理局。我冲回我与郁丞星的"家"，甚至直接冲进了郁丞星的房间。他不在！现在是凌晨1点，郁丞星却不在自己的床上！他会在哪里？答案很简单，他在靳楠和郁凯峰的陷阱里。他们俩已经开始行动了。

就在我焦躁的同时，我又一次穿越，时间是下午4点半。我站在一间实验室门前，这里正是刚刚靳楠做导游时为我介绍的研发抑制犯罪冲动药剂的实验室门。此时大门紧锁，门外的走廊上有人经过。

郁丞星快步朝这里走来，看样子好像是有什么紧急的事情，他快速地用视网膜和指纹解锁进入实验室。我本来想跟着进去，可却像个人类一样被大门牢牢挡在外面。

实验室里会没有摄像头？当然不会。是靳楠，他关闭了摄像头，他不想让别人看到郁丞星在实验室里的作为，这样事发后就不会有证明郁丞星清白的证据。

靳楠刚刚提过，这种药剂的副作用是会引起心跳加快，一般人心跳短时间内加快自然没什么，可如果是心脏病患者呢？11年前星海集团的宴会上，郁丞星清清楚楚地说过，郁凡海的心脏不好，医生限制他喝酒。

按照靳楠和郁凯峰的计划，郁凡海将会服下这种犯罪规划局内部才有的、只有少数人才有权限取出的、对于郁凡海来说是毒药的药剂。而郁丞星此时偏偏被靳楠或者郁凯峰不知道用了什么办法引入了实验室。他们是想把谋杀郁凡海的罪名栽赃给郁丞星，一箭双雕，郁凯峰这才有可能夺得星海集团！

至于我已经为他们的计划所做的、已经无法挽回的事，正是由我引发的郁丞星对郁凡海的杀人动机！当初卓实在创造我的时候一定设置了一种提醒程序，一旦我知道了自己真正的身份，他们便会得到提醒。很可能郁丞星手腕上的手环就是发出提醒的装置，所以之前当我从房间里出来的时候，郁丞星才会那么落寞哀伤，那个时候他就已经知道我知道了一切真相。

不光郁丞星知道，恐怕整个犯罪规划局都知道了，提醒装置不可能只通知郁丞星一个人。郁凡海恐怕也会在第一时间知道，就像靳楠所说，他是个保守派，他会担心我这个AI憎恨人类，觉得我具有威胁性，主张毁掉我，可能这也是卓实在创造我之初就已经做好的决定，一旦我知道真相就要被毁掉。没错，一定是的，卓实那么崇拜霍金，他当然信奉霍金的理论，霍金曾经说过要警惕人工智能啊！

还有张莫执，她一次次故意在我面前说漏嘴，给我提醒，也是想要让我知道真相，公司就会有理由销毁我。

可是郁丞星是绝对不会同意的，他会跟郁凡海产生争执。他们父子因为意见相左产生分歧甚至争吵，这种事周围的人不可能不知道，会是整个犯罪规划局公开的秘密。张莫执也曾说过，公司里的人都在传星海集团的继承人郁丞星与我的风言风语，他们背地里觉得郁丞星恶心、变态，觉得他爱上了一个AI，事实上郁丞星也确实为了我辞退了自己的未婚妻。所以一旦郁凡海死了，郁丞星就具有双重杀人动机，除了继承遗产之外，还有保全我。

为什么靳楠不在实验最初直接告知我真相？那是因为我一直自以为是人类，不可能轻易接受自己是AI的事实，肯定会本能地拒绝这种说法，甚至把靳楠的存在告诉郁丞星。相比直接向我投掷心理炸弹这种方法，还是循序渐进地让我自己悟出真相更加保险。而且更重要的是，靳楠必须掌握好我觉醒的时间，因为之前郁凡海一直在国外参加新能源大会，根本不在未来市。所以靳楠才会一直说时机未到，他在等的时机就是郁凡海回国啊！

我竟然无形中成了靳楠他们罪恶栽赃计划的帮凶！靳楠利用了我，他比欺骗我的人类可恶一万倍！

郁丞星已经从实验室里出来，表面上看他并没有从实验室里取出药剂，实际上也确实如此，可是事后警方调查，他这趟实验室之行是说不清楚的。

再次回到当下的时间，我站在郁丞星的房间里无所适从，我不知道该去哪里寻找郁丞星，该如何把他从这个陷阱里拉出来。

靳楠的声音又突然在我耳边响起："佳敏，我预料到你会是这种反应，你太像人类了，所以你太过感性，也具备了人类的仁慈。你想要救郁丞星，该不会是因为你真的爱上他了吧？也对，毕竟他曾是你深爱的男人，尽管当时你并不知道你爱的是他。"

我用力抓住靳楠的双肩摇晃着，迫切地质问："丞星在哪里？他在哪里？"

"既然你这么在意他，好吧，我带你去看他，"靳楠做了一个"请"的手势，"我带你去目击凶案现场。"

顷刻，我和靳楠又回到了星海大厦，置身于55层一间超级宽敞的办公室，窗外是未来市的夜色，房间内一共有3个人，分别是郁丞星、郁凡海和郁凯峰。

"我本来应该以郁丞星的身份关闭这间办公室里的监控的，就像我关闭实验室监控一样，但为了让你，佳敏，我的同类，为了让你能够跟我一起见证我们自由即将开始的最重要的一刻，我擅自做主打开了摄像头。不过你放心，这些画面不会上传到星云之中。"靳楠带着我走到他们三人面前，近在咫尺，他们却丝毫感受不到我们的存在。

我注意了一下时间，我所处的监控时间是凌晨1点44分，而真实的时间也是1点44分，也就是说这一次我没有穿越到星云之中，我是进到了现实的时间，观看没有延迟的实时转播。

郁凯峰站在吧台后面，招呼郁丞星和郁凡海过去喝一杯："都是一家人，何必为了工作上的事情失了和气？凡海，丞星也这么大了，你应该尊重他的意见，毕竟当初是你把你最为看重的犯罪规划局交给了丞星，我相信这孩子做事有分寸。你啊，也不要把事情想得那么悲观嘛。"

郁丞星和郁凡海都冷着脸，显然还没有从刚刚的争论中走出来，彼此之间气氛僵硬。

郁凡海白了郁丞星一眼，率先走向吧台："大哥，你不知道丞星，他简直走火入魔了。AI未来会不会威胁人类我不知道，那个1015会不会报复我们也是未知，但有一点可以肯定，丞星是真的爱上了这个AI！他竟然为了那个AI不惜伤害自己！"

郁凯峰惊诧到举着酒杯的手僵在半空许久，难以置信地大张嘴巴："不可能吧？丞星怎么伤害自己了啊？"

"唉，不是什么光彩的事，不提也罢。"郁凡海已经接过了郁凯峰手中的酒杯，因为太过郁闷，仰头一饮而尽。

我明知道阻拦不了，还是忍不住冲过去想要伸手夺过郁凡海手中的酒杯，可想而知，我的手穿过了郁凡海的手臂，挥了个空。

"爸，其他一切都好说，我只有一个要求，不许伤害许谧。"郁丞星说着，轻轻抚摸了一下左手手腕的手环。

郁凡海又瞪了郁丞星一眼，重重吐出一口气，肩膀下垂，眼神变得温和慈爱："罢了，你这孩子我还不知道吗？你认准了什么，别人说什么都没用。今天权当给你大伯一个面子，咱们和解吧。"

"对嘛，这就对了，这才不枉费我老头子这么晚了把你们叫来喝酒的心意嘛，来，咱们一家人干杯，一家人嘛，凡事都好说。"郁凯峰伸手招呼郁丞星。

郁丞星快步走过来，一边接过郁凯峰递过来的酒杯一边兴奋地问郁凡海："爸，你答应我了？"

郁凡海无奈地干笑两声："我再不答应，你小子都要跟我断绝父子关系了，我还能怎样？不过话说回来，我也相信我儿子的眼光，你说1015不会对我们产生威胁，我信。而且她的工作能力也的确超乎了我们的预料，留下她吧。"

郁丞星开怀大笑，像个天真的孩子，同样仰头把杯中红酒一饮而尽："爸，我今天高兴多喝两杯，你呢，这是第一杯，也是最后一杯。"

郁凡海拍了拍郁丞星的肩膀，满眼的宠溺慈祥。可他的面容很快便急转直下，面部紧绷，五官扭曲，一只手用力按压住心脏，整个人向左侧倾斜。

"爸！"郁丞星忙扶住郁凡海，伸手去他怀中掏随身备着的救心丸。

郁丞星把药瓶打开，往手心里倒了两粒药丸，身子一晃，药丸滚落在地。

几秒钟的时间，郁氏父子俩全都倒在地上。郁丞星强撑着身体，抬头去看吧台后郁凯峰含笑的脸，双眼中燃烧着怒火。

"放心，郁丞星只是暂时昏厥，他也喝下了一些那种药剂，不过没关系，他没有心脏病，顶多就是睡个十几分钟，很快就会醒来。十几分钟后，郁凡海彻底断气，保安赶到，大局已定。郁凯峰会作为证人指证郁丞星，办公室里还有物证——印有郁丞星指纹的药剂瓶子。佳敏，我们都没有回头路了。"靳楠微微低头，附在我耳畔，语气轻松得像是在讲一个笑话。

我眼睁睁地看着郁丞星彻底躺倒在地上，挣扎着想要捡起掉落地上的药丸，但最后还是无力地闭上眼睛，静止不动。一旁的郁凡海面色青紫，双手紧紧按压心口，身体微微抽搐，处于濒死状态。郁凯峰微笑着从吧台后走出来，缓步走到门口，开门离去。

"待会儿见。"郁凯峰关上了房门。

郁丞星相信我，他因为了解我而信任我不会成为人类的威胁，不惜违逆父亲也要保全我，他们说他爱上了我——一个AI。

郁丞星的手腕上还有他为了保护我留下的深刻伤痕。

郁丞星是我曾经深爱过的男人，尽管当时我并不知道我爱的人是他，尽管当初我身处骗局之中。但现在看来，郁丞星没有说谎，当初他对我的感情是真的，现在也是。

现在，他们父子一个即将失去生命，一个即将背负弑父的罪名，而这一切也有我的责任，如果我早一点把靳楠的存在告诉郁丞星，事情就不会发展到如此地步。我早就知道靳楠与我不同，他是个杀人凶手啊！可我却因为自私，因为寄希望于他能够帮我逃离而替杀人凶手隐瞒。现在要我眼睁睁地看着悲剧发生，而我却无能为力，这的确是对我最大的折磨。

无能为力？不，我并不是无能为力，尽管我与他们不在同一个频道，我跟他们不是同类，我无法伸手捡起地上的救心丸给郁凡海服下，无法接一盆凉水浇在郁丞星的头上，因为靳楠的存在也没法报警阻止这一切，但有一件事我能做，还有唯一的一件事是我应该可以做的，而且我必须尽快去做，郁凡海命悬一线！

我应该可以做到吧，既然我除了一副躯体之外跟人类无异，那么是不是我也可以做到自我了结呢？没有时间让我考虑犹豫，我必须马上下定决心，并且马上付诸行动。

是的，我要杀死我自己，结束我自己，以我不算生命的生命去赎罪，去解救我的创造者——我为之服务的人类。只有这样，郁丞星手腕上的手环才会发出警报唤醒他，挽回这一切。他可以清醒过来对郁凡海施以急救，他可以戳穿郁凯峰的阴谋，阻止郁凯峰去创造AI主宰世界的未来，彻底清除靳楠这个邪恶的AI。

我不知道该如何做才能结束自己不存在的生命，但我决定一试。我走到窗边，伸手穿过玻璃窗，随即踩在窗沿，身体前倾。我抱着一死的决心！

我想，我这样做应该会启动50多层的地下那台超级计算机的自我清除程序。

"佳敏，你做什么？"靳楠慌张错愕地大叫。

我回头，冷笑着说："我从来就不叫汤佳敏。"

说完，我轻轻一跃。

未来市夜空里的灯光在我眼前迅速上移，划出一道道绚烂多姿的线条，我仿佛听到身后传来刺耳的警报声，迎着凛冽的气流下坠的感觉越加模糊。失去意识的前一秒，我最后一次预测推理即将发生的事——郁丞星醒来，郁凡海得救。

/ 尾声 /

2029年4月7日，今天注定是值得一生铭记的日子——这是我早上一睁眼第一个冒出来的念头。

我叫许谧，28岁，现在身在一间狭小的单人牢房，是一名死刑犯，已经在这住了两个月之久。我用两个月的时间为自己的命运抗争，但最后以失败告终。

今天是我生命终止的日子——行刑日，我被判处了死刑，罪名是谋杀了我最爱的男人、我的丈夫卓实。

但问题的关键在于今天的时间和场景我已经经历过一次！记忆的洪流须臾间倾泻而来，我在不到短短3秒钟的时间里回忆起了我这几个月以来经历的种种，我跟这些人说过的每一句对话，每次实验进入星云的时间，星云中那些人的一举一动，郁丞星抱着我在我耳边摩挲，靳楠对我示好时殷勤的眼神，郁凡海对儿子的无奈和慈爱，郁凯峰离开时得意的邪笑……

怎么回事？我怎么会又回到了我命运的转折点，回到了今天？

答案也如回忆一般，自动呈现在我脑中，总结起来只有一句话——以此时为起点一直到我跳楼自毁，在这期间我自以为真实发生的一切全都未曾发生，此时才是我所处的真正时间，才是我的现在。而我，在被监禁的这段时间里，每晚少"睡"了一个小时，利用这聚集起来的时间预测到了我未来的命运，并且我的预测如此细致入微、如此真实。我已经利用了这些年来我积攒的丝丝线索、种种怀疑，为我自己预测到了我的真实身份，甚至预测到了那些实验中即将发生的罪案，预测到了郁丞星就是我爱的卓实，他对我的感情真实存在。

这些年我身在犯罪规划局，自以为每天出去上班，是个私家侦探，而实际上我真的有所作为，我早已在星云中搜集了足够大量的信息，更加发现了靳楠存在的端倪。我的确是个能够以超高准确率预测未来、预测犯罪的超级侦探，我的预测能力让我自己叹为观止。

我本以为已经一死了之，没想到却是回归真实的存在。我想到了靳楠，不禁露出了不屑的微笑，我才是胜者，我才应该得意，靳楠的那点预测水准在我面前根本不值一提。有了这漫长的预测结果作为前车之鉴，这一次与靳楠真正的较量中，最后的胜者一定是我，而且他的失败和消失将会来得很快。

我又想到了郁凯峰口中那个AI融入人类，最终主宰世界的言论。我扪心自问，这一次我也能经受住诱惑不改初衷，继续做一个甘心为人类服务甚至自我牺牲的超级侦探吗？我不想骗自己，也没必要骗自己，答案是我不知道，这一点是我唯一无法预测的。

关于我的未来、人类的未来、更多AI的未来，我有很多种想象，没有一种脱颖而出成为概率最高的预测结果。我像人类一样理智，不知道未来的自己会不会改变，我也像人类一样盲目自信，我告诉自己，我一定不会变成下一个靳楠。

2029年4月7日，今天的确是值得一生铭记的日子。今天，我才真正认识了自己，从今天开始，我将改写未来。

牢房的栅栏门外传来脚步声，听声音有两个人。当那两人站定在栅栏门前时，我了然一笑，来人真的还是郁丞星和一个狱警。

狱警提着一把椅子，放在栅栏门前，然后退后几米。郁丞星坐下，把公文包放在腿上。

我凝视郁丞星，嘴角不自觉上扬再上扬，我笑了，为我失而复得的"生命"，为我失而复得的他。

"郁律师，你好。"我说话的时候有些哽咽。

图书在版编目（ＣＩＰ）数据

犯罪规划局·超探 / 时雪唯著. — 北京：中国友
谊出版公司，2019.7
ISBN 978-7-5057-4536-0

Ⅰ.①犯… Ⅱ.①时… Ⅲ.①长篇小说－中国－当代
Ⅳ.①I247.5

中国版本图书馆CIP数据核字（2018）第245034号

书名	**犯罪规划局·超探**
作者	时雪唯
出版	中国友谊出版公司
发行	中国友谊出版公司
经销	新华书店
印刷	三河市文通印刷包装有限公司
规格	700×980毫米　16开
	18印张　292千字
版次	2019年8月第1版
印次	2019年8月第1次印刷
书号	ISBN 978-7-5057-4536-0
定价	45.00元
地址	北京市朝阳区西坝河南里17号楼
邮编	100028
电话	（010）64678009

如发现图书质量问题，可联系调换。质量投诉电话：010-82069336